Eine Frau wird in der Nähe von La Roque-sur-Pernes brutal ermordet aufgefunden – geht in der winterlichen Provence ein Mörder um?
Ex-Commissaire Albin Leclerc findet bald heraus, dass die Tote zum Clan der Banater gehört, die nach dem Zweiten Weltkrieg und dem Fall des Eisernen Vorhangs massenhaft aus Rumänien nach La Roque eingewandert sind. Und eine Spur führt ihn zu einer Sekte, die nicht nur mit dem Leben ihrer Anhänger spielt, sondern mit dem Leben der Menschen in der gesamten Provence.

Pierre Lagrange ist das Pseudonym eines bekannten deutschen Autors, der bereits zahlreiche Krimis und Thriller veröffentlicht hat. In der Gegend von Avignon führte seine Mutter ein kleines Hotel auf einem alten Landgut, das berühmt für seine provenzalische Küche war. Die Bände der Erfolgsserie um den liebenswerten Commissaire Albin Leclerc und seinen Mops Tyson sind im FISCHER Verlag erschienen.

Weitere Informationen finden Sie auf www.fischerverlage.de

Pierre Lagrange

EISKALTE PROVENCE

Ein neuer Fall für Albin Leclerc

FISCHER Taschenbuch

Aus Verantwortung für die Umwelt hat sich der S. Fischer Verlag zu einer nachhaltigen Buchproduktion verpflichtet. Der bewusste Umgang mit unseren Ressourcen, der Schutz unseres Klimas und der Natur gehören zu unseren obersten Unternehmenszielen.

Gemeinsam mit unseren Partnern und Lieferanten setzen wir uns für eine klimaneutrale Buchproduktion ein, die den Erwerb von Klimazertifikaten zur Kompensation des CO_2-Ausstoßes einschließt.

Weitere Informationen finden Sie unter: www.klimaneutralerverlag.de

FSC
www.fsc.org
MIX
Papier aus verantwortungsvollen Quellen
FSC® C014496

Erschienen bei FISCHER Taschenbuch
Frankfurt am Main, Oktober 2021

Lektorat: Susanne Kiesow

Satz: Dörlemann Satz, Lemförde
Druck und Bindung: GGP Media GmbH, Pößneck
Printed in Germany
ISBN 978-3-596-00192-7

1

Stéphanie war schon einmal um ihr Leben gelaufen. Damals, vor vielen Jahren. Sie war ungefähr acht Jahre alt gewesen, so genau erinnerte sie sich nicht mehr.

Damals war sie vom Spielen bei ihrer Freundin Jeanne gekommen und durch das Dorf nach Hause gegangen. Das Haus ihrer Eltern befand sich außerhalb, etwa einen Kilometer weit entfernt, was nicht viel war. An diesem frühen Abend aber schon.

Es war bereits dunkel und eiskalt gewesen, ein Dezembertag wie dieser, und die engen, steilen Straßen von La Roque-sur-Pernes waren menschenleer gewesen. Nur der Mistral hatte durch die Gassen geweht. Eigentlich war es gar kein Problem, von Jeanne aus heimzugehen. Stéphanie hatte das bereits viele Male getan. Doch an jenem Tag war sie überzeugt gewesen, verfolgt zu werden.

Stéphanie wusste nicht, von wem. Sie war sich nicht einmal sicher, ob es eine menschliche Kreatur war, ein schreckliches Wesen aus einer anderen Welt, ein Mörder oder ein Kinderfänger wie der, vor dem ihre Eltern sie kürzlich gewarnt hatten und der in der Provence sein Unwesen trieb. Wenn jemand mit ihr reden wolle, den sie nicht kenne, dann solle sie schreien und fortlaufen, hatte ihre Mama gesagt. Ja, vielleicht war es dieser Kinderfänger, der unaussprechliche Dinge mit einem tat – Dinge, die in der Phantasie des Mädchens nur unscharf und vage waren. Jedenfalls war sie mit einem Mal davon überzeugt, dass dieser Jemand oder dieses Etwas durch die Straßen des kleinen, alten Ortes, der sich wie ein Schwalbennest an die Felsen schmiegte, wandelte und sie gewittert hatte.

Da waren Geräusche gewesen, die vielleicht nur vom Wind oder von einer Katze stammten, doch schließlich überkam sie die Panik. Stéphanie war losgelaufen, schneller, immer schneller. Einige Male wäre sie beinahe auf dem vom Regen des Nachmittags glitschigen Kopfsteinpflaster ausgerutscht und hingefallen. Doch sie konnte sich jedes Mal wieder fangen und rannte weiter, spürte, wie sich Klauen nach ihr ausstreckten, heißer Atem in ihrem Nacken, ihren Namen wispernd.

Aber Stéphanie wollte nicht sterben. Sie wollte nicht, dass der Kinderfänger sie schnappte und Dinge mit ihr anstellte, ihre Finger abschnitt und aufaß, oder sie in einen Kerker sperrte, wo sie mit Ratten leben musste und nie wieder das Licht erblicken würde, oder … oder noch viel Schlimmeres geschah.

Deswegen lief sie, lief um ihr Leben, und die wenigen Minuten, bis sie auf den Schotterweg zum rettenden Elternhaus einbog, kamen ihr wie eine Ewigkeit vor. Sie klingelte Sturm, presste den Rücken an die Haustür, damit sich bloß keine Hand auf ihre Schulter legen und sie fortreißen konnte. Sie hatte in die Dunkelheit gestarrt, aber nichts ausgemacht außer die Schemen von kahlen Bäumen, vom Weidezaun und die Lichter von La Roque.

Schließlich hatte Mama die Tür geöffnet, und Stéphanie war schnell hineingeschlüpft und hatte erklärt, dass alles in Ordnung und sie nur so außer Atem war, weil sie dringend zur Toilette musste. Aus ihrem Kinderzimmerfenster hatte sie dann nach draußen geblickt, um sich zu versichern, dass der Kinderfänger nicht dort lauerte, um sie zu holen, wenn sie schlief. Und wie es aussah, war dort draußen nichts – entweder, er hatte aufgegeben, oder er war niemals da gewesen und alles nur Einbildung von Stéphanie, einer ihrer Tagträume, die manchmal sehr lebhaft sein konnten.

Doch dieses Mal war es schlimmer, dachte Stéphanie, während sie mit jedem Laufschritt die eiskalte Luft in ihre schmerzenden Lungen pumpte.

Weitaus schlimmer. Und real.

Dieses Mal ging es wirklich um ihr Leben. Denn dieses Mal war tatsächlich jemand hinter ihr her, der unaussprechliche Dinge mit ihr tun oder sie töten würde. Oder beides. Und Stéphanie wusste, wer dieser Mann war.

Sie lief entlang desselben Weges, auf dem sie vor zwanzig Jahren vor einem namenlosen Grauen geflohen war. Die Richtung war dieselbe, denn sie lebte nach wie vor in ihrem Elternhaus, allein. Ihre Eltern waren vor einigen Jahren gestorben.

Es herrschte Halbdunkel, und der kalte Regen prasselte auf ihr Gesicht, hatte die Schlaglöcher auf dem Weg gefüllt und ihre Daunenjacke samt der Jeans und den Boots durchnässt.

Das Haus war so nah – und doch so fern. Stéphanie wusste: Der Moment, in dem sie vor der Tür stoppen, die Schlüssel aus ihrer Hosentasche ziehen und ins Schloss stecken würde, wäre der, in dem der Mann sie zu fassen bekäme. Er war ihr dicht auf den Fersen, schloss mit jeder Sekunde dichter zu ihr auf. Ihre Bronchien schienen platzen zu wollen. Ihre Muskeln brannten. Sie trat in eine

Pfütze und versank bis über die Knöchel darin, strauchelte, hörte die schweren Schritte hinter sich und ihren Namen, mit schweren Atemstößen ausgekeucht.

»Stéphanie ... Stéphanie, warte, es hat doch keinen Sinn!«

Sie schrie auf, rannte dann umso schneller weiter und bog nach rechts ab in den Wald. Sie hoffte, dass sie ihn dort würde abschütteln können. Vielleicht gewann sie etwas Vorsprung, aber ... Aber sie musste ihn loswerden, sich verstecken oder Hilfe finden. Ihr Handy befand sich samt ihrer Geldbörse und der Dienstkleidung in der Umhängetasche, die ihr vorhin von der Schulter gerutscht war, als sie begriff, dass er sie verfolgte. Sie hatte die Tasche verloren und noch gesehen, wie er sie aufgehoben hatte, bevor er ihr hinterherzusprinten begann.

Er war ein Irrer. Ein komplett Verrückter. Das hatte sie immer schon geahnt, und jetzt wusste sie es, jetzt hatte sie den Beweis. Es gab keinen Zweifel mehr. Doch was nutzte das jetzt noch?

Stéphanie sprang über einen Graben, in dem es gurgelte. Das Regenwasser hatte ihn in einen strömenden Bachlauf verwandelt. Der Atem dröhnte in ihren Ohren, stach ihr in die Brust, ebenso wie die Zweige der kahlen Bäume ihr Gesicht peitschten und Dornen die Jacke an den Ärmeln aufrissen. Äste knackten unter ihren Sohlen. Sie sprang über vermooste Stämme – fort, nur fort von hier, in Sicherheit. Hinter ihr klang es, als breche ein großes Tier den Weg durch den Wald.

Ein Tier, das nach ihr rief.

»Stéphanie, warte doch! Wir müssen ... reden ...«

Aber sie wusste, dass er nicht reden wollte. Er wollte

mehr, viel mehr. Hätte er nur reden wollen, dann hätte er das vorher schon tun können, statt sich an ihre Fersen zu heften. Nach der Arbeit hatte er in der Seitenstraße auf sie gewartet, um sie abzufangen. Er war vollkommen durchgedreht, ein Psycho sondergleichen.

Im nächsten Moment versank Stéphanies rechter Stiefel im Morast. Sie wurde im vollen Lauf gebremst. Irgendetwas knackte in ihrem Knöchel. Ein höllischer Schmerz folgte, worauf ihr Körper nach vorne schlug und mit dem Gesicht voran auf dem Boden im nassen Laub aufkam. Der Aufschlag presste ihr fast alle Luft aus dem Brustkorb. Das letzte bisschen entwich, als ihr Verfolger sich mit den Knien voran auf Stéphanies Rücken zwischen die Schulterblätter fallen ließ.

Aus, dachte sie.

Jetzt war alles aus und vorbei.

Ende.

»Stéphanie«, hörte sie zwischen schweren Atemstößen dicht an ihrem Ohr und spürte, dass ihr Kopf an den Haaren nach hinten gerissen wurde, um ihren Hals zu entblößen. »Stéphanie«, grunzte die Stimme, »jetzt wird endlich alles gut.«

2

Der Mann war von Liebe erfüllt.

Trotz der Kälte war er komplett durchgeschwitzt, nachdem er den Körper schließlich ins Trockene gezerrt hatte. Das aus groben Bruchsteinen geschichtete Gewölbe ließ seinen Atem hallen. Die Ritzen zwischen den Steinen ließen kaum etwas von dem schier endlosen Regen durch. Hier drinnen war es trocken.

Der Mann warf Stéphanies Umhängetasche auf den Boden, zog das Smartphone aus der Tasche und schaltete die Taschenlampen-App ein. Er stellte das Gerät auf einen schmalen Sims, ließ sich dann auf den Boden plumpsen, um für einen Moment zu Atem zu gelangen, schloss die Augen und konzentrierte sich auf das Geräusch der prasselnden Tropfen vor dem Eingang.

Dann öffnete er wieder die Augen und betrachtete den vor sich ausgestreckten Körper. Endlich war er mit ihr ganz allein. Endlich konnte er mit ihr tun, was er schon immer mit ihr tun wollte. Endlich würde sie sein werden.

Der Mann wusste, dass es falsch war, aber auf der anderen Seite … Keiner käme auf die Idee, hier an diesem Ort nach ihr zu suchen – falls überhaupt jemals jemand nach ihr suchen würde. Und reden, nun, reden konnte sie jetzt sowieso nicht mehr. Ihre geröteten und gleichzeitig matten Augen standen weit offen. Regentropfen und kleine

Erdkrümel hatten sich darin gesammelt. Ihre Lippen waren leicht geöffnet. Man könnte meinen, sie wollte jeden Moment etwas sagen oder andere Lippen dazu einladen, sie zu …

Der Mann beugte sich nach vorn und zu Stéphanie herab. Er presste seinen Mund auf ihren, küsste sie leidenschaftlich und ignorierte den Geschmack nach Blut auf ihrer kalten Zunge. Er strich ihr die nassen Haare aus dem Gesicht und vom Hals, der an der Kehle von seinem Klammergriff dunkel verfärbt war. Sie war so schön. Er würde etwas finden, um diese Würgemale zu verdecken. Und wenn ihr Haar trocken war, dann würde er es kämmen und flechten.

Aber jetzt musste sie erst mal raus aus den nassen Sachen. Er musste sie ohnehin ausziehen, weil er im Etikett und in den Schuhen nach ihrer Größe schauen wollte, wenn er ihr neue, trockene Sachen besorgte.

Der Mann lächelte versonnen, verspürte einen Knoten im Hals und musste beinahe weinen vor Glück. Er betrachtete Stéphanie lange, strich ihr sanft und liebevoll über die bleiche Wange. Sie würde eine so schöne Braut werden.

So schön.

3

Nicolas Aubery führte die kleine Trekkinggruppe im Laufschritt entlang des Chemin de la Grange Neuve in Richtung der D57, die direkt nach La Roque-sur-Pernes führen würde. Von dort aus sollte es eigentlich weiter nach Le Beaucet gehen, aber mal sehen, dachte Aubery, denn das Wetter hatte sich schlagartig verschlechtert. Wenigstens bestand die Handvoll Wanderer aus Profis, die die stillen Tage vor Weihnachten in der Provence verbringen wollten, welche im Winter ihren ganz besonderen Charme hatte – falls die Sonne schien. Ein niederländisches Pärchen war dabei, drei Deutsche, alle etwas älteren Semesters und mit vernünftiger Kleidung und vernünftigem Schuhwerk ausgestattet.

Am Mont Ventoux waren sie bereits gewesen. Auch im Luberon hatten alle ziemlich gut durchgehalten. Deswegen zweifelte Aubery, der die Kapuze seiner knallroten Outdoorjacke nun fester zog, nicht daran, dass ein ordentlicher Guss keinen von ihnen zur Verzweiflung treiben würde. Allerdings wollte auch niemand gern bis auf die Knochen nass werden, wenn er noch ein paar Kilometer vor sich hatte. Und Aubery hatte beim Frühstück schon davor gewarnt, dass das Wetter umschlagen würde – doch keiner hatte zurückgezuckt. Zur Not müssten sie sich eben irgendwo unterstellen.

Das Wetter, dachte Aubery, würde jedenfalls noch schlechter werden, wie ihm ein Blick zum dunkelgrauen Himmel verriet. Es regnete bereits fette Tropfen aus dicken Wolken, die der Wind vom Mittelmeer ins Inland schob. Dazwischen traten jetzt Graupelschauer auf, die sich nach Auberys Einschätzung bald in Hagel verwandeln würden. Der Wetterdienst hatte davor gewarnt und gesagt, dass es kurz vor Weihnachten in den Lagen über achthundert Meter sogar zu Schneefällen kommen könnte und vielleicht einige Tage so bleiben würde.

Na, schönen Dank auch. Das waren keine guten Aussichten für Auberys Gruppe, mochten alle auch noch so hartgesotten sein. Schließlich würde er sie noch drei Tage durch die Provence führen müssen.

Andererseits konnten sie auch keinen Mistral gebrauchen, selbst wenn der Wind die Wolken wieder zurück aufs Mittelmeer pusten und den Himmel freifegen würde. Denn das ging häufig mit Orkanböen einher, die im Dezember ziemlich kalt sein konnten. Wenn ein Hoch über dem Ostatlantik und ein Tief über Norditalien aufeinandertrafen, entstand der Mistral und drängte als Fallwind aus dem Norden in das Rhonetal hinein und an der Küste wieder hinaus. Eingepfercht durch die Alpen im Osten und das Zentralmassiv im Westen, erhielt der Mistral einen Düseneffekt. Meist blieb er nur ein paar Tage, aber im vorletzten Winter hatte der Mistral um die Jahreswende herum fast vierzehn Tage lang geweht, zum Teil mit einhundertzwanzig Stundenkilometern, und in Orange hatten sie Rekordwerte gemessen. Das brauchte in diesem Winter wirklich niemand.

Hagel aber auch nicht, dachte Aubery, der hinter sich

ein »Oooh!« von einem der Touristen hörte, als die ersten Körner auf den glitschigen Asphalt trafen und wie Geschosse das Wasser in den Schlaglochpfützen auf dem Chemin de la Grange Neuve aufpeitschten. Besser, sie stellten sich irgendwo unter, dachte Aubery, denn der Hagel tat richtig weh, wenn er auf den Körper traf. Die Körner waren deutlich größer als Erbsen. Er hatte auch schon eine Idee für einen Unterschlupf.

»Hier lang«, rief er und deutete nach rechts.

Die Gruppe folgte ihm auf eine Wiese unter kahlen Bäumen, kurz bevor der Chemin auf die Landstraße traf. Dort befanden sich zwei aus Natursteinen aufgeschichtete Hütten vom Format einer kleinen Scheune, von denen eine zum Teil eingestürzt war. Die *Bories* genannten Steinhütten hatten früher Bauern oder Hirten Unterschlupf geboten. Sie sollten für Wanderer perfekt sein. In der Provence gab es einige davon, bei Gordes sogar ein ganzes Dorf. Manche sahen wie Bienenkörbe aus, andere, wie die Bories bei La Roque, waren eher Langbauten. Einige stammten aus dem Mittelalter, teilweise gab es sehr viel ältere, andere waren neuer. Es waren reine Zweckbauten gewesen: Auf den Feldern hatten die Bauern Steine gesammelt, um mehr Fläche für die Bebauung von neuem Land zu gewinnen. Diese Steine schichteten sie entweder zu Mauern auf – oder eben zu Schutzhütten wie den Bories, in denen man auch Werkzeug lagern oder Vieh unterbringen konnte.

In der Provence waren die Bories eine Touristenattraktion und ein Ausflugsziel geworden, zumindest während der Hauptsaison im Sommer und im Frühjahr.

Jetzt lief die Trekkinggruppe über die Wiese. Die schweren Schritte schmatzten im nassen Rasen. Sie steuerten auf die erste Steinhütte zu. Sie war eingestürzt wie ein Vulkankegel und würde keinen Schutz vor dem Unwetter bieten. Die zweite wäre besser, dachte Aubery. Er fand den Eingang und duckte sich hindurch ins Innere. Die fünf Touristen folgten ihm nach. Sie keuchten, atmeten schwer, als sie die Hütte betraten. Aubery allerdings verschlug es sofort den Atem. Es roch, als sei hier drinnen ein Tier verendet.

»So ein Glück«, sagte einer der Deutschen und fuhr sich durchs Gesicht, um den Regen abzuwischen. Ein anderer schaltete an seinem Handy die Taschenlampen-App ein, um das Dunkel zu erhellen.

»Na, hoffentlich wird es bald besser«, sorgte sich eine ältere Dame. »Was ist denn das für ein Gestank?«

»Sonst müssen wir ein Taxi rufen lassen«, sagte ihr Mann und zog die Kapuze ab. »Mein Gott, wonach riecht es denn hier?«

Aubery schwieg. Er stand wie versteinert und hielt immer noch die Luft an. Er starrte in die hintere Ecke der Hütte, die Augen weit aufgerissen, unfähig, sich abzuwenden von dem, was er dort sah. Aber schließlich drehte er sich um, hielt sich den Mund mit beiden Händen zu und drängte sich durch die Gruppe seiner Kunden zum Ausgang, um sich im hohen Bogen zu übergeben.

4

Castel und Theroux standen unter einem weit ausladenden Regenschirm. Er war schwarz wie die Wolken, die über den Abendhimmel jagten. Schwarz wie die Skelettfinger der Bäume, die nach ihnen zu greifen schienen, um sie auszuwringen und noch mehr Regen aus ihnen zu pressen. Zum Glück gelang das nicht. Der Regen, der bereits fiel und auf den Schirm prasselte, war Castel genug. Schon seit Tagen herrschte dieses Wetter, und es passte zu ihrer Stimmung und zur Stimmung dieses Ortes.

Castel warf einen Blick auf ihr Handy, sah auf dem Regenradar keine Wetteränderung für die kommenden Stunden und schob es zurück in ihre wattierte Regenjacke. Die Jeans steckten in den Gummistiefeln, gegen die sie ihre Schnürschuhe eingetauscht hatte. Die kurzen Haare waren unter einer Strick-Beanie versteckt. Castel reichte Theroux gerade mal bis zur Schulter. Wie um der Kälte zu trotzen, war er lediglich mit einer Lederjacke bekleidet, unter der er ein mit Aufnähern besticktes Hemd trug. Theroux gehörte zu der Sorte Mensch, denen immer warm war, selbst bei Minusgraden, die aber heute zum Glück nicht herrschten. Dennoch waren es zurzeit gerade mal sechs Grad, und ein kalter Wind sorgte mitsamt der feuchten Luft dafür, dass Castel permanent fröstelte.

Der Bereich um das Steinhaus von La Roque-sur-Pernes war weiträumig abgesperrt. Der schmale Chemin de la Grange Neuve stand voller Fahrzeuge – Dienstwagen von der Police nationale und der Gendarmerie, außerdem die Fahrzeuge der Spurensicherung und der Rechtsmedizin sowie ein Leichenwagen und der vom Notarzt, den man hier jetzt nicht mehr brauchte. Castel und Theroux warteten darauf, dass der Fundort der Leiche von den Forensikern freigegeben wurde, was sehr bald der Fall sein würde.

Bis dahin hatten sich Theroux und Castel die Zeit damit vertrieben, Aussagen und Personalien der Wandergruppe zu notieren und sich das Umfeld der Natursteinhäuser anzuschauen, weswegen Castels Gummistiefel und Therouxs Schuhe voller Matsch waren. Gefunden hatten sie jedoch nichts. Abgesehen davon würde der Regen sowieso jegliche Spuren verwischt haben. In der Hütte hingegen war alles konserviert wie in einer Zeitkapsel.

Wie Castel und Theroux von den Zeugen, der Spurensicherung und dem Notarzt bislang erfahren hatten, erwartete sie dort drinnen eine entsetzliche Szenerie mit einer weiblichen Leiche als Hauptakteurin.

Theroux und Castel merkten auf, als ein kleiner Renault heranrollte. Er parkte am Straßenrand. Der Warnblinker wurde eingestellt. Ein älterer Mann stieg aus, hager, kahler Schädel, dazu eine Wachsjacke. Er spannte einen kleinen Regenschirm auf und ging rasch zu Castel und Theroux, deren signalrote Armbinden mit der Aufschrift »Police« ihm aufgefallen sein mussten.

»Michel Thomas«, stellte er sich mit leiser Stimme vor. Auf Castel wirkte er wie der Gast einer Beerdigung. »Ich bin der Ortsbürgermeister.« Er deutete hinter sich in Richtung La Roque. »Ich möchte mich erkundigen, was geschehen ist. Die Menschen sind beunruhigt. So viel Polizei … Man sprach davon, es sei eine Tote gefunden worden.«

»Wer sagt das?«, fragte Theroux.

»Wanderer. Eine Trekkinggruppe. Sie sind im Ort eingekehrt, um sich aufzuwärmen, zu trocknen, etwas zu trinken und zu essen. Alle waren außer sich.«

Theroux und Castel wechselten einen Blick. Das sprach sich ja schnell herum. Hoffentlich hatten die Zeugen nicht allzu viele Details erwähnt. Andererseits wäre das ein Wunder – bei diesen bizarren Rahmenbedingungen. Zum Glück hatte die Presse noch keinen Wind davon bekommen und störte die Polizei nicht bei der Arbeit. Zumindest noch nicht. Aber das konnte sich sehr schnell ändern.

»Es wurde eine Leiche gefunden«, sagte Theroux. Das Offensichtliche konnte er ruhig zugeben. Angesichts des Fuhrparks und Personenaufgebots erklärte sich ja fast von selbst, dass an Ort und Stelle etwas sehr Schlimmes vorgefallen sein musste.

»Gott«, sagte Thomas.

»Mit dem hat das nicht viel zu tun, fürchte ich.«

»Weiß man … Wissen Sie, wer …«

»Wir wissen noch gar nichts. Und wenn, dann dürften wir nicht darüber sprechen.«

»War es ein Verbrechen?«

»Wie kommen Sie denn darauf?«

»Weil … Was man im Ort erzählte …«

»Allem Anschein nach ja.«

»Entsetzlich«, murmelte Thomas und starrte in eine Pfütze. Dann sah er wieder zu Theroux und Castel. »Wenn es irgendetwas gibt, bei dem ich helfen kann …«

»Dann melden wir uns«, kürzte Theroux ab.

»Vermisst man denn jemanden im Ort?«, fragte Castel.

Thomas zuckte mit den Achseln, dachte nach, wog ganz offensichtlich ab, ob er etwas sagen sollte oder nicht, rang sich dann aber durch und sagte: »Die Kleine aus der Wäscherei vom Hotel-Restaurant Banatais ist heute nicht zur Arbeit erschienen. Der Inhaber war außer sich. Das muss nichts bedeuten, aber …«

»Banatais? Was ist denn das für ein Name?«, erkundigte sich Theroux.

»Die Ortsgeschichte«, erwiderte Thomas, als sei das Erklärung genug.

»Wie heißt die Frau?«, fragte Castel.

»Stéphanie Kaufmann.«

»Können Sie sie beschreiben?«

»Sie müsste Mitte zwanzig sein. So groß wie Sie vielleicht, schwarze Haare bis hier.« Thomas markierte einen Strich am Hals. »Immer sehr freundlich. Lebt im Haus ihrer Eltern ganz in der Nähe.«

»Wo ist das?«

»Die Straße runter, aber in die andere Richtung.«

Castel nickte.

»Ist sie … Ist denn … Die Leiche …«, stammelte Thomas.

»Wir wissen noch gar nichts«, wiederholte Theroux. »Und wenn wir etwas wissen müssen, melden wir uns bei Ihnen.«

Thomas nickte.

Castel merkte auf, als der Leiter der Spurensicherung sie heranwinkte und signalisierte, dass sie jetzt den Fundort betreten könnten.

»Tut mir leid«, sagte Castel, »wir müssen jetzt an anderer Stelle weiterarbeiten. Aber vielen Dank für die Informationen.«

Damit ließ sie ihn am Straßenrand stehen und marschierte los. Theroux folgte ihr auf dem Fuß.

Der Kies knirschte unter Castels Schritten. Sie schloss den Regenschirm, duckte sich unter Flatterband der Polizeiabsperrung hindurch und lief dann voran zum Eingang der Steinhütte, wo die Spurensicherung in ihren faserfreien weißen Overalls wartete und Castel und Theroux Platz machte, damit sie eintreten konnten.

Im Inneren sah es aus, als werde gerade ein Horrorfilm gedreht. Doch dieser Horror war sehr real. Brutal real im grellen Licht der LED-Scheinwerfer, die in den Ecken des Raumes auf Stativen standen. Der Gestank war enorm.

Castel zog ein Döschen Anis-Menthol-Paste aus der Tasche, öffnete sie, rieb sich etwas davon unter die Nase und bot Theroux etwas davon an, der aber mit einem Kopfschütteln ablehnte. Castel verschraubte das Döschen wieder und ließ es in der Tasche verschwinden, während sie mit den Augen alles in sich aufsog.

Nichts von dem hier würde sie jemals wieder vergessen können. Es würde sie in Momenten heimsuchen, in denen sie nicht damit rechnete. Es würde in wachen Nächten durch ihre Gedanken blitzen und noch in Jahren immer wieder auftauchen. Wenn sie Blumen sehen würde. Ein weißes Kleid. Immer wieder, dachte sie, würde sie dann an die Borie von La Roque-sur-Pernes zurückdenken müssen und wäre hilflos dabei, es zu unterdrücken.

Der Boden war gespickt mit Markierungen der Spurensicherung. Es würde eine Heidenarbeit sein, sie jeweils zu isolieren, zuzuordnen und nach dem Ausschlussprinzip zu ermitteln, welche Spuren zum Täter und welche zum Opfer gehörten. Die Chancen, etwas Brauchbares zu finden, waren nicht die schlechtesten: Castel ging davon aus, dass die Leiche erst seit wenigen Tagen hier lag und seit der Ablage nur die Trekkinggruppe den Raum betreten hatte – und der Täter.

Die zur Steinhütte gerufenen Gendarmen hatten alle Wanderer geistesgegenwärtig zusammengehalten und nach La Roque ins Trockene gefahren, wo die Forensiker der Gendarmerie und der Police nationale einerseits die Personalien feststellen und andererseits Abdrücke der Schuhprofile anfertigen konnten. Offensichtlich hatten sie die Gruppe in ein Restaurant gebracht. Davon hatte dann der Ortsbürgermeister gehört und war direkt hierhergekommen.

Die Leiche befand sich in der hintersten Ecke der Steinhütte und sah auf den ersten Blick aus wie eine zu groß geratene Flickenpuppe. Sie lag auf einer auf dem Boden ausgebreiteten Bettdecke, die so weiß war wie das Kleid und die Strümpfe, mit denen die Tote bekleidet war. Sie ruhte friedlich auf dem Rücken, die Hände auf dem Bauch gefaltet. In den Händen hielt sie einen welken Strauß. Getrocknete Blumen rahmten sie ein. Außerdem waren ihr welche ins schwarze Haar geflochten.

Die Augen standen offen und starrten ins Nichts. Das Gesicht war geschminkt, doch die Farbe konnte nicht verdecken, dass der Verwesungsprozess des Körpers längst im Gange war. Außerdem musste man kein Rechtsmediziner sein, um die schwarzen Abdrücke am Hals der Frau zu deuten: Sie war gewürgt worden, vermutlich bis zum Tode. Andererseits gab es mehrere dunkle Stellen auf dem

Boden, getrocknete Pfützen, bei denen es sich nach Castels Einschätzung durchaus um Blut handeln könnte.

»Sie sieht aus wie eine Braut«, hörte Castel Theroux sagen.

»Ja«, sagte Castel, räusperte sich mit trockener Kehle und sagte es dann noch einmal deutlicher: »Ja, wie eine Braut gebettet.«

»So ein Irrsinn.«

Da hatte Theroux nicht unrecht. Außer dem Tod war es der pure Wahnsinn, der in diesen Mauern eingefangen war, diese Inszenierung der Toten … Castels Magen fühlte sich an, als werde er zusammengepresst. Das hier war keine Tat im Affekt gewesen. So viel stand für sie fest: Das hier war vielmehr von langer Hand geplant worden. Der Mörder hatte umgesetzt, wovon er träumte, sich in aller Ruhe mit der Toten befasst und sich viel Zeit dabei gelassen.

Castels erster Eindruck war, dass der Täter sie erst nach dem Ableben so bekleidet hatte. Alles war makellos sauber. Hätte die Frau in diesen Sachen um ihr Leben gekämpft, wären sie schmutzig, zerrissen, verrutscht. Außerdem musste er die Kleidung irgendwo in der passenden Größe gekauft haben, ebenso die Blumen.

Diese Vorbereitung, die ritualisierten Handlungen, die Zurschaustellung … Castel hatte so etwas noch nie gesehen. Und vielleicht war es nicht das erste Mal, dass der Täter das getan hatte, vielleicht auch nicht das letzte. Zudem die dunklen Flecken auf der Erde …

»Was für eine Freakshow«, sagte Theroux. »Was meinst du: Könnte das die Vermisste aus dem Ort sein?«

Castel zuckte die Achsel. Persönliche Gegenstände der Toten waren bislang nirgends gefunden worden. Es könnte sich um die Vermisste handeln – oder um irgendjemand ganz anderen. Castel fröstelte noch stärker als draußen. Ihr war eiskalt.

Sie sagte: »Wir werden uns Fotos der Vermissten besorgen und sie mit Fotos der Leiche abgleichen.«

Berthe, die Rechtsmedizinerin aus Nîmes, kam jetzt mit ihrem Assistenten herein. Bruno Grinamy, der Leiter der Spurensicherung, begleitete sie. Grinamy müsste eigentlich schon längst im Ruhestand sein. Aber es gab Personalnotstand, weswegen man ihn gebeten hatte, noch etwas Zeit dranzuhängen. Grinamy hatte zugesagt, wahrscheinlich nur allzu gern.

Jetzt blieb er neben Theroux und Castel im Hintergrund stehen, um Berthes Arbeit nicht zu behindern. Sie trug ihre typische Brille mit dem roten Gestell und einen faserfreien Overall, um bei der ersten Leichenbeschau keine Fremdspuren an der Leiche zu hinterlassen. Erst später oder morgen würde sie den Körper auf dem Seziertisch genau untersuchen. Unter ihrer Nase glänzte es. Sie verwendete ebenfalls Mentholpaste gegen den schier unerträglichen Geruch, dachte Castel. Erstaunlich, dass er Theroux überhaupt nichts auszumachen schien.

»Ist sie hier getötet worden?«, fragte Castel.

»Schwer zu sagen«, erwiderte Grinamy und deutete hinter sich. »Wir sind der Meinung, dass es am Eingang Schleifspuren gibt. Der Körper könnte demnach zumindest hierhergebracht worden sein – ob tot oder lebendig, lässt sich daraus nicht schließen. Auf dem Boden befindet sich sehr viel getrocknetes Blut, wenngleich wir auf den ersten Blick keine erkennbaren Verletzungen gefunden haben. Augenscheinlich ist sie aber stark gewürgt worden.«

Die Pfützen, dachte Castel, waren also tatsächlich Blut, wie sie vermutet hatte.

»Habt ihr irgendetwas …«

»Nein«, kürzte Grinamy ab. »Keine persönlichen Dokumente, gar nichts. Über das hinaus, was sich auf der Bettdecke befindet, haben wir nichts weiter gefunden.«

Theroux brummte unzufrieden. Als jemand nach ihm rief, verschwand er nach draußen. Castel beobachtete, wie Berthe den Kopf der Leiche untersuchte. Die Rechtsmedizinerin hatte Latexhandschuhe übergestreift, wendete das Kinn des Opfers nach links und rechts und sprach leise mit ihrem Assistenten, der einige Fotos machte. Sie behandelte die Tote fast schon pietätvoll. Der Eindruck würde sich sicherlich ändern, sobald Berthe ihre Assistenten im Obduktionssaal die Rippenschere und die Knochensäge für die Schädelöffnung zur Hand nehmen ließ.

Berthe sagte immer: »Der leblose Körper ist nur noch eine leere Hülle. Es ist unsere Aufgabe, herauszufinden, was mit ihm geschehen ist und wer dafür verantwortlich ist. Das ist der letzte Respekt, den wir einem Menschen erweisen können.«

Jetzt sagte Berthe beiläufig: »Ich nehme an, dass die Leiche hier bereits vier Tage liegt. Es gibt Male am Hals und dem Anschein nach Einblutungen in den Augen und der Gesichtshaut, was für starkes Würgen spricht. Der Verwesungsprozess ist nicht weit fortgeschritten. Der Geruch kommt in erster Linie davon.« Sie deutete auf die dunklen Flecken auf dem Boden – das getrocknete Blut. Blut roch sehr schnell entsetzlich. Jeder kannte das, wenn er Verpackungen von Lebensmitteln entsorgte, in die vorher Fleisch eingewickelt war. Den Effekt musste man mindestens verhundertfachen, wenn man es mit frischem Blut im Literbereich und anderen Körpersäften zu tun hatte.

»Ich kann noch nicht sagen«, fuhr sie fort, »woher das viele Blut stammt. Die Leiche sieht sauber aus. Es gibt keine Blutflecken auf dem Kleid oder der Decke, aber sehen wir doch mal nach.«

Berthe griff in ihre antik aussehende Ledertasche, ein klassischer Arztkoffer, nahm eine Schere heraus und schnitt damit das Kleid der Leiche am Ausschnitt etwas auf. Sie wollte den Körper offensichtlich nicht bewegen und auf den Rücken drehen, um dort einen Reißverschluss zu öffnen.

Castel konnte nicht sehen, was Berthe sah.

Aber sie hörte Berthe sagen: »Oh. Mein. Gott.«

5

Albin saß am Tresen und hörte der Kaffeemaschine bei der Arbeit zu. Sie fauchte, spritzte, brodelte, keuchte und spuckte. Wobei das Gerät nichts mit einer herkömmlichen Kaffeemaschine zu tun hatte. Auch nicht mit einem Vollautomaten. Vielmehr sah sie so aus, als habe jemand den Motor aus einem amerikanischen Straßenkreuzer der fünfziger Jahre ausgebaut, komplett verchromt und mit jeder Menge Hebeln und Anzeigen ausgestattet. Womöglich könnte man sie sogar in ein U-Boot einbauen und damit einmal quer durch den Atlantik tauchen.

In der glänzenden Oberfläche sah Albin sein verzerrtes Spiegelbild. Er sah es auch in den Christbaumkugeln, die an einem kleinen Strauch hingen, der über dem Tresen baumelte. Irgendwo zwischen diesen beiden Ansichten von Ex-Commissaire und polizeilichem Berater Albin Leclerc befand sich der Stiernacken von Matteo, der das Café du Midi führte. Matteo klapperte mit dickwandigen Tassen und summte eine Melodie mit, die im Radio lief. Und das war der Moment, in dem Albin genug hatte.

»Jetzt reicht's mir aber, beim besten Willen: Schluss damit«, sagte er und fuhr mit der Hand über das abgewetzte, aber auf Hochglanz polierte Holz der Theke.

»Geh anderen Leuten mit deiner schlechten Laune auf die Nerven«, erwiderte Matteo unbekümmert, platzierte eine Tasse unter dem Chromblock und hantierte an einigen Hebel, als sei er Kapitän Nemo am Steuer der »Nautilus« höchstpersönlich – oder als wollte er eine Zeitmaschine in Betrieb setzen.

»Im Ernst«, sagte Albin und streckte sich. »Ich höre dieses Lied jetzt zum fünfhundertsten Mal.«

»Weil sie es vor Weihnachten eben immer wieder spielen, meine Güte.«

»Das ist aber kein Weihnachtslied.«

»Dummes Zeug.«

»Er singt über eine verlorene Liebe. Sie hat ihn betrogen. Er weint ihr immer noch hinterher und schwört, dass er es nächstes Mal besser weiß. Was, zum Teufel, hat das mit Weihnachten zu tun?«

»Na, er singt *Last Christmas*. Und Christmas heißt nun einmal *Weihnachten*.«

»Dann hör halt auf den gesamten Text.«

Albin sah, wie Matteos massige Schultern unter dem Strickpullover, der aus den Achtzigern stammen musste, schlaff zuckten. »Bin ich Engländer? Wenn sie wollen, dass ich ihre Texte verstehe, sollen sie gefälligst Französisch singen.«

Albin rollte mit den Augen und öffnete den Reißverschluss am Kragen seines Troyers. Ihm war warm. Außerdem war es heiß hier drinnen im Café du Midi. Normalerweise saß Albin draußen an einem der Tische unter den Platanen, den Bouleplatz im Rücken, die Straße vor sich, damit er immer genau sehen konnte, was dort vor sich ging und ob jemand Wichtiges kam – wie zum Beispiel Streifenpolizisten, die bei Matteo ihre Pause auf einen Kaffee einlegten und Albin mit Neuigkeiten versorgten. Das

Innere der Mischung aus Bar Tabac und Café glich nach Albins Ansicht eher einer Höhle, und das war es auch. Es herrschte zu jeder Jahreszeit ein diffuses Halbdunkel hinter den zum Teil blinden Fenstern. Heute Morgen fiel nur das Licht einer einzelnen Deckenlampe auf die elektronische Kasse, die sich auf einem Stehpult befand, hinter dem in schmalen Regalen Zeitschriften und Zigarettenpackungen aufgereiht waren. Von dort aus betrat man Matteos natürliches Habitat hinter dem Tresen.

Davor standen abgewetzte und zum Teil geflickte Barhocker. Auf einem davon saß Albin. Tyson, Albins Mops, lag darunter und kaute engagiert auf etwas herum, das einmal zu einem anderen Tier gehört hatte. An der anderen Wand gab es drei Sitzplätze auf Bänken. Die Wände waren verblichen, wie die Markise über der Fassade mit abgeblättertem Putz, und von einer undefinierbaren Farbe zwischen Ockerrot und Braun.

Sie waren mit gerahmten Bildern gespickt, deren Glas wahrscheinlich vor mehr als zwanzig Jahren das letzte Mal geputzt worden war. Einige zeigten Zeitungsausschnitte großer Tour-de-France-Siege und Originalfotos von der Etappe, die jedes Jahr durch Carpentras zum Mont Ventoux führte. Andere wiederum waren Berichte über große Boxkämpfe.

Jedenfalls hatte Matteo, der in etwa im gleichen Alter wie Albin war, also Ende sechzig, früher einmal geboxt und war gar nicht schlecht gewesen. Daher die Zeitungsausschnitte. Aber in den Ring würde er niemals wieder steigen, höchstens für seine Herzenspartei. Der einzige Bilderrahmen, der in der Bar geputzt war, zeigte das strahlende Antlitz von Marine le Pen, der Chefin des Front National.

Matteo war ein glühender Anhänger von ihr und fand sie mindestens so attraktiv wie Catherine Deneuve in ihren besten Jahren. Na ja Albins Geschmack war ein anderer, sowohl bei Frauen als auch in der Politik. Wenngleich er sich generell nicht viel aus Politik machte.

Er hatte alle kommen und gehen sehen: Liberale, Konservative, Linke, Rechte, Demokraten, Republikaner, Unparteiische, Christen, Islamisten, Freigeister – doch was die Polizeiarbeit und die Kriminalität anging, machte das alles keinen Unterschied. Gab es weniger Verbrechen mit den Hardlinern? Nein. Wurde die Polizei besser bezahlt und ausgestattet, seit die Rechten so stark waren wie nie? Kein Stück. Gab es weniger Morde mit den Linken? Pustekuchen. Kein Drogenschmuggel mehr? Das Gegenteil war der Fall.

Von daher war es Albin eigentlich ziemlich gleichgültig, wer gerade am Ruder war, denn Kriminalität gab es schon immer und würde es immer geben – vollkommen gleichgültig, ob man die Guillotine wieder einführen würde oder nicht.

»Daran siehst du mal wieder«, sagte Albin und legte sein Smartphone vor sich ab, »dass du doch besser zur Schule gegangen wärst und Englisch gelernt hättest. Dann würdest du dir nicht so ein dummes Zeug vorsingen lassen.«

»Mir gefällt das Lied«, sagte Matteo und wendete sich zu Albin, um ihm dem Kaffee zu servieren.

»Dir ist schon klar, dass der Sänger ein homosexueller Grieche war? Für mich völlig in Ordnung, denn ich bin tolerant. Aber jemand wie du, Matteo? Gefällt mir. Ja. Aber ich wundere mich dennoch ein bisschen.«

Matteo stockte kurz in der Bewegung, setzte dann die

Tasse klappernd ab. »Und dann singt er über ein Mädchen, das ihm weggelaufen ist?«

Albin nickte. Der Kaffee duftete betörend – der beste, den man weit und breit bekommen konnte. Albin beschloss, das Thema zu wechseln, und beugte sich über die Tasse. Inhalierte. Phantastisch. Er sagte: »Der Kaffee ist so dünn, dass ich sogar noch den Dreck der letzten vier Jahre auf dem Boden sehen kann.«

»Stärker mache ich ihn für Kunden in deinem Alter nicht«, sagte Matteo. »Keine Lust, dass du mir einen Herzkasper bekommst oder mir deine Frau Ärger macht, wenn du heute Abend nicht schlafen kannst und dauernd zum Pinkeln rausrennst.«

Albin grinste. »Sie macht mich sowieso verrückt.«

»Veronique?«

»Ja. Was meinst du, wie verzweifelt ich sein muss, dass ich mich in diese miese Kaschemme zurückziehe?«

»Was tut sie denn, das dich verrückt macht?«

»Na ja«, sagte Albin und nahm einen Schluck Kaffee. Das Getränk der Götter. Heiß. Schwarz. Stark. Perfekt. »Advent halt. Was soll man sagen?«

Adventszeit. Kurz vor Weihnachten – und das bei einem armen Mann wie Albin, dessen Lebensgefährtin ein Blumengeschäft führte, in dem auch Dekorationen angeboten wurden und die somit an der Quelle für allen möglichen jahreszeitlichen Krimskrams saß, den man im Haus verteilen konnte. Was sie mit Leidenschaft tat. Überall standen Santons herum, kleine Tonfiguren, mit denen man auf den Weihnachtsmärkten in jedem Ort geradewegs totgeworfen wurde.

Veronique besaß Massen davon, teilweise sehr alte

Erbstücke aus der Familie. Albin hatte die komplette Inneneinrichtung im Wohnzimmer umwerfen müssen, um Platz für die Krippe zu schaffen, die Veronique für die Figuren aufbauen wollte. Er fand es zwar albern mit diesen Krippen – einen Schafstall direkt neben dem Sofa! –, aber Veronique hatte insistiert, dass die Krippe sein müsse, weil jede Familie, die etwas auf sich hielt, eine habe. Zudem kämen ja an Weihnachten Kinder ins Haus, und damit meinte sie nicht nur Albins Enkelin Clara. Denn zu Weihnachten plante Veronique eine riesige Familienfeier, zu der auch ihre Kinder und deren Kinder kommen würden.

Also dominierte nun eine gewaltige Krippe das Wohnzimmer, und Albin war gezwungen, sich von morgens bis abends den kleinen Jesus anzusehen mitsamt den Heiligen Drei Königen, die der Mutter Maria irgendwelche Gaben brachten.

Der andere Teil vom Wohnzimmer war ebenfalls freigeräumt worden. Dort sollte der Christbaum stehen, den Albin noch besorgen musste. Ihm hätte ja auch einer aus Plastik zum Zusammenstecken gereicht. Aber allein bei der Erwähnung dieser Idee war Veronique wie eine Rakete durch die Decke gegangen und hätte ihm fraglos ihre Freundschaft – und noch mehr – aufgekündigt, wenn Albin nicht schnell eingelenkt und gesagt hätte, dass das nur ein Witz gewesen sei. Tja. Also musste eine verdammte Tanne her.

Abgesehen davon kreisten die Gespräche mit Veronique ausschließlich um Geschenke – was könne man diesem, was jenem schenken, was würde man wohl von wem bekommen, und weswegen dürfte man dann etwas Ähnliches für wen anders nicht kaufen? – und natürlich um das Essen. Es würden etwa zehn Personen kommen, und es würde jede

Menge Gänge geben, extra Essen für die Kinder sowie zum Abschluss die traditionellen dreizehn Desserts, mit denen in der Provence jedes Festmahl beendet wurde: Früchte, Nüsse, weißes Nougat, Pralinen, Callisons … Die Confiserien und Supermarktregale quollen in dieser Jahreszeit über. Und nicht nur die. Die Auslagen der Delikatessengeschäfte, der Käseläden und Fleischer und Fischgeschäfte waren randvoll mit Austern, Krebsen, Lammkeulen, Foie gras, Schinken, Fasanen, Wachteln, Wild und vielem mehr. Man konnte meinen, zu Weihnachten hätten die Provenzalen nichts als Essen und Trinken im Kopf – und lag damit vollkommen richtig.

Albin stellte die Tasse wieder ab und blickte Matteo vielsagend an.

»Verstehe«, erwiderte dieser. »Meine Frau ist auch so. Vor allem, seit sie sich mit deiner angefreundet hat. Sie hat den halben Laden leergekauft. Mein ganzes schönes Geld haut sie für diesen Plunder auf den Kopf.«

»Wenigstens fließt dann wieder in meine Tasche, was du mir für dein Gesöff abknöpfst. Am Ende straft Gott eben doch die Betrüger.«

»Zum Glück muss sie gerade eine Zwangspause machen: Sie ist erkältet und liegt flach. Andererseits ein Nachteil, weil ich deswegen zurzeit zu Fuß zur Arbeit muss.«

»Nur, weil sie erkältet ist?«

»Sie kann mich ja nicht fahren.«

»Und dein Auto?«

»Ist in der Werkstatt. Inspektion.« Matteo regte sich auf. »Dauert wegen der Feiertage länger, sagen sie. Stell dir vor: Nee, sagen die dir, wo denken Sie hin? Das schaffen wir doch vor Weihnachten nicht! Und ich sage denen: Ich bin Geschäftsmann! Und die erwidern: Das sind wir doch alle. Vermutlich zögern sie es nur hinaus, weil irgendein Frachter mit Ersatzteilen aus China untergegangen ist. Die legen ihre Kunden doch alle rein: Da fährt man extra französische Autos – und dann pfropfen sie die mit Technik aus Fernost voll!«

»Matteo?«

»Hm?«

»Warum nimmst du nicht den Wagen deiner Frau?«

»Sie fährt auch so eine Reisschüssel wie du. So einen Kia. Ich fahre keinen Kia.«

»Weil er aus Fernost kommt?«

»Ich fahre französische Autos. Fertig.«

»Aber du hast doch gerade eben gesagt, dass die französischen Autos voller Technik aus Fernost …«

»Das ist etwas vollkommen anderes.«

Albin verdrehte die Augen.

»Außerdem«, sagte Matteo und schien nach den richtigen Worten zu suchen. »Außerdem mag sie es nicht, wenn ich ihren Wagen nehme.«

»Sie verbietet es dir?«

»Sie sagt, dass es sie verrückt macht, wenn im Auto alles verstellt ist – vom Sitz bis zu den Spiegeln. Sie sagt, dass ich selbst schuld bin, wenn ich mein Auto zu dieser Zeit im Jahr zur Inspektion gebe. Außerdem würde es mir nicht schaden, mich mal zu bewegen.«

»Das sind drei sehr gute Gründe, dir das Auto nicht zu geben.«

»Also bitte: Eine Ehefrau, die ihrem Mann das Auto verweigert und ihn mitten im tiefsten Winter auf die Straße jagt!«

»Das macht man halt so mit Straßenkötern wie dir.«

Matteo lachte bitter auf und blickte dann nach draußen, wo es gerade zu regnen aufgehört hatte. »Das Wetter macht einen irre«, sagte er. »Diesen Sommer bist du bei fünfundvierzig Grad verglüht, weil die ganzen Libyer, Algerier und Nigerianer ihr verdammtes Klima aus der Wüste mitgebracht haben. Und diesen Winter erfrierst du und ersäufst im Regen.«

»Sind vermutlich ebenfalls die Algerier dran schuld.«

»Logisch«, sagte Matteo. »Im verdammten Maghreb regnet es ja nicht. Also zaubern sie das mit ihren komischen Geräten herbei.«

»Mit was für Geräten?«

»Sie haben die gesamte Wüste mit Solarzellen vollgebaut und befeuern den Himmel mit Strahlen, um Wolken aufziehen zu lassen. Das versaut das gesamte Weltklima.«

»Wer erzählt denn so einen Blödsinn?«

»Glaub mir«, sagte Matteo verschwörerisch, »da ist mehr im Busch, als wir alle wissen. Und die Regierung hat überall die Finger im Spiel.«

»Du solltest weniger Zeit mit deinen rechten Freunden auf den Parteiabenden zubringen.«

»Tue ich nicht. Keine Zeit für Parteiabende. Aber wir haben Foren. Im Internet.« Matteo zwinkerte.

»Weil bekanntlich alles wahr ist, was im Internet steht«, bemerkte Albin sarkastisch.

»Glaub mir«, Matteo nickte vor sich hin. Er wollte gerade zum Erklären ausholen, als sich die Tür öffnete.

Nicolas Aubery kam mit einer Handvoll Touristen herein, allesamt in leuchtender Outdoor-Kleidung, die man heute »Trekkingoutfit« statt Wandersachen nannte, wie

Albin von Aubery gelernt hatte. Er kannte ihn mindestens schon so lange wie Matteo. Aubery war bei der Freiwilligen Feuerwehr und ein ausgesucht guter Tireur beim Petanque. Er hatte früher ein Sportartikel-Fachgeschäft für Wanderbedarf und Mountainbikes geführt. Seit einigen Jahren führte er Touristengruppen den Mont Ventoux und den Luberon hinauf und hinunter, als habe er die Gene einer Bergziege – und wenn er das nicht tat, dann saß er auf dem Fahrrad. Eine Sportskanone, wie sie im Buche stand, und jemand, der Beschäftigung im Ruhestand brauchte, weil er sonst durchdrehen würde, wie er sagte. Genau wie Albin.

Deswegen scheuchte Aubery im Auftrag des Fremdenverkehrsverbandes und des Alpinvereins Touristen durch die Gegend – und wurde dafür auch noch bezahlt, so dass er nach Albins Meinung insgesamt ganz gut zurechtkommen sollte.

Allerdings sah er jetzt schlecht aus. Als habe er drei Tage nicht geschlafen, zu viel getrunken oder sei krank. Die fünf Touristen an seiner Seite wirkten ebenfalls reichlich abgekämpft. Vielleicht auch krank. Eine Virusinfektion? Oder sie waren erledigt vom Wandern und dem verdammten Wetter.

Matteo lupfte eine Braue und hob das Kinn, scannte die Gäste mit dem Blick sowie den Fußboden, der schlagartig nass und schmutzig wurde. Das schien ihm nicht zu gefallen. Die Aussicht auf Umsatz allerdings schon. Er schnappte sich einen Notizblock mit Kugelschreiber und sein Wischtuch, das er im Gehen in der Hintertasche der abgewetzten Jeans verschwinden ließ, bewegte sich um den Tresen herum und ging zu den Touristen, die gerade aus ihren Jacken schlüpften, um auf den Bänken im hinteren Bereich der Bar Platz zu nehmen.

»Leclerc«, sagte Aubery, klopfte Albin kräftig auf die Schulter und beugte sich zu Tyson herab, um dessen Kopf zu kraulen. »Dein Hund verwundert mich immer wieder.«

»Aha?«

»Warum denn ein Mops?«

»Haben mir die Kollegen zur Pensionierung geschenkt. Damit ich was zu tun habe und ihnen nicht mehr auf die Nerven gehe.«

Aubery schmunzelte. »Stimmt, hast du mal erzählt. Die haben sich wohl einen Spaß gemacht. Ausgerechnet ein Mops.«

Ja, dachte Albin, das haben sie. Albin war sehr groß, ein weißhaariger Jean Gabin vom Format eines Kleiderschranks, und der Mops sehr klein.

»Wenigstens«, sagte Aubery, »ist es keiner dieser Handtaschenterrier geworden.«

»Stimmt«, erwiderte Albin. »Du könntest auch einen Hund gebrauchen, so viel, wie du in der Gegend herumläufst.«

»Vielleicht«, antwortete Aubery und zog sich die regennasse Jacke aus, setzte sich neben Albin auf einen Hocker, weil auf den Bänken kein Platz mehr frei war, und rief zur Trekkinggruppe: »Das Café du Midi ist eine Institution in der Stadt. Nirgends gibt es einen besseren Kaffee. Matteo hat goldene Finger.«

Die Touristen nickten, lächelten müde, und Matteo warf Aubery einen mürrischen Blick zu, der sagen wollte: Ich zeig dir gleich meine goldenen Finger!

»Goldfinger. Soso«, murmelte Albin, grinste kurz vor sich hin und fragte dann: »Mistwetter zum Wandern, hm?«

»Allerdings. Wir werden heute einen Indoor-Tag einlegen. Spontan die Bibliothek besichtigen.«

Die Bibliothèque L'Inguimbertine war sehenswert, wie Albin wusste. Er ging selbst oft dorthin. Joseph-Dominique d'Inguimbert hatte sie gegründet, daher der Name. Er war von 1735 bis zu seinem Tod im Jahr 1757 Bischof von Carpentras gewesen. Heute war sie eine Mischung aus Bücherei und Museum, verfügte über Zigtausende Bücher und Handschriften und war in einem alten Krankenhaus untergebracht.

Albin nickte. Er musterte Aubery, betrachtete dann die leise miteinander redenden Touristen sowie Matteo, der schwungvoll mit seinem Notizblock hinter dem Tresen verschwand, um seinen Kaffeeautomaten in Gang zu setzen. Dann blickte er wieder zu Aubery, sah die Augenränder, die blasse Haut.

»Wie geht's denn sonst so?«, fragte Albin und nippte an der Tasse.

»Ganz gut, danke«, sagte Aubery, wischte sich mit der Hand durchs Gesicht und betrachtete die Innenfläche seiner Hand, die ein wenig feucht war. Reste vom Regen. »Na ja, den Umständen entsprechend.«

»Umstände?«, fragte Albin.

»Hast du noch nichts gehört?«

Albin war alarmiert, gab sich aber Mühe, so gelassen wie möglich zu wirken. »Was sollte ich gehört haben?«

»Du hast doch noch immer Kontakte zur Polizei?«

»Ja.«

»Na, ich rede von der Sache bei La Roque.«

Albin zuckte mit den Achseln und blickte demonstrativ desinteressiert in seinen Kaffee. »Keine Ahnung, was du meinst.«

»Der Leichenfund?«

Albin blickte Aubery fragend an. Dieser erklärte: »Meine Wandergruppe und ich sind gestern vor dem Hagelschauer in die Borie bei La Roque geflüchtet.«

»Ich weiß, wo die ist.«

Und dann erzählte Aubery mit gedämpfter Stimme, was seine Touristen und er dort vorgefunden hatten. Dass die Polizei mit einem Großaufgebot gekommen sei, man Aussagen von allen aufgenommen habe, sogar Schuhabdrücke – und so weiter.

»Ich habe noch nie so etwas Schreckliches gesehen«, sagte Aubery, und damit erklärte sich seine Verfassung sowie die seiner Touristengruppe, die sicherlich in der Hoffnung auf angenehmere Sehenswürdigkeiten in die Provence gekommen war. Eine halbverweste Frauenleiche in einem Brautkleid gehörte gewiss nicht dazu.

Albin leerte den Kaffee. »Gestern war das, sagst du?«

»Ja.«

Albin nickte, glitt vom Barhocker und warf einen Blick auf die Uhr. »Tja, weißt du«, sagte er zu Aubery, »ich bin im Ruhestand. Mir erzählt man nichts mehr. Und jetzt muss ich dringend los, noch ein paar Weihnachtseinkäufe machen.«

Matteo hebelte an seinem U-Boot herum, winkte Albin zu und wirkte so, als wolle er sagen: Das kannst du deiner Großmutter erzählen, Leclerc.

6

Zehn Minuten später saß Albin in seinem SUV und fuhr in Richtung Nîmes. Er rechnete sich aus, dass ein Mordopfer frühestens einen Tag nach Auffinden, aber mit Vorrang vor anderen bei einer Obduktion an der Reihe wäre. Also ungefähr genau in diesem Augenblick.

Albin schlug mit der Faust aufs Lenkrad, als im Radio die ersten Takte von *Last Christmas* zu hören waren, und stellte einen anderen Sender ein, in dem ein Interview übertragen wurde. Es ging um irgendetwas mit der EU-Außenhandelspolitik und war allemal erträglicher als dieses Lied, das Albin überall zu verfolgen schien.

Albin linste in den Rückspiegel, konnte Tyson aber natürlich nicht sehen, der im Kofferraum lag und von der Rückenlehne der Rücksitze verdeckt wurde.

»Es ist unerhört«, sagte er zu Tyson. »Sie finden eine derart zugerichtete Leiche – und mir sagt keiner was, obwohl ich polizeilicher Berater bin.«

Tyson schien erst nicht antworten zu wollen. Doch dann erwiderte er: *Du musst dich eben daran gewöhnen, dass du nicht die erste Wahl bist. Außerdem haben sie wichtigere Dinge zu tun, als dich sofort zu verständigen.*

»Ausrangiert haben sie mich! Aufs Abstellgleis geschoben! Wenn sie mich brauchen, bin ich gut genug. Aber dass mal einer auf mich zukommt – Pustekuchen. Wenn sie nur einen Funken Respekt im Leib hätten, dann hätten Castel oder Theroux …«

Jetzt reg dich nicht so auf, Chef.

»Ha! Ich rege mich nicht auf. Ich bin der entspannteste Mensch der Welt.«

Mhm. Absolut.

»Aber ich *hätte* allen Grund, mich aufzuregen! Von einem Wanderführer muss ich das erfahren. Hat man so etwas schon erlebt?«

Weißt du was?

»Was denn?«

Du klingst wie eine beleidigte Diva.

»Ich bin keine Diva.«

Doch. Du solltest mehr Gelassenheit und Souveränität auf deine alten Tage zeigen.

»Wenn sie eine Leiche in einem Brautkleid in einer dieser Steinhütten finden, wie soll man da noch gelassen sein?«

Castel und Theroux haben es im Griff. Du solltest lernen loszulassen. Wenn sie dich brauchen, werden sie sich schon melden. Denk lieber an die Weihnachtsgeschenke. Du hast immer noch nichts für Veronique.

»Es gibt einige Optionen für ihr Geschenk, aber es ist nicht so einfach. Ihr Geschmack ist speziell, wie du weißt. Ich habe so eine Idee, aber die ist noch nicht spruchreif«, sagte Albin, fuhr durch die Péage und dann auf die Autobahn in Richtung Nîmes.

Du sollst außerdem für Clara diese Lego-Elfen kaufen – besser, du würdest das erledigen als das, was du gerade vorhast.

»Die Lego-Elfen laufen nicht weg.«

Und einen Weihnachtsbaum brauchst du auch noch.

»Weißt du was?«

Hm?

»Du klingst wie einer dieser Sprachassistenten, die man sich für zu Hause kaufen kann und die einem die Aufgabenlisten herunterleiern.«

Du meinst Alexa oder Siri?

»Genau die. Man sollte sie in Mopsform bauen und nach dir benennen.«

Pfff … machte Tyson. Den Rest der Fahrt über blieb er still. Ganz offensichtlich war er beleidigt.

Es gab Schlimmeres als einen eingeschnappten Mops, dachte Albin. Dennoch hatte Tyson recht: Albin sollte sich mit anderen Dingen befassen. Er hatte mehr als genug zu tun und zu allem Überfluss kurz vor Weihnachten noch einen Arzttermin, jährlicher Routine-Check. Und in all dem Stress hatte er auf dem Weg zum Rechtsmedizinischen Institut der Unikliniken das Wichtigste vergessen.

7

»Kein Schokocroissant heute?«, fragte Berthe.

Albin schüttelte den Kopf und faltete die Hände im Schoß. Er seufzte, fasste dann in die geräumige Tasche seines dunkelblauen Dufflecoats und förderte eine kleine Packung Calissons zutage.

»Ich weiß«, murmelte er und wollte sie auf dem Tisch platzieren, »nur ein schwacher Trost.«

»Schuft«, sagte Berthe und nahm sie ihm schnell aus der Hand.

Albin schmunzelte, sagte aber: »Es tut weh, so bezeichnet zu werden. Schokocroissants konnte ich dir nicht bringen, weil der Bäcker nicht auf dem Weg lag. Aber ich dachte, Calissons und Berthe, das geht gut zusammen.«

»Die Antwort ist dennoch: Nein.«

Berthe drehte sich auf dem Absatz um und ließ Albin allein auf dem Flur des Instituts stehen. Tyson hatte er bei der netten Empfangsdame gelassen, die erfreut darüber zu sein schien und sogar Leckerchen in der Handtasche hatte. Für einen Moment hatte Albin darüber nachgedacht, ob sie selbst einen Hund hatte oder nur tierlieb war und die Häppchen inzwischen deshalb mitnahm, weil gelegentlich dieser große alte Mann mit dem kleinen süßen Hund unter einem Vorwand vorbeischaute und den Hund dann bei ihr ließ.

Er sagte: »Berthe. Nun sei doch nicht so hart.«

Albin setzte sich in Bewegung und ging ihr hinterher. Seine Schuhe quietschen auf dem Fußboden. Die von Berthe ebenfalls.

»Nein«, wiederholte sie.

Albin konnte von hinten erkennen, wie sie die Pralinenschachtel öffnete und sich im Gehen eines der Marzipanhäppchen in den Mund schob.

»War denn die Obduktion bereits?«, fragte er.

»Ja«, erwiderte Berthe mit vollem Mund, steckte die Schachtel in die Tasche ihres hellgrünen Arztkittels und bog nach rechts in einen weiteren Flur ab. »Sprich mit Castel oder Theroux. Die sind gerade weg. Ich habe zu tun. Auf mich wartet ein weiterer Kunde.«

»Aber ich bin polizeilicher Berater und …«

Albin hörte Berthe auflachen, schloss dann zu ihr auf und sah sie neben sich grinsen und kauen. »Das kannst du vergessen, Albin. Ich darf dir dennoch keine Auskunft erteilen.«

»Also war es Mord?«

»Wie kommst du zu diesem Schluss?«

Berthe stieß die Flügeltür aus poliertem Edelstahl vor sich auf. Dahinter öffnete sich der Obduktionssaal. Der Boden war weiß gefliest, die Wände ebenfalls. Es gab drei fest eingebaute Tische mit Ablaufrinnen, die ebenfalls aus Edelstahl waren. Darüber befanden sich große, schwenkbare Operationslampen, daneben Rollwagen mit allen möglichen Dingen – Sezierbesteck, Autopsiewaagen, Gefäße aus Metall in verschiedenen Größen und andere Dinge. Auf einem Tisch sah Albin die Leiche eines älteren Mannes liegen, dessen Untersuchung gerade von Assistenten vorbereitet wurde. An einem anderen Tisch war ein weiterer Assistent damit beschäftigt, Blut und weitere Körperflüssigkeiten mit einer Handbrause von der Oberfläche zu spülen.

Berthe steuerte auf ebendiesen Arbeitsplatz zu. An der Seite stand ein recht großer Wagen aus Edelstahl, mit dem die Leichen zu den in der Wand angebrachten Kühlfächern geschoben wurden. Ein recht praktisches System: Der Bestatter fuhr auf das Institutsgelände und dann mit seinem Leichenwagen in eine Art Schleuse neben dem Gebäude, schob einen Körper in eines der Fächer. Die Tür wurde verplombt. Dasselbe Fach konnte man von innen öffnen, den Körper zur Obduktion einfach herausziehen und danach dort wieder ablegen. Ein solcher Prozess wurde gerade offensichtlich vorbereitet, denn auf der Metalloberfläche des höhenverstellbaren Schubwagens lag der Körper einer gerade sezierten jüngeren Frau. Auf einem weiteren Tisch waren alle möglichen Kleidungsstücke ausgebreitet. Es lagen Aktenmappen herum, ein Tablet, Fotoausdrucke und ein Kamera-Set. Berthe blieb dort stehen, wendete sich zu Albin um und wischte sich mit dem kleinen Finger einen Krümel Zuckerguss aus dem Mundwinkel. Sie blickte ihn abwartend an.

Albin musterte die Kleidungsstücke, eine Decke, merkwürdige getrocknete Blumenarrangements. All das musste zu der Leiche gehören und war an ihr oder bei ihr gefunden worden. Jede Faser würde akribisch und mikrobiologisch auf DNA-Material und sonstige Spuren untersucht und analysiert werden. Er warf noch einen Blick auf die Blumen, prägte sie sich ein und machte eine gedankliche Notiz, dass er davon gleich noch ein Foto mit dem Handy machen sollte, um es Veronique zu zeigen, die schließlich einen Blumenladen führte und daher vom Fach war. Dann blickte er zurück zur Leiche, musterte sie erneut.

Er hatte zwar keinen Zweifel, aber fragte dennoch: »Ist sie das?«

Berthe zuckte zur Antwort mit den Achseln und nahm noch ein Calisson aus der Kitteltasche, um es zu essen.

Albin betrachtete die Leiche. Die weiße Haut. Darin dicke schwarze Nähte von der Obduktion. Die Haare an den Stellen zum Teil rasiert, wo die Schädeldecke zur Untersuchung des Gehirns aufgesägt worden war. Überall Verfärbungen vom beginnenden Verwesungsprozess, insbesondere am fast schwarzen Hals. Das sprach ohne Zweifel für Erwürgen. Dennoch gab es weitere sehr auffällige Dinge an dem Körper, auf die sich Albin keinen Reim machen konnte. Er hatte schon zahllose Obduktionen verfolgt, die Körper von Mordopfern zu Berthe begleitet und danebengestanden, wenn die Untersuchung streng gemäß den genormten Vorschriften vollzogen wurde. Aber das hier erschloss sich ihm einfach nicht.

»Warum«, fragte er und deutete mit einem Nicken zu der Leiche, »habt ihr ihr die Brüste abgenommen?« Denn anstelle der Brüste wies der Körper mit dickem Zwirn vernähte Narben, die etwas anders aussahen als die vom Schambein bis knapp unter das Kinn verlaufende.

»Haben wir nicht«, sagte Berthe und zerbiss das Calisson.

Eine Nadel aus Eis stach in Albins Herz.

»Die Vagina …«

»Haben wir ebenfalls nicht entfernt«, sagte Berthe und kaute weiter.

Albin stellten sich die Nackenhaare auf. »War *das* der Täter?«

»Ja«, kürzte Berthe ab. »Sieht ganz danach aus.«

8

»Die Amputationen sind am Fundort vorgenommen worden. Davon gehen wir aus«, sagte Castel und blickte in die Runde. »Die Ergebnisse der Spurensicherung liegen noch nicht vor. Aber bei den Mengen an Blut in der Hütte muss es vom Opfer stammen. Es stammt von der Amputation.«

Castel redete schnell und präzise, fuhr sich gelegentlich durchs kurze Haar und entblößte dabei das Tattoo mit dem arabischen Schriftzug an ihrem Handgelenk. Ein Name aus einer anderen Zeit. Eine Dummheit.

Im Lage- und Besprechungsraum stand sie vor einem Whiteboard und einem großen Bildschirm, auf dem man Fotos oder Videos aufrufen konnte. Im Moment war er allerdings ausgeschaltet. Während sie sprach, malte Castel mit einem roten Marker Kreise und Linien zwischen den Fotoausdrucken auf dem Whiteboard, schrieb Uhrzeiten, Daten und Namen auf. Die Fotos zeigten Ansichten der Leiche, außerdem gab es Bilder vom Fundort sowie von in der jüngsten Zeit vermissten Personen. Eine Handvoll Kriminalbeamter, die zu der aus dem Boden gestampften Ermittlungsgruppe zählte, saß auf Bürostühlen und hörte ihr zu. Theroux stand neben Castel, mit der Hüfte an einen Tisch gelehnt und einem Kaffeebecher in der Hand, und nickte zu ihren Worten.

»Zwei wahrscheinliche Szenarien«, sagte sie. »Er geht mit dem Opfer in die Hütte, erwürgt es und nimmt die ritualisierten Handlungen vor. Oder er hat das Opfer woanders überwältigt und bringt es tot oder bewusstlos in die Hütte. Unklar ist, ob er es betäubt hat, unter Drogen gesetzt oder betrunken gemacht hat. Das müssen die toxikologischen Gutachten erbringen, was ein oder zwei Tage dauern wird. Vorher erhalten wir auch nichts Belastbares von der Spurensicherung. Allerdings sind Schleifspuren gefunden worden. Sie könnten vom Opfer stammen. Daher gehen wir von Szenario zwei aus: Der Täter hat das Opfer tot oder bewusstlos in die Hütte gebracht.«

Castel blickte in die Runde, musterte das mit Bildern und Notizen gespickte Whiteboard. Sie wusste, dass Tag für Tag neue Informationen hinzukommen und andere als nutzlos verworfen werden würden. Alles war im Fluss.

»Entweder«, fuhr sie dann fort, »Täter und Opfer kannten sich persönlich, und der Täter wusste über ihre Gewohnheiten Bescheid. Oder er hat sie beobachtet. So oder so ist das Vorgehen planvoll. Er hat einen passenden Tag und Ort gewählt. Er hat Blumen gekauft, und ich will wissen, woher er sie hat und was das für Blumen sind. Ich will wissen, woher das Brautkleid und die Decke stammen. Laut Rechtsmedizin sind die Amputationen sorgfältig durchgeführt worden, weisen aber keine medizinischen Vorkenntnisse aus. Er hat vermutlich ein herkömmliches Skalpell benutzt, in jedem Fall eine sehr scharfe Klinge, aber konzentrieren wir uns auf ein Skalpell. Wer verkauft die in der Gegend? Wer hat zuletzt wo welche erworben? Außerdem will ich alles über Mordfälle mit Amputationen von Geschlechtsorganen aus den vergangenen fünf Jahren wissen – innerhalb ganz Europas. Der Täter könnte ein Reisender oder Zugezogener sein.«

Castel machte eine Pause. Beobachtete, wie sich die Kollegen Notizen machten.

»Stéphanie Kaufmann«, sagte sie dann und deutete auf den Ausdruck eines Passbildes an der Wand, das eine hübsche Dunkelhaarige mit großen braunen Augen zeigte. »Auf sie fokussieren wir uns zunächst. Achtundzwanzig Jahre alt, alleinlebend in einem Haus bei La Roque, Hotelfachangestellte und in La Roque-sur-Pernes im Hotel Banatais angestellt. Sie ist seit drei Tagen nicht zur Arbeit gekommen. Die Steinhütte, in der sie gefunden wurde, liegt unweit ihres Wohn- und Arbeitsortes. Größe, Haarfarbe und Alter der Leiche könnten zu ihr passen. Bei der Leiche haben wir nichts gefunden, das auf ihre Identität hindeutet. Vermutlich hat der Täter alles an sich genommen. Wir benötigen daher den Beschluss für eine Hausdurchsuchung bei Stéphanie Kaufmann, um DNA-Material für einen Abgleich mit der Leiche zu sammeln und um festzustellen, ob wir noch etwas finden, womit wir was anfangen können: Adressen von Freundinnen, Verwandten, einem möglichen aktuellen oder früheren Sexualpartner, das volle Programm also. Ich muss euch eure Arbeit nicht erklären.«

Einige nickten, schmunzelten über Castels Bemerkung. Natürlich kannten alle das Standardverfahren bei Mordermittlungen und wussten, dass in mehr als neunzig Prozent aller Fälle bei Tötungen von Frauen die Täter männlich und im näheren Umkreis des Opfers zu finden waren. Allerdings handelte es sich in diesen Fällen meist um emotionale Affekttaten, die für gewöhnlich eines der Basismotive hatten: Kränkung und Verletzung des Selbstwertgefühls, Rache, sexuelle Motive, Eifersucht, Hass.

In dem Fall von La Roque-sur-Pernes mochte es zwar sein, dass der Täter das Opfer aus dem Affekt heraus erwürgt und dann verschleppt hatte. Aber Castel glaubte nicht daran, und alles sprach dagegen. Es lag nach ihrer Auffassung so, dass der Mörder ein Versteck gewählt hatte, um seinen Leidenschaften nachzugehen und seine Ideen umzusetzen – sich eine Braut zu gestalten und ihr außerdem die Geschlechtsorgane zu entfernen. Das sagte eine Menge über den Täter aus und reduzierte gleichzeitig die statistische Wahrscheinlichkeit einer Affekthandlung als klassische Beziehungstat. Wenngleich Castel noch keine Ahnung hatte, was genau diese Inszenierung am Fundort über den Täter verriet. Aber es war sowieso noch zu früh, sich in die abstruse Gedankenwelt des Mörders zu vertiefen. Davor lag jede Menge handfeste Ermittlungsarbeit nach dem Standardverfahren: Spurensicherung, Befragungen …

Es war, als stünde man in einem Museum in einigem Abstand vor einem Bild und trat dann immer näher heran, entdeckte mehr und mehr Details. Und erst nachdem man wusste und verstand, was man sah, hatte man eine solide Basis für die Interpretation und das Erkennen von Bezügen und Bedeutungen, konnte wieder einige Schritte zurücktreten und das Bild dann erneut in Gänze erfassen – unter anderen Vorzeichen.

Schließlich verteilte Castel die Aufgaben innerhalb der zunächst siebenköpfigen Ermittlergruppe, vier Männer und drei Frauen – inklusive Castel.

»Herbault und Griffon, ihr nehmt euch die Wandergruppe vor. Wir haben bislang nur die Aussagen, die die Gendarmerie aufgenommen hat. Wir benötigen unsere eigenen. Varis und Moreau, ihr kümmert euch bitte um das Brautkleid, die Blumen und die Frage nach der Tatwaffe. Zahir, ich hätte gerne, dass du eine Recherche nach ähnlich gelagerten Fällen in Auftrag gibst und vorsorglich alles über Stéphanie Kaufmann besorgst, was wir haben. Theroux und ich kümmern uns um die Hausdurchsuchung, die Spurensicherung und die Labordaten und durchkämmen die Vermisstendatenbank. Das war's dann – ich wünsche allen einen schönen Tag.«

Stühlerücken, allgemeines Gemurmel. Die Kollegen verließen den Raum. Sonderlich begeistert schien niemand zu sein, vor dem Fest der Feste mit einem solchen Fall befasst zu werden – denn ein Mord, zudem ein derartiger, bedeutete jede Menge Arbeit und Überstunden. Castel ärgerte sich darüber, dass sie nicht mehr Leute zur Verfügung hatte. Einige waren bereits im Urlaub, hatten sich extra in der stressigen Zeit vor den Feiertagen freigenommen, weil die Zeit nach den Feiertagen meist noch stressiger wurde. Dann nämlich hatte die Polizei mit jeder Menge Trunkenheitsdelikten, Körperverletzungen, Familienstreitigkeiten sowie anderen Dingen zu tun, die die Leute dann anstellten, wenn sie in den Ferien zu viel Zeit miteinander verbrachten und ihnen die dunkle Jahreszeit zu sehr an den Nerven zerrte. Aber wie gesagt: Vor Weihnachten war es nicht wesentlich besser. Da dominierten zumeist Streits und Schlägereien auf den Weihnachtsmärkten, Taschendiebstahl und sonstige Kleinkriminalität. Dass nun mitten in diesen Wahnsinn ein derartiger Mord wie ein Komet einschlug – na schönen Dank auch.

Castel und Theroux packten ihre Sachen zusammen. Theroux räusperte sich, zog die Nase hoch, fasste sich an den Hals.

»Ich glaube«, sagte er, »ich habe mich in dem dämlichen Steinhaus erkältet.«

»Salbei. Zitronentee. Heiße Milch mit Honig«, sagte Castel beiläufig, klappte eine Mappe mit Bildern zusammen und klemmte sie sich unter den Arm. Dann verließen sie und Theroux ebenfalls den Raum. Dabei wären sie beinahe gegen einen Schrank von einem Menschen gelaufen, der unmittelbar neben der Tür stand. Ein Schrank mit weißen Haaren.

»Wir haben es mit einem verdammter Serienkiller zu tun«, sagte Albin Leclerc und sah aus, als verkünde er gerade den Tag des Jüngsten Gerichts.

9

»Wir?«

Castel stemmte die Hände deutlich hörbar auf die Schreibtischunterlage in ihrem Büro.

»Ja«, sagte Albin und zog sich den Dufflecoat aus. »Wir. Wer denn sonst, meine Güte? Ihr – und euer polizeilicher Berater: Das bin ich.«

»Albin, also wirklich …«, hob Theroux an, hustete dann und verschluckte den Rest dessen, was er sagen wollte. Albin hätte ihm sowieso das Wort abgeschnitten. Der hängte seinen Mantel nun über die Lehne vom Besucherstuhl und setzte sich, während Castel und Theroux noch standen.

»Ich war bei Berthe. Habe das Opfer gesehen. Mord ist immer eine ernste Sache. Aber dieser hier ist besonders ernst.«

»Ach was?«, bemerkte Castel spöttelnd, verschränkte die Arme vor der Brust und starrte Albin mit finsterer Miene an. Er ignorierte das. Sie schaute immer so, wenn sie unzufrieden mit Albin war, weil er sich einmischte. Man konnte darauf eingehen und sich in Diskussionen mit ihr verstricken. Oder man konnte darüber hinwegsehen und konstruktiv vorangehen. Albin bevorzugte die zweite Möglichkeit.

Castel keuchte genervt, stützte sich auf den Händen ab,

starrte auf die mit Kugelschreiber vollgekritzelte Unterlage auf dem Schreibtisch. Sie war vielleicht das Persönlichste in ihrem Büro. Andere hatten die Wände mit Urlaubsbildern oder Postkarten gespickt, Fotos ihrer Angehörigen auf den Tischen – und sei es nur Tassen mit irgendwelchen Sprüchen. Castel hatte nichts dergleichen.

»Woher«, begann sie, »wissen Sie das überhaupt mit dem Mordfall in …«

»Die Wanderer«, kürzte Albin ab und zog den Reißverschluss an seinem Troyer auf. »Die Gruppe kam bei Matteo rein. Alle sahen aus wie Gespenster. Erzählten, was sie gesehen hatten.« Albin schob es extra auf die gesamte Gruppe. Er wollte Aubery nicht als Tratschtante dastehen lassen. »Ich saß dort und trank meinen Kaffee. Ehe die Tasse leer war, wusste ich schon alles. Ich konnte die Leute vom Reden überhaupt nicht abhalten. Selbst wenn ich mir die Ohren zugehalten hätte, hätte ich es nicht verhindern können. Ich kenne außerdem Aubery. Man redet miteinander, erkundigt sich nach dem Befinden. Tja.«

»Natürlich«, sagte Castel sarkastisch. »Wen kennen Sie eigentlich nicht?«

Albin ging auch darüber hinweg. Er überlegte für einen Moment, ob er nicht doch darauf eingehen sollte, über ignorante Beamten dozieren, die ihre eigenen Leute vom Informationsfluss abschneiden und nicht über Leichenfunde ins Bild setzen, so dass sie dumm dastehen, wenn ihnen jemand derlei Neuigkeiten präsentiert und sich alle Welt fragt: Wie, du bist doch Polizeiberater, da weißt du das nicht? Aber Albin entschied sich wiederum dagegen, weil es taktisch unklug wäre. Außerdem war er solches Leid inzwischen gewohnt.

Er fragte: »Was wisst ihr bislang?«

»Albin«, sagte Theroux und räusperte sich, »wir haben dich nicht – ich wiederhole – wir haben dich nicht dazu berufen, uns als polizeilicher Berater …«

»Ich bin prophylaktisch hier«, sagte Albin. »Für den Fall der Fälle. Ich habe gesehen, wer da eben aus dem Besprechungsraum gekommen ist. Waren nicht gerade viele.«

»Einige sind im Urlaub.«

»Fordert Verstärkung an.«

»Bekommen wir aktuell nicht, weil die Kollegen außerhalb personell ähnlich ausgedünnt sind.«

Überall der gleiche Mist, dachte Albin. Die Personaldecke war sowieso schon dünn, wie bei einem dieser Spiele, bei denen man kleine Vierecke hin und her schieben musste, bis sie in eine Reihe passten – nur, dass immer ein Quadrat fehlte. Albin – und vermutlich das gesamte Kommissariat inklusive der Staatsanwaltschaft – hatte gehofft, dass die Ermittlungserfolge der letzten Zeit die Personalsituation und die Budgets verbessern würden. Aber Pustekuchen. Mehr als Lippenbekenntnisse gab es nicht, sie quetschten die Leute immer mehr aus wie Zitronen und überluden sie zugleich mit immer mehr Besprechungen, bürokratischen und administrativen Dingen – nur damit man am Jahresende Daten und Statistiken und Einsparungen präsentieren konnte, oder weil irgendeine Unternehmensberatung ihnen erzählt hatte, dass man das heute so machen müsse.

»Das Rattenpack lässt euch im Regen stehen«, sagte Albin.

Theroux und Castel kommentierten das nicht. »Wie gut, dass ihr einen polizeilichen Berater habt«, ergänzte er. »Ich könnte mich ein wenig im Ort nach der Vermissten umhören.«

Auch das kommentierte niemand.

»Also: Was wisst ihr?«, wiederholte Albin.

Castel starrte weiter auf ihren Schreibtisch. Sie schien das Für und Wider abzuwägen und ihre Chancen, sich gegen Albin durchzusetzen, kam dann zu einem Schluss, blickte auf und ließ sich mit einem Keuchen in den Stuhl plumpsen.

»Stéphanie Kaufmann«, sagte sie dann. Und erzählte ihm alles über die junge Frau, was bislang bekannt war. Und dass sie vermisst wurde.

»Es muss nicht sie sein«, sagte Albin.

»Nein«, erwiderte Castel. »Aber ich halte es für sehr wahrscheinlich. Mein Gefühl sagt es mir.«

»Die Art und Weise dieses Mordes …« Albin kratzte sich den Stoppelbart am Kinn. Er hatte sich zwei Tage nicht rasiert. Veronique küsste ihn deswegen nicht mehr, weil sie meinte, es fühle sich an wie Schmirgelpapier. Er musste das dringend ändern, denn er küsste Veronique ziemlich gerne.

»… ist sehr erschreckend«, ergänzte Castel. »Das Brautkleid. Die Blumen. Die Amputationen.«

Albin nickte. Er fühlte sich an einen entsetzlichen Fall erinnert, der noch nicht allzu lange her und ihm immer noch sehr präsent war. Er war gerade in den Ruhestand gegangen, und da war dieses deutsche Ehepaar, das sich den Traum von einem Hotel in der Provence erfüllen wollte, mit seiner kleinen Tochter – und einem Killer, der Jagd auf Rothaarige machte und ihnen Körperteile abschnitt.

Aber dieser Wahnsinnige konnte unmöglich zurück sein. Nein, der Fall von La Roque schien gänzlich anders gelagert zu sein, wenngleich er ebenfalls mit Amputationen zu tun hatte. Und außerdem mit einer Braut – einer, die vermutlich niemals eine sein wollte, zumindest nicht für ihren Mörder.

»Klingt alles nach einem Ritualtäter, wenn nicht einem Serienmörder«, sagte Albin. »Da draußen ist ein Irrer unterwegs, der sich Bräute erschafft, weil er selbst keine haben kann. Er folgt einem strikten Modus Operandi, nach dem er vorgeht. Und den hat er sich nicht von heute auf morgen ausgedacht. Den trägt er schon länger mit sich herum – oder hat ihn sogar schon einmal erprobt.«

»Albin«, meldete sich Theroux zu Wort, »es ist nicht so, dass wir nicht von selbst darauf gekommen wären. Aber es ist doch verfrüht, davon auszugehen.«

»Je früher, desto besser«, murmelte Albin. »Ihr habt es nicht mit einem normalen Killer zu tun. Steht ein Polizeiwagen an der Borie?«

Theroux zuckte gleichzeitig die Schultern und schüttelte mit dem Kopf.

»Dann schickt einen hin. Ein Zivilfahrzeug. Der Mörder hat den Ort ausgesucht, um dort seine Braut zu verstecken. Er wird sie besuchen wollen und feststellen, dass sie nicht mehr da ist. Wenn sich jemand dem Steinhaus nähert, schnappt ihn euch. Aber wahrscheinlich ist es schon zu spät. Vermutlich hat er es längst gemerkt, eventuell sogar selbst den Polizeiauflauf verfolgt.«

Theroux nickte. Castel kaute auf der Unterlippe und massierte ihr tätowiertes Handgelenk. Albin ahnte, was sie dachte – dasselbe wie er.

»Wenn er merkt«, sagte Castel, »dass seine Braut fort ist, dann will er vielleicht eine neue.«

10

Sie hatten sie ihm genommen.

Er wimmerte, wischte sich den Rotz unter der Nase und die Tränen auf den Wangen mit dem Rücken der freien Hand ab. Dann holte er mit der rechten erneut aus und ließ die mit Knoten versehenen Lederriemen der Peitsche wieder auf seinen Rücken klatschen. Das Geräusch hallte in dem eiskalten Kellerraum, dessen Tür fest verschlossen war, wider. Nur eine Kerze brannte, erhellte mit ihrem flackernden Licht das große Kreuz und die Ikone an der Wand, vor der der Mann kniete.

Er keuchte auf. Der Schmerz reinigte die Seele, hieß es, aber seine war zu schwarz, zu verdorben und zu unrein, und die Qual über seine Fehler war zu groß, als dass das Geißeln und Beten half. Er hatte der Versuchung nicht widerstehen können, und das war der erste Fehler gewesen. Er hatte sich nicht an die Gebote gehalten und seine Aufgabe verfehlt – ja, er hatte seinen Herrn enttäuscht. Noch wusste der zwar nicht, was vorgefallen war. Aber bekanntlich sah er alles, und es wäre nur eine Frage der Zeit. Das Wissen, enttäuscht zu haben, war viel schmerzvoller als die Peitsche, die erneut auf den Rücken niedersauste und dort einen roten Striemen neben dem anderen hinterließ.

Als er die viele Polizei an der Steinhütte gesehen hatte, war es, als würde sein Herz explodieren. Ihm war schlagartig klargeworden, dass er einen dummen Fehler gemacht hatte, einen entsetzlichen, denn er hatte angenommen, dass dort niemand seine Braut finden werde. Nicht bei diesem Wetter und nicht zu dieser Jahreszeit. Eine schreckliche Dummheit, völliger Leichtsinn.

Natürlich, er war nicht der klügste Mann unter der Sonne, das wusste er nur zu gut. Jeder, den er früher gekannt hatte, hatte ihm das regelrecht auf die Nase gebunden. Dennoch hatte er es im Leben zu etwas gebracht und einiges erreicht. Doch manchmal, wie in diesem Fall, strafte ihn seine Naivität ab. Er hatte zunächst panisch überlegt, wohin er den Körper bringen konnte, statt ihn sofort zu entsorgen, im Wald zu vergraben oder in eine Schlucht zu werfen, zum Beispiel in die Gorges de la Nesque. Da hätte man denken können, wenn jemand jemals die Leiche fand, dass die Frau beim Wandern abgestürzt wäre.

Aber das wollte er alles nicht. Er wollte sich mit ihr befassen, da sie ihm nun nicht mehr ausweichen konnte. Sie zu seiner sittsamen Braut machen, wie es sich gehörte – er hätte den Körper immer noch verschwinden lassen können, nachdem sie *sein* geworden war. Dann wäre er Witwer gewesen und hätte still trauern können.

Doch jetzt – jetzt war alles ein Chaos. Er hätte gegen sein Begehren ankämpfen müssen und sie einfach töten sollen. Seine Begierde hatte ihn nun ins Chaos gestürzt, und wenn bekannt werden würde, was er getan hatte, dann Gnade ihm Gott.

Es war entsetzlich, nicht zu wissen, wo sie nun war, und sich vorzustellen, was man mit ihr anstellte – mit seiner Braut. Seinem Weib

Dabei verdiente er es doch, oder? Er verdiente es, eine

gottesfürchtige Frau zu haben, wie es sich gehörte. Doch nun war sie weg. Nun war er wieder allein, und das Gefühl war kaum zum Aushalten. Es zerriss ihn. Er wollte nicht allein sein. Er wollte …

Gnade ihm Gott.

Fort, nur fort mit diesen sündigen Gedanken!

Erneut knallten die Riemen auf seinen Rücken, härter als zuvor. Er starrte auf das Kreuz, das vor ihm schwebte wie ein Menetekel. Seine Lippen bewegten sich im lautlosen Gebet. Seine Blicke saugten sich an der Ikone fest. Der Herr Jesus Christus. Seine gütigen Augen, die auf ihm, dem armen Sünder, ruhten. Drei Finger erhoben. Das Tatzenkreuz der Armen Ritterschaft Christi und des salomonischen Tempels segnend.

»Gnade«, wimmerte er. »Vergebung.«

Und die neunschwänzige Katze riss ihm die Haut auf.

11

Albin hatte das Hôtel de Police mit Tyson verlassen und war auf dem Weg noch schnell zum Auchan in der Zone commerciale Avignon Nord gefahren, um diverse Besorgungen für das Weihnachtsessen zu tätigen. Zwar war bis dahin noch etwas Zeit. Aber Veroniques Pläne glichen nach Albins Einschätzung denen des Galadiners beim Neujahrsempfang des Präsidenten. Nichts gegen ein Galadiner, Gott bewahre. Allerdings war Albins kleine Küche eher nicht dafür gebaut worden, eine Horde von Weihnachtsgästen mit einem Acht-Gänge-Menü und den anschließenden Leckereien der dreizehn Köstlichkeiten zu versorgen. Weswegen Veronique bereits seit zwei Wochen mit der Logistik befasst war. Ihre Küchenplanung folgte außerdem einem strengen Beschaffungsraster von Zutaten, weswegen Albin beinahe täglich bei Lebensmittelhändlern, in Supermärkten und sonstigen Fachgeschäften zu Gast war, wo er bereits ein mittleres Vermögen gelassen hatte.

Der Auchan war ein gigantischer weißer Klotz und hatte mehr Kassen als manche Flughäfen Gates. Albin verlief sich dort regelmäßig und war im Übrigen von dem Angebot vollkommen überfordert. Deswegen fuhr er nur hin, wenn es sich nicht umgehen ließ und ihm gezielt zuvor gesagt worden war, was er dort besorgen sollte und wo er es fände. Zudem ging es in einem solchen Konsumtempel in der Vorweihnachtszeit zu wie in der Kaaba zu Mekka, wenn die Pilger kamen. Mit anderen Worten: Es war die Hölle los.

In der Meeresfrüchteabteilung hatte Albin den Eindruck, als sei der halbe Atlantik leergefischt worden und als hätten sämtliche Austernzüchter von der Île d'Oléron und Umgebung ihre Jahresproduktion hier in kleinen Körben abgeliefert – von den anderen Muschelsorten gar nicht erst zu sprechen. Daneben ruhte eine Armada von Langusten und Krebsen sowie ganze Kutterladungen von Garnelen. Ein paar Gänge weiter befanden sich aus Gläsern und Dosen mit Foie gras errichtete Wände, die Donald Trump gut für eine Mauer entlang der Grenze zu Mexiko verwenden könnte. Aber vermutlich standen dem die Luxuszölle auf Feinkost aus Frankreich im Wege. Dazwischen bogen sich dekorative Holzkarren unter Hunderten von Schinken und Würsten. Und überall Menschen, Menschen, Menschen. An der Spielwarenabteilung war Albin ohne hinzusehen vorbeigelaufen, um von den Barbiepuppen und Stoffeinhörnern nicht farbenblind zu werden – wohl wissend, dass er sie früher oder später doch würde aufsuchen müssen, um die Geschenke für die Kinder zu besorgen.

Zwischendurch wanderten seine Gedanken immer wieder zurück zu der Obduktion und der Besprechung mit Castel und Theroux und den merkwürdigen Umständen, unter denen die Leiche gefunden worden war. Warum verwandelte jemand eine Frau in eine Braut und trennte ihr die Geschlechtsorgane vom Körper ab? Und vor allen Dingen, überlegte Albin beim Warten an der Fleischtheke und beim Betrachten der Berge von Steaks und Koteletts, was hatte er damit gemacht? Bewahrte er sie auf? Albin wischte die Gedanken wieder fort. Die professionellen Mechanismen, derlei Bilder und Gedanken aus dem Alltag zu verdrängen, funktionierten immer noch. Aber nachts, wenn man allein mit sich und der Dunkelheit war, war das eine ganz andere Sache.

Als er endlich an der Kasse war, dudelte zu allem Übel aus den Lautsprechern auch noch eine Easy-Listening-Version von »Last Christmas«. Er war eingekeilt zwischen mehreren Einkaufswagen und drängelnden Kindern, die unbedingt zu dem außerhalb der Kassenzone für Fotos posierenden Weihnachtsmann rennen wollten und von ihren Müttern an den Kapuzen zurückgehalten wurden.

Albin hatte drei Kreuze gemacht, als ihm – mit mehreren enormen Tüten bepackt – schließlich die Flucht auf den Parkplatz und ins Auto gelungen war.

Jetzt stand er mit den Einkäufen zu Hause in der Wohnküche, verstaute alles, sah sich um – und kam sich beinahe vor wie ein Fremder

Gewiss, alles war geschmackvoll geschmückt. Sterne an den Fenstern, Christbaumkugeln an Tannenzweigen in Vasen, Nüsse und Orangen in Schalen, Kerzen zwischen Rentieren, ein kunstvoll aus Zweigen gewundener Adventskranz. Aber ganz ehrlich: Albin hatte sich nie etwas aus Dekoration gemacht. Hier und da ein paar Bilder an der Wand – das reichte.

Andererseits hatte er sich früher auch nie viel aus Essen gemacht. Als er noch aktiv bei der Polizei war, hatten ihm Dosensuppen und Mikrowellengerichte vollkommen ausgereicht. Was sich mit Veroniques Eintreten in sein Leben gründlich geändert hatte. Das mit dem Essen und das mit dem Dekorieren.

Diese Veränderung wurde nirgends deutlicher als an der Krippe. Damals, als Manon noch klein war, hatte er diese Krippen bereits gehasst. Und nun stand das riesigste Exemplar einer »Crèche provençale«, das man sich vorstellen konnte, mitten in seiner Wohnung. Natürlich, vor allem wegen seiner Enkelin, Clara, die Stunde um Stunde mit ihrer Mutter und Veronique damit verbracht hatte, die Krippe aufzubauen, um danach Stunde um Stunde davorzusitzen und mit den Figuren zu spielen oder sie einfach nur zu betrachten. Das Ganze hatte ein Vermögen gekostet.

Kein Wunder, denn eine »Crèche provençale« war nicht das, was Menschen in anderen Ländern unter einer Krippe verstanden – die Heiligen Drei Könige, der Schafstall, Maria, Joseph und das Kind, ein paar Tiere und Engel, fertig war die Laube. Das war eine normale Krippe.

Eine »Crèche provençale« dagegen war ein Gesamtkunstwerk, fast wie ein Diorama mit lebensecht wirkenden Häusern und Landschaften wie bei einer Modelleisenbahnlandschaft, die sich durchaus über eine Fläche von einem oder mehreren Quadratmetern erstrecken konnte. Die Geburt Jesu spielte im Aufbau eher eine Nebenrolle, die Hauptrolle die idealisierte Welt der Provence im Miniaturformat. Manche bauten komplette Dörfer nach – mit Feldern, Bauern, Straßenzügen, Fahrzeugen … Veronique besaß zwar bereits jede Menge Zubehör, aber sie war dennoch mit Manon und Clara in die Chapelle du Collège in Carpentras gegangen, wo sie gemeinsam beim Marché aux santons das Jahresbudget eines pazifischen Kleinstaates auf den Kopf gehauen hatten.

Die Santons waren die Hauptakteure der Krippen und

die begehrtesten Einkaufsobjekte der provenzalischen Weihnachtsmärkte. Auf welchen man auch ging, vor allem in den größeren Städten wie Avignon und Marseille oder Aix en Provence: Alles war voll mit Santons.

Santons, das waren kleine, lebensechte Figuren aus Ton oder Terrakotta. Sie wurden kunstvoll und detailreich mit Farben aus Pigmenten bemalt, die aus den Ockerbrüchen von Roussillon stammten, und zum Teil mit in Handarbeit hergestellten Puppenkleidern angezogen. Die Tradition der Santons stammte aus der Zeit der Französischen Revolution, als Kirchen geschlossen und Krippen verboten wurden, weswegen sich die Leute ihre Figuren für zu Hause selbst aus Brotteig herstellten. Daraus entwickelte sich ein eigenes Kunstgewerbe, und viele dieser »Santonniers« genannten Hersteller waren wahre Künstler, die ihr Wissen von Generation zu Generation weitergaben.

Das Spezielle an den Krippen und den Santons war, dass sie Personen aus dem normalen Leben darstellten. Es gab Ärzte, Handwerker, Bauern, Spaziergänger, Lehrer, Schüler, Touristen, Fotografen und alle möglichen Tiere – und es gab bekannte Persönlichkeiten, deren Züge die Santonniers nachempfanden.

In der »Crèche Leclerc« gab es natürlich Polizisten. Es gab einen Theroux und eine Castel, die einen Einbrecher jagten. Es gab einen kleinen, dicken Wirt. Und es gab einen großen weißhaarigen Mann mit einem kleinen Hund, der vor dem Café stand und Theroux und Castel bei der Jagd des Einbrechers zusah. Clara, Veronique und Manon hatten beim Aufbauen fortlaufend gekichert und sich darauf gefreut, dass Castel und Theroux und Matteo bestimmt sehr überrascht wären, wenn sie zu Besuch kämen. Albin wiederum war sehr überrascht, dass diese Leute über Weihnachten zu Besuch kommen würden. Wer hatte die denn alle eingeladen? Ohnehin war er sich nicht sicher, was er von dem Ganzen halten sollte – vor allem von dem alle überragenden weißhaarigen Santon mit dem Hund, der genau wie ein Mops aussah.

Albin faltete die Plastiktüten zusammen und beobachtete Tyson, der auf dem Boden lag, abwechselnd die Augenbrauen hob und die Szenerie der Krippe ebenso nachdenklich zu betrachten schien.

»Sie haben mich nachgebaut«, sagte Albin.

Ich weiß, erwiderte Tyson.

»Dich auch.«

Das sehe ich.

»Ich schätze, sie finden das lustig.«

Das schätze ich auch. Andererseits …

»Andererseits?«

Andererseits ist es doch ganz witzig. Ich wünschte nur, die hätten Mila ebenfalls dort hingesetzt.

Mila, die schwarze Mopsdame, die Castels Lebensgefährte Jean Villeneuve adoptiert hatte.

»Das kann ich mir denken.«

Ob ich ihr etwas zu Weihnachten schenken sollte?

»Hunde schenken anderen Hunden nichts zu Weihnachten.«

Aber du schenkst Manon und Clara etwas?

»Die sind ja auch keine Hunde.«

Ach.

»Clara bekommt diese Lego-Elfen, die ich noch kaufen muss. Ich hätte sie im Auchan besorgen können. Aber vermutlich hätte ich sie zwischen all den anderen Elfen und sonstigen Figuren nicht finden können. Manon bekommt eine Ledertasche, die Veronique gekauft hat.«

Und was bekommt Veronique?

»Weiß ich noch nicht.«

Das solltest du aber besser, denn die Zeit läuft dir davon.

»Richtig. Ich kann mich aber noch nicht entscheiden.«

Zwischen was?

»Weihnachten könnte der richtige Zeitpunkt sein, um …«

Ja?

»Egal.«

Raus damit, Chef.

»Nein. Ich weiß noch nicht. Wir werden sehen.«

Du sprichst in Rätseln.

»Blöde Angewohnheit, ich weiß. Sag mir lieber, wo ich einen Weihnachtsbaum kaufen soll.«

Jetzt schwieg Tyson. Natürlich – wenn man seinen Rat mal wirklich brauchte, dann kam nichts vom sonst so naseweisen Monsieur Mops. Andererseits war sein Rat gar nicht nötig und Albins Frage eher rhetorisch gewesen. Denn natürlich bekam man überall Weihnachtsbäume. Tannen in allen möglichen Größen, wenngleich Albin diese Tradition im Süden Frankreichs albern fand. Schließlich gab es hier doch überall Palmen und Olivenbäume, was viel besser nach Bethlehem passen würde als Tannen oder Fichten.

Aber egal. Alles für die weihnachtliche Stimmung – was bedeutete, alles für die Kinder und die Familie.

Allerdings hatte Albin keine Lust, jetzt noch mal loszufahren und so einen Baum zu kaufen. Er hatte aber auch keine Lust dazu, sich einen Kaffee zu kochen und vor den Fernseher zu setzen. Was wäre das für ein armseliges Bild.

Ein Pensionär mit seinem Hund, einsam im geschmückten Haus zur Vorweihnachtszeit vor der Glotze. Da wurde man ja schon vom Drandenken trübsinnig.

Also schnappte er sich die Autoschlüssel. Die Jacke hatte er immer noch an.

»Komm«, sagte er zu Tyson. »Wir haben zu tun.«

12

Castel blinzelte in die Sonne, die gerade durch die Wolken brach. Schlagartig wurde es etwas wärmer, aber nicht viel. Ein kalter Wind pfiff. Auf dem kleinen Hof vor dem Wohnhaus standen mehrere Fahrzeuge: zwei zivile Polizeifahrzeuge, der Schlüsseldienst, ein Polizeiwagen und ein kleiner Clio, der dem Kennzeichen nach Stéphanie Kaufmann gehörte. Der Asphalt hatte eine Menge Schlaglöcher, in denen das Regenwasser wie in kleinen Tümpeln stand.

Das Haus wirkte dringend sanierungsbedürftig. An verschiedenen Stellen war der Putz abgeplatzt und offenbarte das bloße Mauerwerk. Die Fensterläden mussten gestrichen werden. Die Dachziegel schienen die besten Jahre längst hinter sich gelassen zu haben. Regelrecht verfallen wirkte eine kleine Scheune mit einem hölzernen Schiebetor, das in einer undefinierbaren Farbe gestrichen war. Eine Mauer, die eine verwildert aussehende landwirtschaftliche Fläche einfasste, war zum Teil eingestürzt. Insgesamt ein vor vielen Jahren aufgegebener Hof, dachte Castel, der für eine Person deutlich zu groß war und mit dem Gehalt einer Hotelfachangestellten unmöglich zu unterhalten.

Castel blickte zurück zur Haustür und beobachtete den Mann vom Schlüsseldienst dabei, wie er mit seinem speziellen Werkzeug hantierte, um sie zu öffnen. Castel hoffte, dass es klappen würde. Falls nicht, müssten sie die Feuerwehr rufen und durch ein Fenster eindringen.

Alle Versuche, Stéphanie Kaufmann zu erreichen, waren fehlgeschlagen. Auch ein Telefonat mit ihrem Arbeitgeber hatte nichts gebracht – außer der Gewissheit, dass sie seit einigen Tagen von der Bildfläche verschwunden war. Castel und Theroux hatten beim Staatsanwalt glaubhaft machen können, dass es sich bei der Vermissten möglicherweise um das Mordopfer handelte, weswegen Bonnieux sein Okay zur Hausdurchsuchung gegeben hatte, auch wenn es ihm nicht leichtgefallen war. Das private Reich eines Menschen durfte der Staat nur dann antasten, wenn wirklich ernsthafte und wohlbegründete Sorge um das Wohlergehen und die Sicherheit bestand – und dafür gab es hier allenfalls Verdachtsmomente, keine Belege.

Es klickte metallisch. Dann sprang die Tür auf.

In Begleitung von zwei Gendarmen, die hier auf dem Land zuständig waren, betraten Castel und Theroux das Haus, sahen in allen Räumen nach. Aber alles war leer. Schließlich hielten sie sich etwas im Hintergrund, um die nachfolgenden beiden Forensiker von der Spurensicherung nicht beim Sammeln von DNA-Material zu stören und außerdem nicht übermäßig viele Fremdspuren im Haus zu verteilen. Dennoch verschafften sie sich einen weiteren Überblick.

Castel nahm ein paar Latexhandschuhe aus der Jackentasche und streifte sie über. Sie erkannte mit wenigen Blicken, dass es sich um einen Singlehaushalt handelte. Damit kannte sie sich aus. Zudem waren lediglich vier Zimmer des Hauses bewohnt. Die im Obergeschoss standen allem Anschein nach leer, aber natürlich würden sie das anschließend noch genauer überprüfen. Womöglich lebte dort ein unbekannter Mieter, von dem Stéphanie Kaufmann schwarz etwas Geld bekam und der nun von der Bildfläche verschwunden war, weil er sie umgebracht hatte.

Die Wohnung war sauber und aufgeräumt. Die Vorhänge waren strahlend weiß, das Bett gemacht und frisch bezogen, die Kissen auf dem Sofa und einem Sessel waren akkurat ausgerichtet. Auch die Küche war sauber. Nirgends waren Kleidung oder Gegenstände zu sehen, die auf eine männliche Präsenz hindeuten würden, einen bislang unbekannten Lebensgefährten, der jetzt eventuell auf der Flucht war.

Theroux bewegte sich in Richtung Wohnzimmer, um sich dort umzusehen. Die Forensiker waren direkt ins Bad gegangen, um dort Haare aus Bürsten und Kämmen zu sammeln oder Material aus einem Mülleimer, an dem sich Genspuren finden würden. Außerdem nahmen sie an den Türgriffen Fingerabdrücke ab.

Castel ging zurück ins Schlafzimmer. Sie fuhr mit dem Finger über eine Kommode. Alles war in Weiß eingerichtet. Es roch nach frischem Leinen. Sie zog eine Schublade auf, dann eine weitere. Im Fach mit der Unterwäsche fiel ihr nichts weiter auf. In der Schublade darunter sah sie weitere Unterwäsche, in einem edel aussehenden Karton feine Strümpfe, BHs, Reizwäsche.

Die hatte Stéphanie wohl eher nicht für sich allein getragen, dachte Castel. Ein String hatte sogar noch ein Etikett. Alles schien nicht alt zu sein. Der Karton war mit Seidenpapier ausgeschlagen, außen war eine rote Schleife – ein Geschenk womöglich.

Sie schloss die Schublade wieder, ging zum Fenster, legte

die Hand auf den Heizkörper. Er war lauwarm. Von hier aus konnte man die Straße sehen, die auf den Ort zulief, dessen Häuser ebenfalls zu erkennen waren. An der Straße lagen auch die Bories, nur wenige hundert Meter von hier entfernt. Weiter rechts in der Ferne sah Castel vage die Dächer eines größeren Anwesens.

Sie merkte auf, als einer der Gendarmen ins Zimmer kam und sagte, dass das obere Geschoss unbewohnt sei. Castel nickte. Dann kam einer der Forensiker zu ihr und wedelte mit einem Beweismittelbeutel.

»Sofort ins Labor damit«, sagte sie. »Wir brauchen einen Schnelltest. Und die Fingerabdrücke …«

»… haben wir abgenommen, gescannt und bereits verschickt.«

Castel lächelte leicht und nickte. Es sollte nicht lange dauern, bis sie verlässlich wussten, ob es ein Match gab und es sich bei Stéphanie Kaufmann um die Tote handelte.

Castel zweifelte nicht daran.

13

Albin fuhr über Saint-Didier nach La Roque-sur-Pernes, was nicht der direkte Weg war, aber der Ort war von oben besser als von unten erreichbar. Er lag an einen Hang geschmiegt, bestand aus nur wenigen Häusern und vielen steilen und engen Straßen, von denen die meisten nur in eine Richtung befahren werden durften. Dominiert wurde er von einer alten Festung, in der sich seit einiger Zeit ein Hotel für gehobene Ansprüche befand, das Château La Roque. Unten im Tal gab es in der Nähe der beiden Bories ein weiteres Hotel, die Domaine de la Grange Neuve, und schließlich am Ortsausgang das Hotel Banatais. Albins Ziel war keines davon, sondern das Rathaus.

Die Straße war noch vom Regen feucht, aber es klarte langsam auf. Die Sonne drang durch die Wolkenschicht, wenngleich sie bald untergehen würde, und ließ den nassen Asphalt glänzen. Albin bog in den Ort ab, sorgte sich in einigen sehr engen Kurven und Gassen um seine Außenspiegel und stoppte schließlich am kleinen Platz vor dem Brunnen unter einigen kahlen Platanen. Er nahm Tyson aus dem Kofferraum und verzichtete darauf, ihn anzuleinen. Der Wind war kühl, weswegen Albin die dunkelblaue Daunenjacke bis zum Hals schloss. Er griff in die Seitentasche, zog eine Schachtel Gitanes hervor und steckte sich eine an, wofür er drei Versuche brauchte.

Er paffte eine dicke weiße Wolke in den Himmel, die rasch verweht wurde und sich über dem Tal verlor, auf das man von hier einen ausgezeichneten Blick hatte. Im Frühling und im Sommer war alles grün. Jetzt sah man nichts als eine Melange aus Braun und Grau. Alles war menschenleer und still – abgesehen vom leisen Gluckern und Gurgeln des ablaufenden Regenwassers. Auf den Bänken neben dem Brunnen, auf denen man sitzen und die Landschaft genießen konnte, klebten braune Blätter.

Albin rauchte, ließ den Blick übers Tal schweifen, fuhr die Landstraße entlang, die sich zwischen kahlen Weinfeldern verlor und zu den Bories führte. Näher am Ort und an derselben Straße lag das Hotel Banatais. Albin hatte keine Ahnung, woher dieser Name rührte. Vielleicht hatte er etwas mit der Herkunft eines früheren Besitzers zu tun – dem Banat. Ganz links, in ein oder zwei Kilometern Entfernung, konnte man auf einer Anhöhe zwischen Bäumen die Dächer eines größeren Gebäudes erahnen, das Albin jedoch nichts sagte.

Schließlich setzten er und Tyson sich in Bewegung. Sie verließen den Platz am Brunnen, gingen durch eine steile Gasse bergauf und passierten eine Felswand, an der das Wasser herabtropfte. Albin rauchte im Gehen auf und trat die Zigarette vor einem Gebäude aus hellem Sandstein aus, vor dem eine Steinbank stand und dessen hölzerne Fensterläden fast alle geschlossen waren. Einige Stufen führten zu einer großen braunen Holztür, über der das Wort »Mairie« angebracht war und wo außerdem eine schlaffe Trikolore hing.

Er ging hinein, suchte das Bürgermeisterbüro und landete zunächst in dessen Vorzimmer. Beachtlich, dass der

Bürgermeister einer Vierhundertfünfzig-Seelen-Gemeinde überhaupt über ein solches sowie eine Vorzimmerdame verfügte. Drei Minuten später saß Albin im Büro von Michel Thomas, hängte den Mantel über die Stuhllehne, bekam einen Kaffee serviert und Tyson eine Schale Wasser.

»Polizeilicher Berater?«, fragte Michel Thomas.

Er war fast so groß wie Albin, sehr schlank und fast kahl, wirkte aber äußerst elegant.

Albin nickte, bedankte sich bei der freundlichen Sekretärin und machte es sich auf dem antik wirkenden Lederstuhl vor dem ebenfalls antik wirkenden Schreibtisch von Thomas gemütlich. »Die Polizei«, erklärte er, »hat manchmal nicht ausreichend Kapazitäten. Dann greift sie auf mich zurück. Natürlich darf ich nicht wirklich ermitteln, was ich auch nicht tue.«

Lügner, murmelte Tyson.

»Aber«, fuhr Albin ungerührt fort, »ich arbeite sozusagen flankierend. Auxiliartruppe, wie die alten Römer gesagt hätten.«

Thomas lächelte, nickte und strich mit der Hand über seine Schreibtischunterlage, auf der sich einige Akten stapelten. »Ich weiß, was Sie meinen. Ohne uns Ehrenamtler würde doch nichts mehr laufen.«

»Gar nichts. Gott schütze das Ehrenamt.«

»Sparen, sparen, sparen ist die Devise, und gleichzeitig werfen sie einen mit immer mehr Bürokratie zu. Quantität geht über Qualität.«

»Die reine Wahrheit.«

»Aber muss ich mir Sorgen machen, dass wegen des Personalmangels in dieser schrecklichen Mordsache nicht ordentlich ermittelt wird?«

»Auf gar keinen Fall«, sagte Albin. »Die besten Leute sind am Ball: Caterine Castel und Alain Theroux. Sie haben bei Mordermittlungen eine Trefferquote von hundert Prozent. Eigentlich viel zu gute Leute für die Provinz.«

Soso, merkte Tyson an.

Albin ignorierte ihn, denn: Gott bewahre, dass das irgendjemand außer Michel Thomas hörte, zuallerletzt Theroux und Castel – selbst wenn Albin es genauso meinte. Hinterher bildeten die sich noch was darauf ein.

Thomas sagte: »Dann bin ich beruhigt. Weiß man schon, wer das Opfer ist?«

»Nein.«

»Ist es Stéphanie Kaufmann?«

»Das wissen wir noch nicht.«

Michel Thomas nickte langsam. »Es ist fürchterlich. Dieser entsetzliche Mord. Und das in unserer kleinen Gemeinde. Gerade kürzlich erst geschah etwas Merkwürdiges. Man fand drei Kühe tot im Wald. Das heißt: Auf einer Weide, die an den Wald grenzt. Sie sind einfach tot umgefallen. Keine Krankheit, gar nichts. Der Veterinär sagte, die Tiere seien kerngesund gewesen. Warum fallen einfach drei Kühe tot um? Zudem fand man einige tote Vögel im Wald, in der Nähe der Weide.«

Albin zuckte die Achseln. Davon hatte er nichts gehört, und wer sollte sich schon um tote Vögel und Kühe sorgen, wenn möglicherweise ein Serienkiller in der Provence unterwegs war?

»Ein irritierender Vorfall«, redete Thomas weiter. Dann fragte er: »Wie kann ich Ihnen helfen, Monsieur Leclerc?«

»Als Ortsbürgermeister kennen Sie alles und jeden.

Sämtliche Zusammenhänge, Gerüchte, Geschichten. Ich möchte ein paar davon hören.«

Thomas blickte fragend, faltete die fein manikürten Hände übereinander. Kein Ehering. Auch keine Druckstelle, die davon zeugte, dass dort über Jahre hinweg mal einer gesessen hatte.

Albin fragte: »Sie waren sofort vor Ort, als man die Leiche fand, richtig?«

»Ja, weil ich besorgt war. Die Bürger sind besorgt. Die Leute von der Trekkinggruppe kehrten im Hotel Banatais ein und erzählten dort den Gendarmen, was sie in der Borie gesehen hat. Das haben andere Bürger mitbekommen. Die entsetzliche Nachricht verbreitete sich wie ein Lauffeuer. Außerdem meinte der Wirt vom Banatais, dass Stéphanie seit einigen Tagen nicht aufgetaucht sei und er sich Sorgen mache. Sie arbeitet nämlich dort.«

»Wie heißt der Wirt?«

»Das ist Henri Vray.«

»Hat er gemeldet, dass er Stéphanie vermisste?«

»Er hat es an dem betreffenden Tag gesagt. Ob er es vorher bereits gemeldet hat, weiß ich nicht. Aber nach seinen Worten hatte er immer wieder versucht, sie zu erreichen. War auch an ihrem Haus, aber sie war nicht da.«

»Sehr persönlicher Einsatz für eine Angestellte.«

Thomas zuckte die Achseln. »Er ist auf sie angewiesen, denke ich. Seine Hotelwäscherei kümmert sich auch um diverse Ferienwohnungen und kleine Restaurants der Umgebung. Natürlich auch um das Château du Soleil, den Sonnenhof.«

»Sonnenhof?«, fragte Albin und nippte am Kaffee. Er war gut, aber nicht mit dem von Matteo zu vergleichen.

»Château ist ein großer Name, aber sie haben eine Menge aus dem alten Anwesen gemacht.«

Jetzt war es Albin, der fragend blickte.

Thomas erklärte: »In früheren Jahren war es ein altes Landgut. Eher ein landwirtschaftlicher Hof. Vor einer Reihe von Jahren wurde er aufgekauft, umgebaut, und jetzt befindet sich dort eine Art private psychosomatische Einrichtung. Die Leute dort geben Kurse und Seminare für gestresste Topmanager aus dem Norden. Das Château du Soleil liegt zwei bis drei Kilometer außerhalb.«

Albin nickte. Das mussten die Dächer des Anwesens gewesen sein, die er vom Brunnen aus gesehen hatte.

»Jedenfalls«, fuhr Thomas fort, »arbeitet das Banatais ebenfalls für die. Und damit auch Stéphanie Kaufmann. Henri Vray hat jede Menge zu tun, er ist ein fleißiger Mann, und ...« Thomas machte eine Pause, kratzte sich den kahlen Hinterkopf. »Na ja, man hört, dass es bei Henri in der Ehe nicht mehr gut läuft, und Stéphanie ist eine sehr hübsche junge Frau, die allein auf dem früheren Gut ihrer Eltern lebt.«

»Verstehe«, sagte Albin und machte sich hierzu eine gedankliche Notiz.

»Mit dem Haus«, sagte Thomas, »ist sie sowieso überfordert, wenn Sie mich fragen. Sie sollte es verkaufen. Das würde auch diese alte Geschichte beenden.«

»Alte Geschichte?«, fragte Albin.

»Rechtsstreitigkeiten über Grundbesitz. Komplizierte Sache, die über Jahrzehnte hin und her ging, zum Teil äußerst emotional. Mit Landbesitz und Grundstücksgeschäften haben wir in La Roque ja einige Erfahrung.« Thomas lächelte.

»Warum?«, fragte Albin.

Thomas stutzte kurz, fragte dann: »Sie kennen doch die Geschichte des Ortes? Der Name vom Hotel Banatais kommt ja nicht von ungefähr.«

Albin zuckte die Achseln, schüttelte den Kopf und leerte seinen Kaffee. Banatais stand für die Banater, eine Volksgruppe aus Rumänien, glaubte Albin. Mehr sagte Albin der Begriff nicht.

Thomas dachte nach. Er fragte: »Haben Sie noch etwas Zeit?«

»Habe ich«, erwiderte Albin.

Thomas nickte. Dann stand er auf und sagte: »Kommen Sie. Und vergessen Sie ihre Jacke und ihren Hund nicht.«

14

Wenige Minuten später standen Albin, Michel Thomas und Tyson in der Kirche von La Roque-sur-Pernes. Es war ein schlichtes Bauwerk mit Kirchturm, zwei Glocken und einer überschaubaren Einrichtung. Im Innenraum war es kühl und roch leicht nach Weihrauch, denn es handelte sich um eine katholische Kirche. Thomas führte Albin vor ein recht modernes Triptychon, in dessen Zentrum Maria ihre schützenden Hände über den linken und rechten Flügel des Bildes hielt. Darunter waren eine Landschaft, ein Fluss und ein Ort zu sehen, der La Roque-sur-Pernes sehr ähnelte. Auf der linken Hälfte standen Menschen auf einem Feld. Jemand deutete mit dem Zeigefinger nach rechts – vielleicht wies er den Weg, vielleicht verwies er die Menschen, das war schwer zu sagen. In der Mitte sah man Menschen, die auf Wanderschaft waren, Wagen mit sich führten und auf einen großen Fluss zuhielten. Auf der anderen Seite lag das Dorf. Der Turm der Kirche, in der sie gerade standen, war eindeutig zu erkennen.

Albin erschloss sich die Bedeutung nicht. Hier in der Gegend gab es außerdem keinen so großen Fluss, höchstens die Rhône bei Avignon, aber die hatte geographisch nichts bei dem Dorf verloren.

Thomas betrachtete das Bild eine Weile, während er die Hände in den Taschen seines Wollmantels vergrub.

Dann erklärte er: »Das Bild erzählt vom Exodus der Banater Schwaben. Man sieht, wie sie in der alten Heimat aufbrechen – getrieben von Krieg und Armut. Der Fluss, die Donau, symbolisiert ihr Kommen und Gehen. Jenseits des Ufers liegt La Roque-sur-Pernes als Ziel der Siedler. Die Jungfrau Maria hält schützend ihre Hände über die Menschen.«

»Banater Schwaben? Hier, bei uns? In der Provence?«, fragte Albin.

Das Thema sagte ihm ganz und gar nichts – obwohl er das Gefühl hatte, dass er es kennen sollte, denn er kannte das Vaucluse wie seine Westentasche und zudem große Teile seiner Geschichte. Aber diese Randnotiz hier sagte ihm nichts. Schwaben war ein Landstrich in Deutschland, so viel wusste er. Das Banat lag seines Wissens wiederum in Rumänien. Ihm fiel nicht ein, was das mit der Provence zu tun haben sollte – aber eindeutig gab es einen solchen Zusammenhang, von dem das Bild vor ihm berichtete.

»Die Historie des Ortes«, antwortete Thomas, »finden Sie doch in jedem Reiseführer?«

»Ich lese keine Reiseführer über Dörfer meiner Heimat, die gleich nebenan liegen.«

»Tja«, machte Thomas. »Wir hier sind jedenfalls tief verbunden mit dieser Geschichte, die den Ort geprägt hat. Vielleicht wäre er sonst heute ein Geisterdorf. In den späten vierziger und frühen fünfziger Jahren war La Roque ein Opfer der Landflucht. Niemand mochte hier mehr leben. Nur eine Handvoll Menschen verblieben, darunter mein Vorgänger. Dann kamen zwanzig Familien aus dem Banat in Rumänien zu uns, die zum Ende des Zweiten Weltkrieges verfolgt wurden. Die Flüchtlinge waren Nachfahren von Siedlern, die in früheren Jahrzehnten in das Banat gegangen waren, eigentlich aber aus dem Elsass und Lothringen stammten. Sie wurden hier heimisch, machten das Land wieder urbar, bauten alles wieder auf.«

»Haben Sie nicht eben ›Schwaben‹ gesagt?«

Thomas nickte und verfiel in einen routinierten Stadtführerton. »Das Banat ist eine Region zwischen Donau, Theiß, Marosch und den Ausläufern der Südkarpaten. Das Osmanische Reich wurde zurückgedrängt, die Habsburgermonarchie verfügte, dass Siedler kommen sollten, um den Türken eine streng christlich-katholische Population entgegenzusetzen. Kaiserin Maria Theresia lockte mit freiem Land, mit Steuererleichterungen sowie der Erlaubnis, die eigene Sprache und Religion beizubehalten. Die Siedler reagierten und kamen in Massen – im 18. und 19. Jahrhundert in mehreren Wellen, den sogenannten Schwabenzügen. Sie stammten aus Süddeutschland, Franken, Hessen, Bayern, dem Elsass und aus Lothringen – nicht wirklich aus Schwaben, aber dieser Begriff wurde seinerzeit für Deutschstämmige gerne verwendet und war geläufig. Außerdem registrierten sich viele Siedler in Ulm und wurden auf der Donau in ›Ulmer Schachteln‹ gefahren, einem seit dem Mittelalter dort üblichen Bootstyp. Aus dieser Gemengelage muss sich die Sammelbezeichnung ›Schwaben‹ für die Siedler abgeleitet haben. Und obwohl die Banater Siedler ja unterschiedlicher Herkunft waren, haben sie sich immer als eine Volksgemeinschaft verstanden. Bis heute.«

»Verstehe«, sagte Albin.

»Dann kam der Zweite Weltkrieg. Im Jahr 1944 wechselten die Fronten, womit für die Deutschstämmigen in Rumänien die Verfolgung begann. Zuvor hatten die Nazis sie für ihre Sache einnehmen können – sie dienten in der Wehrmacht, der SS, kämpften gegen die Rote Armee und waren damit Feinde Russlands. Viele Banater Schwaben flohen, andere blieben – was ihr Todesurteil war. Sie wurden 1945 enteignet, etliche wurden zur Zwangsarbeit nach Sibirien deportiert, und einige Jahre später wurden nochmals massenhaft Menschen aus dem Banat zwangsumgesiedelt. Mit dem Fall des Eisernen Vorhangs und dem Sturz des Ceaușescu-Regimes in Rumänien gab es Ende der achtziger und Anfang der neunziger Jahre eine weitere Fluchtwelle sowie später immer wieder Zuzüge von Banatern. Aber insbesondere nach dem Zweiten Weltkrieg war die Lage entsetzlich für die Landsleute. Die vor allem in Österreich aufgegriffenen Flüchtlinge galten als staatenlos. Da beschloss der rumänische Finanzminister Johann Lamesfeld, seine Volksgenossen zu retten. Lamesfeld war ein aus Lothringen stammender Banater. In Österreich bat er französische Offiziere um Unterstützung, um seinen Landsleuten bei der Flucht zu helfen, indem er erklärte, dass viele der Banater aus dem Elsass und aus Lothringen stammen. Sie sprachen ja sogar Französisch unter sich, das Français du Banat. Wollen Sie es mal hören?«

Albin winkte ab. Thomas redete weiter: »Er schrieb an den französischen Premierminister Robert Schuman, der ebenfalls Banater Wurzeln hatte. Die Offiziere schmuggelten Lamesfelds Nachricht an ihn in einer Puppe von Österreich nach Frankreich. Schuman versprach, sich für die Ansiedlung in Frankreich starkzumachen.«

»Was offensichtlich geklappt hat«, sagte Albin und musterte das Gemälde.

»Ja«, erwiderte Thomas. »Der Zufall wollte es, dass

ein alter Lothringer Bauer, der in La Roque lebte, in den *Neuesten Nachrichten* aus Colmar davon las, dass aus dem Elsass und aus Lothringen stammende Banater einen Ort suchten, wo sie leben und Landwirtschaft betreiben konnten. Er legte den Artikel meinem Amtsvorgänger vor. Der schrieb sofort an den Ministerpräsidenten und wies darauf hin, dass La Roque-sur-Pernes ein perfekter Ort wäre. Denn 1950 lebten hier nur noch siebzehn Menschen, fast alle waren sehr alt. Der Ort war faktisch tot. Alles stand leer. Die Felder lagen brach. Es gründete sich für die Banater Flüchtlinge ein Hilfskomitee im Vaucluse, dem fast dreihundert Persönlichkeiten aus Wirtschaft, Politik, Kirche und der Gesellschaft angehörten. Sie halfen den Menschen, hier ansässig zu werden. Ich bin selbst Banater. Fast alle hier sind das. Wir haben uns sehr gut angepasst. Aber unsere Traditionen führen wir fort. In der Provence gibt es sozusagen eine kleine rumänische Exklave – nein, natürlich eine Banater Exklave.«

Michel Thomas lächelte, fuhr sich mit der Hand über die Glatze und knibbelte an der Kruste einer kleinen Wunde, die einige Tage alt sein musste. Es sah aus, als habe er sich gestoßen.

»Beeindruckend«, sagte Albin. »Ich wusste nichts darüber. Und was hat es mit diesen Ländereien und Streitigkeiten auf sich, die Sie erwähnten?«

»Nun, als die Siedler kamen, brauchten sie Grundstücke. Sie wollten Landwirtschaft betreiben. Mit Felsen und Wald konnten sie nicht viel anfangen. Alle begannen bei null, erwarben Areale, tauschten sie gegen andere. Manche Betriebe wuchsen, andere gaben auf, und die Leute gingen neuen Berufen nach, verließen den Ort und zogen woandershin. Das Land, das sie für die Bewirtschaftung benötigten, gehörte zuvor natürlich irgendjemandem – zum Beispiel den Erben derer, die die Provence und La Roque verlassen hatten, oder Verstorbenen. Was durfte der Staat den Siedlern also zur Verfügung stellen – und was nicht? Des Weiteren ergaben sich immer wieder schwierige rechtliche Fragen. Was gehört zu welcher Domäne, zu welcher Familie, was gehört zur Gemeinde La Roque-sur-Pernes, was zu Le Beaucet, wer legte das fest, und gilt es immer noch?«

»Kapiere«, sagte Albin und machte sich eine weitere gedankliche Notiz. »Und in einen solchen Streit wurde die Familie von Stéphanie Kaufmann hineingezogen.«

»Sozusagen.«

»Ja oder nein?«

»Ja. Spielt das eine Rolle?«

»Falls sie die Tote ist, spielt alles eine Rolle.«

»Aber ist sie es? Was glauben Sie?«

»Wir werden sehen«, sagte Albin.

Thomas starrte auf seine Schuhspitzen. Dachte nach. Dann blickte er wieder auf, machte eine unbestimmte Geste mit der Hand und fragte: »Falls sie es sein sollte – nun, sie hat keine Familie. Irgendjemand müsste sich um den Nachlass kümmern. Das Haus, das große Grundstück. Ich weiß nicht – fällt der Besitz an die Kommune, wenn es keine Erben gibt? Wird er zwangsversteigert? Es muss sich ja jemand damit befassen. Als Ortsbürgermeister fühle ich mich verantwortlich. Man kann ja schlecht alles verwildern lassen, und . . .«

»Das«, kürzte Albin ab, »wird alles geklärt, wenn es so weit ist, keine Sorge.«

Thomas nickte. Atmete schwer ein. Seufzte. »Es ist schlimm, was mit der jungen Frau gemacht wurde ... Diese ... schrecklichen Dinge.«

»Woher wissen Sie, was genau mit ihr passiert ist?«

»Das haben mich Ihre Kollegen auch schon gefragt.«

»Und die Antwort ist ...?«

»Wie schon gesagt: Es hat sich sehr schnell herumgesprochen. Die Trekkinggruppe ist im Banatais eingekehrt. Die Gendarmerie war dabei. Man konnte hören, was die Wanderer vorgefunden haben, weil sie es der Polizei erzählt haben.«

»Ich verstehe«, erwiderte Albin und ließ es dabei bewenden.

Schließlich verabschiedete er sich von Thomas und bedankte sich für die Auskünfte. Mit Tyson ging er zurück zum Auto und steckte sich nochmals eine Gitanes an. Dieses Mal gelang es im ersten Anlauf. Der Wind hatte sich gelegt. Die Luft des frühen Abends war regelrecht mild. Die untergehende Sonne tauchte die Landschaft in ein sattes Licht, färbte den Himmel tieforange und ließ die Wolken lavendelfarben wirken.

Tyson hockte sich neben Albin, schaute ebenfalls in den Himmel und schien zu fragen: *Was denkst du, Chef?*

»Im Augenblick noch gar nichts«, erwiderte Albin. »Im Augenblick kennen wir noch nicht einmal die Identität des Opfers.«

Aber du hast so ein Gefühl?

Albin nickte. »Ich habe so ein Gefühl«, bestätigte er.

Dann zog er das Handy aus der Jacke, um Castel anzurufen und ihr ein paar Dinge zu erzählen, die er erfahren hatte – davon, dass der Wirt vom Banatais möglicherweise ein Verhältnis mit seiner Angestellten hatte und dass es Grundstücksstreitigkeiten um den Besitz von Stéphanie Kaufmann gegeben hatte. Beides konnte ein Motiv sein, wenngleich Albin nach wie vor annahm, dass mehr hinter diesem Mord steckte als nur eine bloße Rachetat.

Alles deutete darauf hin, dass die Leiche in der Borie auf das Konto eines verrückten Ritualmörders ging, der nicht zum ersten Mal zugeschlagen hatte und es vielleicht erneut tun würde. Die Umstände der Tat waren einfach zu bizarr, als dass sie einen anderen Hintergrund haben könnten.

Aber man hatte schon von Leuten gehört, die Tatorte so herrichten, dass sie von den wahren Motiven ablenken.

15

Castel sah sich erneut in der Küche von Stéphanie Kaufmann um, öffnete den Kühlschrank, war neidisch auf den Inhalt und die Ordnung, schloss ihn dann wieder und ließ den Blick über eine Pinnwand gleiten, an der alle möglichen Zettel und einige Fotos hingen. Nichts davon sagte ihr etwas, aber sie machte dennoch ein Bild mit dem Handy.

Theroux sprach auf dem Flur mit den Gendarmen. Sie hatten festgestellt, dass die Autoschlüssel zum Clio auf einer Ablage lagen, neben einer Geldbörse mit persönlichen Dokumenten – Stéphanie Kaufmann hatte außer ihrem Handy nichts mitgenommen, als sie das Haus verlassen hatte und zur Arbeit gegangen war.

Gerade, als Castel ihr Handy wieder einstecken wollte, erschien der Name »Leclerc« auf dem Display. Einen Wimpernschlag später ertönte der Klingelton. Castel ging sofort dran.

»Ja?«

»Leclerc hier.«

»Ich weiß.«

Pause.

»Woher?«

»Weil Ihr Name auf dem Display erscheint, wenn Sie anrufen, Albin.«

»Ach so. Castel, sperren Sie die Ohren auf. Ich bin gerade in La Roque und habe mit dem Bürgermeister gesprochen.«

»In La Roque?«

»Castel? Was ist mit Ihnen los? Ich hatte doch gerade gesagt, wo ich bin, und Sie haben mich explizit …«

»Schon gut«, kürzte Castel ab. »Wir haben Sie um Unterstützung gebeten, ich weiß.«

»Folglich bin ich also in La Roque und habe mich etwas umgehört.«

»Mit welchem Ergebnis?«

»Erstens gab es um das Haus von Stéphanie Kaufmanns Eltern offenbar Grundstücksstreitigkeiten. Es ist unklar, worum es dabei ging.«

»Es handelt sich um einen ehemaligen Hof, recht heruntergekommen«, erklärte Castel. »Theroux und ich sind gerade dort.«

Albin brummte zustimmend. »Ich höre mich mal nach diesen Grundstückssachen um. Vielleicht waren die Eltern Banater, und das hängt damit zusammen.«

»Wer?«

»Die Eltern.«

»Was waren die? Banater? Was ist das?«

»Eine Volksgemeinschaft aus Rumänien, die nach dem Krieg in die Provence geflohen ist. Banater Schwaben. Sie sollten ihre Allgemeinbildung aufpolieren, Castel.«

»Herzlichen Dank, Albin.«

»Ich schaue mir das mal an. Die zweite Sache: Der Ortsbürgermeister hat eine Andeutung gemacht. Es könnte möglich sein, dass Stéphanie Kaufmann etwas mit ihrem Arbeitgeber hatte, dem Wirt vom Hotel Banatais, ein Henri Vray «

Castel nickte und dachte an die Dessous in der Geschenkverpackung. Vielleicht sollte sie noch einmal genauer nachsehen, ob es noch mehr solcher oder ähnlicher Geschenke gab, und die Spurensicherung darauf aufmerksam machen, den Karton zu sichern. Daran würde man vielleicht Fingerabdrücke von jemandem finden, der das Geschenk erworben hatte.

»Wir checken das, Albin.«

»Wie ist die Lage im Haus?«

»Unauffällig.«

»Schon etwas zur Identität der Leiche?«

»Noch nicht, aber wir dürften bald etwas haben.«

»Rufen Sie mich dann umgehend an und halten mich auch sonst auf dem Laufenden.«

Castel lachte. »Albin, Sie klingen wie mein Chef.«

»Alte Angewohnheit, tut mir leid.«

Eine alte Angewohnheit, dachte Castel, die Leclerc niemals ablegen würde. Und wirklich leid tat es ihm sicher auch nicht. Er war eben so, und die Welt musste mit ihm klarkommen. Man konnte sich manchmal fürchterlich über ihn aufregen – aber auf der anderen Seite war er klug genug und kannte sich selbst. Im Unterschied zu vielen anderen Menschen wusste er seine Fehler einzuschätzen. Außerdem nahm Castel an, dass er sich gut dabei fühlen würde, offiziell um Unterstützung gebeten worden zu sein, fest im Sattel zu sitzen und wie ein General herumzufuchteln und der Truppe anzudeuten, wohin sie marschieren sollte. Und genau das tat er.

»Ja«, erwiderte sie schließlich. »Alte Angewohnheit von Ihnen, Albin. Ich weiß.«

Dann beendete Leclerc das Gespräch.

Castel begann, noch einmal die Schubladen zu durchforsten. Ihr fiel nichts weiter auf als das, was sie bereits dort vorgefunden hatte. Sie ging zum Bett, zog die Schublade an einem Nachttisch auf, ohne zu wissen, wonach sie suchte. Aber auch dort sah sie nichts Auffälliges: Taschentücher, Handcreme …

Castel wollte gerade einen Blick in die Schmuckschatulle werfen, als Theroux in der Tür stand, das Handy in der Hand, und auf sich aufmerksam machte. Er schattete die Sprechmuschel mit der Hand ab.

»Der Gentest dauert noch etwas. Aber die Fingerabdrücke«, sagte er zu Castel. »Es sind die von Stéphanie Kaufmann. Die aus dem Haus stimmen mit denen der Leiche überein Wir haben ein Match. Sie muss unsere Tote sein.«

Damit, dachte Castel, würde diese Aktion hier nun zu einer Hausdurchsuchung werden. Und es würden sicherlich noch sehr viel mehr Fingerabdrücke gefunden werden, nicht nur die von Stéphanie: Zum Beispiel an der Geschenkbox mit der Reizwäsche in der Schublade.

Das Hotel-Restaurant Banatais war nicht allzu beeindruckend. Ein typisches provenzalisches Landgasthaus am Ortseingang, in dem es einfache Zimmer für Durchreisende oder Touristen mit wenig Anspruch und schmalem Geldbeutel gab und eine ebenso einfache Küche. Das Gebäude war drei Stockwerke hoch, in einem rötlichen Ton gestrichen und mit roten Fensterläden aus Holz versehen, von denen die meisten zurzeit geschlossen waren. Hinter einem schlichten Tresen, der als Rezeption diente, ging es nach links in einen Raum mit Theke und einigen bestuhlten Tischen. Rechts befand sich ein mittelgroßer Saal, der vermutlich für größere Feiern gemietet werden konnte. Alle Wände bestanden aus unverputztem Bruchstein, in den rohe Holzbalken eingelassen waren. Es roch nach einer Mischung aus frischem Kaffee, altem Rauch, schalem Bier, gekochtem Kohl und außerdem nach Putzmitteln.

Als Castel und Theroux das Banatais betraten, schlug ihnen außer der Wolke aus Gerüchen eine feuchte Hitzewelle entgegen. Im Gasthaus wurde entweder erheblich geheizt, oder eine Reihe von Wäschetrocknern lief auf Hochtouren. Vielleicht auch beides. Außerdem war von irgendwo das Geschrei streitender Kinder zu hören. Eine stämmige Frau kam aus dem Keller, wischte die Hände in einem Küchenhandtuch ab und blickte Castel und Theroux fragend an. Sie trug einen Rollkragenpullover und eine ausgeleierte Jogginghose, wirkte mittelalt, die zum Dutt hochgesteckten Haare teils von grauen Strähnen durchzogen, das feiste Gesicht gerötet.

»Wir haben geschlossen«, sagte sie ohne Gruß und trat hinter den Empfangstresen.

»Aber die Tür ist doch geöffnet gewesen«, sagte Theroux.

»Hat nichts zu bedeuten. Es ist geschlossen. Ruhetag.«

»Warum lassen Sie denn dann die Vordertür offen?«

Die Frau grinste und zeigte eine Reihe kleiner Zähne. »Ist das nicht vollkommen egal, Monsieur?« Dann blaffte sie nach oben: »Und wenn ihr da nicht endlich Ruhe gebt, dann ist Fernsehverbot!«

Bevor Theroux noch eine überflüssige Frage stellen

konnte, zog Castel ihren Dienstausweis, hielt ihn der Frau vor die Nase und stellte sich vor. Theroux tat es ihr gleich.

»Wir würden uns gerne über die vermisste Stéphanie Kaufmann unterhalten. Sie ist bei Henri Vray angestellt, der dieses Haus …«

»Sie müssen mir nicht sagen, was mein Mann macht. Außerdem war die Polizei schon hier.«

»Die Gendarmerie. Nicht wir. Wir sind von der Kriminalpolizei.«

»Ah«, machte die Frau und faltete das Geschirrtuch. Auf ihrer Stirn waren kleine Schweißperlen zu sehen. »Weil Stéphanie verschwunden ist, habe ich die ganze Arbeit am Hals, wissen Sie? Deswegen ist heute auch Ruhetag. Haben Sie sie endlich aufgetrieben? Wo steckt sie? Die soll ihren Hintern wieder zur Arbeit bewegen, oder sie ist gefeuert, das können Sie ihr ausrichten. Ach, nein, wissen Sie, was? Sagen Sie ihr das direkt: Sie ist gefeuert. Ich will sie sowieso nicht mehr in meinem Haus sehen. Fertig. Richten Sie ihr das aus.«

»Madame Vray«, sagte Castel.

»Mehr habe ich nicht zu sagen.«

»Ihr Mann …«

»Hat Ihnen ebenfalls nichts zu sagen.«

»Wo ist er?«, fragte Theroux.

»Beschäftigt.«

»Holen Sie ihn bitte.«

»Er hat zu tun.«

Theroux holte Luft. Dann fuhr er leise und um Fassung bemüht fort: »Erstens: Wir sind nicht Ihre Dienstboten und leiten Nachrichten von Ihnen an eine Person weiter, zumal diese vermisst wird. Zweitens: Sie holen jetzt Ihren Mann, denn ansonsten kommen wir mit einer offiziellen Zeugenvorladung wieder und lassen von der Staatsanwaltschaft ein Ordnungsgeld gegen ihn verhängen, falls seine Frau nach wie vor der Meinung ist, dass er zu beschäftigt sei.«

Vrays Frau schnappte nach Luft und lief noch roter an. »Henri!«, schrie sie dann, »die Polizei will mit dir über die blöde Kuh reden!« Schließlich drehte sie sich wortlos um und dampfte wieder in das Kellergeschoss ab, wo dem Klang nach vermutlich Waschmaschinen und Wäschetrockner im Akkord rotierten.

»Das geht mir so auf die Nerven«, murmelte Theroux. »Diese Leute … Was denken die, wen sie vor sich haben? Die Zeugen Jehovas? Glauben die, wir kommen zum Spaß und wollen mit ihnen reden, weil uns langweilig ist? Mann, Mann, echt jetzt …«

Castel unterdrückte ein Schmunzeln. Manchmal wirkte Theroux, als sei er etwas schwer von Begriff. Schon im nächsten Moment konnte das wieder vollkommen anders sein. Im Allgemeinen war er um Diplomatie bemüht. Aber manchmal riss ihm einfach die Hutschnur. Dann konnte er durchaus zur Furie werden, und Castel hatte deutlich gespürt, dass sein Drehzahlmesser sich gerade eben dem roten Bereich genähert hatte.

»In jedem Fall«, sagte Castel, »ist sie nicht gerade ein Fan von Stéphanie.«

»Soll sie halt eine Stellenanzeige aufgeben und sich eine neue Hilfe suchen.«

»Das wird sie wohl müssen. Aber ich meinte ganz generell.«

»Anstelle ihres Mannes würde ich auch lieber eine jüngere Angestellte anblicken als so eine Walküre, die von morgens bis abends herumschreit und mir das Leben zur Hölle macht.«

»Na, komm, Alain. Reg dich wieder ab.«

»Ist doch wahr.«

Einen Augenblick später polterte es auf der Treppe. Ein Mann kam herunter. Er trug eine Strickjacke, darunter ein hellblaues Hemd und eine graue Anzughose, das Haar schütter und die geröteten Wangen hinter einem gewaltigen Schnurrbart versteckt. Er setzte ein professionelles Lächeln auf, mit dem ein Wirt seine Gäste begrüßte, und wirkte damit nicht uncharmant.

»Guten Tag«, sagte er leicht außer Atem. »Wie kann ich Ihnen helfen?«

»Henri Vray?«

Castel und Theroux stellten sich erneut vor und zeigten ihre Ausweise.

»Können wir uns unterhalten?«, fragte Castel.

»Aber bitte, gern«, erwiderte Vray und deutete in den Gastraum, wo er Castel und Theroux jeweils einen Stuhl an einem Tisch am Fenster und außerdem einen Kaffee anbot. Die Stühle nahmen sie. Den Kaffee nicht.

»Wissen Sie denn inzwischen mehr über Stéphanie?«, fragte Vray im Hinsetzen. Er lehnte sich nicht an, sondern saß ganz aufrecht da.

»Wir sind hier«, sagte Castel, »um mehr über Stéphanie zu erfahren.«

Vray sagte: »Ich habe der Polizei schon erzählt, was ich weiß. Ich habe eine Vermisstenmeldung aufgegeben, als die Gendarmerie hier war. Sie kam nicht mehr zur Arbeit, war nicht mehr zu erreichen und außerdem nirgends in ihrer Wohnung anzutreffen.«

»Sie waren in der Wohnung?«, fragte Theroux.

»Nein?«, erwiderte Vray.

»Sie sagten eben doch, sie sei nicht in der Wohnung anzutreffen gewesen.«

Vray blickte nach links, dann nach rechts, suchte nach Worten. »Ich meinte: im Haus. Am Haus. Ich habe von draußen nachgesehen, geklingelt. Keine Reaktion. Ihr Auto stand außerdem davor.«

Castel fragte: »War sie Ihre einzige Angestellte?«

»Die einzige feste. Bei uns arbeiten auch Saisonkräfte. Zurzeit haben wir allerdings keine Saison.«

»Sie haben auch auswärtige Kunden?«

»Wir beliefern einige mit der Wäscherei.«

»Kann ich eine Liste mit Ihren Kunden erhalten?«

»Natürlich – wozu ist das wichtig?«

»Alles kann im Moment wichtig sein«, sagte Theroux.

»Glauben Sie«, fragte Vray und knetete die Hände, eine Beruhigungsgeste, »dass die Tote … dass das etwa Stéphanie gewesen sein könnte?«

»Zurzeit können wir nichts ausschließen, aber auch nichts bestätigen«, sagte Castel. »Hatte sie einen Freund? Einen Lebensgefährten? Eine Affäre? Ist Ihnen darüber etwas bekannt?«

Vray blinzelte, schien zu überlegen und blickte nach links oben. Wenn sich jemand tatsächlich zu erinnern versuchte, sah er fast immer nach rechts – konstruierte er etwas, blickte er in der Regel in die andere Richtung.

»Nein«, sagte er, »davon weiß ich nichts.«

»Mhm«, machte Castel.

Theroux schwieg.

»Sie war nur eine Angestellte. Über das Privatleben meiner Angestellten weiß ich nichts. Das geht mich ja auch nichts an.« Er nickte in Richtung Fenster. »Ich habe einige Polizeiwagen vor Stéphanies Haus gesehen. Waren Sie das?«

»Ja«, bestätigte Castel.

»Hausdurchsuchung?«

»Wir haben uns dort umgesehen«, sagte Theroux.

»Und, haben Sie was gefunden?«

»Was könnten wir denn finden?«

»Woher soll ich das wissen?«

»Wir haben einige Spuren gesichert. Reine Routinesache. Nichts Besonderes. Fingerabdrücke gesammelt für den Fall, dass wir sie abgleichen müssen.«

»Wozu das denn?«

»Für den Fall, dass wir herausfinden müssen, ob jemand bei ihr ein und aus ging«, sagte Theroux.

»Oder Geschenke gemacht hat. Klassische Polizeiarbeit eben«, sagte Castel.

Vray gab sich betont gelassen. Sein Lid zuckte.

Castel wusste, dass Theroux Vrays Körpersprache ebenfalls gelesen hatte.

Sie sagte: »Wir müssen eine offizielle Aussage aufnehmen. Das tun wir mit allen Zeugen, der Wandergruppe zum Beispiel. Die Kollegen von der Gendarmerie haben zwar schon alles aufgenommen, wie Sie sagen, und wir unterhalten uns gerade ebenfalls, aber das ist eher informell, wissen Sie? Es wäre schön, wenn Sie zu einer offiziellen Aussage und Befragung über Stéphanie Kaufmann zur Polizei kommen würden, und …«

»Ich?«

»Ja«, sagte Theroux.

Vray war alarmiert. »Warum das denn?«

»Sie müssen dem nicht nachkommen, das ist Ihr gutes Recht, und Sie erhalten das auch noch schriftlich.«

»Aber …«

»Wie gesagt«, fuhr Castel dazwischen, »wir benötigen offizielle Aussagen – Formulare, die man unterschreiben muss, reine Bürokratie.«

»Brauche ich etwa einen Anwalt, oder was?«

»Ich wüsste nicht, wozu, aber Sie haben natürlich das Recht …«

Vray schnappte nach Luft, lief puterrot an, schwitzte.

»Es wäre schön«, sagte Castel, »wenn Sie morgen um zehn Uhr im Hôtel de Police in Carpentras sein würden. Aber natürlich können Sie auch abwarten, bis Ihnen die Aufforderung schriftlich zugeht.«

Vray blieb stumm. Er nickte. »Na gut. Zehn Uhr«, sagte er, »ich werde es einrichten.«

Schließlich ließen sich Theroux und Castel noch eine Liste mit Kunden der Wäscherei geben, zu denen auch eine nahe gelegene psychosomatische Klinik gehörte, von der Castel noch nie etwas gehört hatte.

Als sie und Theroux wieder im Wagen saßen, sagte Theroux nur: »Vray war es.«

»Wer weiß«, erwiderte Castel und ließ den Motor an.

»Kein Serientäter oder Ritualmörder. Er hatte ein Verhältnis mit ihr, weil ihn seine Frau verrückt macht. Er hätte seine Angestellte aber viel lieber als Frau. Stéphanie macht Schluss. Vray dreht durch. Er bringt sie um und macht sie zu seiner Braut.«

»Möglich«, sagte Castel und legte den Gang ein. »Ist mir aber zu einfach.«

»Der einfachste Weg ist meist der beste.«

Aber nicht immer der zutreffende, dachte Castel im Wegfahren.

Ihr Gefühl sagte ihr, dass der Mordfall Stéphanie Kaufmann nicht so leicht zu lösen sein würde.

16

Am späteren Abend stand der Mann unter der Dusche und ließ sich abwechselnd heißes und kaltes Wasser über den Nacken laufen. Die wunden Striemen auf seinem Rücken brannten, als rinne flüssige Lava darüber. Nach dem Duschen tupfte er sie vorsichtig ab, drehte sich mit dem Rücken zum Spiegel und betrachtete sie, bevor er sich, so gut es ging, verrenkte, um Wund- und Heilsalbe aufzutragen. Schließlich stellte er die Tube zurück in den kleinen Schrank über der Toilette, drückte eine Beruhigungstablette aus dem Blister, ließ sie im Mund verschwinden, drehte den Wasserhahn auf, beugte sich herab und spülte sie mit etwas Wasser herunter.

Er verließ das Bad, um sich anzuziehen, und dachte an seine Braut. Die Braut, die man ihm genommen hatte. Was hatte er sich denn eingebildet? Dass er sie für ewig würde behalten können? Eine ziemlich dumme Vorstellung. Seine Sehnsucht hatte ihn offensichtlich geblendet. Doch war es nicht so vorgesehen, dass ein Mann eine Frau haben sollte, die zu ihm passte? Ja, genauso war es. Und er hatte die Wahl, sich weiterhin in Selbstmitleid zu ertränken oder sich eine neue Braut zu suchen. Da gab es durchaus eine, die ihm gefiel, aber …

Nein, er musste sich diesen Gedanken aus dem Kopf schlagen. Beim besten Willen. Er war im Fall von Stéphanie viel zu weit gegangen, hatte Fehler gemacht, die sich nun rächten. Auf der anderen Seite wusste er nun, was er beim nächsten Mal besser machen musste. Er hatte ja auch aus den Fehlern gelernt, die er vor Stéphanie gemacht hatte, richtig? Ja, das hatte er. Aber nicht genug.

Vor ihr, da hatte er seinen Auserwählten freundliche Avancen gemacht, die diese jedoch stets verschmähten. Natürlich hatte er das auch bei Stéphanie getan, aber alle Versuche, sich ihr zu nähern, waren fehlgeschlagen. So wie bei den anderen auch.

Und daraus hatte er gelernt, dass es besser war, diesen Schritt auszulassen und sich einfach zu nehmen, was er begehrte. Zwar hatte er auch das bereits vor Stéphanie versucht, war damit aber jeweils grandios gescheitert und hatte Ohrfeigen kassiert. Bei Stéphanie, nun, bei ihr waren mit einem Mal alle Hindernisse aus dem Weg geräumt. Er konnte praktisch tun und lassen, was er wollte – was er dann auch getan hatte. Die Pforte hatte sich geöffnet, und alles, was sich in den Jahren aufgestaut hatte, war hindurchgebrochen.

Das war einerseits verständlich, ja. Aber andererseits entsetzlich dumm gewesen. Denn die Polizei hatte seine Braut gefunden. Sie hatte gesehen, was er mit ihr angestellt hatte. Er hatte sich über alle Gebote hinweggesetzt, und dieses Fehlverhalten würde nun mit Wucht auf ihn zurückkommen. Er hatte keine Ahnung, was mit ihm geschehen würde, welche Strafe der Herr für ihn vorsehen würde. Aber es war vollkommen klar, dass sie ihn mit aller Macht treffen würde.

Eher früher als später, denn heute war die Polizei am Haus von Stéphanie gewesen. Er war losgefahren, um etwas zu besorgen, und wollte auch an der Borie stoppen. Doch dort hatte er ein Auto parken sehen, und das war ihm komisch vorgekommen. Besser weiterfahren, hatte er gedacht, und dann hatte er die Autos an Stéphanies Haus gesehen.

Natürlich, auch einem Dummkopf wie ihm war klar, dass die Polizei nur eins und eins zusammenzählen musste. Stéphanie war verschwunden. Eine Frauenleiche war gefunden worden. Die Polizei schnüffelte herum. Sie bewachten außerdem die Borie, denn vielleicht würde der Mörder zurückkommen – und genau das hatte er ja vorgehabt.

Der Mann betrachtete seine Hand. Sie zitterte. Wenn nun alles herauskäme und der Herr es erfahren würde – nicht auszumalen.

Er schloss die Augen, dachte an seine Braut. Ihr Gesicht verschmolz mit dem der anderen – der, die seine künftige Braut sein könnte. Was wäre, wenn er das nächste Mal einen besseren Ort als Versteck wählen würde? Und wie großartig wäre es, wenn sie sogar noch am Leben wäre?

Stéphanie war ja bereits tot gewesen, als er auf den Gedanken gekommen war, ihren Körper nicht zu verstecken oder in die Schlucht zu werfen, sondern von ihm Besitz zu ergreifen. Er hatte ihn als Braut so hergerichtet, wie es seine Tradition von ihm verlangte. Aber er hatte gespürt, dass etwas fehlte. Es war … hohl. So, wie ihr Körper nur noch eine leere und seelenlose Hülle gewesen war. Hätte sie hingegen noch gelebt, hätte sie zu ihm gesagt: »Ja, ich will«, und sich ihm dann hingegeben? Er hätte ihr dann erklären können, worauf es ankam, was wichtig war für eine Braut wie sie – und, oh, vielleicht wäre sie dann sogar aus freien Stücken bereit gewesen, nach allen Regeln sein Weib zu werden und sich bewusst dem Ritus der Keuschheit hinzugeben …

Der Mann schluchzte auf. Wischte sich mit dem Handballen zwei Tränen aus den Augen. Er betrachtete wiederum seine Hände. Sie zitterten nicht mehr so stark. Das Beruhigungsmittel schien zu wirken. Gut so. Denn niemand durfte ihm seine Aufregung anmerken.

Schließlich zog er sich an. Zeit für das Abendessen. Der Mann hatte Hunger.

17

Nach dem gemeinsamen Diner verabschiedeten sich Clara und Manon, um zurück in die Ferienwohnung zu fahren, die Albin auf unbestimmte Dauer für sie gemietet hatte. Manon hatte sich für das kommende Jahr vorgenommen, endlich eine richtige Wohnung zu finden und außerdem einen richtigen Job, wenngleich Veronique ihr nach wie vor anbot, auch künftig im Blumenladen auszuhelfen, damit Veronique mehr Zeit für sich und für Albin hatte.

Albin hatte nichts dagegen, konnte allerdings auch seine Tochter verstehen: Es musste sich für sie anfühlen wie ein Almosen, so am Tropf ihres Vaters und seiner Lebensgefährtin zu hängen und gewissermaßen auf ihr Wohlwollen angewiesen zu sein. Zwar war es selbstverständlich, für seine Kinder da zu sein. Aber Manon wollte natürlich ihr eigenes, neues, selbstbestimmtes Leben aufbauen.

Glücklicherweise hielt ihr psychopathischer Noch-Ehemann Gilles seit einiger Zeit die Füße still. Albin hatte keine Ahnung, was da geschehen war. Vielleicht hatte der Bursche eine neue Liebe gefunden und war deswegen davon abgelenkt, seiner Ex weiterhin Knüppel zwischen die Beine zu werfen. Er hatte ihr aufgelauert, war in die Provence gekommen, um ihre gemeinsame Tochter zu entführen, hatte Manon nach allen Regeln der Kunst gestalkt und gemobbt.

Nach einer kurzen Pause und gegen ihn verhängten einstweiligen Anordnungen, sich von Manon fernzuhalten, hatte er sie des Drogenkonsums bezichtigt, sogar die Vaterschaft infrage gestellt und seine Anwälte wie eine Horde Hyänen auf sie losgelassen. Und dann auf einmal: Ruhe. Als hätte jemand einen Schalter umgelegt und in Gilles krankem Gehirn ein paar Verbindungen gekappt. Plötzlich stimmten seine Rechtsverdreher der Scheidung zu, für die nun in drei Monaten ein Termin anstand. Und außerdem schienen sie sich mit dem Anwalt, den Albin für Manon aufgetan hatte, einigen zu wollen.

Dennoch mochte Albin dem Frieden nicht trauen. Bei diesem Gilles musste man mit allem rechnen, das hatte er in der Vergangenheit unter Beweis gestellt.

»Meine Güte«, stöhnte Veronique, nachdem die beiden gegangen waren, »noch so viel zu besorgen und zu tun bis Weihnachten.«

»Du wolltest ein großes Fest«, sagte Albin, »also bekommst du eines. Beschwer dich nicht.«

»Tue ich ja nicht. Es gibt halt nur viel zu tun. Die Leute kaufen mir den Laden leer. Es brummt wie verrückt. Meine Füße sind geschwollen vom vielen Stehen, schrecklich.«

»Kleine Massage nötig?«, fragte Albin.

Veronique streckte ihm zur Antwort die Füße hin und schloss die Augen.

»Oh«, sagte Albin, »ich habe noch eine Frage an die Fachfrau.«

»Ja?«

Er holte das Smartphone von der Kommode im Flur, suchte den Bilderordner und hielt sich das Gerät dicht vor das Gesicht.

»Du solltest dir endlich eine Gleitsichtbrille zulegen«, sagte Veronique. »Das sieht fürchterlich albern aus, wenn du das so dicht vor das Gesicht hältst, und es ist nicht gut für die Augen. Am besten, du holst dir morgen beim Arzt gleich eine Überweisung zum Augenarzt.«

»Arzt?«

»Du hast morgen früh doch deinen Check-up-Termin?«

»Ach ja. Den hatte ich ganz vergessen.«

Albin hatte das Foto gefunden. Er ging zu Veronique, gab ihr das Handy und ließ unkommentiert, dass sie sich das Gerät mindestens genauso dicht vors Gesicht hielt wie er gerade eben. »Was sind das für Blumen?«, fragte er.

»Vertrocknete Blumen. Wozu hast du die fotografiert?«

»Weil ich wissen will, was das für Blumen sind und woher sie stammen.«

»Ich sehe Schleierkraut, ein paar Rosen, Lorbeer, dazwischen noch ein paar kleine Chrysanthemen. Die bekommst du in jedem Blumengeschäft.«

»Auch in deinem?«

»Ja, natürlich.«

»Veronique, hat jemand in den vergangenen Tagen genau das bei dir gekauft?«

Sie verneinte. »Ich habe seit einiger Zeit keinen Lorbeer und keine Chrysanthemen mehr. Rosen natürlich, allerdings nicht diese kleinknospige Sorte von den Fotos.«

»Verstehe«, sagte Albin und legte das Handy wieder zur Seite. »Und niemand hat einen Brautstrauß oder Brautkranz bestellt?«

»Nein? Warum fragst du das?«

»Der Mord bei La Roque …«

»Gott!« Veronique schlug die Hand vor den Mund,

schnappte sich das Handy erneut, um die Blumen anzusehen. »Stammen diese Fotos von … Sind die …«

»Diese Blumen fand man bei der Leiche.«

»Warst du etwa …«

»Ich kam zufällig in Nîmes vorbei und dachte, ich besuche Berthe. Dann führte eines zum anderen.«

Veronique warf Albin einen »Erzähl das deiner Großmutter«-Blick zu und schaute wieder auf das Handy, wischte darauf herum und vergrößerte die Ansicht.

»Das ist kein Brautstrauß.«

»Nein?«

»Es ist ein ganz normales Sträußchen, so wie sie fertig gebunden in Blumengeschäften verkauft werden. Ein Brautstrauß wird ganz anders gebunden, Albin. Der muss haltbar sein und wird fest zusammengesteckt. Den muss man den ganzen Tag lang tragen, werfen, der muss etwas aushalten. Ich habe davon schon Hunderte gebunden und einen ja selbst in der Hand gehabt vor vielen Jahren.«

Sie lächelte und warf Albin einen Blick zu. Albin hielt dem Blick stand, registrierte ihn aber und dachte sich seinen Teil. Dann schaute Veronique wieder auf die Fotos im Handy.

Sie fuhr fort: »Ein richtiger Haarkranz ist das auch nicht. Da hat jemand einen Haarreif gekauft, das Schleierkraut darumgewunden und die Blumen daran befestigt. In einem Fachgeschäft macht man das anders. Oder bei einem Friseur. Da werden die Blumen in den Zopf gewunden oder richtig fest an dem Reif befestigt, damit man damit auch herumlaufen kann. Das hier auf den Bildern ist selbst gemacht worden.«

»Verstehe.«

Veronique gab Albin das Handy zurück. »Albin, bist du mit dem Fall betraut?«

»Nur ein kleines bisschen.«

»Du mischt dich doch nicht wieder ein?«

Albin verneinte und sagte: »Ich schwöre: Castel und Theroux haben mich um Unterstützung gebeten, weil so viel Personal ausgefallen ist. Nur um ein wenig. Klitzekleines bisschen. Ansonsten hätte ich eh abgelehnt. Ich meine …«

»… es ist Weihnachten …«

»… genau, und ich habe wirklich andere Dinge zu tun …«

Veronique nickte zustimmend.

»… als mich um Polizeifälle zu kümmern, mit denen ich absolut nichts mehr zu tun habe im Ruhestand.«

»Genau.«

»Andererseits bin ich ja zum Berater berufen worden. Und diese junge Frau bei La Roque …«

Veronique seufzte. »Ich habe Schreckliches gehört. Ein paar Wanderer haben sie gefunden. Die Leute waren bei Matteo, weißt du, auf einen Kaffee, und sie haben erzählt, was sie gesehen haben, und Matteo hat es seiner Frau erzählt, und als ich mit ihr telefoniert habe …« Veronique fasste sich ans Herz. »Das ist so schrecklich. Man kann es sich gar nicht vorstellen.«

Albin nickte und dachte: Doch, ich kann es mir vorstellen. Die Wahrheit ist noch sehr viel schlimmer, aber du wirst sie nie erfahren, meine kleine Veronique, vor diesen Bildern werde ich dich bewahren und beschützen.

Nachdem sie beide schließlich den Abendessentisch abgeräumt hatten, setzte sich Veronique vor den Fernseher und schaltete irgendeine CSI-Serie an, in der die Spurensicherung die komplette Ermittlungsarbeit übernahm, in Gucci-Schuhen an Tatorten herumtrampelte und perfekt geschminkte Frauen in Prada-Kleidern Obduktionen ohne Assistenten in Räumen vornahmen, die Designerbars glichen. Dabei sahen sie so aus, als würden sie Scampispieße und Champagnergläser statt Skalpelle und Rippenscheren in den Händen halten, wobei sie gleichzeitig in der Lage waren, Laborbefunde auf geheime Art und Weise mit ihren Röntgenaugen herbeizuzaubern. Albin mochte zwar gelegentlich Krimis lesen oder sehen, aber diese Reihe ging ihm nun wirklich auf die Nerven.

Und er hatte ohnehin noch etwas zu erledigen. Also nahm er seine Daunenjacke vom Garderobenhaken, zog sie an und ging mit dem Handy nach draußen, um vor der Tür eine Gitanes zu rauchen und einen alten Bekannten anzurufen.

Didier Hervé war, soweit Albin wusste, bereits seit einigen Jahren im Ruhestand, arbeitete aber nach wie vor in seiner Kanzlei und regelte notarielle Dinge. Er konnte es einfach nicht bleibenlassen – eine Krankheit, an der so mancher in Albins Alter litt, der sich noch zu jung für das Nichtstun fühlte.

Hervé war als Anwalt eigentlich auf Wirtschafts- und Arbeitsrecht spezialisiert, hatte sich aber in späteren Jahren vor allem auf seine Tätigkeit als Notar fokussiert, weil er mit sehr viel weniger Aufwand deutlich mehr Geld verdienen konnte. Er tätigte sehr viele Immobiliengeschäfte und hatte auch seinerzeit die notariellen Dinge geregelt, als Albin das kleine Haus gekauft hatte.

Hervé hatte außerdem einige juristische Gutachten für

die Polizei angefertigt – zum Beispiel, als sie unter Albins Führung ein Finanzkartell im Süden ausgehoben und einige Betrüger dingfest gemacht hatten. Geschickte Burschen, die mit einem ausgeklügelten System wohlhabende Franzosen oder in der Provence lebende Ausländer angesprochen hatten, die ihr Schwarzgeld gewinnbringend zur Seite legen wollten. Sie hatten Dividenden von zwanzig Prozent und mehr versprochen und zunächst auch Auszahlungen vorgenommen, hatten teure Villen und Autos gemietet und waren mit ihren Kunden in Privatjets und auf Yachten herumgesaust, um ihnen vorzugaukeln, wie solvent und verlässlich sie waren. Irgendwann brach das System zusammen, und die Gauner setzten sich mit einigen Millionen ab. Da ihre Kunden in der Regel Schwarzgelder investiert hatten, konnten sie das kaum bei der Polizei anzeigen, weil dann ihr Steuerbetrug aufgefallen wäre. Am Ende wurden die Betrüger aber dennoch dingfest gemacht, und einige Stinkreiche aus ihrer Kundenkartei bekamen anschließend die volle Härte des Fiskus und des Strafrechts zu spüren.

Aber derlei Dinge interessierten Albin nicht, als er jetzt bei Hervé anrief. Ihn interessierten ganz andere Dinge, die eher mit Grundstücksgeschäften aus der Vergangenheit rund um La Roque-sur-Pernes zu tun hatten – und damit die Frage, ob Hervé darüber Bescheid wusste oder jemanden kannte, der es tat. Es kam auf einen Versuch an.

Hervés Nummer war in Albins Handy gespeichert. Er wählte sie, während er in der freien Hand die angezündete Zigarette hielt und in den klaren Abendhimmel schaute, an dem Zigtausende Sterne zu sehen waren. Die Luft war eiskalt und klar. Der Zigarettenrauch vermischte sich mit Albins Atemwolken.

Es dauerte eine Weile, bis Hervé ans Telefon ging und sich mit seiner sonoren Stimme meldete, die klang, als würde er regelmäßig mit teurem Cognac gurgeln.

»Albin Leclerc«, sagte er, »um diese Uhrzeit kurz vor Weihnachten. Das kann nur bedeuten, dass Sie sich das Porto für Weihnachtsgrüße sparen wollen oder in Schwierigkeiten stecken. Da Sie mir noch nie einen Gruß gesendet haben, nehme ich Letzteres an.«

»In Schwierigkeiten stecke ich nicht. Aber ich suche nach Informationen.«

»Weit gefasst könnte man diesen Bedarf als eine Schwierigkeit interpretieren, nämlich die Schwierigkeit, an die betreffenden Informationen zu gelangen.«

»Wenn Sie gern recht behalten wollten, Hervé, dann gebe ich Ihnen recht.«

»Ausgezeichnet!« Der Notar lachte am anderen Ende der Leitung. »Ich liebe es, recht zu behalten. Worum geht es?«

Albin sagte Hervé, worum es ging.

Der schwieg, während er Albin zuhörte. Schließlich sagte er: »Treffen wir uns doch morgen. Gegen Mittag?«

»Gegen Mittag«, erwiderte Albin, »passt mir ausgezeichnet.«

18

Castel lag auf dem Sofa in ihrem kleinen Haus, das vor einigen Jahren noch an Touristen vermietet worden war. Sie hatte es möbliert übernommen – inklusive des Sofas, das reichlich durchgelegen war, aber dennoch bequem. Sie hatte die Füße hochgelegt, die in dicken Stricksocken steckten, und verfolgte abwesend den Weihnachtsfilm auf dem kleinen Flachbildschirm.

Alle Jahre wieder erlebte die Familie Griswold ein chaotisches Fest mit plötzlichem Familienbesuch und allem, was zu Weihnachten schiefgehen konnte. Castel machte sich nichts aus dem Fest. Sie würde ihre Eltern im Seniorenheim in Marseille besuchen, sich von der Stimmung dort niederdrücken lassen und sich danach wahrscheinlich unmittelbar wieder in die Arbeit stürzen. Allerdings hatte Jean, der gerade aus der kleinen Küche kam und zwei Weingläser mitbrachte, andere Pläne. Er machte einen großen Ausfallschritt über Mila, die schwarze Mopsdame, die er adoptiert hatte, weil ihr Besitzer verstorben war. Jeans Haare waren zerzaust wie immer und sein Kinn unrasiert. Er war Kunsthistoriker und arbeitete im Musée Granet in Aix-en-Provence, wo in der Weihnachtszeit und über Neujahr nicht viel los war, weswegen er Urlaub genommen hatte.

Er lachte leise, als im Fernsehen Chevy Chase auf dem

Dach der Griswolds nach einer defekten Glühbirne suchte, die das Einschalten der Weihnachtsbeleuchtung unmöglich machte. Castel wusste, was als Nächstes passieren würde: Er würde die Birne finden, austauschen, die Lichter wieder einschalten – und überall in der Stadt würde der Strom ausfallen.

Jean reichte Castel ein Glas, nahm seine Brille ab und legte sie auf den Kacheltisch. Er fragte: »Hast du darüber nachgedacht?«

»Habe ich«, erwiderte Castel. »Aber die Ereignisse überschlagen sich gerade. Ich werde mir über Weihnachten nicht freinehmen können.«

»Aber: Barcelona, Sevilla, Granada …« Er sprach die Namen der Städte, die er mit Castel besuchen wollte, mit bedeutungsvoller Betonung aus. »Der Alcázar, die Alhambra. Cat. Wenigstens ein paar Tage? Wir setzen uns in Marseille in den Flieger, sind in zwei Stunden in Andalusien, entkommen dem Weihnachtswahnsinn, verbringen Heiligabend in einer Tapasbar, trinken Rioja und hören Flamenco, und am anderen Tag sind wir innerhalb von zwei Stunden wieder zurück, wenn du willst.«

»Ich kann nicht.«

Jean seufzte leise und trank einen Schluck Rotwein. Sein Leben hatte einen anderen Takt als das einer Polizistin. Manchmal fiel es ihm schwer nachzuvollziehen, dass sie niemals ganz abschalten konnte, weil manche Fälle sie bis in den Schlaf verfolgten. Außerdem war er sehr kunstinteressiert. Ein Besuch in einem maurischen Palast würde ihm sehr viel geben, Castel wohl eher weniger. Sicher, es war oft interessant, was Jean über Kunst und Kultur zu erzählen wusste. Castel gab sich Mühe, sich dafür zu interessieren, hatte aber absolut keine Ahnung davon. Manchmal fragte sie sich, ob eine beflissenere und belesenere Frau nicht besser zu Jean passen würde – eine, mit der er sich auf Augenhöhe über die Renaissancemalerei, Kubismus und expressionistische Poesie unterhalten konnte. Aber als sie das einmal angesprochen hatte, hatte er nur gemeint, das sei Blödsinn, schließlich könne er sich den ganzen Tag lang mit Kollegen und Freunden am Telefon darüber unterhalten, wenn er wolle.

Castel hoffte, dass das auch stimmte, denn nach langer Zeit war sie wieder bereit, sich für einen Mann voll und ganz zu öffnen. Jean hatte das in ihr ausgelöst, und die Gefühle für ihn wurden jeden Tag stärker.

»Kannst du dich denn wirklich nicht für drei Tage loseisen?« Jetzt sah er sie mit diesem jungenhaften Ausdruck an, bei dem Castel ihm normalerweise keinen Wunsch abschlagen konnte.

»Nein«, sagte sie und strich mit der freien Hand über seine stoppelige Wange. »Es gab einen Mord, Jean. Ich leite die Ermittlungen.«

»Davon hast du noch gar nichts erzählt.«

»Ich darf über manches nicht sprechen, weißt du?« Und anderes, dachte Castel, wollte sie außerdem fern von ihm halten.

»Hallo? Ich bin's doch. Mit mir kannst und sollst du über alles reden.«

Castel lächelte. Sie streckte sich ihm entgegen und gab ihm einen Kuss.

»Handelt es sich um die Tote, die man bei La Roque-sur-Pernes gefunden hat?«

Castel nickte.

»Schrecklich. Ich habe es im Internet gelesen. Hat jemand sie vergewaltigt und getötet?«

Castel verneinte. »Dem Anschein nach war es keine sexuell motivierte Tat. Na ja. Obwohl … Vielleicht war es das doch. Wir wissen es noch nicht.«

»Du hast sie gesehen?«

»Natürlich. Vor Ort und bei der Obduktion.«

Jean seufzte wiederum. Dieses Mal trank er einen sehr großen Schluck Rotwein. »Entsetzlich. Wie hältst du das nur aus?«

»Mal besser, mal schlechter.«

»Und in diesem Fall?«

»So in der Mitte.«

»Das wäre überhaupt nichts für mich. Eine Leiche zu sehen, eine Ermordete, und dann noch eine solche Obduktion.«

»Jean. Menschen wie ich sind die Einzigen, die dafür sorgen können, dass einem Opfer Gerechtigkeit widerfährt. Als die Frau umgebracht wurde, konnte ihr niemand helfen. Nun ist jemand da, der das kann. Das bin ich. Ich kann sie nicht wieder lebendig machen. Aber ich kann die Tat sühnen, weißt du?«

»Wie ein Racheengel im weißen Gewand mit flammendem Schwert.« Jean lächelte milde. »Gefällt mir.«

»Nicht ganz«, sagte Castel.

Sie schwieg einen Moment. Dachte nach. Blickte in Gedanken versunken zum Fernseher, wo Chevy Chase einen Truthahn aufschnitt, der unmittelbar darauf in sich zusammenfiel.

»Jean?«, fragte sie dann.

»Ja?«

»Du hast neulich etwas über ein Gemälde erzählt und dabei eine ›Heilige Hochzeit‹ erwähnt.«

»Ich erinnere mich, ja. Was interessiert dich daran?«

»Erklär mir noch einmal, was das ist.«

»Es geht um eine spirituelle Verbindung. Es gibt ›Heilige Hochzeiten‹, ›Mystische Hochzeiten‹ ... Hierogamie ist die Verbindung zwischen zwei Göttern oder zwischen einer Gottheit und einem Sterblichen. Dabei geht es um rituelle Vereinigungen, die einem höheren Zweck dienen und eher symbolisch zu betrachten sind. Bei den Kelten musste sich ein König rituell mit dem Land vermählen, über das er herrschte. Auch der Tag und die Nacht gehen eine Ehe ein. Oder Götter verschiedener Kulturkreise – sie ehelichten einander, weil man eine Verbundenheit zwischen zwei Völkern verdeutlichen wollte. Manchmal taten sie das durch ihre irdischen Vertreter: Könige, Priester ... Bei den Babyloniern gab es den Neujahrsritus, dass der Stadtfürst sich mit der Göttin Inanna vermählte, die vermutlich durch eine Priesterin vertreten wurde. Das gibt es auch im Christentum – die Verbindung zwischen Gott und den Menschen oder dem Volk Israel, die Verlobung geweihter Jungfrauen mit Christus und ...«

»Stopp«, sagte Castel. »Was bedeutet das genau?«

»Die Bräute Christi, Cat. Nonnen zum Beispiel. Sie bleiben um Gottes willen Jungfrauen, denn auch Christus war der Sohn einer Jungfrau. Sie suchen einzig, was das Sakrament der Ehe im Kern bedeutet: die Verbindung Christi mit seiner Kirche. Es gibt sehr viele sehr unterschiedliche Braut-Mystizismen.«

»Jungfrauen«, wiederholte Castel. Ihre Gedanken drehten sich immer schneller.

»Auch das ist ein alter Mythos, Cat – Zeus vereinigte sich einmal im Jahr mit Hera unter einem Keuschbaum. Danach nahm sie ein Bad in einem Fluss, das ihre Jungfräulichkeit wiederherstellte.«

»Unter einem *Keuschbaum*?«

»So nannte man den Mönchspfeffer. Eine Heilpflanze, die angeblich den Geschlechtstrieb abschwächt. Man setzte sie bei verschiedenen rituellen Handlungen ein, um auf eine keusche und schamhafte Ehe, die auf Reinheit aufbaut, hinzuweisen.«

Castel trank einen großen Schluck Wein. Hatte der Mörder von Stéphanie Kaufmann etwas Derartiges im Sinn gehabt?

»Wenn du mich fragst«, sagte Jean und drängte sich an Castel, »halte ich nicht sehr viel von derlei Dingen.«

»Keuschheit?« Castel grinste und ließ sich das Glas aus der Hand nehmen.

»Nein. Die braucht niemand.«

»Aber du brauchst offenbar eine Handvoll Mönchspfeffer, hm?«

»Auf gar keinen …«, sagte Jean und küsste Castel in den Nacken, »… Fall.«

19

Albin zog die Hose hoch, dann den Reißverschluss. Zwischen seinen Pobacken fühlte es sich – trotz Abwischens – ekelhaft glitschig an, und bei aller Toleranz von gleichgeschlechtlichen Beziehungen unter Männern: Für ihn wäre das definitiv nichts.

»Alles gut«, sagte Dr. Benoit.

Er ließ den präservativartigen Latexschutz vom Zeigefinger flitschen und warf ihn in den Mülleimer. Benoit stieß sich vom Boden ab, rollte mit seinem Stuhl zurück zum Tisch mit dem Computer und fütterte ihn mit einigen Daten. Albin war seit einigen Jahren Patient bei ihm, nachdem Benoit die Praxis vom alten Dr. Schaefer übernommen hatte. Er war ein fähiger Kerl, hatte einige Zeit in Kliniken gearbeitet, war davor bei der Armee gewesen und redete nicht lange herum. Er sprach die Dinge direkt an und hatte die Praxis mit irgendwelchen neuen Computersystemen so auf Vordermann gebracht, dass Wartezeiten praktisch der Vergangenheit angehörten. Albin liebte das. Denn er hasste es zu warten.

Benoit erklärte: »Die Prostata ist, gemessen an Ihrem Alter, völlig in Ordnung, und solange Sie nach wie vor keine Probleme beim Wasserlassen haben …«

»Alles in Ordnung damit. Danke.«

»Bestens. Die Verletzungen an ihrem Oberkörper sind

ebenfalls gut verheilt.« Dr. Benoit markierte mit dem Zeigefinger die Stellen an seinem eigenen Oberkörper, als würde er auf fragwürdige Muttermale deuten. »Nehmen Sie regelmäßig das Narbengel?«

»Ja«, log Albin.

Erst hatte er es verwenden wollen, fand es dann aber albern, sich mit demselben Zeug einzuschmieren, das auch junge Mütter für die Kaiserschnitte nach der Schwangerschaft benutzten. Außerdem sah man seine Narben ja sowieso nicht, es sei denn beim Baden oder Duschen, und meine Güte, so schlimm waren sie nun auch wieder nicht. Schlimmer war, wie sie entstanden waren. Aber das gehörte zum Berufsrisiko von polizeilichen Beratern.

»Perfekt«, sagte Benoit, deutete dann mit einem Kopfnicken auf den Stuhl am Schreibtisch, las einige Befunde durch und sagte: »Wir müssen uns allerdings Ihre Blase und die Nieren noch einmal genauer anschauen. Ich schreibe Ihnen eine Überweisung. Wir machen ein MRT, und dann sehen wir weiter.«

Albin durchzuckte es. »Was ist denn mit der Niere und der Blase?«

»Ich kann beides mit dem Ultraschall nicht so präzise untersuchen. Es gibt da eine Wucherung von etwa acht bis neun Millimetern, über die wir mehr wissen sollten. Das kann alles Mögliche sein, Monsieur Leclerc. Eine Zyste zum Beispiel.«

»Lassen die sich nicht relativ gut identifizieren?«

»In der Regel schon. Nur wenn sie tief liegen, dann funktioniert das nicht mit dem Ultraschall. Wir arbeiten besser nach dem Ausschlussprinzip und gehen auf Nummer sicher.« Benoit lächelte. »Wie gesagt: Es kann alles

Mögliche sein – und am Ende können uns eine Punktion und eine Gewebeprobe die letzte Gewissheit geben.«

Albins Hände wurden schweißnass. »Ist das womöglich Krebs?«

»Man sollte nicht sofort von dem Schlimmsten ausgehen. Wie gesagt: Es gibt alle möglichen Arten von Wucherungen, letztes Jahr war dieses noch nicht da, und wenn es weiter wächst, dann kann es auf die Organe oder die Blase drücken, und dann bekommen wir in der Tat Probleme.«

»Das heißt?«

»Das heißt erst mal gar nichts. Außer, dass wir es genauer untersuchen und nach dem Ausschlussprinzip arbeiten. Genau wie die Polizei, richtig?«

Albin nickte. »Muss man sich Sorgen machen?«

»Ich wüsste zum gegenwärtigen Zeitpunkt nicht, warum. In der Stadt gibt es ein radiologisches Zentrum. Da gehen Sie hin, kommen in die Röhre, mir werden danach die Resultate übermittelt. Das machen wir noch vor Weihnachten, weil ich über die Feiertage im Skiurlaub bin. Und dann haben Sie über die Feiertage ebenfalls Ruhe und Gewissheit, ob man das noch genauer untersuchen muss oder nicht.«

»Bekommen wir denn so schnell einen Termin?«

»Das bekommen wir ganz kurzfristig hin. Ich mache es dringend.«

Benoit kritzelte etwas auf einen Zettel, schob ihn Albin hin und sagte, dass die Sprechstundenhilfen bereits Bescheid wüssten und er von ihnen dann den Termin zum MRT sowie für die anschließende Besprechung der Ergebnisse erhalten werde. Was dann auch geschah.

Draußen, auf dem Parkplatz, steckte er sich eine Gitanes

an, betrachtete die Zettel in seiner Hand, ließ den Blick über den grauweißen Himmel schweifen und fasste sich mit der anderen Hand unbewusst an die Hüfte – an den Bereich, wo er Blase und Niere vermutete, tastete ein wenig herum. Nichts zu spüren. Eine Wucherung, dachte er. Das konnte alles Mögliche sein. Sollte man dennoch untersuchen. Und dann so schnell, quasi von jetzt auf gleich. Damit man Gewissheit hatte. Woher kam auf einmal diese beschissene Wucherung? Alles Mögliche könnte es sein, hatte Benoit gesagt. Alles Mögliche – das beinhaltete, dass es sowohl gutartig als auch bösartig oder irgendetwas dazwischen sein könnte. Verdammter Mist. So oder so: Da wuchs etwas in ihm, das da nicht hingehörte. Ein ziemlich mieser Gedanke, verdammt mies.

Albin inhalierte den Zigarettenrauch, stieß ihn durch die Nasenlöcher wieder aus und öffnete den Kofferraum. Tyson begrüßte ihn freudig. Albin hatte ihn für die halbe Stunde der Untersuchung im Kofferraum gelassen. Jetzt tätschelte er den Mops. Tyson schleckte über Albins Hand und sah ihn fragend an.

Alles klar, Chef?, fragte er.

»Ich habe eine Wucherung im Körper«, murmelte Albin und starrte in den Kofferraum, ohne auf irgendetwas zu fokussieren.

Das kann alles Mögliche sein.

»Und damit auch etwas Schlimmes.«

Du kannst auch vom Blitz getroffen werden.

»Die Chancen, dass das passiert, sind aber eher gering.«

Ebenfalls die Chancen, dass du etwas Schlimmes hast, oder?

»Wer weiß.«

Menschen und Tiere haben überall irgendwelche Wuche-

rungen, meine Güte, außerhalb des Körpers, unter der Haut und natürlich auch im Inneren.

»Es war letztes Jahr noch nicht da.«

Dann hättest du dir sonst letztes Jahr schon Sorgen gemacht, also bitte.

»Stimmt. Benoit sagt, wenn es größer wird, dann gibt es Probleme. Weil es irgendwo draufdrücken kann. Irgendwas abklemmt.«

Deswegen ist es sinnvoll, es rasch zu untersuchen.

»Vielleicht sagt er das nur so. Vielleicht ist dringend Eile geboten.«

Und vielleicht redest du dir das bloß ein. Abgesehen davon hattest du schon mit so vielen tatsächlich bedrohlichen Situationen zu tun …

»Über diese Situationen hatte ich stets die Kontrolle. Hierüber nicht.«

Du kannst sie ja erlangen, indem du es genau untersuchen lässt.

»Was ja passieren wird«, erwiderte Albin und zog an der Zigarette. Vielleicht hätte er schon vor Jahren aufhören sollen damit. Vielleicht rächten sich jetzt die schlechte Ernährung aus der Zeit vor Veronique, das Rauchen …

Vom Rauchen bekommst du doch nichts zwischen Niere und Blase, Chef.

»Wer weiß.«

Außerdem bist du inzwischen siebenundsechzig Jahre alt. Hast du schon mal irgendwelche gesundheitlichen Probleme gehabt?

»Niemals.«

Dann kann es in deinem Alter durchaus schon mal passieren, dass du welche bekommst.

»So eine Wucherung?«

Was auch immer. Und am Ende ist es bloß eine Zyste.

»Benoit hat mir bei anderer Gelegenheit mal gesagt, dass man die recht gut identifizieren kann.«

Unter der Voraussetzung, dass er sie mit seinem Ultraschallgerät präzise erwischt.

»Stimmt.«

Und das hat er nicht.

»Stimmt ebenfalls. Trotzdem. Ich kann keine beschissene Wucherung im Körper gebrauchen. Keine Ahnung, woher das auf einmal kommt, das verdammte Ding.«

Wer weiß das schon. Abgesehen davon: Frauen haben dauernd irgendwelche Geschwulste, meine Güte, in der Brust, im Unterleib – frag nur Veronique oder Manon.

Das stimmte. Auch seine Exfrau. Bei allen dreien erinnerte sich Albin an Gespräche über Dinge, die ertastet oder untersucht worden waren und sich dann als völlig harmlos herausstellten.

Vielleicht ist es ja auch psychosomatisch. All das Böse, all die schlimmen Dinge, mit denen du zu tun hast und zu tun hattest – vielleicht staut sich das irgendwie in dir an. Es wäre ohnehin ein Wunder, wenn das alles spurlos an dir vorüberginge.

»Tut es nicht. Ich mache kein Drama daraus. Aber du weißt, wovon ich manchmal träume.«

Von all den Toten. Von den Ermordeten, die Albin im Traum manchmal einfach nur ansahen, ohne ein Wort zu sagen – und davon, wie er bedroht und gejagt wurde, vom Feuer in der Wohnung, aus der er ein Kind retten wollte. Die Träume, die ihn nachts atemlos und verschwitzt aufwachen ließen, worauf er dann meist zur Toilette gehen musste, um zu pinkeln. »Jedenfalls ist der MRT-Termin sehr kurzfristig.«

Was gut ist.

»Die Sache bleibt zwischen uns beiden, klar? Veronique kann keinen weiteren Stress gebrauchen. Und wir wollen nicht den Hund in der Pfanne verrückt machen.«

Chef?

»Ja?«

Keine Panik, okay?

»Keine Panik.«

Außerdem hast du zu tun. Lenk dich etwas ab. Andere Menschen bekommen weitaus schlimmere Diagnosen als du.

»Steht mir vielleicht ja noch bevor.«

Willst du jetzt aufhören?

Albin schnipste die Zigarette in eine Pfütze und zwinkerte Tyson zu. »Werde ich.«

Außerdem haben wir zu tun. Dein Notar wartet, dieser Hervé. Jetzt schwing deinen Hintern ans Steuer und schlag dir dieses Acht-Millimeter-Dings aus dem Kopf! Acht Millimeter. Nicht mal so groß wie die Kugeln, mit denen schon auf dich geschossen wurde!

Albin grinste in sich hinein. »Guter Hund«, murmelte er und wuschelte Tyson über den Kopf.

Das will ich wohl meinen!

Albin warf die Kofferraumklappe zu. Ein Mops als Seelentröster – erstaunlich, wozu diese Tiere in der Lage waren.

20

Didier Hervé war kein großer Mann. Er hätte Albins Brustbein mit der Nasenspitze berühren können. Andererseits war Albin ja auch recht groß, über eins neunzig. Hervés Hand fühlte sich in Albins weich und trocken an, als sie sich begrüßten. Die Kanzlei befand sich in einem altehrwürdigen Bürgerhaus im Zentrum, in dem einige Telefone klingelten, Assistentinnen damit befasst waren, sie anzunehmen, während die drei neuen Teilhaber der Kanzlei sich gerade in einem Besprechungszimmer versammelten.

Hervé trug einen dunkelblauen Zweireiher mit einer Lions-Club-Anstecknadel am Revers, eine teure Brille sowie eine nicht minder teure Armbanduhr.

Er bestellte zwei Kaffee bei seiner Sekretärin, die sich über Tyson außerordentlich entzückt zeigte, und führte Albin und Tyson schließlich in sein Büro.

Die Wände waren mit dunklem Holz vertäfelt. Überall befanden sich Regale mit Büchern. Der Schreibtisch mit der obligatorischen Anwaltslampe mit grünem Glasschirm war ebenfalls aus dunklem Holz, die Sessel und eine Couch aus gestepptem, dunkelrotem Leder. Es roch angenehm nach Zigarre, und ein gefüllter Aschenbecher verriet Albin, dass Hervé es nach wie vor nicht so eng sah mit dem Rauchverbot, das zwar im Haus galt, aber nicht für ihn persönlich und nicht für gute Kunden beziehungsweise Klienten, die er mochte.

»Die Vorweihnachtszeit macht einen vollkommen verrückt«, sagte Hervé, setzte sich und zog gleichzeitig die Schublade am Schreibtisch auf, um ein Kauknöchelchen für Tyson herauszuholen. »Ich habe selbst zwei Hunde«, sagte er mit einem Augenzwinkern. »Setter.«

Tyson schien das gleichgültig zu sein. Über das Leckerchen war er jedoch hocherfreut und zerknackte es sogleich zwischen den Zähnen.

»Weihnachten wird jedes Jahr schlimmer«, sagte Albin und setzte sich auf den Stuhl auf der anderen Seite des Schreibtisches. Er war überraschend bequem.

Hervé winkte ab. »Meine Frau lädt die ganze Familie ein. Das sind fast zwanzig Personen. Meine Güte.« Hervé lachte und faltete die Hände anschließend zu einer Raute auf der Schreibtischunterlage. Er schwieg, während seine Assistentin mit dem Kaffee kam und kaum eine Sekunde später wieder hinausschwebte, wobei sie die Tür geräuschlos hinter sich schloss.

»Meine ebenfalls«, sagte Albin. Der Kaffee duftete betörend. »Allerdings werden wir deutlich unter zwanzig sein.«

»Sie haben wieder geheiratet?«

»Nein. Meine Lebensgefährtin. Sie führt das Blumengeschäft gegenüber vom Café du Midi.«

»Oh? Diesen hübschen Laden?«

»Ja.«

»Und die Inhaberin … diese …«

»Veronique.«

Hervé machte eine anerkennende Geste. »Na, herzlichen Glückwunsch, mein Lieber. Gute Wahl.«

»Ich kann mich nicht beklagen. Danke.«

Hervé lächelte. »Ich verfolge Ihre Karriere seit einiger Zeit, Albin. Die alte und auch die neue. Sie können es nicht bleibenlassen. Ich weiß ganz genau, wie das ist. Geht mir nämlich genauso. Ich gehe meinen Nachfolgern auf den Geist, ich weiß. Aber es gibt Schlimmeres. Sie werden es überleben.«

Albin grinste.

»Und jetzt sind Sie polizeilicher Berater.«

»Hat nicht viel zu sagen. Ich helfe nur ein bisschen aus.«

»Immerhin.« Hervé genehmigte sich etwas Kaffee. »La Roque-sur-Pernes«, sagte er dann und formte die Hände wieder zur Raute. »Dieser Mordfall? Was kann ich Ihnen dazu sagen? Gar nichts, mein Lieber. Ich weiß nur das, was in den Nachrichten lief. Entsetzlich.«

»Ja, dieser Mordfall«, bestätigte Albin. »Aber es geht mir um einige Dinge, die nicht den Mord betreffen.«

»Sie haben es am Telefon bereits angedeutet.«

Albin nickte.

»Nun«, sagte Hervé und holte tief Luft. »Dann wollen wir mal sehen, ob ich Ihnen weiterhelfen kann. Ich habe gestern Abend und heute Morgen ein wenig in meiner Erinnerung und in unseren Unterlagen gekramt. Einige Dinge kann ich aus datenschutzrechtlichen Gründen natürlich nicht weitergeben. Aber es ist richtig, dass es über einen längeren Zeitraum hinweg Streitigkeiten um Grundstücke in La Roque gegeben hat, auch in Erbschaftsangelegenheiten. Die Geschichte des Ortes hat es quasi mit sich gebracht, dass über einen gewissen Zeitraum hinweg diverse An- und Verkäufe getätigt worden sind. La Roque wurde nahezu vollkommen neu besiedelt. Nach dem Krieg lebten ja nicht einmal mehr zwanzig Menschen dort. Wenige Jahre später fast zweihundertmal so viele. Da liegt es auf der Hand, dass es eine rege Immobilien- und Grundstückstätigkeit gab.«

»Ihre Kanzlei war da involviert?«

»Ein wenig. Mein Vorgänger. Ich selbst habe einige Klienten übernommen, keine Handvoll. Das letzte wirklich große Geschäft wurde in den Neunzigern abgewickelt. Und ein oder zwei langwierige Streits.«

»War die Familie Kaufmann Klient bei Ihnen?«

»Darüber darf ich keine Auskunft erteilen, Albin. Aber es ist mir bekannt, dass die älteren Herrschaften verstorben sind, und man würde vermuten, dass ihr Besitz an die Tochter überging.«

»Woran sind die Kaufmanns gestorben? Und wann?«

Hervé zögerte ein wenig, um Albin zu bedeuten, dass er darüber eigentlich nicht sprechen durfte. Albin ließ den Moment vorbeiziehen und schwieg, machte nur eine Geste mit den Händen, die dem Notar bedeuten sollte, dass selbstverständlich jedes unter vier Augen gesprochene Wort informell und ohne Quellenangabe verbleiben würde. Hervé kannte Albin gut genug, um das wortlos zu verstehen.

Er sagte: »Sie sind eines natürlichen Todes gestorben. Zunächst sie. Dann einige Jahre später er, genau genommen vor drei Jahren. Seitdem gehören das Haus und das Grundstück der Tochter. Ich habe ihr geraten, es zu verkaufen. Aber sie will nicht.«

»Gab es denn Angebote?«

»Es gibt ein Angebot, das nach wie vor auf dem Tisch liegt. Dennoch will sie es nicht verkaufen.«

»Sie kann es nicht mehr verkaufen.«

»Oh?« Hervé merkte auf.

»Dieser Mordfall …«, sagte Albin.

»Oh Gott.« Hervés Augen weiteten sich. Er schluckte, sichtlich betroffen. »Das ist ja … fürchterlich. Eine so junge Frau. Weiß man bereits etwas Genaueres?«

»Wir stehen ganz am Anfang.«

»Ein Lustmord?«

»Je nachdem, wie man es sieht. Ich darf über die Umstände nicht im Detail sprechen.«

»Natürlich nicht.«

»Ebenso wenig wie Sie über den Kaufinteressenten.«

Hervé hob das Kinn ein wenig. Massierte sich den Hals und trank dann etwas Kaffee. »Denken Sie an ein bestimmtes Mordmotiv?«, fragte er schließlich.

Albin trank nun ebenfalls einen Schluck Kaffee. Er war gut, heiß und stark. Er sagte: »Die Umstände der Tat sind sehr außergewöhnlich. Ein Mord aus Habsucht – ich weiß nicht, das ist schwer vorstellbar.«

»Wir reden hier außerdem über keine hohe Kaufsumme«, sagte Hervé.

»Wie hoch ist denn der Wert des Hauses samt Grundstück?«

»Der Verkehrswert lag bei der letzten Schätzung bei insgesamt neunzigtausend Euro. Das vorliegende Angebot beläuft sich auf fünfundsechzigtausend Euro. Dafür tötet man doch niemanden.«

Albin zuckte die Schultern. »Es wird für weitaus weniger Geld getötet.«

»Aber dieses Haus und das Grundstück sind reichlich heruntergekommen.«

»Vielleicht will es jemand unbedingt haben – aus Gründen, die anderen verschlossen sind.«

Hervé dachte nach, sagte dann: »Aber Sie sagten, die Tatumstände seien außergewöhnlich. Wie außergewöhnlich?«

»So außergewöhnlich, dass ein Mord aus Habsucht nicht auf der Hand liegt. Eher das Werk eines Ritualmörders oder Serientäters.«

»Meine Güte!«

»Natürlich kommt in Betracht, dass der Mörder es nur so aussehen lassen will. Dass das Ritualhafte nur Tarnung ist. Es gibt viele denkbare Motive. Das muss ich Ihnen nicht erzählen.«

»Aber, lieber Albin, beim besten Willen – wir können nicht sofort jeden Kaufinteressenten für das Haus verdächtigen, nicht wahr?«

Albin schwieg, ließ den Blick über die Buchrücken wandern, schaute kurz zu Tyson, der sich nach wie vor auf dem Boden mit dem Knöchelchen vergnügte und nur einmal kurz aufsah.

Albin sagte: »Also, die Kaufmanns sind eines natürlichen Todes gestorben, waren aber zu Lebzeiten in langwierige Streitigkeiten über ihren Grundbesitz verwickelt?«

»Das habe ich nicht gesagt.«

Albin lächelte. »Ich weiß. Aber ich dachte, Sie sagen einfach ja oder nein.«

Hervé seufzte. »Sie wissen doch …«

»Und Sie wissen, dass wir über Mord reden und meine Kollegen sowieso früher oder später mit einer gerichtlichen Verfügung in Bezug auf Informationen über Ihre Klientin Stéphanie Kaufmann antanzen werden.«

Hervé blickte Albin unsicher an.

»Möchten Sie die Bilder vom Tatort sehen? Soll ich Ihnen sagen, was der jungen Frau angetan wurde? Okay. Ich sage es Ihnen, und Bilder habe ich ebenfalls. Die sind nicht schön. Die sind anders als alles, was Sie bislang in Ihrem Leben gesehen haben, versprochen.«

Hervé seufzte erneut, hielt die Hände in einer entwaffneten Geste hoch, die Handflächen zu Albin, und ließ sie hörbar auf den Tisch sinken. »Die Kaufmanns waren nicht in Streitigkeiten verwickelt. Ein Angebot für den Ankauf ihres Besitzes gab es erst kurz vor dem Tod vom alten Kaufmann vor vier Jahren. Damit kam er zu mir und fragte, was ich davon halte. Ich empfahl ihm zu verkaufen, weil er für sein Land und sein Haus niemals wieder so viel Geld angeboten bekommen wird – selbst wenn es unter dem Verkehrswert lag. Seiner Tochter habe ich, wie erwähnt, später dasselbe empfohlen. Aber sie wollte nicht verkaufen, was vermutlich moralische Gründe hat. Das Haus ihrer Eltern …«

»Worum ging es bei den Streitigkeiten?«

»Die Kaufmanns hatten, wie erwähnt, keine …«

»Klar. Aber worum ging es?«

»Wem gehören diese zwei Quadratmeter von Grundstück A und wem jene Hecke auf Grundstück B, so etwas in dem Stil.«

»Definitiv nichts, womit die Familie Kaufmann zu tun hatte?«

»Nein.«

»Und dieses letzte große Grundstücksgeschäft in den Neunzigern?«

»Dabei handelte es sich um den Erwerb des Areals, das heute als Sanatorium genutzt wird.«

»Dieser …«

»Sonnenhof. Château du Soleil.«

Albin nickte. Der Ortsbürgermeister hatte ihm davon erzählt.

Hervé fuhr fort: »Das Grundstück samt dem ehemaligen Gutshof fiel an die Gemeinde, weil die Vorbesitzer ohne Erben verstorben waren. Ende der neunziger Jahre wurde es dann von einem Privatmann erworben. Er hat viel Geld in die Sanierung investiert.«

»Auf welche Weise waren diese Vorbesitzer verstorben?«, fragte Albin.

»Selbstmord.«

»Ach.«

»Sie waren Mitglieder dieser Sekte gewesen, die in den neunziger Jahren mit einem Massensuizid Furore machte: die Sonnentempler. Daher nennt man das Areal im Volksmund auch ›Sonnenhof‹, obwohl das eine nichts mit dem anderen zu tun hat. Der neue Besitzer hat es übernommen und nennt seine Einrichtung ›Château du Soleil‹. Sie erinnern sich an die Sonnentempler?«

»Ja«, sagte Albin.

Zumindest in den Grundzügen. Der Orden der Sonnentempler. *Ordre du Temple Solaire.* O.T.S. Es gab Mitte bis Ende der neunziger Jahre einige Mord- und Selbstmordfälle, die mit den Sonnentemplern in Verbindung standen. Vollkommen verrückte Geschichte. Rund fünfundsiebzig Tote insgesamt. Die Sonnentempler hielten sich für eine Art neuen Geheimorden aus Rosenkreuzern und Tempelrittern und verfolgten ein apokalyptisches Weltbild. Die Großmeister hielten sich für Wiedergeborene von Osiris, Jesus oder Moses mit einem okkulten Geheimwissen und magischen Fähigkeiten.

Der echte Templerorden hatte sich Anfang des 12. Jahrhunderts in Jerusalem gegründet, vereinte die Stände des Ritter- und des Mönchtums und galt während der Kreuzzüge als Elitetruppe, die direkt dem Papst unterstand. Er schützte die Pilger auf dem Weg nach Jerusalem, schützte auch den Tempel Salomons und hatte einen strikten Ehrenkodex. Die Templer waren ziemlich reich und mächtig, über ganz Europa verstreut, ein Staat im Staat. Unter Philipp IV., dem Schönen, der das Papsttum nach Avignon überführt hatte, wurde der Orden schließlich der Ketzerei bezichtigt und in einer Welle der Gewalt am »Schwarzen Freitag« 1307 vernichtet, aller Besitz beschlagnahmt. Der letzte Großmeister wurde 1314 in Paris verbrannt. Böse Zungen behaupten, dass kolossale Schulden der Krone bei den Templern der Hintergrund waren, zumal die Templer nahezu alle Bankgeschäfte in der Hand hatten und nur dem Papst Rechenschaft schuldeten – nicht aber dem König.

Diese Sonnentempler sahen sich nun als Wiedergeborene an, zumindest deren Chefs. Zum Höhepunkt seiner Aktivitäten hatte der Verein Hunderte von Mitgliedern weltweit, fast zweihundert in Frankreich, fast alle aus der zahlungskräftigen Mittel- und Oberschicht. Es gab Auftragsmorde, als es zu Machtkämpfen und Ausstiegen kam, und schließlich ein Massaker mit sehr vielen Toten, ausgelöst durch Hinrichtungen, Suizide und vorgetäuschte Suizide. Fast so wie im Dschungel von Guyana unter der Führung des berüchtigten Gurus Jim Jones.

Aber die Sonnentempler waren noch nicht fertig – auch ein Jahr nach der Katastrophe und noch Ende der Neunziger kam es zu weiteren Massenselbstmorden und Morden. Einmal wurden knapp zwanzig verkohlte Leichen im Wald gefunden – die Menschen wollten in einem rituellen Selbstmord in eine andere Sphäre reisen und einen Transit zum Sirius unternehmen. Die Aufklärung des ganzen Spektakels zog sich in der Schweiz und in Frankreich noch fast zehn Jahre hin.

»Das Anwesen gehörte einem wohlhabenden Pärchen«, fuhr Hervé fort. »Aber offenbar waren sie entweder vollkommen verwirrt oder auf der Suche nach etwas, das sie bei den Sonnentemplern zu finden glaubten. Wer weiß. Vielleicht geht es ihnen sogar gut auf dem Sirius – und wir sind die Blöden.« Der Notar lächelte ironisch.

»Verstehe«, sagte Albin. »Wie dem auch sei: In jedem Fall dürfte das Haus von Stéphanie Kaufmann nun zur Verfügung stehen. Wir werden beobachten, wer dieser Kaufinteressent ist, den Sie nicht nennen wollen.«

Hervé schwieg.

»Das Haus«, sagte Albin, »dürfte dann ja wie dieser Sonnenhof an die Gemeinde gehen, nicht? Falls es keine Erben gibt.«

»Oh, das ist nun wieder bemerkenswert.«

»Warum?«

»Falls es an die Gemeinde fällt.«

»Warum?«

Hervé reckte den Hals wie eine Schildkröte, massierte den Adamsapfel. Schien nachzudenken und etwas abzuwägen.

»Kennen Sie eigentlich Michel Thomas?«, fragte er.

»Den Ortsbürgermeister?«

»Den meine ich.«

»Ich habe ihn kennengelernt. Warum?«

»Ach, nur so«, sagte Hervé.

Albin kapierte. »Thomas wollte den Hof der Kaufmanns erwerben?«

»Das müssen Sie ihn selber fragen. Dazu kann und darf ich absolut nichts sagen«, erwiderte Hervé.

»War der auch in die anderen Streitigkeiten verwickelt, dieser Thomas?«

»Er wird Ihnen möglicherweise auch darauf eine Antwort geben können.«

»Lassen Sie mich raten: Mit dem Verkauf des Sonnenhofs hatte er auch zu tun?«

»Jetzt darf ich aber wirklich nichts mehr sagen«, bemerkte Hervé, leerte seine Kaffeetasse und sah Albin an.

»Er scheint ja eine Leidenschaft für Grundbesitz zu haben, hm? Was will er nur damit?«

Hervé zuckte mit den Achseln. »Manche Leute sammeln Yachten, andere Briefmarken, sie kaufen und verkaufen – und manche sammeln eben Häuser und Grundstücke.«

»Und Sie meinen, das sei deshalb bemerkenswert, weil sich Thomas quasi die Areale selbst verkaufen kann, wenn sie an die Gemeinde fallen?«

»Der Weg des Geldes«, sagte Hervé mit einem unschuldigen Lächeln, »ist seit Tausenden von Jahren unergründlich, aber stets konstant.«

21

Castel und Theroux standen zur Morgenbesprechung vor dem Whiteboard und trugen die bisherigen Ermittlungsergebnisse zusammen.

Herbault und Griffon hatten sich die Wandergruppe und den Wanderführer vorgenommen und einzeln befragt. Dabei waren keine neuen Details zutage getreten, lediglich war bestätigt worden, was sie bereits wussten. Außerdem hatten sie Aubery und die einzelnen Wanderer erkennungsdienstlich überprüft und Datenbanken eingesehen – man konnte ja nicht ausschließen, dass einer von ihnen einschlägig vorbestraft war, den Mord verübt hatte und dann die Gelegenheit nutzte, quasi in Gesellschaft den Tatort noch einmal zu besuchen und eine perverse Freude daran zu empfinden, die Leiche zu entdecken. Allerdings gab es keinerlei Hinweise in dieser Richtung, die sich erhärtet hätten.

Varis und Moreau waren nicht weit gekommen. Sie hatten Brautmodengeschäfte im Umkreis von fünfzig Kilometern ausfindig gemacht und mit den Inhabern telefoniert – um zu erfahren, dass niemand in den vergangenen Tagen ein Brautkleid in der genannten Größe gekauft hatte. Außerdem hatten sie erfahren, dass die Marke des Kleides gar keine Brautmodenmarke sei, sondern ein in Vietnam gefertigtes Sommerkleid einer großen Warenkette mit Filialen in allen größeren Städten. Sie hatten einige davon angerufen und ermittelt, dass in den vergangenen zwei Wochen fünfunddreißig solcher Kleider in Avignon, in Aix-en-Provence und Arles verkauft worden waren, die meisten davon bar, die restlichen mit Kredit- und Bankkarten. Varis und Moreau hatten Anträge gestellt, damit die Kundeninformationen an die Polizei gegeben werden konnten und um die Überwachungskameras der Kassen einzusehen.

Nach Castels Einschätzung klang das sehr vielversprechend. Allerdings war es kurz vor Weihnachten – und kaum damit zu rechnen, noch vor den Feiertagen an Informationen zu gelangen.

Noch schwieriger war es mit den Geschäften, in denen man Skalpelle kaufen konnte. Davon gab es einige in der Provence. Auch online konnte man die Instrumente bestellen, oder in Bastelgeschäften und Baumärkten erwerben. Und es war überhaupt nicht gesagt, um welchen Typus es sich handelte – denn das mit dem Skalpell war nur eine Annahme. Die Rede war von einer sehr scharfen Klinge gewesen, und das mochte auch ein Teppichmesser sein. Von daher war diese Spur im Moment eher ein Stochern im Nebel.

Andererseits käme man der Sache mit mikrobiologischen Gutachten näher, die bereits in Auftrag gegeben worden waren. Denn manchmal gab es metallischen Abrieb – kleinste Partikel, die in Knochen stecken geblieben waren, konnten Aufschluss über Metalllegierungen geben und diese dann wiederum Rückschlüsse auf die jeweils verwendeten Klingen erlauben.

Doch bis die entsprechenden Ergebnisse vorlagen, würden sicherlich noch einige Wochen ins Land gehen – so schnell arbeiteten die Labore nicht, schon gar nicht über die Feiertage. Castel und Theroux konnten von Glück sagen, wenn die Gentests von Stéphanie Kaufmann und die Analysen von Spuren an der Leiche noch vor Weihnachten beziehungsweise Jahresende vorliegen würden – und das auch nur dann, wenn sie mit Vorrang behandelt werden würden.

Zahir hatte sich um die Daten des Opfers gekümmert, damit man ein grobes Persönlichkeitsprofil erstellen konnte. Er hatte ihre Bankdaten so gut durchleuchtet, wie es ohne gerichtlichen Beschluss ging, außerdem ihre E-Mail-Konten, Telefonnummern und Social-Media-Accounts überprüft und entsprechende Anträge bei den Providern gestellt, um an weitere Daten wie Rufnummernlisten, den E-Mail-Verkehr sowie Korrespondenzen über WhatsApp und innerhalb von Facebook, Instagram und Co. zu gelangen. Was öffentlich zugänglich war, hatte er sich bereits angesehen und Listen über ihre verfügbaren Kontakte erstellt.

Allerdings war Stéphanie Kaufmann im Gegensatz zu anderen ihres Alters in den sozialen Medien nicht sonderlich aktiv gewesen. Sie hatte kaum etwas gepostet, so gut wie keine privaten Bilder geteilt und war wohl mehr eine Beobachterin gewesen als jemand, dem es auf Interaktion ankam.

Dennoch gab es eine Reihe von Freundschaftskontakten und Personen, deren Beiträge sie gelikt hatte und die es bei ihr getan hatten. Auch daraus ließen sich einige Rückschlüsse für ein Persönlichkeitsprofil ableiten. Natürlich konnte sich unter den Kontakten auch ihr Mörder befinden, der ein Fake-Account nutzte, um sich zu tarnen und seinerseits Stéphanie zu stalken und ihre Gewohnheiten zu beobachten.

Zahir hatte außerdem zwei Exfreunde ausfindig gemacht und Freundinnen von Stéphanie, die in Carpentras und Avignon lebten. Herbault und Griffon würden deren Befragungen übernehmen.

Weiter hatte Zahir nationale und internationale Datenbanken sowie Europol und Interpol nach ähnlich gelagerten Fällen durchsucht. Doch er war nicht fündig geworden. Nirgends hatte es bislang einen vergleichbaren Mord gegeben. Er hatte außerdem Anfragen an das FBI geschickt sowie an Behörden in den Maghreb-Staaten und an östliche Länder, die nicht im Europolverbund waren. Es war nicht auszuschließen, dass der Täter ein Zuwanderer war und in seinem Herkunftsland bereits eine ähnliche Tat begangen hatte. Andersherum könnte natürlich auch ein Franzose oder anderer Staatsbürger bei Auslandsaufenthalten einschlägig aktiv geworden sein. Aber bis es Antworten geben würde, dürften ebenfalls einige Tage vergehen.

»Im Augenblick«, sagte Castel schließlich, »ist Henri Vray, der Wirt vom Banatais, unser heißester Kandidat. Er ist heute zu einer Zeugenbefragung einbestellt. Wir haben Grund zu der Annahme, dass er ein Verhältnis mit seiner Angestellten gehabt hat. Vielleicht hat er ihr Geschenke gemacht. Ich hoffe, wir bekommen ihn dazu, dass er freiwillig seine Fingerabdrücke abgibt, und …«

»Wir haben Vray in der Datenbank«, unterbrach sie Zahir.

»Ach?« Castel lächelte. »Wirklich?«

Zahirs Eltern stammten aus Libyen. Er war der Einzige bei der Polizei in Carpentras, der den arabischen Schriftzug auf der Innenseite des Handgelenks von Castel lesen konnte. Es war ein Name. Er hatte nie einen Kommentar darüber gemacht oder Fragen gestellt. Nicht, dass Castel ihm eine Antwort gegeben hätte.

»Ja«, bestätigte er. »Zwei Geldstrafen wegen Fahrens ohne Führerschein, drei Monate Entzug der Fahrerlaubnis und eine Geldstrafe wegen Trunkenheit am Steuer mit Fahrerflucht Anfang dieses Jahres. Ein Bußgeld vom Lebensmittelkontrollamt wegen mangelnder Hygiene in der Restaurantküche. Ein paar Probleme mit der Steuer, aber welcher Gastronom hat die nicht. Bei der Trunkenheitsfahrt hat er an einem anderen Wagen einen Außenspiegel abgefahren, wurde aber von Zeugen identifiziert. Wir haben ihm eine Blutprobe entnommen und ihn erkennungsdienstlich behandelt. Die Fingerabdrücke sind noch nicht gelöscht worden und im System.«

»Na, perfekt«, sagte Castel. »Ich will wissen, ob es Übereinstimmungen mit Fingerabdrücken aus der Wohnung von Stéphanie Kaufmann gibt. Außerdem, ob sich seine Fingerabdrücke an einem der Geschenkkartons befinden. Bitte mit Vorrang behandeln. Falls es Treffer gibt, wollen Theroux und ich das sofort wissen – auch während der Zeugenvernehmung.«

Theroux nickte bloß, überließ Castel jedoch weiterhin das Wort.

»Alles klar.« Zahir nickte.

»Haben wir einen Hit, nehmen wir ihn in die Zange und besorgen uns das Okay für einen Gentest und eine Untersuchung bei der Rechtsmedizin – Kratzer am Körper, Spuren unter den Fingernägeln, was auch immer. Mit den Ergebnissen gleichen wir die Spuren an der Leiche ab und besorgen uns einen Durchsuchungsbeschluss.«

Moreau hatte eine Frage. Seine Haare waren lockig und blond wie die eines Engels. »Was ist mit dem Täterprofil? Einem psychologischen Gutachten?«

»Erst nehmen wir uns Vray vor«, sagte Castel. »Alles der Reihe nach.«

Aber sie wusste genau, worauf Moreau anspielte: Die Umstände sprachen einfach nicht für eine Beziehungstat oder eine Tat im Affekt. Sie sprachen nach wie vor – und nach Castels Meinung immer stärker – für einen irren Ritualmord. Zumal sie intensiv über das nachgedacht hatte, was ihr Jean gestern Abend erzählt hatte – seine Informationen über Heilige und Mystische Hochzeiten, den Brautritus, die Keuschheit. All das schien auf irgendeine Art und Weise mit der Tat zusammenzuhängen, sagte ihr Bauchgefühl. Aber ausschließen konnten sie eine Beziehungstat nicht. Zunächst musste das Nächstliegende untersucht werden, und das war die mögliche Affäre zwischen Vray und Stéphanie Kaufmann.

Und die Öffentlichkeit musste, so gut es ging, herausgehalten werden. Die Medien durften nichts über die näheren Umstände der Tat in Erfahrung bringen, denn sonst wurde womöglich Täterwissen bekannt werden, was die Ermittlungen erschweren würde. Abgesehen von der Tatsache, dass ein Sturm der Entrüstung durch das Vaucluse laufen, die Polizei unter Druck geraten und Spekulationen in den sozialen Medien Tür und Tor geöffnet werden würde. Man konnte außerdem davon ausgehen, dass sich dann noch mehr Anrufer bei der Polizei meldeten, und das erschwerte meist die Arbeit und war wenig zielführend. Zwar wurde bereits wie wild spekuliert – aber noch hatten sie alles unter Kontrolle. Womit es vorbei sein würde, wenn die verrückten Details über den Mord und das Herrichten der Leiche durchsickerten.

Früher oder später würde Castel vielleicht die Öffentlichkeit einbinden, aber gezielt und auch nur dann, wenn sie mit den Ermittlungen nicht weiterkamen oder aus anderen taktischen Gründen. Doch bislang reichte es aus, wenn die Presse wusste, dass eine Tote gefunden worden und ein mutmaßlicher Mord geschehen war. Die Bories als Fundort waren schon bizarr genug. Das Ganze außerdem kurz vor Weihnachten, dem Fest der Liebe und der Ruhe.

»Was die Blumen angeht«, sagte Castel – beendete ihren Satz aber nicht, weil sie eine wohlbekannte Stimme von der Tür hinter ihr hörte.

»Schleierkraut. Rosen. Kleine Gerbera. Die gibt es überall, das führt uns nicht weiter.«

Alle wandten sich der Tür zu. Castel wusste aber vorher schon, wer dort stand, denn die Stimme war unverkennbar und ziemlich einmalig.

»Guten Morgen«, sagte Albin Leclerc, sah sich um, nickte grüßend und füllte beinahe den gesamten Rahmen aus. »Darf man eintreten?«

Castel schwieg. Theroux ebenso. Und schließlich kam Albin herein. Die Jacke hielt er in der Hand.

Er sagte: »Ich will nicht lange stören. Wollte nur ein paar Informationen weitergeben, die ich als polizeilicher Berater gesammelt habe.«

Was er dann auch tat, nachdem er seine Jacke auf einem Tisch abgelegt hatte. Es dauerte etwa drei Sekunden, bis er zu voller Form auflief und über eine Reihe von Dingen berichtete, die er bei einigen Gesprächen erfahren hatte.

Die Geschichte von La Roque. Informationen vom und über den Ortsbürgermeister und vom Notar.

Ob irgendetwas davon Relevanz für die Klärung des Mordes haben würde, musste man noch sehen. Aber es war durchaus beeindruckend, wie selbstverständlich er das Ruder in dieser Besprechung übernommen hatte. Es lag ihm im Blut, und Castel hatte kein Problem damit. Sie wusste, wie er war – und wusste ebenfalls, dass er keine Konkurrenz für sie darstellte. Schließlich war er es gewesen, der ihr zu dieser Position verholfen hatte.

Dann griff er sich die Jacke wieder und sagte: »Ach … und Moreau hat übrigens nicht unrecht.«

Moreau regte sich, lupfte eine Braue.

»Inwiefern?«, fragte Castel.

»Täterprofil. Was ihr über das Opfer wisst, gibt euch bereits viele Informationen über den Täter.«

»Wir denken mit Sicherheit an ein solches psychologisches Profil, Albin. Jeder von uns hat gewiss bereits ein Bild im Kopf. Aber zunächst gehe ich lieber der Reihe nach vor. Wir haben eine Menge Dinge zu überprüfen, und einen ähnlich gelagerten Fall gab es bislang nicht, so dass sich keine Rückschlüsse auf den Modus eines Serientäters ableiten lassen. Dennoch wäre die Vorgehensweise im Mordfall Kaufmann außergewöhnlich für eine reine Beziehungstat. Es macht zudem den Eindruck, als sei es nicht das erste und vielleicht auch nicht das letzte Mal, dass der Täter zuschlägt. Und falls es nicht das erste Mal war, muss er seine Tat fraglos lange im Voraus geplant haben und ist in seiner Phantasie wahrscheinlich alles immer wieder im Detail durchgegangen. Er war gut vorbereitet. Daran gibt es keinen Zweifel. Aber wir haben das alles auf der Agenda, ja?«

Albin schmunzelte, machte eine entschuldigende Geste und zog die Jacke an. »Ich wollte es ja nur loswerden.«

»Danke für die Erinnerung. Ein Profil können wir außerdem auch noch nach der Befragung von Henri Vray in Auftrag geben – abgesehen davon, dass es unseren Etat belasten wird, wenn wir einen externen psychologischen Gutachter heranziehen, was im Übrigen auch seine Zeit dauert.«

»Keine Ursache. Ich muss dann jetzt los«, sagte Albin und winkte grüßend in die Runde, bevor er wieder zur Tür hinausging. »Macht ihr euer Ding. Ihr seid schließlich die Profis. Ich gehe lieber Geschenke besorgen und halte mich raus«, erklärte er.

Castel hatte ihre Zweifel daran, dass er sich wirklich raushalten würde.

Aber sie behielt sie für sich und sagte: »Viel Erfolg.«

22

Der Sonnenhof, das Château du Soleil, war nicht das, was man auf Anhieb unter dieser Bezeichnung erwarten würde. Der Begriff suggerierte etwas, das freundlich und hell war, von der Sonne durchflutet. Eine offen gehaltene Anlage, die von innen heraus strahlte und in leuchtenden, satten Tönen gestrichen wäre.

All das tat das bei La Roque-sur-Pernes gelegene Anwesen eher nicht. Doch mochte das auch am Wetter liegen. Die Sonne ließ sich heute nicht blicken, und unter dem weißgrauen Himmel wirkte das Château eher unspektakulär, wenn auch durchaus gepflegt.

Albin war drei bis vier Kilometer hinter La Roque nach rechts abgebogen, dann etwa zwei Kilometer durch karge Felder und ein Wäldchen gefahren, hatte sich einige Serpentinen hinaufgeschraubt und zwischendurch immer wieder die rötlichen Dachziegel des Anwesens aufblitzen sehen. Es schien größer und weitläufiger zu sein, als er ursprünglich angenommen hatte. Dann folgte er einem Wegweiser zum »Château du Soleil«, der nach rechts zeigte. Die Zufahrt war gepflegt, das Grün links und rechts akkurat geschnitten, der Fahrbahnbelag – sehr im Gegensatz zur Landstraße, die er eben verlassen hatte – tadellos in Schuss.

Der Weg führte geradewegs auf einen großen, gepflasterten Hof zu, der von drei Gebäudeteilen eingefasst wurde. Links und rechts lagen jeweils kleinere, zweigeschossige Flügel, die vielleicht einmal als Scheunen, Ställe oder fürs Gesinde gedient hatten. Dazwischen befand sich das Haupthaus, das die anderen beiden Gebäudeteile um ein Stockwerk überragte. Es war in einem gelblichen Ockerton gestrichen, die Fenster mit braun lackierten Holzlamellen versehen. Alles in allem mochte es einmal ein durchaus großes Landgut oder der Sitz einer Adelsfamilie gewesen sein. Die umliegenden Felder schienen dazuzugehören.

Na gut, dachte Albin, wenn man sich vorstellte, dass die Sonne hier im Sommer alles ausleuchtete, die zahlreichen Anpflanzungen vor und neben den Gebäuden in Blüte standen und der kleine Brunnen in der Mitte der großen Hoffläche plätscherte, würde die Bezeichnung »Sonnenhof« vielleicht doch zutreffen.

Abgesehen davon hielt Albin den Titel für etwas geschmacklos, wenn man bedachte, dass die früheren Besitzer bei dieser Sonnensekte gewesen waren. Im Volksmund war dann offenbar die »Sonne« hängengeblieben. Angesichts des kollektiven Massenselbstmords der Sekte fand Albin diesen Namen etwas deplatziert. Doch vermutlich würden die wenigsten Inhaber der hier parkenden Porsches, BMWs, Volvos und Mercedes-Limousinen diese Geschichte kennen oder sich dafür interessieren.

Albin zählte an die zwanzig Autos. Durchaus hätte man aus dem Château ein recht großes Hotel machen können. Tatsächlich wurde es ja, soweit Albin gehört hatte, als eine Art Hotel genutzt – als Sanatorium für gestresste Betuchte, wie Ortsbürgermeister Michel Thomas ihm erläutert hatte.

»Kein schlechter Fuhrpark, oder?«, fragte Albin beim Einparken nach hinten gerichtet, wo Tyson im Kofferraum lag.

Ich kann von hier aus nichts sehen, Chef, erwiderte er. *Aber wenn du das sagst, dann wird es schon stimmen.*

»Ich frage mich, was für eine Art von Seminaren die hier machen. Scheint sehr kostspielig zu sein.«

Sind solche Anti-Stress-Wochenenden das nicht immer?

»Keine Ahnung.«

Du könntest so eines auch mal vertragen.

»Ich?«

Bei dir zu Hause machen sie dich mit dem Weihnachtsirrsinn verrückt. Und du machst dich kirre mit deiner Wucherung.

»Ich mache mich nicht kirre. Morgen lege ich mich in diese verdammte Röhre, und dann wissen wir mehr.«

Etwas Entspannung täte dir dennoch gut. Wann hast du das letzte Mal Urlaub gemacht?

»Urlaub ist etwas für Faulpelze.«

Diese Einstellung ist vollkommen überholt. Schon mal was von Work-Life-Balance gehört?

»Ich bin Pensionär. Ich habe eine ausgezeichnete Work-Life-Balance, mein Freund.«

Da bin ich mir nicht so sicher.

»Wenn ich zwei Wochen lang gar nichts tue, würde ich durchdrehen.«

Genau das meine ich, Chef. Du musst lernen, dich zu entspannen.

Albin parkte zwischen zwei Limousinen ein und stellte den Motor aus. »Wie soll ich außerdem mit Veronique nach Mauritius fliegen, wenn ich einen Hund habe?«

Ha! Du schiebst mich doch nur als Ausrede vor …

»Ich könnte dich ja in eine Hundepension geben.«

Waaaas?

»Das wäre natürlich eine Möglichkeit, ja.«

Du könntest mich bei Castel und ihrem Lebensgefährten unterbringen.

»Damit du von morgens bis abends mit deiner Freundin Mila herummachen kannst.«

Das wäre sehr schön, muss ich zugeben. Aber du kannst mich auch mitnehmen und ein Hotel buchen oder ein Ferienhaus, in dem Hunde erlaubt sind.

»Stimmt.«

Wir hätten viel Spaß am Strand. Jede Wette. Muss ja nicht Mauritius sein. Hat einer deiner Exkollegen nicht mal von Martinique gesprochen?

»Grinamy von der Spurensicherung, ja. Und Louis Rey, du erinnerst dich.«

Wie könnte ich den vergessen. Martinique und Karibik klingen doch gut. Das wäre außerdem sogar ein Inlandsflug, und es wird Französisch gesprochen.

»In einer kleinen Kiste im Gepäckraum müsstest du verreisen, das ist dir doch klar, ja?«

Würde ich aushalten. Ich war noch nie an einem Strand.

»Ernsthaft?«

Du bist mit mir noch nie an einen gefahren.

»Nein?«

Nein. Dabei ist das Meer gar nicht allzu weit.

»Weil ich keine Zeit dafür habe. Das Böse schläft nicht.«

Du solltest lernen, dir Zeit zu nehmen. Für das Leben.

»Die Arbeit ist mein Leben«, murmelte Albin und stieg aus.

Er hörte noch, wie Tyson sagte, dass diese Einstellung vollkommen überholt sei und Albin es auch nicht viel weiter gebracht habe als andere Kollegen, die nicht so besessen arbeiteten, und gedankt habe es ihm auch niemand – im Gegenteil, er sei stets bereit gewesen, mehr zu geben und über seine Grenzen hinauszugehen, und das ohne wirkliche Gegenleistung, was man auch als freiwillige Ausbeutung bezeichnen könne.

Er öffnete die Kofferraumklappe und murmelte zu Tyson: »Du bist ein reichlich naseweiser Hund, hat dir das schon mal jemand gesagt?«

Aber du weißt, dass ich recht habe.

»Das redest du dir nur ein.«

Recht habe ich und nichts anderes. Gib es doch zu.

»Schluss jetzt«, brummte Albin, hob Tyson heraus und leinte ihn an, bevor er den Kofferraum wieder zuwarf und den Wagen abschloss. Das fehlte noch, dass er zugab, dass Tyson ihn besser kannte als er sich selbst. Selbst wenn er tatsächlich recht hatte. Aber dann würde der Hund noch neunmalklüger werden, und – Himmel – davor bewahre ihn der liebe Gott.

Albin sah sich um, wandte sich dann zu dem Haupteingang zwischen zwei in großen Terrakottatöpfen gepflanzten Olivenbäumen und betrat das weitläufige Foyer, dessen Boden mit Fliesen in typisch provenzalischen Mustern gekachelt war. Es roch angenehm nach Zitronengras oder etwas in der Art. Ein auf Mittelalter gemachter Zimmerbrunnen plätscherte vor sich hin. An den Wänden standen wuchtige Regale, davor antike Sofas, alles war äußerst geschmackvoll eingerichtet. Einen Empfangstresen wie in Hotels oder in Krankenhäusern sah er allerdings nicht. Bilder gab es auch keine. Hier und da schien allerdings eines gehangen zu haben. Vereinzelt steckten noch Nägel im Mauerwerk, das an einigen Stellen in Rechteckform heller war als an anderen. Im nächsten Moment hörte er eine Stimme hinter sich – und wunderte sich, woher die Frau auf einmal gekommen war.

»Herzlich willkommen im Château du Soleil, mein Name ist Madeleine«, flötete sie. »Wie kann ich Ihnen weiterhelfen? Haben Sie einen Termin?«

Albin drehte sich herum und betrachtete die Frau, die ihm gerade mal bis zur Brust reichte. Sie trug einen Pagenschnitt, eine dickrandige Brille und dazu ein gestricktes Kleid, keine Schminke, aber ein freundliches Lächeln auf den Lippen. Sie blickte zwischen Tyson und Albin hin und her.

»Guten Tag«, sagte Albin. »Ich habe keinen Termin. Mein Name ist Albin Leclerc, Kriminalpolizei.«

Das Lächeln der Frau veränderte sich kaum. Es war wie ins Gesicht zementiert. Sie legte lediglich den Kopf etwas schief. Abwartend.

Albin zog seine Geldbörse aus der Tasche, klappte sie auf und zeigte seinen abgelaufenen Polizeiausweis vor, der in der Klarsichthülle steckte. Das Datum der Ausstellung konnte man nicht sehen – es lag hinter der Ledereinfassung. Im Fach darüber, ebenfalls von durchsichtigem Kunststoff bedeckt, steckten ein paar seiner Visitenkarten, die ihn als polizeilichen Berater auswiesen.

»Ich habe ein paar Fragen über eine junge Dame, die hier gelegentlich gearbeitet haben soll. Das heißt – sie hat die Wäsche für Ihr Haus gewaschen.«

Die Frau blinzelte fragend und faltete die Hände vor

dem Körper zusammen. Das Lächeln veränderte sich keinen Deut.

»Stéphanie Kaufmann«, fügte Albin hinzu und steckte die Geldbörse zurück.

»Ich weiß nicht, wer das ist, tut mir leid.«

»Wer weiß es dann?«

»Worum geht es denn?«

»Nur ein paar Fragen. Sie wird vermisst.«

»Hier ist sie jedenfalls nicht, Monsieur …«

»Leclerc.«

»Der Name sagt mir nichts.«

»Ist denn jemand von der Geschäftsführung da?«

»Ich denke schon, ja.«

»Gibt es so etwas wie eine Hauswirtschaftsleitung?«

»Ja, die gibt es.«

»Ist die zu sprechen? Oder die Geschäftsleitung?«

»Da müsste ich fragen.«

Albin setzte nun ebenfalls ein Lächeln auf. »Würden Sie das bitte tun?«

»Ja, gerne. Warten Sie bitte? Nehmen Sie doch Platz!«

Damit schwirrte sie ab.

Meine Güte, dachte Albin, entweder die Frau war schwer von Begriff gewesen oder so durchgeistigt, dass er nicht zu ihr vorgedrungen war. Er setzte sich auf eines der Chesterfield-Sofas, rutschte auf dem glatten Leder herum, fand aber keine bequeme Position. Tyson legte sich auf den Teppich, lupfte abwechselnd die linke und die rechte Augenbraue und blickte mit seinen schwarzen Knopfaugen interessiert umher.

Albin ließ den Blick über die Wände schweifen, die nahezu kahl waren. Nur an einer erkannte er ein Gemälde, ein modernes, das ihm nichts sagte. Es war nur ein wirres Farbengemisch. Das Plätschern des Brunnens schläferte ihn ein. Die Stille drum herum tat ihr Übriges, dass er müde wurde und sich kurz fragte, ob es mit einer Wucherung von acht Millimetern Durchmesser zu tun haben konnte, dass einem das Blut aus dem Gehirn gesogen wurde und man aufgrund von Kreislaufproblemen an spontaner Trägheit litt. Er fragte sich außerdem ein weiteres Mal, warum er von diesem Sonnenhof noch nie etwas gehört hatte – oder ob er sich einfach nicht mehr daran erinnern konnte. Denn es geschah ihm in der letzten Zeit immer öfter, dass ihm Namen nicht mehr einfielen, er bestimmte Daten verpasste und Termine vergaß, wobei er früher doch immer so damit angegeben hatte, keinen Terminkalender zu brauchen. Er solle einfach den im Smartphone benutzen, hatte Manon gesagt. Das würde sie auch immer machen und wäre ohne völlig aufgeschmissen. Veronique hatte ihm dasselbe gesagt.

Aber noch zögerte Albin, einem Telefon sein gesamtes Privatleben anzuvertrauen, wo er doch wusste, wie einfach diese Smartphones von Profis gehackt werden konnten. Andererseits: Was sollte ein ausländischer Geheimdienst mit dem Wissen um Albins nächste Prostatauntersuchung anfangen?

Aus Langeweile wollte er gerade Tyson nach seiner Meinung zu Veroniques Weihnachtsgeschenk fragen, als er aus der Lethargie erwachte und forsche Schritte hörte. Ledersohlen auf Steinboden. Er wandte sich nach hinten um und sah aus einem Seitengang einen Mann auf sich zukommen. Die Frau, die Albin in Empfang genommen hatte, schwebte mit demselben glückseligen Lächeln wie bei Albins Begrüßung hinterher.

»Dr. Ion Lazar«, sagte der Mann. »Sie sind … Leclerc?«

»So ist es«, erwiderte Albin, stand auf und blickte in ein eisgraues Augenpaar, das ihn fest anblickte.

Ein einnehmendes Lächeln umspielte Lazars schmale Lippen. Er war ebenso groß wie Albin, aber deutlich schmaler und drahtiger, sowie etwa im selben Alter. Er trug einen schwarzen Anzug mit einem ebenfalls schwarzen Rollkragenpullover, was seine bleiche Haut noch blasser wirken ließ. Die Haare waren weiß und streng gescheitelt. Auf der Wange hatte er ein helles, fingernagelgroßes Muttermal. Albin fragte sich, ob es wohl etwa acht Millimeter Durchmesser hatte. Die Hand, die er Albin zum Gruß hinstreckte, war mit wenigen Altersflecken gesprenkelt, die Nägel manikürt. Ein auf Anhieb charismatisch wirkender Typ, aber dennoch mit der Ausstrahlung eines Eiszapfens.

»Willkommen im Château du Soleil«, sagte Lazar. Er sprach mit einem Akzent, den Albin nicht einordnen konnte. »Wie kann ich Ihnen weiterhelfen?«

»Nun, ich komme von der Kriminalpolizei Carpentras. Es geht um ein paar Fragen über eine junge Dame, die sich in Ihrem Sanatorium um die Wäsche gekümmert hat.«

»Wir bevorzugen die Bezeichnung ›Zentrum für psychosomatische Medizin‹ oder ›Spirituelle Lebensgemeinschaft‹«, korrigierte Lazar.

»Verstehe«, erwiderte Albin. »Ein Ort der Ruhe. Man spürt es sofort.«

Lazar lächelte etwas breiter.

»Ich muss sagen«, ergänzte Albin, »dass ich Ihr Zentrum bislang überhaupt nicht wahrgenommen habe.«

»Wir sind sehr privat.«

»Daran muss es wohl liegen. Sie arbeiten mit gestressten Menschen, wie man hört?«

Lazar nickte. »Ich würde es anders bezeichnen, aber im Kern trifft es das. Das Château du Soleil ist ein Seminarhaus und Ausbildungszentrum, in dem Menschen zur Ruhe kommen, mit der Unterstützung von Mental-Coaching zu sich selbst finden sowie ihre Energie und Lebenskraft reaktivieren können. Wir bieten ambulante und stationäre Kurse an und bilden Mithelfer aus, die in unserer spirituellen Lebensgemeinschaft miteinander wachsen möchten, die sich an hohen Idealen und Werten zum Zwecke individueller Gesellschaftsmodelle orientiert.«

»Verstehe«, log Albin. »Sicher haben Sie gerade Hochkonjunktur. Anti-Stress-Kurse kann man in der Weihnachtszeit bestimmt hervorragend gebrauchen. Und sicherlich gibt es auch viele Depressive zu dieser Zeit.«

Lazar ging über Albins Bemerkungen hinweg. »Um welche Mitarbeiterin geht es denn?«, fragte er.

»Stéphanie Kaufmann.«

Lazar ließ den Namen nachklingen, schüttelte dann aber den Kopf. »Sagt mir nichts«, erwiderte er.

»Sie holt im Auftrag für das Hotel Banatais die Wäsche ab und liefert sie dann wieder zurück, soweit ich weiß.«

Lazar legte erneut eine Denkpause an. Sah dann zu seiner Mitarbeiterin, die die Schultern zuckte.

»Soll … ich die Hauswirtschaftsleitung fragen, ob …«, stammelte sie und wirkte etwas eingeschüchtert.

Lazar nickte stumm.

Die Mitarbeiterin schwirrte sofort ab. Lazar wendete sich wieder zu Albin.

»Ich glaube«, sagte er, »ich weiß, wen Sie meinen. Recht

jung, mittelgroß, halblanges Haar, unauffällig, kommt einmal die Woche mit einem weißen Kastenwagen – einem Renault, glaube ich?«

»Die Beschreibung trifft auf Stéphanie Kaufmann zu«, bestätigte Albin.

»Den Namen habe ich mir nicht gemerkt. Ich sehe den Wäschewagen manchmal am Hintereingang. Und die Frau mit der Wäsche. Was ist mit Madame Kaufmann?«

»Sie ist von ihrem Arbeitgeber als vermisst gemeldet worden.«

»Das tut mir leid.«

»Und nun schaut sich die Polizei nach ihr um. Das ist alles. Sicher lässt sich sagen, wann sie das letzte Mal hier war?«

»Gewiss.«

»Wann haben Sie sie das letzte Mal gesehen?«

»Da müsste ich lügen.«

»Nur zu.« Albin lächelte.

»Vor einer Woche vielleicht? Die Hausleitung wird aber dokumentiert haben, wann sie das letzte Mal die Wäsche abgeholt hat. Da bin ich sicher.«

»Wie viele Gäste und Mitglieder der Lebensgemeinschaft halten sich zurzeit im Château auf?«

»Wir haben achtzehn Helfer, Coaches und Verwaltungsmitarbeiter, etwa noch einmal so viele Mitglieder der Lebensgemeinschaft und zurzeit neun Hausgäste. Rund fünfundvierzig Personen.«

»Die sind schon die ganze Woche da?«

»Ja. Niemand ist abgereist. Wir erwarten im Gegenteil weitere Anreisende in den kommenden Tagen.«

»Die Weihnachtsgestressten, ich sag's ja.« Albin grinste breit.

Lazar zuckte die Schultern. »Es ist ein intensives Wochenendseminar.«

Albin seufzte, massierte sich den Nacken. »Das wäre mal etwas für mich. Ich bin zwar im Ruhestand, aber zu Hause fällt mir die Decke auf den Kopf. Die ganzen Vorbereitungen für das Fest – ich habe schon häufiger gesagt: Ich gehe mal ein Wochenende ins Kloster. Aber in der Abtei von Sénanque gibt's nix.«

Albin zwinkerte ironisch. In der Abbaye Notre Dame de Sénanque wurde für die Öffentlichkeit nichts anderes als von Mönchen selbstgemachter Lavendelhonig angeboten. Man konnte sich natürlich auch vor den Zisterzienserbau aus dem 12. Jahrhundert stellen und gregorianischen Gesängen lauschen.

»Da sollten Sie sich besser informieren«, sagte Lazar. »Die Abtei von Sénanque bietet tatsächlich Übernachtungen für den Aufenthalt von maximal einer Woche an, zum Preis von dreißig Euro pro Nacht. Da können wir leider nicht mithalten.«

»Ach«, sagte Albin.

Also waren die Mönche inzwischen ins Hotelgewerbe eingestiegen. In der Tat, dachte Albin, in der Tat könnte das außerordentlich entspannend sein, zudem an einem so historischen Ort. Andererseits würde er nie im Leben eine Woche in Stille und Meditation aushalten. Nicht einmal eine Stunde. Vielleicht eine Viertelstunde.

»Wir sind jedenfalls stets für jedermann offen«, sagte Lazar.

Albin nickte, zwinkerte und sagte: »Darauf komme ich möglicherweise kurzfristig zurück. Der Wochenendkursus klingt interessant.«

Lazar wollte gerade den Mund öffnen, um etwas zu sagen – vielleicht, um zu erklären, dass selbstverständlich alles längst ausgebucht war. Da fuhr draußen mit hohem Tempo und knirschenden Reifen ein Polizeiwagen vor.

»Verstärkung?«, fragte Lazar.

Albin zuckte die Schultern. »Nicht von mir gerufen. Aber ich bin nur polizeilicher Berater. Das dort ist die reguläre Truppe. Und wahrscheinlich haben die Kollegen ebenfalls Fragen.«

»Hm«, machte Lazar, verschränkte die Arme vor der Brust und wirkte ungehalten. Gleichzeitig kam seine Angestellte mit einer weiteren Frau im Schlepptau angerauscht. Draußen klappten die Türen vom Polizeiwagen auf – und dreißig Sekunden später standen Varis und Moreau im Gebäude und schauten Albin groß an.

Albin sagte zu Lazar: »Nun, ich gehe dann mal besser. Die Kollegen werden übernehmen. Und wegen dieses Wochenendseminars erreiche ich Sie sicher telefonisch, nicht?«

Lazar schwieg. Mittlerweile wirkte er irritiert über die wachsende Polizeipräsenz.

»Komm, Tyson«, sagte Albin, woraufhin Tyson sich sofort in Bewegung setzte.

Im Rausgehen klopfte Albin Varis und Moreau auf die Schultern und sagte: »Gute Männer, Varis und Moreau. Eure Väter wären stolz auf euch, ich habe sie beide gekannt.«

23

Henri Vray knetete seine Fingerknöchel und starrte in Castels Büro vor sich hin. Theroux stand am Fenster. Castel hatte ihren Stuhl neben den Schreibtisch gerollt. So wirkte die Befragung informeller, weniger bedrohlich, weswegen sie auch auf den Vernehmungsraum verzichtet hatte. Sie hielt den Kugelschreiber in der Hand, der Notizblock lag auf ihrem Schoß, und sie gab sich alle Mühe, so ruhig wie möglich zu wirken, obwohl sie die Wände hochgehen könnte und unter der Decke rotieren wie ein Ventilator.

»Ist es wahr, dass … dass das mit ihr gemacht wurde?«, fragte Vray.

»Ich kann und werde die Berichterstattung in den Medien nicht kommentieren«, sagte Castel.

Es war zum Verrücktwerden. Irgendwelche Reporter hatten offensichtlich die Mitglieder der Wandergruppe oder den Wanderführer Aubery selbst aufgetan und befragt. Castel hatte keine Ahnung, aber anders konnte sie es sich nicht erklären. Sie kannte den entsprechenden Medienbericht noch nicht, in dem von einer als Braut hergerichteten Leiche die Rede war, was es noch beschissener machte. Denn Henri Vray kannte ihn sehr wohl, hatte ihn gelesen, bevor er zur Befragung ins Hôtel de Police gekommen war.

Er fragte: »Als … Braut hat er sie angezogen? Warum?«

Theroux sagte: »Haben Sie eine Idee?«

»Ich? Wie meinen Sie das?«

Theroux erwiderte: »Ich meine, warum jemand so etwas tun würde? Stéphanie umbringen und in einem Brautkleid in die Hütte legen. Uns fällt dazu nämlich nichts ein. Helfen Sie uns auf die Sprünge.«

Der Vorteil war, dachte Castel, dass mehr Details anscheinend nicht an die Öffentlichkeit gedrungen waren. Nichts, das beschrieb, auf welche Weise Stéphanie getötet wurde und was der Täter sonst noch mit ihr angestellt hatte. Sonst hätte Vray das ja erwähnt, und das sprach sehr dafür, dass die Quelle der Medien nicht aus Polizeikreisen stammte. Ja, es mussten die Wanderer gewesen sein. Sie sollte sich die Touristen und Aubery vorknöpfen.

Vray schüttelte den Kopf, massierte weiterhin seine Fingerknöchel. »Keine Ahnung, warum jemand das tun sollte. Muss ein Verrückter gewesen sein. Entsetzlich.«

»Vielleicht hätte er sie gern zur Frau gehabt«, sagte Theroux. »Vielleicht lieber Stéphanie als seine eigene Gattin. Könnte sein, dass sich da ein inniger Wunsch Bahn gebrochen hat.«

Jetzt blickte Vray auf. Sah zwischen Castel und Theroux hin und her. Schwieg.

Castel fragte: »Haben Sie noch einmal darüber nachgedacht, ob Stéphanie einen Freund hatte? Eine Beziehung oder eine Affäre?«

»Ich weiß nichts, nein.«

»Sie hat nie irgendetwas erwähnt?«

»Nein.«

»Auch nicht gegenüber Ihrer Frau?«

»Nicht, dass ich wüsste.«

»Ihre Frau scheint Stéphanie nicht zu mögen.«

»Nein, aber das ist was Persönliches.«

»Und was?«

»Sie mag sie eben einfach nicht.«

»Hatte das eine Auswirkung auf die Stimmung bei der Arbeit?«

»Meine Frau mag die meisten Menschen nicht.«

»Kamen Sie denn gut mit Stéphanie klar?«

»Wir kamen gut zurecht, ja.«

»Sehr gut?«

»Wie meinen Sie das?«

»Mochten Sie sie?«

»Sie war stets verlässlich und freundlich.«

Theroux schlug ein Bein über das andere und sagte: »Meine Frau ist ständig eifersüchtig auf meine Partnerin im Job. Sie wissen, was ich meine. Ich habe eine attraktive Partnerin, und wir kommen gut klar. Gefällt meiner Frau nicht immer.«

Castel lupfte eine Augenbraue und musterte Theroux. Was redete der denn auf einmal? Im nächsten Moment war ihr klar, dass das zu seiner Befragungstechnik gehörte. Ihr gefiel das unterschwellige Kompliment dennoch – und sie würde sich bei Theroux ganz bestimmt noch einmal rückversichern, ob seine Frau nicht wirklich manchmal Stress machte.

»Ja«, sagte Vray. »So ähnlich.«

»Je schlechter es in der Ehe läuft, desto größer die Eifersucht.«

»Das stimmt.«

»Und desto mehr schaut man ja auch anderen mal hinterher.« Theroux schmunzelte verschwörerisch. »Ist so. Kennt doch jeder. Und Stéphanie war ja nicht gerade hässlich.«

»Nein.«

Es klopfte an der Tür. Castel tat so, als sei sie davon genervt. Aber sie dachte sich bereits, dass es Zahir sein würde.

Es war Zahir. Wortlos kam er herein und legte Castel eine Pappkladde auf den Schreibtisch.

»Das sind …?«, fragte Castel.

»Ja«, bestätigte Zahir. »Sind sie. Ach, sollen wir rasch das mit den Fingerabdrücken machen?«

Castel nickte, blickte fragend zu Vray. Der zuckte die Achseln. Dann stand er auf, und Zahir bat ihn, ihm zu folgen.

Die Tür schloss sich. Castel öffnete die Mappe und überflog die darin enthaltenen Dokumente. Dann schloss sie die Mappe wieder.

»Treffer«, sagte sie.

»Zahir kam genau im richtigen Moment«, erwiderte Theroux. »Hätten wir zu früh Druck aufgebaut, wäre Vray nicht mehr freiwillig dazu bereit gewesen …«

»Ja, ich weiß. Warten wir ab, bis sie zurück sind, und erhöhen dann das Tempo.«

Theroux nickte, nahm sich ebenfalls die Mappe, um einen Blick hineinzuwerfen, und blätterte ein paar Papiere durch. »Ich bin mir dennoch nicht sicher, ob er der Täter ist«, sagte er.

»Geht mir ebenfalls so. Aber Vray ist im Moment das Beste, das wir haben.«

»Na, mal sehen, wie weit wir mit ihm kommen und was die Kollegen ans Licht bringen.«

Castel sagte: »Varis und Moreau klappern die Kundenliste der Wäscherei ab. Alle Stellen, an denen Stéphanie persönlich tätig gewesen ist.«

Theroux nickte. »Und Albin?«

»Macht, was er will. Wie immer.«

Theroux schmunzelte. Castel ebenfalls.

Sie sprachen über das weitere Vorgehen, bis sich nach etwa fünf Minuten die Tür wieder öffnete und Zahir Vray ablieferte. Zahir nickte Castel kurz zu. Alles klar, bedeutete diese Geste. Dann verschwand er nach draußen. Vray nahm wieder Platz.

»Vielen Dank für ihre Kooperation. Das ist nicht selbstverständlich«, sagte Castel.

»Ich habe nichts zu verbergen«, erwiderte Vray, »und ich möchte, dass der Fall aufgeklärt wird. Das Schwein, das Stéphanie das angetan hat, soll im Knast verrotten.«

Castel nickte. Dann fragte sie Vray: »Haben Sie Stéphanie mal besucht?«

»Warum?«

»Vielleicht benötigte sie ja mal Unterstützung handwerklicher Art, weil etwas defekt war.«

Vray schien nachzudenken.

Castel half ein wenig nach. »Wenn Sie mal bei ihr waren, vielleicht kürzlich erst, dann könnten Fuß- oder Fingerabdrücke von Ihnen im Haus sein. Deswegen ist es gut, dass wir Ihre Fingerabdrücke abnehmen durften, damit die Spurensicherung sie gegenüber fremden Spuren auseinanderhalten kann, wissen Sie? Ausschlussprinzip, reine Routinesache.«

»Okay?«, sagte Vray.

Er wirkte nun deutlich verunsichert. Wozu er allen

Grund hatte, dachte Castel. Denn er war in ihrem Haus gewesen. Darüber gaben die Infos Aufschluss, die Zahir gerade hereingebracht hatte. Einige der gefundenen Fingerabdrücke stimmten mit denen überein, die von Vray noch gespeichert waren. Sie hätten eigentlich längst aus der Datenbank gelöscht sein müssen, weswegen sie sie offiziell besser nicht verwendeten. Daher war es ausgezeichnet, dass er bereitwillig neue Abdrücke abgegeben hatte.

»Reine Routine«, sagte Theroux. »Unsere Fingerabdrücke werden andauernd überprüft. Die Schuhabdrücke auch, wenn wir Tat- und Fundorte betreten. Ist alles gespeichert. Ist einfacher.«

»Also waren Sie mal in Stéphanies Wohnung?«

Vray schluckte und nickte.

»Wann?«

»Letzte Woche.«

»Nur das eine Mal? Ich frage das deswegen, weil wir ältere und jüngere Spuren auseinanderhalten müssen. Man kann das sehen an der Intensität der Abdrücke, ob einer frisch ist oder schon ein halbes Jahr alt.«

Vray starrte auf seine Finger. »Ich war gelegentlich mal in ihrer Wohnung.«

»In welchen Räumen?«

»In … verschiedenen.«

»Waren das … Besuche? Oder …« Castel zuckte die Achseln, gab sich betont unbedarft und arglos. »Wie darf ich mir das vorstellen?«

Vrays Gesicht lief hochrot an und bestätigte Castel, was Albin bereits angedeutet, sie und Theroux geahnt hatten und was die Informationen in der Mappe belegten – nämlich nicht nur, dass seine Abdrücke an diversen Stellen im

Haus, an Türen Griffen, Möbeln und einigen Gegenständen gefunden wurden. Sie befanden sich außerdem an der Geschenkverpackung mit der Unterwäsche in Stéphanie Kaufmanns Schublade. Aber Castel wollte, dass Vray es selbst aussprach: dass er ein Verhältnis mit seiner Angestellten gehabt hatte. Denn die Spuren sagten das nicht verlässlich aus. Sie bestätigten lediglich, dass Vray die Verpackung angefasst hatte, und das konnte aus unterschiedlichen Motiven und in vielen denkbaren Situationen geschehen sein, die nichts mit einer Affäre zu tun hatten.

»Besuche«, sagte Vray und blickte wieder auf. »Ich habe ihr gelegentlich im Haus bei etwas geholfen, damit sie keinen Handwerker rufen und bezahlen musste. Es ist ein altes Haus.«

»Haben Sie ihr Geschenke gemacht?«

»Geschenke?«

»Ja.«

»Zum Geburtstag?«

»Wann auch immer.«

»Möglich. Ich erinnere mich nicht.«

»Hat sie sich dafür erkenntlich gezeigt?«

»Wie … Meinen Sie das?«

»Vray«, sagte Theroux und lupfte eine Augenbraue. »Manche Angestellte mag man mehr. Andere weniger. Manchmal flirtet man im Job, was manchmal nichts zu sagen hat, manchmal aber schon. Wenn Ihr Kontakt zu Stéphanie über das berufliche Verhältnis hinausging, dann können Sie uns möglicherweise wertvolle Informationen über Stéphanie geben, die uns eventuell bei den Ermittlungen weiterhelfen würden.«

Vray schwieg.

Theroux redete weiter. Castel hatte das Gefühl, dass Vray gleich so weit war. »Alles, worüber wir sprechen, bleibt unter uns. Und es ist nicht verwerflich, wenn man jemanden attraktiv findet und sich ihm annähern möchte – zumal, wenn es sich um eine hübsche junge Frau handelt.«

»Ich weiß nicht, worauf Sie hinauswollen«, stammelte Vray. Jetzt schwitzte er.

»Hatten Sie was mit ihr? Oder wollten Sie etwas mit ihr anfangen, aber sie wollte nicht?«

Wieder schwieg Vray.

Castel konnte sich vorstellen, welcher Film in seinem Kopf ablief. Wenn er tatsächlich ein Verhältnis mit ihr gehabt hatte und es zugab, dann sah Vray das Aus seiner Ehe vor sich, das Ende seines Hotels, den finanziellen Ruin, den gesellschaftlichen ebenfalls. Dann sah er sich selbst im Zeugenstand vor Gericht, vielleicht sogar als hauptverdächtigen Mörder. Hatte er sich nur an sie herangemacht, würde es nicht viel besser für ihn aussehen. So oder so wäre er also geliefert. Also wäre es am besten, wenn er die Klappe hielt und seinen Anwalt anrief. Genau über diese Dinge dachte Vray gerade nach. Und daher benötigte er einen weiteren Anstoß, dachte Castel.

»Monsieur Vray«, sagte sie, »haben Sie Stéphanie Dessous geschenkt?«

Man konnte regelrecht sehen, wie es ihn durchzuckte. Castel öffnete die rote Kladde, holte den Ausdruck eines Fotos hervor, das die Geschenkverpackung zeigte. Sie schob es auf dem Schreibtisch vor ihn hin. Er warf einen Blick darauf, sagte aber nichts.

»Werden wir Ihre Fingerabdrücke auf der Verpackung finden?«, fragte Castel und musterte ihn. Würde eine junge

Frau wie Stéphanie Kaufmann etwas mit einem verheirateten Mann wie Henri Vray anfangen?, fragte sie sich. Er war nicht besonders attraktiv, deutlich älter als sie, zudem ihr Chef. Man müsste schon sehr verzweifelt sein, dachte sie, aber vielleicht war Stéphanie genau das gewesen. Hatte sich in der Aufmerksamkeit gesonnt, irgendwann dem Drängen nachgegeben – wer war sie, Castel, darüber zu urteilen? Nein, das war bestimmt kein Teil ihres Jobs.

»Ich …« Vray atmete schwer. »Ich … Bleibt das unter uns?«

Theroux sagte: »Das hier ist keine offizielle Vernehmung. Es ist eine Zeugenbefragung, der sie freiwillig zugestimmt haben.«

»Ich … habe ihr ein Geschenk gemacht, ja.«

»Diese Dessous?«

Vray nickte.

»Sie wollten mehr von ihr?«

Vray nickte erneut.

»Sie hatten eine Affäre?«

Er verneinte. »Nein. Sie hatte kein Interesse. Ich … Ich war ein Narr. Habe es mir schnell aus dem Kopf geschlagen.«

»Sind Sie ihr nähergekommen?«

»Nein. Ich habe sie nicht bedrängt. Gar nichts. Wir … Wir haben verabredet, dass sie das wieder vergisst. Es war eine große Dummheit, anzunehmen … dass … Meine Frau darf davon auf keinen Fall erfahren.«

Castel fragte: »Was haben Sie an dem Tag gemacht, nachdem Stéphanie das Hotel verlassen und Sie sie zum letzten Mal gesehen haben?«

»Sie ging. Ich bin hoch und habe ferngesehen.«

»Mit der Familie?«

»Mit meinen Kindern.«

»Ihre Frau war auch da?«

»Ja. Wieso?«

»Sie kann das bezeugen?«

Vray blickte aufgeschreckt zwischen Castel und Theroux hin und her. »Sie … Sie wollen sie das doch nicht fragen? Sie glauben doch nicht … Ich? Ich wäre Stéphanie hinterher und …«

»Wir glauben gar nichts. Und wenn Ihre Frau bezeugen kann, dass Sie mit den Kindern ferngesehen haben, ist ja alles in Ordnung.«

»Wir haben dann gegessen. Später die Buchhaltung gemacht.«

Castel sagte: »Dann haben Sie doch nichts zu befürchten.«

»Aber … Sie glauben doch nicht ernsthaft, dass ich Stéphanie ermordet hätte?«

»Wie gesagt: Wir glauben gar nichts. Das ist nicht unser Job. Allerdings werden wir tatsächlich Ihre Frau danach fragen müssen.«

»Gott. Aber … Diese andere Sache … das Geschenk …«

»Es gibt zurzeit keinen Grund, mit Ihrer Frau darüber zu sprechen«, sagte Castel.

Noch nicht, dachte sie. Und bedauerte Vray sogar ein wenig. Er würde einige Nächte lang nicht mehr ruhig schlafen können. So schnell konnten einen die eigenen Hormone in allergrößte Schwierigkeiten bringen.

24

Dr. Ion Lazar stand schweigend am Fenster im oberen Geschoss des Château du Soleil und verfolgte, wie der Wagen der beiden Polizisten vom Hof verschwand. Der Himmel hatte die Farbe von Milch.

Er stützte sich mit beiden Händen auf der Fensterbank ab, betrachtete seine Fingernägel und vergaß dabei die Zeit. Als er wieder aufblickte, war der Himmel ein wenig aufgerissen und zeigte einen Hauch von Blau. Sonnenlicht fiel auf die kahlen Bäume. Die Schatten warfen verästelte Muster auf die Mauern des Nebengebäudes und ließen Lazar an ein schwarzes Nerven- oder Adergeflecht denken.

Nachdem er sich wieder gesammelt hatte, ging er zum Schreibtisch. Seine Schritte knarrten auf dem Holzfußboden. Er nahm auf dem mit gestepptem Leder bezogenen Stuhl Platz, von wo aus er die Gemälde an den Wänden betrachten konnte. Sie zeigten Ansichten aus Südfrankreich – einem Landstrich, in dem Lazar zwar seit vielen Jahren lebte, aber nie wirklich heimisch geworden war. Daneben hingen seine gerahmten Zertifikate von der Universität in Bukarest und der Militärakademie, die ihm seine Abschlüsse bescheinigten und auch die Tatsache, dass er in Psychologie promoviert hatte.

Er schaltete den Computer ein, lehnte sich im Sessel zurück und faltete die Hände vor der Brust, so dass sich die

Fingerspitzen berührten. Er wartete darauf, dass das Gerät hochfuhr. Als es an der Tür klopfte, rührte er sich nicht. Sie wurde vorsichtig geöffnet. Madeleine kam herein, der das selige Lächeln wie auf den Mund geklebt war.

»Wünschen Sie etwas, Herr Doktor, vielleicht einen Tee?«

»Nein«, sagte Lazar und starrte auf den Bildschirm, auf dem das Windows-Logo tanzte.

»Ich soll fragen, ob Sie an der heutigen Besinnungsstunde teilnehmen werden. Sie hat gerade begonnen, und …«

»Nein«, erwiderte Lazar.

»Wünschen Sie, mit der Hauswirtschaftsleitung zu sprechen wegen ihrer Aussage gegenüber der Polizei?«

»Warum sollte ich?«, fragte Lazar.

»Nur so ein Gedanke. Vielleicht hat sie etwas gesagt, das sie nicht sagen sollte?«

»Ist das eine Frage oder eine Aussage, Madeleine?«

»Entschuldigung. Ich dachte nur.«

»Sie sollten das Denken Menschen überlassen, die es besser können.«

»Entschuldigung. Sie sind schlecht gelaunt wegen der Polizei. Das verstehe ich.«

Lazar wandte sich zu der Frau. »Sind Sie …« Lazar machte eine suchende Geste mit den schlanken Fingern, bevor er sie wieder aneinanderlegte, »… eine transzendentale Großmeisterin und mit dem Allwissen im Kosmos verbunden wie durch eine Nabelschnur?«

Madeleine schüttelte den Kopf, lächelte immer noch, jetzt eher entschuldigend.

»Trotzdem verstehen Sie mich?«

»Das … war nur so gesagt.«

»Warum sollte ich wegen der Polizei schlecht gelaunt sein?«

»Niemand hat gern die Polizei im Haus, und …«

Lazar machte eine abschneidende Geste. »Die junge Frau hat hier gearbeitet. Sie wurde ermordet. Die Polizei macht ihre Arbeit. Wir unterstützen sie, wo wir können.«

»Ja. Ich hatte zunächst gedacht, die Polizei würde wegen der toten Kühe und der Vögel kommen.«

»Warum?«

Madeleine zuckte mit den Achseln. »Im Ort regen sich alle darüber auf, habe ich gehört.«

»Nun, sie werden sich im Ort wohl weit mehr wegen der Verstorbenen aufregen, hm?«

»Natürlich.«

»Das war's.«

Madeleine lächelte.

Lazar lupfte eine Braue. »Das war's, habe ich gesagt. War das unverständlich für Sie? Soll ich es erst aufschreiben?«

Sie blickte zu Boden, verschwand mit einem Rückwärtsschritt wortlos und schloss die Tür so vorsichtig, wie sie sie geöffnet hatte.

Lazar blickte wieder zum Bildschirm. Das Betriebssystem war geladen. Er öffnete den Internetbrowser, suchte nach lokalen Medien und fand schließlich einige Seiten, auf denen über den Leichenfund bei La Roque-sur-Pernes berichtet wurde. Lazar las jeden Text genau durch, betrachtete jedes Foto vom Tatort einige Minuten lang, auch die Porträts von Stéphanie Kaufmann, die die Presse irgendwo aufgetrieben haben musste. Er las, dass die Leiche in den Bories gefunden und laut Zeugen wie eine Braut hergerichtet worden war. Die Polizei wollte dazu keine Stellungnahme abgeben. Doch die Medien zitierten den Führer einer Wandergruppe und zwei Mitglieder dieser Gruppe, die die Leiche gefunden hatten, als sie vor plötzlich einsetzendem Regen Unterschlupf in den Steinhütten suchten. Ihre übereinstimmenden Schilderungen konnte man nicht anzweifeln.

Und somit, dachte Lazar, stand die Polizei unter einem ganz besonderen Druck: Es war schlimm genug, eine Tote zu finden – aber noch schlimmer, wenn die Leiche ritualhaft hergerichtet worden war. Wie bei einer symbolischen Hochzeit. Was in der Öffentlichkeit noch viel mehr Fragen aufwerfen würde, die nach schnellen Antworten verlangten.

Wer tat so etwas? Warum? Was sollte das mit dem Brautkleid? Musste man sich fürchten? Je außergewöhnlicher die Umstände, desto mehr Gedanken würden sich die Menschen über den Fall machen. Die Polizei würde mit Hochdruck an der Klärung arbeiten – es waren ja bereits heute drei Polizisten hier erschienen. Zunächst dieser etwas rätselhafte Albin Leclerc, der sich als polizeilicher Berater vorstellte und sich für Entspannungskurse interessierte, weil ihn die Weihnachtsvorbereitungen angeblich so sehr stressten. Dann die beiden anderen Polizisten, die sich für alles und jeden interessierten und Listen mit Namen der Angestellten und der Hausgäste verlangt hatten sowie Protokolle darüber, an welchen Tagen und zu welchen Uhrzeiten die junge Frau im Château du Soleil die Wäsche abgeholt und zurückgebracht hatte.

Die Beziehung zwischen Leclerc und den beiden anderen Polizisten wirkte zumindest bemerkenswert für Lazar, der es gewohnt war, feinste menschliche Regungen wahrzunehmen. Kaum waren die zwei aufgetaucht, war Leclerc verschwunden. Die beiden hatten sich über seine Anwesenheit gewundert, und Leclerc schien sich regelrecht ertappt gefühlt zu haben. Lazar konnte das Verhalten nicht einordnen. Musste er auch nicht. Er musste sich um vollkommen andere Dinge kümmern.

Er stellte den Computer wieder aus, erhob sich vom Stuhl und verließ das Zimmer. Im Gehen ballte und öffnete er die Fäuste, presste die Zähne aufeinander, so dass die Muskeln kleine Beulen am Unterkiefer bildeten. Mit raschen Schritten ging er durch den Flur in den Seitenflügel, dann eine Treppe hinab und passierte den Saal, wo gerade die Besinnungsstunde abgehalten wurde. Er stoppte für einen Moment – es würde sich nicht ziemen, einfach an dem Saal vorbeizugehen, abgesehen davon war er gebeten worden teilzunehmen. Zumal ihn alle auf dem Flur sehen würden, denn sie standen im Kreis, und wenigstens die Hälfte der Personen war zur Tür ausgerichtet. Also nickte er kurz, überkreuzte die Hände und stand still. Wenigstens ein oder zwei Minuten, dachte Lazar. Seine Blicke ruhten auf der Gruppe, während seine Gedanken rasten.

Der Saal war sehr groß, die Wände mit rotem Samt verkleidet. Unter der Decke waren die Balken der Dachkonstruktion zu sehen. Etwa zwanzig Menschen standen da und hielten sich an den Händen gefasst. Die meisten trugen Weiß. Sie summten den Alpha-Ton, der dem Kammerton A entsprach. Im Zentrum des Zirkels stand der Gruppenleiter, Antoine, dem das Haar fast bis zur Hüfte reichte.

»Wir lösen uns von dem irdischen Leib«, murmelte er. »Die Seele verlässt den Körper, und wir spüren den sanften

Sog der höheren Sphäre und den Drang unseres Geistes, sich mit dem Äther zu verbinden, eins zu werden mit dem kollektiven Bewusstsein und ineinander zu verschmelzen. Das Du wird zum Ich, das Ich wird zum Du, das Sie wird zum Wir, und die Wärme der Erleuchtung und des großen Geistes erfüllt uns vollends.«

Lazar kannte das Ritual. Er kannte jedes. Kein Wunder, denn die meisten stammten von ihm. Es diente der Besinnung auf das Selbst und das Kollektiv. Die meisten lernten zunächst die Meditation in der Konzentration auf das eigene Ich, was für viele Menschen nicht ganz so einfach war: sich zurückzunehmen, alles auszublenden. Und wenn sie das taten, traten in der plötzlichen Leere Gedanken und Gefühle zutage, die lange unterdrückt oder vom Alltag überlagert worden waren.

Das war für manche nicht leicht auszuhalten. Man musste die Menschen auffangen, wenn plötzlich die Schutzhüllen fielen und sich die verschlossenen Türen öffneten. Dann waren sie angreifbar, formbar. Die meisten allerdings, die ins Château du Soleil kamen, hatten bereits Erfahrung und sich in verschiedenen Formen mit der Meditation befasst sowie neue Wege gesucht, aber noch nicht den richtigen gefunden.

Doch über dem Ich stand stets das Kollektiv, die Gruppe. Das war das Entscheidende. »Füge dein Licht der Summe des Lichtes hinzu« – das war ein Zitat von Sukarno, dem ersten Staatspräsidenten von Indonesien, der Mitte der sechziger Jahre sein Land mit einem sprichwörtlich eisernen Besen aus Gewehrkugeln gesäubert hatte.

Lazar hielt viel von diesem Zitat, denn nur die Summe des Lichtes konnte zu einem leuchtenden Feuer werden, das in der Lage war, einerseits in alle Richtungen zu strahlen und andererseits einen Flächenbrand zu entfachen. Die meisten Gäste des Hauses gerieten tatsächlich in äußerste Verzückung, wenn sie sich das erste Mal vom Ich lösten und im Wir aufgingen, die Macht und Kraft des großen Ganzen spürten.

Lazar lauschte noch eine Minute, lächelte, obwohl ihm absolut nicht nach Lächeln zumute war. Schließlich setzte er sich wieder in Bewegung, ließ den großen Saal hinter sich und lief ein paar Stufen hinab zu den unteren Räumen, wo es etwas kühler war als oben.

Er lief einen langen Gang entlang, passierte diverse Räume, in denen die Gäste untergebracht waren: Es gab welche in den unteren Stockwerken für das Personal und für die Preisbewussteren und in den oberen, in den Seitenflügeln, für die, die etwas mehr Wert auf Komfort legten und diesen auch bezahlen konnten. Er ging bis zum Ende des Flurs, trat vor die dortige Tür und hämmerte mit der Faust dagegen. Er hörte Geräusche aus dem Zimmer – als ob jemand plötzlich aufsprang. Dann Schritte, und schließlich wurde die Tür vorsichtig geöffnet. Dahinter erschien das Gesicht von Florin, erstaunt und ängstlich dreinblickend, zerfurcht, der Mund halb offen.

Lazar stieß mit der Handfläche gegen die Tür, rammte sie weiter auf und scherte sich einen Teufel darum, ob sie Florin ins Gesicht schmettern würde. Er betrat das Zimmer, schob den deutlich kleineren und stämmigeren Mann mit dem schütteren Haar zur Seite und trat vor Wut gegen einen Holzstuhl, der gegen einen schlichten Tisch fiel, auf dem eine aufgeschlagene Bibel lag. Lazar wirbelte herum und betrachtete Florin, der rasch die Tür hinter sich schloss und unschlüssig die Hände vor seinem Bauchansatz faltete. Er war in etwa in Lazars Alter und wirkte zweifellos ertappt – wie ein junger Hund, der ein paar Schuhe zerkaut hatte und jetzt dafür zur Rechenschaft gezogen werden würde. Das bedeutete, dass Florin es hatte kommen sehen, dachte Lazar. Sein Gesichtsausdruck, der ganze Habitus, das reichte ihm als Geständnis vollkommen aus.

Dennoch fragte Lazar mit gepresster Stimme: »Was, in Gottes Namen, hast du getan?«

Florin erbebte, faltete die Hände wie zum Gebet und flehte auf Rumänisch: »Bitte, mein Herr, Vergebung, ich kann alles erklären …«

»Schweig!«, herrschte Lazar ihn an. Florin schwieg. Er zitterte am ganzen Körper.

Lazar fuhr sich mit beiden Händen durchs Gesicht, lehnte sich dann an den Tisch, blickte demonstrativ an Florin vorbei, betrachtete die kahlen Wände, die Ikone, das große Holzkreuz. Schließlich ruhten seine Augen wieder auf Florin.

So schade, dachte Lazar, wirklich außerordentlich schade. Wie lange kannten sich die beiden nun schon? Über dreißig Jahre. Sie waren gemeinsam nach Frankreich gekommen, nachdem sie die alte Heimat fluchtartig verlassen hatten. Florin war stets ein treuer und ergebener Gefährte gewesen. Er hatte dabei geholfen, alles aufzubauen. Lazar erinnerte sich gut an ihre erste Begegnung in Temeswar und daran, wie ergriffen und gefesselt er von Florins unerschütterlichem Glauben gewesen war. Der Herausforderung, diese äußerst und ganz besonders tiefe Leidenschaft zu erkunden, zu adaptieren, zu nutzen und zu formen, hatte Lazar nicht widerstehen können.

Einmal hatte Lazar sich und Florin mit Don Quijote und Sancho Panza verglichen. Florin hatte ihn nur groß angestarrt und gefragt, wer denn das sei? Er war ein einfacher und naiver Mann. Daran war nichts Schlechtes. Es musste auch solche geben, und niemand war dafür verantwortlich, wie er geboren wurde. Aber jeder war dafür verantwortlich, was er daraus im Rahmen seiner Möglichkeiten machte. Und mit der Unterstützung durch Lazar war es Florin durchaus gelungen, sich zu entwickeln.

Er hatte außerdem niemals gepatzt. Lazar hatte ihm stets und jederzeit rundum vertrauen können. In Frankreich war Florin an seiner Seite glücklich gewesen und immer zufrieden mit dem, was er besaß – und damit, dass er das Château du Soleil mit aufbauen durfte. Lazar hatte ihn zum Hausmanager ernannt, was Florin mit großem Stolz erfüllte.

Doch jetzt …

Jetzt war alles anders. Jetzt hatte Florin gepatzt, nein, weitaus mehr als das. Die Versuchung hatte ihn überwältigt und war stärker gewesen als Florins ansonsten unerschütterlicher Glaube in Gott, in das Kollektiv und in Dr. Ion Lazar. Und das bedeutete, dass sich ab heute alles ändern würde und müsste, weil ansonsten eine Katastrophe drohte.

»Was hast du nur getan«, sagte Lazar mit matter Stimme auf Rumänisch und starrte Florin an. Der konnte dem Blick nicht standhalten, sank wimmernd auf die Knie und hob die Hände flehend. Er schluchzte.

»Ich bin müde«, ergänzte Lazar. »Ich bin enttäuscht. Ich bin entsetzt. Du hast alles in Gefahr gebracht, ist dir das klar?«

Florin kroch auf den Knien näher, heulte Rotz und Wasser und versuchte, gleichzeitig zu nicken und den Kopf zu schütteln.

Lazar atmete tief durch und sagte leise: »Hör auf zu kriechen, du widerlicher Wurm. Ich hatte dir genau gesagt, was du tun sollst. Aber die Polizei kam zu mir. Sie hat Fragen gestellt, viele Fragen. Und ich weiß, Florin, was du gemacht hast. Jedenfalls nicht das, was ich dir aufgetragen habe.«

»Herr, bitte …«

Lazar machte eine abschneidende Geste. »Habe ich nicht immer alles für dich getan? Ging es dir nicht immer gut bei mir? Und dann tust du mir das an? Was ist nur mit dir geschehen, Florin? Wie konnte das nur passieren? Welche Fehler habe ich gemacht?«

»Keine, Herr, ich …«

»Die Zeitungen schreiben darüber. Die Polizei ermittelt. Sie war gleich zweimal hier, und sie wird sicherlich wiederkommen. Ist dir klar, was das bedeutet?«

Florin wimmerte bloß.

»Du hast alles in Gefahr gebracht. Alles. Alles steht vor dem Scheitern. Wegen dir, und weil du nicht widerstehen konntest. Weil du dich selbst verloren hast.«

Florin heulte auf.

»Aber wir können es retten. Vielleicht.«

Florin blickte hoffnungsvoll auf, wischte sich mit dem Handrücken den Rotz unter der Nase weg.

»Du musst es mir nun sagen, Florin. Du musst es mir beichten. Du musst mir ganz genau sagen, was du getan hast. Und warum.«

Schließlich sammelte sich Florin und erzählte es. Er berichtete, wie er Stéphanie aufgelauert und sie verfolgt hatte bis zum Wald, wo er sie dann überwältigt hatte. Aber er hatte sie erwürgt und nicht mit einem Stein erschlagen, wie ihm von Lazar aufgetragen worden war. Er hatte die Leiche außerdem nicht in Folie gewickelt und nicht in Stéphanies Auto zur Schlucht der Nesque gefahren, um sie dort ans Steuer zu setzen und im Wagen von einem der bis zu vierhundert Meter hohen Punkte in die Tiefe zu stürzen, wo man sie – mit etwas Glück – vielleicht erst im Frühjahr gefunden hätte. Bis dahin wären viele Spuren von der Zeit verwischt worden, und man hätte angenommen, dass sie entweder einem Unfall zum Opfer gefallen war oder Selbstmord begangen hatte. Niemand wäre auf die Idee gekommen, dass die junge Frau getötet und aus dem Weg geräumt worden war, weil sie etwas gesehen hatte, das sie niemals hätte sehen dürfen. Zudem, bis dahin … ja, bis man sie in einigen Monaten oder Wochen gefunden hätte, wäre es im Grunde auch gar nicht mehr so wichtig gewesen, *was* sie gesehen hatte und was nicht. Dann würde die Welt längst über ganz etwas anderes reden.

Wie dem auch war: Im Moment stellte Stéphanie eine außerordentliche Gefahr da – und paradoxerweise war diese Gefahr nun durch eine andere Gefahr ersetzt worden, und zwar durch den Mann, der ebendiese Gefahr beseitigen sollte: Florin.

Er hatte nichts von dem getan, was ihm aufgetragen worden war. Er hatte Stéphanie erwürgt, die Leiche dann zu den Bories getragen und sie dort wie eine Braut hergerichtet und an ihr vollzogen, was die Tradition von Florins Familie für eine keusche Ehefrau verlangte.

Von diesen Details hatte Lazar keine Ahnung gehabt.

Sie machten alles noch viel schlimmer und komplizierter – aber vielleicht wurde es genau dadurch auch einfacher, überlegte er und dachte über den besten Ausweg aus der wirklich teuflischen Misere nach, während Florin weiterbrabbelte, gestand, erklärte, sich entschuldigte und immer wieder um Vergebung bat.

Schließlich schniefte Florin und sagte: »Ich habe sie geliebt, seit ich sie zum ersten Mal gesehen habe. Ich konnte die Augen nicht von ihr abwenden, wenn ich sie sah. Mein Herz spielte verrückt, und … Und ich bin doch im richtigen Alter für eine Frau. Ich bin längst darüber hinaus. Jeder Mann hat eine, warum sollte es mir versagt sein? Und als ich ihr so nahe war – Herr, ich konnte nicht widerstehen.«

»Dein Glaube war zu schwach. Du hast dich den Verlockungen eines Weibes hingegeben.«

»Herr, ich wollte nur eine Frau, wie jeder Mann sie hat. Eine Braut, und ich …«

Lazar griff nach der Bibel und schleuderte sie Florin an den Kopf. »Du hast ihr die verdammten Brüste abgeschnitten, du armer Irrer!«

»Herr, die Tradition …«

»Scheiß auf dich und deine Tradition! Du hast sie verkleidet, und sie ist gefunden worden! Ihre Spuren führen zu uns! Du hast uns die Polizei auf den Hals gehetzt! Du gefährdest mein gesamtes Werk! Unser aller Werk! Die heilige Mission!«

Die Bibel fiel zu Boden. Der Einband hatte Florin mit der spitzen Ecke an der Augenbraue getroffen. Ein feiner Blutfaden lief ihm die Wange hinab. Florin schien ihn gar nicht zu bemerken. Körperliche Schmerzen war er gewohnt, wusste Lazar – Florin geißelte sich regelmäßig. Jetzt weinte er wieder.

Lazar schwieg, beruhigte sich, dachte weiter nach. Dann stieß er sich vom Tisch ab und ging zu Florin, der immer noch kniete, nahm sein Gesicht in beide Hände und sprach zu ihm.

»Du musst die Gemeinschaft retten, Florin. Du musst wiedergutmachen, was du angerichtet hast.«

»Ja. Oh. Ja. Bitte, Herr, alles, was ich tun kann, werde ich tun.«

»Es gibt nur eine Lösung, nur eines, was du tun kannst. Du musst eine heilige Aufgabe erfüllen.«

»Was auch immer, Herr, Vergebung!«

»Die Zeit ist für dich gekommen, mein Freund. Du wirst die Reise antreten. Du wirst als Erster gehen. Schon heute. Es muss nun alles früher sein, als ich dachte. Aber es geht nicht anders. Du musst deine Pflicht erfüllen.«

Florin erschauderte – aber nicht vor Schrecken. Sein Gesicht begann zu strahlen. Er lächelte und schien nun vor Freude zu weinen, überwältigt von den Emotionen.

»Ich … Ich …«

»Ich sage dir, was zu tun ist. Hör mir genau zu«, sagte Lazar und strich Florin mit den Daumen über die tränennassen Wangen. »Hör mir jetzt ganz genau zu.«

25

»Und?«, fragte Veronique.

Albin legte das Besteck zur Seite, lehnte sich etwas zurück, hob die Hände und gestikulierte, als suche er nach den richtigen Worten, und antwortete schließlich: »Menschen haben in Nussschalen Ozeane überquert. Sie haben Pyramiden erbaut, den Mond betreten und das Internet erfunden. Aber noch nie zuvor hat jemand eine derartig köstliche Crème brûlée gegessen.«

Veronique lachte auf, griff nach einer Serviette und warf sie Albin ins Gesicht. »Blödmann«, sagte sie.

Albin grinste und fing die Serviette auf. »Im Ernst«, sagte er, »die Nachspeise ist dir fabelhaft gelungen. Die Weihnachtsgäste werden sich die Finger danach lecken.«

»War die Konsistenz der Crème gut?«

»Die Konsistenz war hervorragend. Nicht zu fest. Nicht zu weich. Genau dazwischen.«

Im Prinzip, hatte Veronique vorhin beim Zubereiten erklärt, war eine Crème brûlée nichts weiter als Eigelb, gemischt mit weißem und braunem Zucker, Sahne und Vanille sowie natürlich der geflammten braunen Zuckerschicht obendrauf. Ohne die war eine Crème brûlée keine Crème brûlée. Veronique hatte Albin erklärt, dass es darauf ankam, wie man die Zutaten zusammenstellte, wie lange vorher man die Crème zubereitete und im Kühlschrank aufbewahrte sowie später den Zucker mit dem Flambierbrenner zu schmelzen.

Natürlich war es nicht das erste Mal in ihrem Leben, dass Veronique eine solche Nachspeise anfertigte. Aber sie hatte sich in den Kopf gesetzt, jeden einzelnen Gang des großen Festessens vorher zu testen und eine Logistik dafür zu entwickeln. Dazu kamen Salat, eine Suppe, Amuse-Gueules, Hummerschwänze, ausreichend Austern, Foie gras, außerdem die Hauptspeise – der Einfachheit halber und wegen der Tradition sollte es Gigot geben –, am Ende dann die Nachspeise und im Anschluss die dreizehn Köstlichkeiten. Zu jedem Gang gab es natürlich einen passenden Wein. Hinzu kam, dass die Kinder zu berücksichtigen waren, die ihre eigenen Vorstellungen von Essen hatten – Pommes frites oder Nudeln mit Tomatensoße, besser noch Ketchup aus der Tube und allenfalls Hühnchencrossies und zum Nachtisch Eis, weil sie alles andere ungenießbar fanden.

Albin schenkte Veronique etwas Rotwein nach. Dann goss er sich selbst einen dritten ein. Sie griff nach dem Glas, schwenkte es in der Hand und betrachtete die rote Flüssigkeit, sortierte offenbar ihre Gedanken hinsichtlich der Organisation des Essens und der Herstellung ihrer Nachspeisen. Schließlich blinzelte sie und schien wie aus einem Traum zu erwachen.

»Ach so«, sagte sie, »wie war es denn eigentlich beim Arzt? Was hat er denn gesagt?«

Ein kalter Blitz durchzuckte Albin. Aber er ließ es sich nicht anmerken und überspielte die Reaktion mit einer Bewegung, setzte das Glas an die Lippen und trank einen Schluck. Acht Millimeter, dachte er. Etwas weniger als eine Pistolenkugel vom durchschnittlichen Kaliber, etwas mehr als die Kugel aus einer Kalaschnikow. Eine Kugel, die zwischen Blase und Niere steckte und dort vielleicht Schaden angerichtet hatte oder es noch tun würde – oder auch nicht. Das Relikt eines Schusses in die Hüfte, den er nicht hatte kommen sehen und nicht gespürt hatte.

»Dass ich topfit bin«, sagte Albin, »Blutdruck in Ordnung, Blutwerte ebenfalls, und ich soll endlich das Rauchen sein lassen.«

Mit dieser Zusammenfassung log er nicht, sagte aber auch nicht die ganze Wahrheit. Erst mal abwarten, hatte er beschlossen. Erst mal sehen, was herauskam beim Durchleuchten und ob der Arzt angesichts der Bilder eine besorgte Mine machen würde oder nicht. Es gab jedenfalls zurzeit keinerlei Anlass, Veronique zu verunsichern, denn sie hatte den Kopf voller Dinge, Stress im Geschäft und war ein sehr empathischer Mensch, der sich beim Gedanken an eine Wucherung von acht Millimetern Durchmesser alles Mögliche vorstellen würde, und am Ende war es vielleicht nur ein Kirschkern, der in einer Darmwindung stecken geblieben war, oder irgendetwas anderes vollkommen Harmloses.

»Klingt doch gut. Prima«, sagte sie und richtete ihre Aufmerksamkeit wieder auf etwas anderes. Sie nickte in die Ecke neben der Krippe, wo Tyson herumlag und Albin nachdenklich anschaute. Sie fragte: »Hast du dich endlich um den Weihnachtsbaum gekümmert?«

»Ich habe den perfekten noch nicht gefunden«, antwortete Albin.

»Es wird Zeit, Albin. Hinterher sind die schönen weg.«

»Aber wir können doch nicht schon Tage zuvor …«

»Du kannst ihn im Carport lagern.«

»Ja …«

»Du hast wirklich nicht viel mit der Vorbereitung zu tun, mein Lieber, aber das mit dem Baum wirst du noch schaffen, oder?«

»Natürlich.«

»Und das Lego für die Kinder?«

»Ich habe es beinahe schon gekauft. Diese grässlichen Elfen.«

Veronique lächelte milde. »In diesem Fall ist es gut, dass du noch nichts gekauft hast, denn es gibt ein Update.«

»Update?«

Veronique nickte, nahm ihr Handy und rief eine Bildergalerie auf. »Ich leite dir die Fotos weiter. Das sind die Sets, die du kaufen sollst. Für Clara die Elfen, aber die mit dem Drachen. Kauf keine anderen. Nur die mit dem Drachen. Sie liebt Drachen.«

»Drachen«, wiederholte Albin.

»Deswegen gehen wir auch zum großen Weihnachtsumzug mit ihr: wegen dem Drachen. Leon.«

Der blaue Drache, ja, das Wahrzeichen der sogenannten Noëls Insolites de Carpentras, der »Ungewöhnlichen Weihnachten«, die in Carpentras mit viel Straßentheater gefeiert wurden.

Veronique kicherte. »Lustig, dass er genau wie mein Enkel heißt, nicht?«

»Sehr lustig.«

»Für die kleine Yvette kaufst du die Biene zum Aufziehen mit der Einschlafmelodie. Und das Baby-Activity-Center, unter das sie gelegt werden kann.«

»Klar.«

»Für Leon kaufst du Sets von Lego City und Ninjago

und das neue von Hidden Side. Aber besorge bitte exakt die abgebildeten Sets. Keine anderen. Ich finde ihn zwar noch zu jung dafür – aber meine Güte, bald wird er sechs Jahre alt.«

Albin sagte das alles nichts. Er hatte noch nie von Ninjago oder Hidden Side gehört. »Und wenn sie die beim Auchan nicht haben?«

»Dann findest du sie woanders. Und wenn du bis nach Marseille fährst«, sagte Veronique knapp und stand auf, um abzuräumen

Albin erhob sich ebenfalls, streckte sich und fasste sich ins Kreuz. »Diese Weihnachten«, sagte er, »sind ziemlich stressig.«

»Am meisten für dich«, sagte Veronique spöttelnd.

»Ja«, erwiderte Albin. »Ich sollte ein Antistress-Seminar besuchen.«

Er hörte Veronique auflachen und sah Tyson aufspringen, der wusste, dass es Zeit für die abendliche Gassirunde war. Im Flur zog Albin seine Jacke an, verzichtete jedoch auf Handy und Leine – Tyson brauchte keine. Draußen steckte er sich eine Zigarette an, brauchte aber mehrere Versuche mit dem Feuerzeug. Es war verdammt windig. Er zog die Jacke zu, paffte und marschierte los, Tyson im Schlepptau.

Du hättest es ihr sagen sollen, das mit der Wucherung, vernahm Albin Tysons Stimme.

»Kein Grund, sie zu beunruhigen.«

Wie du meinst. Und du musst dich immer noch um ein Geschenk für sie kümmern.

»Weiß ich.«

Du musst dich um ziemlich viel kümmern.

»Ja. Unter anderem um die Frage, wer das Mädchen bei La Roque umgebracht hat.«

Das ist nicht dein Job, Chef.

»Ich habe ein komisches Gefühl bei der Sache.«

Inwiefern?

»Einerseits sieht nach wie vor alles nach einem Serientäter aus. Das ganze Ritual ist merkwürdig – die Blumen, der Brautschmuck, die Amputationen. Es spricht einerseits von Liebe und Begierde, andererseits von Hass und Aggression gegenüber dem weiblichen Geschlecht sowie dem Bedürfnis nach Macht. Wer das getan hat, der wusste ganz genau, worauf er hinauswollte, hatte einen Plan. Es spricht aber inzwischen auch manches für eine Beziehungstat, was ich vorher nicht annahm, im Gegenteil. Oder es steckt etwas ganz anderes dahinter, das mit der irrsinnigen Herrichtung der Leiche kaschiert werden sollte. Normalerweise habe ich ein bestimmtes Gespür dafür, ob sich ein Fall in die eine oder andere Richtung entwickelt. Der Fall Stéphanie Kaufmann ist jedoch mittlerweile reichlich konfus. Und in La Roque-sur-Pernes ist etwas nicht in Ordnung, das sage ich dir.«

Vielleicht findest du den Fall deswegen konfus, weil du selbst inzwischen etwas konfus bist, Chef. Die vielen Weihnachtstermine, die Sache mit dem Arzt. Dir schwirrt einiges im Kopf herum.

»Stimmt.«

Nachdem sie dich morgen früh in die Röhre geschoben haben, weißt du hoffentlich mehr.

»Das hoffe ich auch«, murmelte Albin, paffte und kickte eine leere Coladose vor sich her.

Und wenn es tatsächlich etwas Schlimmes ist?

»Dann habe ich die beschissensten Weihnachten aller Zeiten vor mir.«

Vermutlich.

So oder so, dachte Albin, stand ihm Schlimmes bevor – egal, wie die Untersuchung ausgehen würde. Denn er hatte Matteo zugesagt, ihn zum Einkaufen mitzunehmen. Seine Frau lag mit einer Erkältung flach und konnte deswegen nicht einkaufen, und außerdem war sein Auto zur Inspektion, und das von seiner Frau bekam und wollte er nicht. Albin hatte nicht anders gekonnt, als ihm zuzusagen.

In Gedanken sagte er: »Ich muss mich ablenken. Der Fall Stéphanie Kaufmann hilft mir dabei, Tyson.«

Das klingt etwas selbstsüchtig.

»Ist es nicht, und das weißt du auch. Ich bin vielleicht vieles, aber sicher nicht das.«

Vielleicht solltest du wirklich das Antistressseminar im Château du Soleil buchen.

Albin lachte leise auf. »Das ist ein merkwürdiger Haufen dort, sage ich dir.«

Das muss nichts heißen. Sie leben ein anderes Leben als wir.

»Mhm, ja, ich weiß, aber dieser Dr. Lazar …«

Was ist mit dem?

»Weiß ich nicht«, erwiderte Albin, inhalierte tief und stieß den Rauch durch die Nase aus. »Irgendetwas stimmt mit dem jedenfalls nicht«, ergänzte er und zog den Reißverschluss der Jacke bis zum Kragen zu, als der Wind noch stärker auffrischte.

26

In der Nacht wehte ein eiskalter Wind. Er fegte über die kahle Spitze des Mont Ventoux, die einst dicht bewachsen war, auf der es jedoch heute nichts als eine graue Steinwüste gab, seit das Ancien Régime den Gipfel zum Bau der Mittelmeerflotte hatte roden lassen. Der Wind ließ im Tal die schwarzen Äste der Weinstöcke im Anbaugebiet Côtes du Ventoux aneinanderschlagen, was so klang, als würden ihm die Finger von Skeletten applaudieren.

In den engen Gassen der Bergdörfer trieb er das Laub vor sich her, als wolle er damit spielen, und ließ einsame Passanten die Kragen hochschlagen. Er pfiff in stürmischen Böen über die leeren Landstraßen und heulte in den Ruinen längst verlassener Häuser, ließ lose Fensterläden klappern und schob schwarze Wolken vor den Vollmond, dessen weißes Licht lange Schatten der sich wiegenden Bäume auf die Felder der Provence warf.

Einige davon fielen auf das hellgraue Mauerwerk der Bories bei La Roque-sur-Pernes, als die Wolken wie gejagte Hunde weiterzogen und den bleichen Schädel am Himmel immer wieder freigaben. Wie schwarze Kreuze, dachte Florin und bekreuzigte sich sofort selbst. Seine dünnen Haare flatterten im Wind. Die Augen waren weit aufgerissen und sein Mund zu einem Lächeln verzogen, während er auf die Steinhäuser starrte. Dann schien er wie aus einem Traum aufzuwachen und sich verdeutlichen zu müssen, wo er war und warum er sich hier befand.

Er blickte sich um, nahm das Abschleppseil vom Boden auf und vergewisserte sich, dass sich der Umschlag mit dem Brief, den er vorhin geschrieben hatte, in der Tasche seiner Jacke befand, damit man ihn sofort finden könnte. Dann ging er zu dem alten Olivenbaum, warf ein Ende vom Abschleppseil über einen tiefsitzenden Ast, fädelte es durch eine Schlaufe und legte sich die Schlinge, die er zuvor gebunden hatte, um den Hals. Er überprüfte die Länge des Seils, setzte sie ins Verhältnis zu seinem Körper und war mit dem Ergebnis zufrieden.

Dr. Lazar hatte ihm erklärt, dass es nicht wichtig war, ob man stand, hockte oder kniete. Es kam lediglich darauf an, dass die Schlinge die Schlagadern und die Luft abschnürte und man dazu das eigene Gewicht nutzte.

Genau das tat Florin nun. Er überprüfte den strammen Sitz am Hals, ging etwas in die Knie und spürte, wie sich das Seil sofort fester zuzog. Schließlich ließ er sich ganz absacken. Zuerst würde man bewusstlos, hatte Dr. Lazar gesagt, weil die Blutzufuhr zum Gehirn unterdrückt wurde. Damit würde der Körper vollends das Gewicht in die Schlinge legen. Es gäbe keinen Kampf gegen das Ersticken. Es wäre ein sanftes Loslösen von der irdischen Hülle. Ein gnädiger Tod und eine durchaus angenehme Art der Reise.

Jetzt bekam Florin keine Luft mehr. Sein Kopf fühlte sich an, als würde er platzen. In Gedanken murmelte er ein Gebet, dachte an die Gnade, die ihm widerfuhr, denn er war auserwählt, als Erster voranzugehen und alles Irdische hinter sich zu lassen. Zudem war es seine Aufgabe, die Gemeinschaft vor der Gefahr zu bewahren, die er durch sein nachlässiges und selbstsüchtiges Handeln beschworen hatte. Es war nur gerecht. Kleine Sterne tanzten vor seinen Augen. Er sah die Bories. Er dachte an seine Braut, die er darin gebettet hatte. Bilder rauschten an ihm vorbei. Die alte Heimat. Sein Elternhaus. Die Kirchen. Seine Initiation. Alles verschwamm zu kreisenden Schlieren – und verlor sich dann in einem Strudel aus Schwärze, als Florin das Bewusstsein verlor.

Der Wind zerrte nach wie vor an seinen Haaren, und als das Leben aus Florin gewichen war, stieß eine Bö gegen seinen beinahe knienden Körper und ließ ihn in der Schlinge baumeln.

Eine weitere Bö fuhr in einen Haufen Laub, ließ die Blätter durch die Luft fliegen wie Konfetti, ließ sie tanzen und herumwirbeln. Eines davon landete auf der Schulter eines abseits stehenden Mannes, der es mit einer achtlosen Handbewegung von seiner Jacke wischte. Dr. Ion Lazar wartete eine weitere Minute, bis er sicher war, dass Florin nicht mehr lebte. Ein merkwürdiges Gefühl. Verwirrend. Er hatte so viele kommen und gehen sehen, sie um ihr Leben betteln hören und eine Art professioneller Distanz dazu entwickelt. Aber das war sehr lange her, und Florin war nicht irgendjemand. Dr. Lazar war einerseits sehr traurig, dass er nun nicht mehr da war. Aber andererseits war er immer noch sehr wütend auf ihn.

Und dazwischen machte sich ein Glücksgefühl breit. Denn Florin war der Erste, der die Transgression vollzogen hatte, und er würde in der höheren Sphäre alles vorbereiten können für die, die ihm bald nachfolgten. Es würden viele sein. Sehr viele, dachte Dr. Lazar. Aber er musste auf der Hut sein.

Man würde Florin und seinen Abschiedsbrief finden. Die Polizei würde Fragen stellen und Antworten bekommen. Aber anschließend, und das war das Gute daran, würde die Polizei wieder abrücken und wäre zufrieden damit, einen Mord aufgeklärt zu haben.

Das war alles sehr ärgerlich und gefährlich, aber weitaus weniger gefährlich als mit einem noch lebenden Florin.

Dr. Lazar warf einen Blick auf die Armbanduhr und vergrub anschließend die Hände in den Manteltaschen. Gleich würde er die Chevaliers im großen Saal informieren, seine Ritter, und dann würden bald die Erzengel anreisen. Er würde sie über die Vorkommnisse unterrichten und ihnen erklären, worauf sie sich vorbereiten mussten, wenn die Polizei ins Château kommen würde, um nach Florin zu fragen. Er würde ihnen außerdem schildern, dass Florin seine Transgression bereits vollzogen hatte und dass das bedeute, dass der große Plan nun erheblich an Dynamik gewann.

Und eigentlich, überlegte Lazar, hatte es auch einen großen symbolischen Reiz, genau zur Weihnachtszeit zuzuschlagen. Ursprünglich hatte er bis Ostern warten wollen, wegen der Wiederauferstehungsmetaphorik. Aber warum nicht Weihnachten? An Weihnachten feierte man die Geburt von etwas Großem. Und abgesehen davon blieb ihm vermutlich sowieso keine andere Wahl.

Nein, dachte Dr. Lazar, ihm blieb nicht mehr viel Zeit. Also besser, keine zu verlieren.

Er drehte sich um und verließ den Ort auf dem schmalen Feldweg.

Sein Körper verschmolz mit der Dunkelheit.

27

Alles war schwarz. Es war schwarz, und es dröhnte laut. Albin öffnete die Augen, starrte gegen das helle Metall direkt vor seinen Augen und schloss sie schnell wieder. Nein, lieber zumachen. Ansonsten würde ihm zu bewusst, dass er in einer Röhre steckte wie ein Hühnchen im Ofen. Platzangst konnte er hier drinnen nun beim besten Willen nicht gebrauchen. Also Augen zu – und an etwas anderes denken, das laute Dröhnen und Klopfen ignorieren.

Albin war zeitig aufgestanden, denn der Termin zum Durchleuchten war sehr früh. Er war gleich als Erster an der Reihe. Veronique hatte er gesagt, er müsse zu einem morgendlichen Gespräch in die Polizeibehörde. Anschließend würde er Matteo abholen, weil der ja nicht mobil sei, aber ebenfalls einkaufen müsse wie Albin und Weihnachtsgeschenke für seine Nichten und Neffen organisieren.

Veronique hatte gesagt, dass das eine sehr freundschaftliche Geste von ihm sei, und Tyson mit ins Blumengeschäft genommen, weil Albin ihn ja schlecht mit zur Besprechung oder mit in den Supermarkt nehmen könnte – zumal er ja möglicherweise bis nach Marseille oder Aix fahren müsse, um die Lego-Sets zu bekommen, von denen Veronique Albin beim Frühstück erneut Fotos auf das Handy geschickt und ihm außerdem noch eine Einkaufsliste mit Dingen aufgeschrieben hatte, die er gleich auf dem Weg mitbringen könnte, wenn er schon mal im Supermarkt wäre.

In Gedanken ging er diese Liste durch, konnte sich aber – verdammt – nicht darauf konzentrieren. Das laute Summen lenkte ihn ab. Außerdem musste er sich die ganze Zeit über vorstellen, wie unsichtbare Strahlen durch seinen Körper fuhren und ihn im Inneren abtasteten. Es kam ihm vor wie ein Wunder, dass es technisch möglich war, Menschen in eine Röhre zu schieben, in der jeder Bestandteil des Körpers durchleuchtet werden konnte. Albin fragte sich, ob es irgendwann in der Zukunft einmal möglich sein würde, Straftäter in eine solche Röhre zu schieben und ihre Gedanken zu scannen, um zu verstehen, was in ihren Köpfen vorging. Das würde die Polizeiarbeit extrem erleichtern. Andererseits bräuchte man dann Menschen, die sich auf irgendwelchen Bildschirmen ansehen müssten, was man in diesen Gehirnen gefunden hatte. Und da sei Gott vor, überlegte Albin, das wollte wohl eher niemand ansehen – nicht die Erinnerungen an die Taten, und erst recht nicht, was sich diese Leute ansonsten noch so alles ausmalten. In die Gehirne von Typen wie dem Brautkleidkiller zum Beispiel wollte man lieber nicht hineinschauen müssen. Zwar würden einem dessen Phantasien jede Menge Informationen über den Tatverlauf geben und was seine Motive waren. Aber, ehrlich gesagt, wer wollte das schon, wenn man kein Psychologe war? Einem Polizisten würde es völlig genügen, die Erinnerung anzuzapfen, um zu sehen, ob man mit seinem Verdacht richtiglag. Und einen solchen Beleg leistete akkurate Ermittlerarbeit früher oder später sowieso.

Die Frage war, dachte Albin und starrte auf das Metall über sich, was die Technologie in diesem summenden Sarg für Resultate erzielen würde. Ein schlechtes Ergebnis könnte ein positives sein, denn dann gab es Gewissheit und eine Grundlage dafür, alles wieder in Ordnung zu bringen. Auf der anderen Seite hätte ein schlechtes Ergebnis die Macht, Albins Welt ins Chaos zu stürzen. Von einem Moment auf den anderen würde sich alles ändern, grundlegend. Und deswegen stellte sich vielleicht auch die Frage, ob man ein solches Ergebnis überhaupt wissen wollte. Was war besser? Wie in diesem Sommer Louis Rey zu wissen, dass das Mindesthaltbarkeitsdatum abgelaufen war und man nur noch ein Jahr oder weniger hatte – oder es nicht zu wissen und noch ein gutes Jahr zu verleben, bevor man irgendwann einfach umfiel oder nicht mehr aufwachte? Tja. Keine Ahnung, was besser wäre, überlegte Albin. Denn am Ende war beides gleich schlecht.

Und am Ende, ob es ein gutes oder schlechtes Ergebnis geben würde, gab das alles Albin sehr zu denken. Er hatte in manchen Gefahren gesteckt, war mit Waffen bedroht worden. Man hatte auf ihn geschossen, ihn verwundet. Er war aus einem brennenden Haus knapp entkommen. Aber diese Gefahren hatte man bis zu einem gewissen Grad unter Kontrolle. Man konnte sich wehren, ausweichen. Bei einer Erkrankung war das ganz anders. Man war ihr ausgeliefert und musste sich in die Hände von Ärzten begeben. Mehr konnte man nicht tun.

Es war außerdem eine vollkommen andere Art und Weise, sich die eigene Sterblichkeit vor Augen zu führen. Sicher, wenn jemand auf einen schoss, war das eine durchaus eindrucksvolle Vorführung. Dennoch gab es einen großen Unterschied zwischen einer Neunmillimeterkugel aus Blei und einer Achtmillimeterwucherung aus weiß der Himmel was, die einen aus dem Nichts heraus erwischt hatte, als sei es das unsichtbare und schmerzlose Geschoss eines gut versteckten Scharfschützen. Und darauf musste man vorbereitet sein.

Es konnte einen einfach so erwischen – und was, wenn man dann seine Sachen nicht geregelt hatte? Albin hatte manche Dinge geregelt. Aber bei weitem nicht alle. Und in diesem Augenblick fasste er den Entschluss, dass er genau das tun würde und müsste – egal, welches Ergebnis die Untersuchung brachte. Er würde regeln, was er zu regeln hatte.

Schließlich fand die Durchleuchtung endlich ein Ende. Die Ärztin sagte Albin allerdings nichts über die Untersuchungsergebnisse. Sie verwies auf seinen Hausarzt Dr. Benoit, dem sie alles übermitteln würde.

Wenigstens, dachte Albin, hatte er bereits morgen dort einen Besprechungstermin. Den einen Tag würde er überstehen – und sich ablenken. Zum Beispiel, indem er Matteo abholte und mit ihm zum Weihnachtsgeschenke kaufen fuhr.

28

André Arnoux war an diesem Morgen früh auf den Beinen. Er hatte einige Kisten Wein auszuliefern. Das Geschäft brummte zu dieser Jahreszeit, denn sämtliche Restaurants im Vaucluse stellten sich auf die Feiertage ein und waren zum Teil bereits für Weihnachtsfeiern im Kreise der Familie oder Kollegen ausgebucht. Manche orderten auch schon für Silvester.

Er trug seine Schiebermütze und eine wetterfeste Wachsjacke. Schnaufend wuchtete er eine Kiste nach der anderen aus dem Lagerraum in den Kastenwagen, in dem er heute eine kostbare Fracht im Wert von einigen tausend Euro herumfahren würde: Rotwein, Weißwein, einige exquisite Flaschen Champagner, die meisten Getränke preislich im oberen Mittelfeld – zu Weihnachten wollten sich die Leute etwas gönnen, und die Gastronomen wollten ihnen etwas bieten.

Er fluchte über das nasskalte Wetter, zudem wurde es gerade erst hell, obwohl es bereits kurz nach acht Uhr war. Ein grauer, kalter Dezembermorgen.

Arnoux setzte sich ans Steuer, stellte die Heizung auf Anschlag und fuhr los. Gleich sein erstes Ziel war ein Hotel-Restaurant bei La Roque-sur-Pernes, allerdings nicht das Banatais. Dessen Wirt war ein Knauser und ließ sich von einem anderen Händler beliefern. Arnoux hatte beim

Banatais nie einen Fuß auf den Boden bekommen können – aber, ehrlich gesagt, war das Banatais ohnehin eher in der unteren Liga angesiedelt, und Arnoux war nicht darauf angewiesen, dort Geschäfte zu machen. Dennoch wäre es schön gewesen, der Vollständigkeit halber alle Gastronomen in dem Ort als Kunden zu haben.

Im Radio hörte er die Morgennachrichten. Dann folgten die lokalen Nachrichten über einen Stau auf der Autobahn aufgrund eines Unfalls bei Apt, weswegen die Bundesstraße gesperrt war, sowie die Information, dass es noch keine Neuigkeiten über den Mordfall an der jungen Frau gab, die bei La Roque gefunden worden war, aber die Polizei mit Hochdruck in dem Fall ermittelte.

Schreckliche Sache, dachte Arnoux. Ganz entsetzlich. Er hatte eine Tochter in dem Alter, und man konnte sich absolut nicht ausmalen, wie fürchterlich das alles sein musste. Zudem der bizarre Ort, die Bories bei La Roque. Sie lagen heute auf Arnouxs Route. Wenig später bog er nach rechts von der Straße ab, um zur Domaine de la Grange Neuve zu fahren.

Gruselig, dachte Arnoux, zu wissen, was an diesen Steinhütten geschehen war. Er nahm den Fuß vom Gas, umfuhr ein Schlagloch und nahm an den Steinhütten aus den Augenwinkeln etwas Rotes wahr. Er blickte kurz hin und meinte, dort jemanden neben einem Baum zu sehen. Er passierte ein Dickicht aus Gestrüpp, blickte dann in den Rückspiegel und war nun ziemlich sicher, dass dort jemand saß, der eine rote Jacke trug.

Warum, zum Teufel, sollte an diesem nasskalten Morgen in aller Hergottsfrühe dort jemand herumsitzen?, fragte sich Arnoux.

Er nahm den Fuß vom Gaspedal, denn irgendetwas an dem, was er im Rückspiegel sah, war nicht richtig. Schwer zu sagen, was genau, aber er war beunruhigt. Er legte den Rückwärtsgang ein, setzte einige Meter zurück und hielt wieder an. Aus dem Seitenfenster heraus sah er einen Mann, der dort unter einem der Bäume kauerte. War das ein Farbiger? Nein. Oder doch? Und warum saß der da vollkommen unbeweglich?

Arnoux ließ den Motor laufen, stieg aus und rief: »He!«

Aber der Bursche bewegte sich kein Stück.

»Alles klar?«, rief Arnoux.

Er bekam keine Antwort.

Also setzte er sich in Bewegung – und mit jedem Meter, den er zurücklegte und auf den Mann zuging, wuchsen sein Unbehagen und die Gewissheit, dass hier etwas absolut nicht stimmte.

Etwa eine halbe Minute später verstand er, dass der Mann kein Farbiger war und die dunkle Farbe seines Kopfes nichts mit Hautpigmenten zu tun hatte. Dafür aber sehr viel mit einem blauen Abschleppseil, das um seinen Hals geschlungen war.

29

»Was, zum Teufel, soll das sein?«, fragte Matteo.

»Lego«, sagte Albin und ließ den Blick über das schier endlose Regal mit knallbunten Verpackungen wandern, deren Aufdrucke verwirrend waren. Man konnte nicht mit einem einzelnen Blick erfassen, was darauf abgebildet war. Beim besten Willen nicht.

»Weißt du was?«, fragte Matteo und vergrub die Hände in den Taschen.

»Nein.«

»Ich verstehe nicht, warum sich alle Welt über Plastikmüll aufregt.« Er nickte in Richtung der Spielwaren. »Genau das Zeug machen sie doch aus Plastikmüll. Schmelzen deine alten Yoghurtbecher ein und stellen daraus dieses … Keine Ahnung was das sein soll …«

»Elfen.«

»Hm?«

»Elfen. Es sind Elfen. Elfen aus Lego. Elfen und ein Drache. Es steht auf der Verpackung. *Lego Elves.*«

»Warum schreiben sie das in Englisch drauf? Wir sind hier in Frankreich.«

Albin blickte aufs Handy, verglich die Verpackungen in den Regalen mit den Bildern, die Veronique ihm geschickt hatte. »Sie könnten es auch in Dänisch draufschreiben, weil es eine skandinavische Firma ist«, sagte Albin und zog nach den Elfen einen Bausatz mit einem chinesischen Drachen und rot, grün, weiß und blau gekleideten Ninjakämpfern aus dem Fach.

»Dänen, die in Frankreich auf Englisch merkwürdiges Zeugs aus China über Elfen verbreiten – verdammte Globalisierung«, brummte Matteo.

Er merkte kurz auf, wich zwei Frauen mit riesigen Einkaufswagen aus und blickte zur Decke.

»Last Christmas« trällerte es aus den Boxen. Albin nahm es schon gar nicht mehr wahr.

»Wir konnten früher froh sein«, redete Matteo weiter und suchte nach etwas in seiner Jackentasche, »wenn wir Holzklötze hatten. Damit haben wir *alles* gespielt. Restlos *alles.* Wo bliebt die Phantasie heutzutage, wenn du alles vorgegeben bekommst?«

Albin blickte Matteo an, der nun einen Zettel in der Hand hielt und las, was draufstand. Das Wort *Phantasie* aus Matteos Mund hörte sich etwas absonderlich an. Aber im Grunde hatte der Mann vollkommen recht. Den Kindern wurden ihre Spiele meist vorgegeben. Das Spielzeug passte sich nicht dem Bedürfnis an, sondern es war andersherum: Es passte die Kinder an das an, was die Hersteller sie spielen lassen wollten.

Ob das pädagogisch gut war oder schlecht, vermochte Albin nicht einzuschätzen. Aber in jedem Fall zogen einem die Unternehmen mit dieser Methode noch mehr Geld aus der Tasche als zuvor. Es gab Rennbahnen für kleine Autos, die lediglich zuließen, dass ein Auto einen Salto machte. Sollte das Auto in die Kurven fahren, musste man ein Kurvenset dazukaufen. Mit den Legoklötzen war es ähnlich: In einem Set konnten die Elfen etwas mit einem Löwen anstellen. Sollten sie auch etwas mit einem Drachen anstellen oder einem Schloss, musste man zwei weitere Sets kaufen. Kaufte man hingegen einen Sack voller Einzelsteine, konnte man doch alles daraus bauen, wonach einem war? Fraglos wäre das viel besser, dachte Albin – aber die langen Gesichter unterm Weihnachtsbaum wollte niemand sehen.

»Wo haben sie jetzt die verdammten Transformers?«, fragte Matteo.

»Wen?«, fragte Albin mit einem weiteren Ninja-Karton in der Hand »Trafos?«

»Transformers. Das sind Roboter, die sich verändern können. In Autos oder Flugzeuge verwandeln. Mein Neffe liebt das.«

»Du schimpfst die ganze Zeit über dieses Zeug – und dann willst du ihm Roboter kaufen, die sich in Autos verwandeln?«

»Ja.«

»Vielleicht kann sich der Roboter in ein Auto für dich verwandeln, damit du dich nicht ständig durch die Gegend chauffieren lassen musst wie ein Fürst.«

Matteo lachte auf. »Fürsten fahren wohl kaum in Autos wie deinem Reiskocher. Ich bevorzuge französische Autos.«

»Zum Beispiel deins, das ständig in der Werkstatt ist.«

»Das liegt an den räudigen Bauteilen aus China, die immer den Geist aufgeben.«

Albin winkte ab. Das Thema hatten sie schon. Und zwar immer wieder. Hatte keinen Zweck, mit Matteo über derlei Dinge zu reden. Er gehörte zu der Sorte Mensch, die gerne bei einer Meinung blieb, wenn sie erst einmal eine gefunden hatte.

Albin wuchtete einen weiteren Karton in den Einkaufswagen. Er fragte: »Was schenkst du deiner Frau?«

»Sie bekommt ein Wochenende auf einer Beautyfarm. Was schenkst du deiner?«

»Ich arbeite noch dran.«

»Na, langsam wird es aber Zeit, mein Lieber.«

Albin nickte. Er dachte darüber nach, ob er sich selbst einen Gutschein für ein Antistresswochenende im Château du Soleil schenken sollte. Eher nicht, um dort zu entspannen, sondern um sich dort etwas umzusehen.

»Schenk ihr doch auch ein Wochenende auf der Beautyfarm«, schlug Matteo vor. »Dann können sie sich gemeinsam wieder aufmöbeln lassen.« Matteo lachte.

Albin wollte gerade antworten, als sich sein Handy meldete. Er zog es umständlich aus der Innentasche hervor. Als er Castels Nummer auf dem Display sah, ging er sofort dran, hörte ein paar Momente zu.

»Kein Witz?«, fragte er dann.

Castel verneinte und sagte Albin, sie wolle ihn lediglich informieren, und er müsse sich nicht die Mühe machen herzukommen.

Albin sagte, dazu habe er sowieso keine Zeit. Dann beendete Castel das Gespräch.

»Was Wichtiges?«, fragte Matteo.

»Vermutlich«, erwiderte Albin in Gedanken versunken und kratzte sich am Kinn. Spätestens seit Einstein wusste schließlich jeder, dass Zeit – und damit auch »keine Zeit« – ja sowieso relativ war.

30

Castel drückte Albin weg und steckte das Handy wieder ein, schob die Hände in die Taschen ihrer Daunenjacke und beobachtete die Spurensicherung bei der Arbeit. Feine Atemwolken stießen von ihren Lippen. Es war sehr kalt an diesem Morgen. Der Wetterbericht sagte, dass es wegen einiger Kaltluftfronten bald sogar noch kälter werden sollte. Für Weihnachten waren Temperaturen um die null Grad angekündigt, was ungewöhnlich war.

Die Forensiker waren eben damit befasst gewesen, die Leiche von dem blauen Seil zu lösen, nachdem einige Fotos und Videoaufnahmen gemacht worden waren. Jetzt lag der Körper auf dem Boden, um ihn herum standen die Kollegen in weißen Overalls. Das Areal war mit Flatterband abgesperrt. Überall parkten Dienstwagen der Polizei und zivile Einsatzfahrzeuge. Ein zweites Mal innerhalb weniger Tage, dass an den Bories von La Roque-sur-Pernes ein Großeinsatz lief. Ein zweites Mal, dass hier eine Leiche gefunden worden war. Und wie es den Anschein hatte, handelte es sich dieses Mal um den Mörder von Stéphanie Kaufmann, der sich an dem Ort das Leben genommen hatte, an dem er die Leiche der jungen Frau versteckt und bizarr hergerichtet hatte.

Theroux stand neben Castel und schien der Kälte zu trotzen. Er trug lediglich eine Bomberjacke, deren Reißverschluss geöffnet war, und darunter ein mit dekorativen Abzeichen benähtes Poloshirt. Er hielt zwei durchsichtige Beweismittelbeutel in der Hand. In dem einen befand sich der Personalausweis, der bei dem Selbstmörder gefunden worden war. In dem anderen steckte ein handgeschriebener Brief, den Theroux gerade las und dabei die Lippen bewegte. Castel kannte den Inhalt bereits.

Der Mann, in dessen Tasche der Brief gefunden worden war, hieß Florin Popescu. Er war dreiundfünfzig Jahre alt und rumänischer Staatsbürger. Er lebte im Château du Soleil, jedenfalls war das seine Adresse, und damit erklärte sich auf Anhieb, wo ihm Stéphanie Kaufmann über den Weg gelaufen war – nämlich in diesem Château, wo sie die Wäsche gemacht hatte. Im Auftrag von Henri Vray, der als Tatverdächtiger nun so ziemlich aus dem Rennen war.

Natürlich musste der Tote noch offiziell identifiziert werden. Ebenfalls musste eine Handschriftprobe ergeben, ob er den Brief tatsächlich selbst verfasst hatte. Aber die Chancen standen nach Castels Meinung äußerst hoch. Sie hatte weder Zweifel an der Urheberschaft des Schreibens noch an der Identität des Mannes. Warum auch?

»... bla bla bla, kann mir nicht verzeihen, was ich getan habe ... Bla bla bla, bitte Stéphanie und ihre Familie und alle, die sie kennen, um Vergebung ... War blind vor Liebe, immer, wenn ich sie sah, setzte es aus, konnte nicht widerstehen ... Leben ohne sie macht keinen Sinn ...«

Theroux schnaubte, wedelte mit dem Beutel, in dem sich der Brief befand. »Meine Güte, das sollen sich diese Leute vorher überlegen, bevor sie jemandem nachstellen und ihn umbringen, dann müssen sie hinterher auch nicht herumjammern und sich einen Strick nehmen.«

»Abschleppseil«, sagte Castel.

»Wie?«

»Die Spurensicherung sagt, dass es ein Abschleppseil war. Kein Strick.«

»Na und?«

Castel verfolgte, dass Berthe von der Rechtsmedizin mit zwei Assistenten anrückte und zur Leiche herüberging, um eine erste Vor-Ort-Beschau vorzunehmen. Sie fragte Theroux: »Siehst du hier irgendwo sein Auto?«

»Nein.«

»Abschleppseile hat man aber meist im Auto. Sonst machen sie ja keinen Sinn.«

Theroux blickte irritiert. »Ja? Und?«

»Er holt sich ein Abschleppseil aus dem Kofferraum und marschiert damit vom Château du Soleil vier bis fünf Kilometer bei diesem schlechten Wetter durch die Nacht zu den Bories?«

Theroux zuckte die Schultern. »Ja. Sieht man doch. Wo ist das Problem?«

»Warum ist er nicht mit dem Auto gefahren?«

»Vielleicht hat er keins.«

»Und woher hatte er dann das Seil?«

Theroux blickte Castel an. Musterte sie. »Worauf willst du hinaus?«

»Weiß ich nicht. Vielleicht auf gar nichts. Ich denke nur laut.«

»Ich kann dir sagen, worauf ich hinauswill: Wir haben unseren Mörder, können den Fall damit abschließen und haben ruhige Weihnachten.«

Castel zog die Schultern hoch, als ein eiskalter Windstoß über das Land fegte. Sie dachte an Jeans Vorschlag, einfach über die Feiertage abzuhauen, ein paar Tage am Strand zu verbringen. Es würde ihr guttun, ihnen beiden, keine Frage. Aber ein Selbstmörder mit einem Abschiedsbrief bedeutete noch lange nicht, dass der Fall Stéphanie Kaufmann zu den Akten gelegt werden konnte.

Vielmehr würde trotzdem jede Menge Arbeit auf die Polizei warten, um alle Hintergründe lückenlos zu klären, zu untersuchen und zu dokumentieren. Und anfangen mussten sie mit einer Befragung am Château du Soleil – einer, die Castel dieses Mal selber vornehmen würde, statt sie den Kollegen zu überlassen.

»Hoffentlich«, sagte Castel zu Theroux.

31

Berthe warf Albin einen ernsten Blick zu. Ebenso Theroux und Castel. Drei ernste Blicke auf einmal. Dazu noch die ernsten Blicke der drei Assistenten, die wie Berthe grüne Operationskluft trugen und damit befasst waren, die auf dem Obduktionstisch liegende Leiche zu entkleiden.

Eine sensible Arbeit, wie Albin wusste. Die Kleidung von Toten musste nach mikroskopisch kleinen Spuren abgesucht werden. Da durfte nichts verlorengehen.

Alle zusammen sahen Albin an wie einen Fremdkörper, aber ihm war das ziemlich gleichgültig. Außerdem kannte er das. Also schloss er nach dem Hereinkommen die Tür hinter sich, ging gemächlich durch den Raum, wobei die Sohlen seiner Schuhe mit jedem Schritt auf dem weiß gefliesten Boden quietschten. Auf einem der Beistelltische aus Edelstahl legte er eine große Tüte mit Schokocroissants ab, riss sie auf und deutete mit einem Nicken auf die Backwaren – eine Geste, die den anderen bedeuten sollte, sich zu bedienen. Tatsächlich hatte Albin exakt sechs Croissants gekauft, was für ein Zufall, so dass jeder eines bekommen konnte – mit Ausnahme von ihm natürlich.

Er hörte Berthe seufzen. Castel kniff die Lippen zusammen und verschränkte die Arme vor der Brust. Theroux fuhr sich durchs Haar, schüttelte den Kopf.

»Albin«, sagte er. »Das kann doch wohl nicht wahr sein.«

»Doch«, erwiderte Albin, »es ist wahr. Ich habe euch was zum Frühstück mitgebracht.«

»Castel hat extra angerufen, um dir zu sagen, was passiert ist, aber auch gesagt, dass du bleiben sollst, wo du bist!«

Castel kommentierte das nicht. Nickte nicht einmal. Sie sah total angefressen aus.

Albin ignorierte das, auch Therouxs Bemerkung. Er sagte: »Sicher habt ihr noch nichts gegessen. Man soll morgens aber was essen. Jetzt ist es nach Mittag – und ihr habt immer noch nichts gegessen. Jede Wette. Ich weiß doch, wie das ist. Also holt das Frühstück nach. Kaffee habe ich aber nicht mitgebracht. Den bekommt man hier in der Teeküche, guten Kaffee übrigens. Wenn Berthe eins kann, dann ist es Kaffee kochen«, erklärte er, öffnete nebenbei den Reißverschluss seiner Jacke und betrachtete die Leiche. »Das ist er also«, sagte Albin.

»So ist es«, erwiderte Theroux.

Berthe erwiderte nichts, bedeutete aber ihren Assistenten mit einer Kopfbewegung, dass sie weitermachen sollten. Was sie auch taten. Der eine löste mit Hilfe einer Schere das Hemd vom Oberkörper der Leiche. Der andere schnitt die Jeans an der Seite auf. Der dritte füllte irgendwelche Formulare aus.

Castel griff sich eines der Croissants, biss hinein, musterte Albin, rang etwas mit sich und erklärte schließlich, wer der Mann augenscheinlich war, nannte seine Personalien, dass er aus Rumänien stammte, gab Albin außerdem eine Zusammenfassung von dem Abschiedsbrief, während die Assistenten die Kleidung auf einem Beistelltisch ausbreiteten und sich nun an die Unterwäsche des Mannes machten.

Castel sagte: »Er hat im Château du Soleil gewohnt.«

Albin merkte auf. »Ach?«

»Ja. Stéphanie hat dort die Wäsche für die Hotelzimmer gemacht. Dabei hat er sie regelmäßig beobachtet. Schreibt er in seinem Abschiedsbrief.«

»Ein Angestellter? Ein Gast?«

»Wissen wir noch nicht. Eher ein Angestellter als ein Gast, würde ich sagen. Wir hören uns dort um.«

Albin nickte und beschloss, dass er sich dort ebenfalls noch einmal umhören würde.

»Der Fall ist glasklar«, sagte Theroux. »Kein Ritualmörder, zum Glück, sondern ein vollkommen gestörter Typ, das Motiv ist unerwiderte Liebe.«

»Was macht ihr mit dem Wirt vom Banatais?«

»Was sollen wir mit dem schon machen? Wir wünschen ihm frohe Weihnachten und reden erneut mit ihm – vielleicht ist ihm in Bezug auf unseren Freund Florin hier irgendetwas aufgefallen.«

»Wer hat die Leiche gefunden?«, fragte Albin.

»Ein Weinhändler«, sagte Castel und wischte sich ein paar Krümel aus der Mundecke. »Kam zufällig vorbei. Arnoux ist der Name.«

»Arnoux. Den kenne ich«, sagte Albin.

Aus dem Augenwinkel registrierte er, dass sich Berthe für etwas zu interessieren schien. Sie beugte sich zu der Leiche herab, die jetzt nur noch mit einer Unterhose bekleidet war. Albin verstand auf Anhieb, wofür sie sich interessierte. Seitlich, an den Rippen, waren rötliche Striemen zu sehen. So, als ob der Mann sich den Rücken zerkratzt hätte. Theroux und Castel bemerkten das ebenfalls. Berthe berührte die Verletzungen, straffte die Haut und sagte:

»Hm, das sehen wir uns gleich mal genauer an, wenn wir ihn auf den Bauch drehen.«

»Was ist denn das?«, fragte Theroux.

»Sieht aus wie Striemen«, sagte Castel. »Als ob er durch dorniges Gestrüpp gekrochen ist.«

»Nein«, antwortete Berthe abwesend. »Das sieht anders aus.« Sie richtete sich wieder auf, während der Leiche die Unterhose entfernt wurde.

»Oh«, sagte sie dann.

»Was …«, stammelte Theroux und blickte ebenfalls hin – nur um kurz darauf die Hand vor die Augen zu führen und mit den Fingern den Nasenrücken zu massieren.

Castel sagte nur: »Gott.«

Albin sagte gar nichts. Es verschlug ihm regelrecht die Sprache. Was sollte man auch zu einer Leiche sagen, die keine Geschlechtsorgane mehr hatte? Obwohl: Ein bisschen war schon noch zu sehen. Aber alles, was man bei einem Mann an dieser Stelle erwarten würde, fehlte.

Während Berthe einem der Assistenten bedeutete, die Geschlechtsteile – beziehungsweise deren Nichtvorhandensein – fotografisch zu dokumentieren, fragte Albin: »Ist das ein Transvestit?«

»Schwer zu sagen«, erwiderte Berthe, die sich den Unterleib des Mannes genauer ansah. »Hier sind Narben zu sehen. Es wirkt, als seien die Hoden und der Penis vor sehr langer Zeit amputiert worden, allerdings nicht chirurgisch präzise. Nur ein Rest ist vorhanden, um das Harnlassen zu ermöglichen.«

»Meine Güte«, hörte Albin Theroux keuchen.

Den Guten musste dieser Anblick besonders hart treffen: Theroux hatte vor einigen Jahren eine Vasektomie hinter sich gebracht und sie in diesem Sommer rückgängig machen lassen, weil seine Frau doch noch ein Kind haben wollte. Theroux war sozusagen hochsensibilisiert, was die Leistengegend eines Mannes anging, physisch wie mental, und musste nun das hier vor sich sehen.

»Das ist echt schräg«, sagte Castel, die von einem Bein auf das andere trat und offenbar nicht wusste, was sie sonst sagen sollte. Sie fuhr sich durch das kurze Haar. »Es ist genau wie bei Stéphanie. Sie wurde amputiert. Ihr Mörder ist ebenfalls amputiert. Er hat ihr das angetan, was ihm auch angetan wurde. Oder was er sich selbst angetan hat, keine Ahnung, aber … das ist ganz bestimmt kein Zufall.«

»Das ist«, sagte Theroux, »vor allen Dingen der mit Abstand bizarrste Fetisch, von dem ich je gehört habe.«

Albin sagte nichts. Berthe auch nicht. Nachdem die Fotos gemacht worden waren, ließ sie die Assistenten die Leiche auf den Bauch drehen.

»Leck mich«, sagte Theroux im nächsten Moment.

Denn die Verletzungen, die eben an den Flanken des Körpers zu sehen gewesen waren, boten nun auf dem Rücken ein eindeutiges Bild. Sie verliefen kreuz und quer. Es gab frische Verletzungen, ältere, vernarbte.

»Das sind Striemen«, sagte Berthe. »Nicht von Dornengestrüpp. Es sieht viel mehr aus, als sei der Mann mit einer Gerte oder einer Peitsche geschlagen worden.«

»Oder er hat sich damit selbst geschlagen«, merkte Castel an.

»Extrem harter Sadomasochismus«, sagte Theroux und rieb sich die Nasenwurzel. »Ich glaube, wir hatten verdammtes Glück, dass der Kerl sich erhängt hat. Der hatte das Potenzial zum Serienkiller.«

Castel erwiderte: »Nicht jeder Mensch mit ungewöhnlichen Neigungen wird automatisch zu einem Serienkiller, Alain. Und vielleicht hat das alles gar nichts mit Sadismus und Masochismus zu tun.«

»Womit denn dann, um Himmels willen?«

»Streng gläubige Menschen geißeln sich«, sagte Albin. »Und: Streng gläubige Menschen haben zum Teil ein massives Problem mit der Sexualität.«

»Das kann man wohl sagen«, fuhr Theroux dazwischen, »dass unser Florin ein massives Problem mit der Sexualität hatte.«

»Ja«, sagte Castel, »das kann man wohl.«

Albin dachte nach. Eigentlich hatte er die Obduktion abwarten wollen, um mit Berthe noch ein paar private Worte unter vier Augen zu wechseln. Er wollte sie nach ihrer fachlichen Meinung über acht Millimeter große Wucherungen befragen. Aber das würde er nun nicht tun.

Es gab andere Dinge zu klären, als sich unnötig weiter verrückt zu machen – denn, ehrlich gesagt, genau das würde bei einem solchen Gespräch herauskommen. Berthe würde ihm lediglich sagen können, dass es etwas Normales, etwas Halbschlimmes oder etwas Schlimmes sein würde und dass er die morgigen Untersuchungsergebnisse abwarten solle.

Das wusste er auch so.

Albin wischte den Gedanken wieder beiseite, betrachtete die Leiche und hörte Theroux darüber lamentieren, dass der verdammte Fall zum Glück endlich abgeschlossen werden konnte und es fürchterlich sei, sich mit so etwas Schlimmem ausgerechnet kurz vor Weihnachten befassen zu müssen. Albin dachte über La Roque-sur-Pernes nach, über das Hotel Banatais und über das Château du Soleil, über Religion und Spiritualität und über Menschen aus dem Banat, das in Rumänien lag, sowie darüber, dass der Mörder von Stéphanie Kaufmann offensichtlich ein Rumäne war – wobei der Name Dr. Ion Lazar ebenfalls ziemlich rumänisch klang.

Albin wog die nächsten Schritte ab und machte sich einen Plan. Zunächst würde er mit Arnoux reden, dem Weinhändler, um aus erster Hand zu erfahren, wie er den Erhängten aufgefunden hatte. Er würde sich nochmals genauer über dieses Banat erkundigen und über Verstümmelungen mit religiösem Hintergrund. Außerdem würde er Erkundigungen über diesen Dr. Ion Lazar einholen – und sich schließlich das Château noch einmal genauer ansehen, wie er es ohnehin geplant hatte.

Denn Albin wurde einfach das Gefühl nicht los, das in La Roque-sur-Pernes etwas nicht stimmte und sich in dem Mord an Stéphanie Bahn gebrochen hatte. Verschmähte Liebe als Motiv hin oder her, dachte Albin – sein Instinkt sagte ihm: Es steckte mehr dahinter.

32

Wenn du nicht mehr weiterweißt, dachte Albin und stieg aus dem Wagen aus, dann gehst du in die Bibliothek. Und wenn du absolut nicht mehr weiterweißt und verstehen willst, was in den Köpfen der Leute los ist, dann gehst du mittags ins Café Le Siècle am Place Charles de Gaulle in Carpentras, direkt gegenüber der Kathedrale und dem Justizpalast. Denn in diesem Café saß für gewöhnlich jeden Mittag Fernand Foucher und aß einen Salat oder die »Plat du Jour«, das Tagesgericht. Foucher war Psychologe und im Ruhestand. Er musste inzwischen an die achtzig Jahre alt sein.

Soweit Albin wusste, lebte er allein, weswegen er gern die Gesellschaft anderer Menschen suchte und außerdem lieber auf das Kochen verzichtete. Albin kannte ihn seit geraumer Zeit. Er hatte ihm einmal mit einer inoffiziellen Expertise geholfen, als Albin einen Kindermörder gejagt hatte – ein geradezu traumatischer Fall. Foucher war zwar kein Fachmann für forensische Psychiatrie, hatte aber einige Zeit in einer Klinik als Chefarzt gearbeitet, bevor er genug davon hatte und sich mit einer eigenen Praxis selbständig machte.

Weil die Staatsanwaltschaft in der Zeit vor Luc Bonnieux noch reichlich »alte Schule« gewesen war und wenig von neumodischen Dingen wie Täterprofilen und operativer

Fallanlayse gehalten hatte, war Albin privat zu Foucher gegangen und hatte sich dort Rat über die Gedankenwelt eines pädophilen psychopathischen Narzissten geholt – und auf diese Weise den Drecksack am Ende auch gefasst.

Albin stopfte die Hände in die Jackentaschen und ging auf das Café zu. Die gesamte Innenstadt war weihnachtlich dekoriert. Es gab Girlanden aus Tannenzweigen, mit Kugeln geschmückte Weihnachtsbäume sowie eine über die Straßen gespannte Beleuchtung mit adventlichen Motiven. Überall standen kleine Buden herum, die zum Weihnachtsmarkt gehörten – davon gab es überall einen, sowohl in den kleineren Orten, als auch in den größeren Städten. In Avignon zum Beispiel war der gesamte Platz vor dem Papstpalast in einen Weihnachtsmarkt verwandelt worden, in Aix-en-Provence der Cours Mirabeau.

Albin bewegte sich zwischen kreuz und quer parkenden Transportern von Paketdiensten hindurch und wich gehetzten Menschen aus, die große Plastiktüten mit sich trugen, in denen ohne Zweifel jede Menge Geschenke steckten. Er blickte etwas verstört auf den Brunnen, der mit übergroßen Zuckerstangen und Lollis dekoriert war. Außerdem sah er eine kleine Eisbahn, auf der Kinder Schlittschuh liefen. Sogar ein kleiner Abhang mit Kunstschnee war dort aufgeschüttet. Schließlich erkannte er die dunkelgrüne Markise des Cafés, das zwischen einer Bar Tabac und einem Kindermodengeschäft lag. Die Kirchturmuhr schlug gerade ein Uhr Mittag, und zwar ohrenbetäubend laut, denn die Kathedrale befand sich keine zehn Meter von Albin entfernt.

Er betrat das Café und zog automatisch den Reißverschluss seiner Jacke auf, denn hier drin war es äußerst warm – sogar so warm, dass das Thekenpersonal in kurzärmeligen Hemden arbeiten konnte. Außerdem war jeder Platz besetzt. Kein Wunder, es war Mittagszeit. Es roch nach Essen und Kaffee. Weihnachtliche Girlanden hingen an der Wand, in den Regalen standen kleine Weihnachtsbäume. Die Klangkulisse von durcheinanderredenden Menschen und dem Geklapper von Tellern und Tassen war ohrenbetäubend – doch leider nicht laut genug, um die Melodie von »Last Christmas« in einer Rap-Version zu verdecken, die aus den Boxen klang.

In der hinteren Ecke machte Albin an der Theke einen kleinen Mann aus, der wie ein alter Geier über einem Teller gebeugt saß, ein Sandwich verspeiste und etwas zu lesen schien. Seine Haare waren so grau wie seine Haut und sein Anzug. Er trug eine überdimensionale schwarze Hornbrille, die in seinem schmalen, faltigen Gesicht merkwürdig deplatziert aussah, aber Foucher eine gewisse künstlerische Note verlieh.

Albin zog seine Jacke aus und drängte sich an den Tischen vorbei zu Foucher, der aufblickte und Albin für einen Moment durchdringend ansah. Die Brillengläser schienen seine Augen auf unnatürliche Art und Weise zu vergrößern. Außerdem machte ihm die Hitze offenbar nichts aus: Unter seinem Sakko aus dickem Stoff trug er einen Pullover und ein hellblaues Hemd. Ein bordeauxroter Schal hing um seinen Hals.

Foucher schien Albins Gesicht einzusortieren. Dann machte es klick.

»Leclerc«, sagte Foucher mit rauer Stimme, tupfte sich mit einer Papierserviette etwas Remoulade vom Mundwinkel, faltete sie zusammen und wischte damit über das Display des Tablets, das vor ihm auf dem Tisch lag und die Seite von »Le Monde« geöffnet hatte. Auf den Bildschirm war ebenfalls etwas Soße getropft. Beachtlich, dachte Albin. Nicht die Remoulade, sondern die Tatsache, dass Foucher die Nachrichten online las. Albin hätte ihn eher für einen Nostalgiker gehalten, der auf Printmedien setzte.

»Leibhaftig«, erwiderte Albin und ergriff Fouchers sehnige Hand zum Gruß. Man konnte jeden einzelnen Knochen unter der pergamentartigen, mit Altersflecken gesprenkelten Haut spüren.

»Sie gehen fremd«, sagte Foucher. »Sie sind doch sonst immer im Café du Midi?«

»Das wissen Sie?«

»Jeder weiß, dass Leclerc im Midi ist. Sitzt im Sommer draußen unter den Platanen wie eine Spinne in ihrem Netz. Kann es einfach nicht sein lassen.« Foucher grinste breit. Seine Zähne waren vom Rotwein und dem Alter verfärbt.

»Ich frage besser nicht, was der Psychologe Foucher dazu sagt.«

Foucher lachte und ließ Albins Hand los. »Vermutlich«, merkte er an, »würde er nur das bestätigen, was Ihnen ohnehin schon klar ist.«

»Ich nehme es an. Und jeder weiß außerdem, wo man Foucher trifft, wenn man ihn sucht.«

Foucher betrachtete Albin, amüsiert und erfreut zugleich, jedenfalls wirkte er so. Er hob das Kinn etwas an und schob die leicht verrutschte Brille zurück auf den Nasenrücken. »Tut man das?«

Albin nickte.

»Sie haben ein … Problem?«

Albin machte eine abschätzende Geste mit der Hand.

»Hat mit einem Fall zu tun?«

»Ich darf nicht darüber sprechen.«

Jetzt schien Fouchers Interesse erst recht geweckt zu sein. Er bot Albin den Barhocker neben sich an. Albin nahm Platz, bestellte bei einem der kurzärmligen Kellner einen Kaffee und wandte sich dann zu Foucher.

»Erzählen Sie«, forderte der ihn auf.

»Rituelle Verstümmelungen«, sagte Albin. »Amputierte Geschlechtsorgane, primäre und sekundäre. Geißelung. Religiöser Wahn. Eventuell Nekrophilie – die Vermählung mit einer Toten.«

»Teufel!«, rief Foucher und schlug mit der flachen Hand auf den Tresen. »Das klingt verflucht interessant, mein Lieber!«

Albin krempelte sich die Ärmel auf. Er schwitzte.

»Kann ich mehr erfahren?«, fragte Foucher.

»Ein genitalverstümmelter Täter, der sich geißelt oder sich peitschen lässt. Ein Opfer, das der Täter post mortem ähnlich verstümmelt wie sich selbst und ihm ein Brautkleid anzieht.«

»Männlich oder weiblich?«

»Das Opfer weiblich, der Täter männlich.«

»Bestimmter religiöser Hintergrund? Etwas Afrikanisches womöglich?«

»Beide weiß, vermutlich katholisch. Der Täter stammt aus Osteuropa.«

»Woher genau?«

»Rumänien.«

»Er hat keinen Sex mit der Braut gehabt, richtig?«

»Dafür gibt es keine Belege. Außerdem: Wie sollte er? Er hatte keinen … Sie wissen schon.«

»Und sie später auch nicht mehr, korrekt?«

»Nein, das Opfer ebenfalls nicht mehr.«

»Darum geht es, Leclerc. Keuschheit.«

Foucher betrachtete Albin erneut durchdringend, dann schnappte er sich sein iPad und tippte darauf herum.

»Großartige Erfindung«, sagte er, »dieses Internet und diese Tabletcomputer. Ich komme immer her, weil ich hier kostenloses W-Lan habe. Zu Hause müsste ich ja teures Geld bezahlen. Kommt nicht in Frage, das braucht man heute nicht mehr.«

»Ich sehe Sie immer noch in ihrem Arbeitszimmer sitzen, umgeben von lauter Bücherregalen«, sagte Albin.

Mit der freien Hand winkte Foucher ab. »Man muss mit der Zeit gehen, Leclerc, und die richtigen Mittel in der richtigen Dosis anwenden. Für manches sind Bücher gut. Für anderes ist das Internet besser. Es hat keinen Zweck, auf der Stelle zu treten, verstehen Sie? Alles ist im Fluss. Nicht alles daran ist gut. Vieles aber schon. Ich kann hier sitzen und mir die Welt an die Theke holen, mit allen kommunizieren. Fabelhaft ist das. Ihre Geschichte über diesen Mörder hingegen … Das ist sehr radikal«, sagte Foucher. »Rituelle Beschneidungen kennen wir aus unterschiedlichen Kulturkreisen. Aber dieser Fall geht weit darüber hinaus. Ist der Täter in der Vergangenheit psychiatrisch aufgefallen?«

»Nicht, soweit wir wissen«, antwortete Albin.

»Mutwillige Beschädigung des eigenen Körpers kann mit schweren Krankheiten zu tun haben, mit Spannungsabbau, Bestrafung. Auch damit, dass man sich im falschen Körper fühlt. Oder mit Lustgewinn. Aber die Geschlechtsorgane … sowohl die männlichen als auch die weiblichen …«

»Ein Lustmörder, der etwas kompensieren will? Den eigenen Verlust?«

Foucher ging auf Albins Bemerkung nicht ein. Er sagte: »In der Antike und der früheren Neuzeit gab es Eunuchen, davon haben Sie fraglos gehört. Das hatte teils rein praktische Gründe. Diese Leute sollten in Harems keine Gefahr darstellen. Bei den alten Römern und Griechen galt es als schick, sich Eunuchen als Sklaven zu halten. Teils hatte das Eunuchsein religiöse Hintergründe. Quer durch die Epochen und Länder gab es diverse Kulte, in denen sich Jünglinge, die Priester werden wollten, rituell entmannten. In Indien gab und gibt es das ebenfalls – das dritte Geschlecht, die Hijras. Das hat in dem Fall aber nichts mit Religion zu tun. Und sie kennen die Kastratenchöre – die Entmannung für die Kunst, um eine hohe Stimme zu behalten.«

Foucher wendete sich wieder Albin zu. Er betrachtete ihn mit seinen riesigen Eulenaugen erneut nachdenklich.

Schließlich erklärte er: »In der Psychiatrie kennen wir das ›Skoptische Syndrom‹. Schon mal gehört?«

»Nein, noch nie«, sagte Albin.

»Ich habe es eben erwähnt: Es gibt zwanghafte Störungen, die mit Genitalverstümmelungen einhergehen. Leclerc, Sie sagten etwas von Rumänien.«

»Ja.«

»Die Sekte der Skopzen. Daher leitet sich der Name des Syndroms ab. Ist ein ultrareligiöser Geheimbund aus Russland, entstand so Mitte des 18. Jahrhunderts aus den Flagellantensekten.«

Geißelung, dachte Albin. Die Striemen auf dem Rücken des Toten.

Während Foucher weiterredete, schob er Albin sein Tablet hin. Er sah Bilder von Männern ohne Penisse, von Frauen ohne Brüste. »Die Skopzen propagierten vollkommene Enthaltsamkeit. Geschlechtsverkehr war verboten, und zwar in Berufung auf Adam und Eva und das Böse, das erst durch die Sexualität in die Welt gekommen sein sollte. Um den Geschlechtsverkehr zu verhindern und jeden Reiz auszuschalten, haben sie sich verstümmelt. Ist mir ein Rätsel, wie sie sich dann fortgepflanzt haben. Aber irgendwie ging es wohl. Viele sind dann vor der Verfolgung nach Rumänien emigriert. Sie erwarteten die Wiederkehr ihres Sektengründers als Messias. Nach der Offenbarung des Johannes in der Bibel bedarf es hundertvierundvierzigtausend Geschlechtsloser dazu, weswegen die Sekte eifrig missionierte. So viele Menschen dieser Art bekommt man nicht an jeder Straßenecke. Die Skopzen kamen immerhin auf ein paar tausend Mitglieder. Es gibt die Sekte bis heute, allerdings ohne Verstümmelungen.« Foucher tippte mit dem Fingernagel auf das Display. »Steht alles im Internet, Leclerc. Man muss nur wissen, wo man es findet. Ist ein Segen, diese Erfindung.«

Die Hochzeit, dachte Albin. Die Braut. Wie sie hergerichtet war. Die Amputationen. Der Täter, der das Opfer zu seinesgleichen machen wollte.

»Sie meinen …«, brummte Albin und kratzte sich das Kinn.

»Gar nichts meine ich«, sagte Foucher. »Die Schlüsse müssen Sie ziehen, Leclerc. Aber ein Täter aus Rumänien mit entfernten Geschlechtsorganen, der diese seiner Braut ebenfalls entfernt und sich zudem offensichtlich gegeißelt hat, aber bislang nicht psychiatrisch in Erscheinung trat, weil alles, an dem er leidet, religiöser Irrsinn ist …«

»Ja«, sagte Albin. »Vielleicht war er ein solcher Skopze. Und gleichzeitig irre.«

»Irre sein ist immer eine Frage der Perspektive«, sagte Foucher. »Aus der Sicht ihres Täters waren wir vielleicht die Verrückten.«

»Ja. Für ihn war religiöser Wahn eher normal.«

»Zu viel des Guten, Leclerc, ist immer schlecht. Egal, um was es sich handelt. Essen Sie zu viele Calissons, wird Ihnen schlecht. Trinken Sie zu viel, werden Sie krank. Vertiefen Sie sich zu sehr in Ihre Abgründe, drehen Sie durch. Na ja, und mit der Religion ist es nicht anders. Nichts«, ergänzte Foucher und klopfte Albin auf die Schulter, »mein Lieber, geht über einen ordentlichen Durchschnitt.«

33

Dr. Ion Lazar saß an seinem Schreibtisch, schüttelte leicht den Kopf und machte eine kraftlose Geste mit den Händen. Er sagte: »Ich bin traurig, tief betroffen. Entsetzt, schockiert.«

»Und Sie hatten keine Ahnung? Er hat sich niemandem offenbart? Keiner hat gespürt, dass er ein Auge auf Stéphanie geworfen hatte?«, fragte die junge Polizistin, die sich als Castel vorgestellt hatte. Neben ihr saß ein anderer Polizist namens Theroux.

»Keiner«, sagte Lazar. »Es war absolut nicht zu spüren, dass er ein Auge auf die junge Frau geworfen hatte, die hier wöchentlich ein und aus ging. Das Château ist ein Ort des Friedens, wissen Sie? Ein Ort der Einkehr, der Stille. Dass so etwas hier passieren kann, dass ich einem ...«, Lazar schien um Worte zu ringen, »... einem Monster Obdach gab, einem Mörder – es ist fürchterlich.«

Gewissermaßen war das nicht gelogen. Lazar fand tatsächlich fürchterlich, was Florin getan hatte. Einerseits war es wirklich abscheulich – diese Brautgeschichte und alles andere. Hätte er doch einfach nur getan, was er tun sollte!

Und genau deswegen fand Lazar es andererseits schrecklich, denn es brachte alles in größte Gefahr. Jetzt war bereits das zweite Mal die Polizei im Haus und durchsuchte sogar Florins Zimmer, das Lazar ihnen eben aufgeschlossen hatte. Natürlich – damit war absolut zu rechnen gewesen, nachdem Lazar Florin zum Transit in die höhere Ebene angeregt und ihm den Abschiedsbrief diktiert hatte. Vollkommen klar, dass deswegen die Polizei nochmals anrücken würde, nachdem sie die Leiche und das Schreiben gefunden hatte. Aber ein für Lazar kalkulierbares Risiko.

Er hatte innerhalb von kürzester Zeit einen Notfallplan erarbeiten müssen und entschieden, dass es besser war, wenn Florin nicht mehr lebte. Denn wäre die Polizei von sich aus auf ihn gestoßen, hätte ihn verhaftet und dann befragt: Gott bewahre! Florin war ein sehr einfacher Mensch, außerdem ein sehr loyaler und ehrlicher. Lügen hielt er für eine Sünde. Sicher, für Lazar hatte Florin mit der Ehrlichkeit immer wieder Ausnahmen gemacht, aber: nicht auszudenken, was er womöglich alles hätte ausplappern können. Also besser das kalkulierbare Risiko wählen, hatte Lazar entschieden – und letzte Nacht noch Florins Zimmer unter die Lupe genommen, um sicherzugehen, dass die Polizei nichts finden würde, das die heilige Sache in Gefahr bringen könnte.

Er ging davon aus, dass mit den heutigen Befragungen und der Zimmerdurchsuchung die Ermittlungen im Château erledigt wären. Damit konnte man leben. Und der Schaden war behoben – sowohl der, den Florin angerichtet hatte, als auch der, für den Stéphanie Kaufmann verantwortlich war, die in den Gewölben des Châteaus etwas gesehen hatte, das sie niemals hätte sehen dürfen: Dr. Ion Lazars Lebenswerk.

»Seit wann genau lebte er im Château?«, fragte Castel und machte sich Notizen.

»Wir sind vor rund dreißig Jahren zusammen aus Rumänien emigriert«, erklärte Lazar. »Wir sind geflüchtet, als in dem Land alles den Bach runterging.«

»Und Ihre Familien?«

»Wir hatten keine. Ich nicht, und Florins Familie hat ihn verstoßen. Ich habe ihn gewissermaßen adoptiert.«

»Gewissermaßen?«, fragte der Polizist namens Theroux.

»Ja. Er gehörte zu einer streng christlichen Sekte, wollte sie aber verlassen. Nur ging das nicht so einfach – denn dann hätte er seine Familie ebenfalls verlassen müssen. Es hat ihn zerrissen, und er begab sich in meine Behandlung.«

»Behandlung?«, fragte der Polizist.

»Ich hatte eine psychologische Praxis. Ich habe in klinischer Psychologie promoviert.«

»Diese Sekte«, fragte Castel. »Was genau war das für eine Sekte?«

»Sie kennen die Skopzen?«, fragte Lazar, erntete von beiden Polizisten aber nur Achselzucken und Kopfschütteln.

Dann erklärte er, was es mit den Skopzen auf sich hatte – zumal er nicht daran zweifelte, dass der Polizei bei der Obduktion von Florin aufgefallen war, was mit ihm los war. Er erzählte nicht, dass es nur die halbe Wahrheit war, dass Florin diese ultrachristliche Sekte verlassen wollte. Vielmehr …

Vielmehr verhielt es sich so, dass Dr. Ion Lazar diese Sekte und einige ihrer Mitglieder aus bestimmten Gründen untersuchte und beobachtete und absolut hingerissen war von der Intensität und Tiefe ihres Glaubens. Die vollkommen bedingungslose Treue gegenüber den Geboten der Gruppe, die so weit ging, dass man sich Körperteile willentlich abschneiden ließ – das war faszinierend.

Lazar wollte ergründen, wie das funktionierte. Er war sich sicher: Wenn man diese Mechanismen begriff und lernte, sie anzuwenden, dann hielt man eine unfassbare Macht in seinen Händen. Und genau darum ging es Lazar: das Ergründen der Macht. Zu rein persönlichen Zwecken.

Seine professionellen Gründe waren andere. Er handelte im Regierungsauftrag. Diverse religiöse Gemeinschaften waren im Untergrund aktiv und agitierten gegen die Regierung von Nicolae Ceauşescu. Sobald diese aufgespürt waren, ging es darum, den Leuten irgendwelche psychischen Störungen zu attestieren, um sie aus dem Verkehr ziehen zu können, in Anstalten mit Drogen vollzupumpen, zu verhaften oder bei besonderer Dringlichkeit erschießen zu lassen. Für die formellen Dinge, die Gerichte und eventuelle spätere Überprüfungen durch internationale Gerichtshöfe, brauchte es unbedingt psychiatrische Gutachten als Grundlage, um legitimieren zu können, dass das alles seine Ordnung hatte.

Und im Verlauf dieser Analysen, dieser Forschungen, hatte Dr. Lazar Florin sozusagen als sein privates Untersuchungsobjekt angesehen, als eine Art menschliche Laborratte, und später als vertrauten und ergebenen Assistenten.

Als dann in Rumänien alles zusammenbrach und Staatsführer Nicolae Ceauşescu samt Frau erschossen wurde, wollte Lazar Florin nicht zurücklassen. Ja, das war erstaunlich, aber man musste sagen: Er hatte es nicht übers Herz gebracht und abgesehen davon auch niemals bereut, Florin mitgenommen zu haben. Florin hatte einen Intelligenzquotienten von unter achtzig und hätte sich niemals in dem Chaos des untergehenden Ostblocks zurechtgefunden. Bleiben war also keine Option gewesen – erst recht nicht für Lazar, denn dann wäre er in null Komma nichts verhaftet, gefoltert oder erschossen worden – oder alles gleichzeitig. Denn es war ja nicht so, dass diese Gutachten das Einzige waren, was man Lazar zur Last legen konnte …

Allerdings hatte Lazar es am Ende nun doch bereut mit Florin. Der kleine Teufel hatte seine verrückte Begierde nach dem Mädchen aus dem Dorf wahrhaftig perfekt vor Lazar versteckt. Hätte er nur das Geringste geahnt – er hätte doch niemals Florin beauftragt, sie umzubringen – die Frau, in die er verliebt war! Lazar mochte ja vieles sein, aber er war kein Unmensch oder Sadist.

»Ja«, schloss er schließlich. »Das also hat es mit den Skopzen auf sich, von denen Florin einer war.«

»Oh Gott«, sagte Theroux und rutschte unruhig auf seinem Stuhl hin und her, fasste sich abwesend in den Schritt und schlug die Beine übereinander.

»Mit Gott hatte es sehr viel zu tun, ja«, bestätigte Lazar mit einem milden Lächeln.

Lazar spürte den Blick von Castel auf sich. Sie betrachtete ihn eine Weile. Lazar kannte diese Art von Blick. Sie versuchte, in ihn hineinzuschauen, ihn zu durchdringen. Ihm war klar, dass sie noch offene Fragen hatte. Hätte man es nicht trotzdem kommen sehen müssen? Hätte Florin nicht in eine Therapie gehört? Was für ein Psychiater war Dr. Lazar eigentlich? Erzählten alle im Haus die Wahrheit, wenn sie sagten, dass sie von nichts eine Ahnung gehabt hätten? Waren schon einmal ähnliche Dinge vorgefallen?

Ja, Fragen über Fragen, kleine Polizistin, ich sehe es dir an, dachte Lazar. *Und du hast nicht die geringste Ahnung, womit du es hier wirklich zu tun hast. Daher, kleine Polizistin, hast du keine andere Wahl, als deine Leute zusam-*

menzutrommeln und von hier zu verschwinden. Du hast den Mörder gefunden, du hast ein Geständnis von ihm auf Papier und sein Motiv, du hast Belege darüber, dass er ein religiöser Fanatiker war, bei dem sich am Ende der in seiner Kindheit und Jugend implantierte Wahn dann doch Bahn gebrochen hat. Eine runde Sache für dich, kleine Polizistin, und mehr wirst du nicht herausfinden. Über mich erst recht nicht, nein, du hast keine Ahnung, wer dir hier gegenübersitzt. Du spürst etwas, das merke ich. Zweifel. Aber lass es besser bleiben, es führt zu nichts, verschaff dir einen möglichst guten Abgang, schüchtere mich etwas ein und zieh Leine mit deinen belanglosen Hunden. Ich kann euch hier nicht gebrauchen, ihr habt genug geschnüffelt. Sobald ihr fort seid, gibt es hier jede Menge Arbeit. Es steht Großes bevor, und darauf muss ich die Chevaliers, die Erzengel und mich vorbereiten. Also los, kleine Polizistin, lass es gut sein, kläff einmal laut – und dann verpiss dich.

»Gut«, sagte Castel schließlich und stand auf. Der Polizist Theroux tat es ihr gleich. »Vielen Dank bis hierhin, Dr. Lazar. Wir werden uns noch einmal bei Ihnen melden, falls sich uns weitere Fragen über Florin stellen.« Sie machte eine kurze Pause. »Und das wird sicherlich passieren.«

»Melden Sie sich gerne jederzeit«, erwiderte Lazar, stand auf und reichte Castel die Hand zum Abschied. Sie ließ ihn stehen, drehte sich einfach um und ging zusammen mit Theroux zur Tür.

Lazar lächelte milde. *Siehst du*, dachte er, *das war dein Moment, kleine Polizistin. Ich habe ihn kommen sehen, und du hast es gut gemacht.*

»Mademoiselle!«, rief er ihr hinterher.

Sie und Theroux blieben stehen, den Türgriff bereits in der Hand, und wandten sich um.

Dr. Ion Lazar lächelte freundlich und verschränkte die Hände vor dem Bauch. Er sagte: »Ich wünsche Ihnen von Herzen fröhliche Weihnachten.«

Castel und Theroux nickten nur. Dann verschwanden sie.

34

Albin zog einen Stuhl heran – einen, auf dem sonst Personen saßen, die vernommen wurden. Dann setzte er sich und starrte weiter auf den Bildschirm, trank Kaffee aus einem Pappbecher und ignorierte die Seitenblicke von Zahir. Es gefiel ihm augenscheinlich nicht, dass Albin ihm so dicht auf die Pelle rückte, während er die Finger über die Tasten fliegen ließ und mit der Maus klickte. Aber Albin war das vollkommen gleichgültig. Er musste so nah am Bildschirm sitzen, weil er die verfluchte Schrift sonst nicht lesen konnte. Er sollte sich wirklich endlich eine Brille zulegen. Wäre doch ein guter Vorsatz für das neue Jahr, dachte er, hob dann eine Hand und tippte mit dem Zeigefinger gegen das Bildschirmdisplay.

»He«, sagte Zahir, als sei sein Bildschirm sein Allerheiligstes.

»Hier«, sagte Albin. »Danach suche ich. Lesen Sie mal vor.«

»Da gibt es nicht viel zu lesen, Leclerc. Das sind digitalisierte Dokumente über Dr. Ion Lazar aus Temeswar, der nach Frankreich mit Asylantrag eingereist ist und …«

»Und?«

»Moment.«

»Warum?«

Zahir blickte Albin scharf an. »Moment sage ich.«

»Ja.«

»Moment heißt Moment!«

»Gut.«

»Ich bin nicht ihre Sekretärin, Leclerc!«

Albin machte eine kreisende Bewegung mit der Hand. »Können wir jetzt fortfahren?«

Zahir blickte wieder zum Bildschirm. »Etwas ist beachtlich«, sagte er.

»Und was?«

»Einige Informationen sind geblockt. Innenministerium. Er hat einen Marker.«

»Marker?«

»Er hat einen Vermerk. Man muss die Freigabe der Informationen autorisieren lassen. Das heißt, dass es sich um einen Diplomaten oder einen Geheimnisträger handelt oder um eine unter Schutz stehende Person.«

»Ach.« Albin setzte sich aufrecht hin, führte den Pappbecher zum Mund und trank etwas Kaffee.

»Sie sollten eine Tasse verwenden.«

»Was?«

»Eine Tasse. Pappbecher verursachen sehr viel Müll und haben eine ganz schlechte CO_2-Bilanz. Für die Herstellung von Pappbechern werden ganze Wälder gerodet, mit Schiffen über Ozeane transportiert, dann der Abfall wiederum …«

»Könnten wir mit dem Marker weitermachen?«

»Nein, weil wir nicht weiterkommen. Ich brauche erst eine Freigabe.«

»Dann holen Sie sich eine.«

Zahir lachte. »Das geht nicht einfach so. Dazu braucht man Papierkram. Anträge «

Albin betrachtete Zahir eine Weile. Dachte nach.

»Was ist?«, fragte Zahir.

Albin betrachtete ihn immer noch. Dann beugte er sich nach vorn, nahm einen Kugelschreiber und notierte eine Nummer auf Zahirs Schreibtischunterlage.

Er sagte: »Rufen Sie da mal an.«

»Das ist in Paris?«

»Rufen Sie da mal an«, wiederholte Albin. »Es wird sich René Gaultier melden, falls er dort noch arbeitet. Grüßen Sie ihn von mir. Sagen Sie, dass ich gerade neben Ihnen sitze.«

»Leclerc, noch mal: Ich bin nicht Ihre Sekretärin.«

»Nein, aber Sie sind der Bursche, der hier seit neuestem die gesamte interne Recherche auf der Agenda hat und das Internet so selbstverständlich bedient wie andere Leute ihren Kaffeeautomaten.«

»Ja.«

»Sie sind der Dienststellen-Nerd.«

Zahir lachte. »Sagt man das so?«

Albin nickte. »Und wenn ich Sie um ein paar Dinge bitte, dann nicht, weil Sie meine Sekretärin sind, sondern deswegen, weil ich mich mit dem Mist nicht auskenne. Jetzt rufen Sie da an. Grüßen Sie Gaultier. Richten Sie ihm von mir aus, dass Paris Saint-Germain ohne Neymar nur ein drittklassiger Zweitligaclub ist.«

Zahir schmunzelte. Dann griff er zum Telefon und wählte die Pariser Nummer. Einen Moment später nahm am anderen Ende jemand ab.

Albin wusste, dass es ein Apparat im Innenministerium in Paris war. Er sah den Schreibtisch vor sich, Gaultier dahinter, der sich umständlich vorbeugen musste, weil er vermutlich mit dem Bauch an die Tischkante stieß. Er war nie einer von der schlanken Sorte gewesen. Zahir sagte, wer er war, grüßte von Albin und richtete die Sache mit Neymar aus, wandte sich dann zu Albin und sagte: »Ich soll ausrichten, dass Monsieur Gaultier nur aus Respekt vor Ihrem hohen Alter nicht durch die Telefonleitung geschossen kommt, um Sie übers Knie zu legen.«

Albin lachte laut auf. Er sagte. »Erklären Sie Gaultier das Problem mit dem Marker.«

Zahir nickte, erklärte es, schilderte auch, worum es in Bezug auf Lazar ging und dass er der Arbeitgeber eines inzwischen verstorbenen Mörders sei, der an seiner Seite aus Rumänien gekommen war. Er ergänzte, dass deswegen einige Recherchen erforderlich seien, aber die Akte von Dr. Ion Lazar durch das Innenministerium geblockt werde. Schließlich nickte Zahir, bedankte sich und legte auf.

Er sagte zu Albin: »Das ging jetzt aber schnell. Er hat gesagt, dass der Marker schon alt sei. Er hat die Personendaten freigeschaltet, und wir sollen den Schriftkram im Anschluss hinterherschicken.«

»Perfekt«, sagte Albin.

Einen Moment später probierte Zahir es noch einmal – und sagte »Bingo«, denn die Akte war nicht länger blockiert.

»Wer hatte die Akte denn blockiert?«, fragte Albin.

»Der Geheimdienst«, antwortete Zahir.

»Oh?«

»Ja, noch in den Neunzigern. Scheint so, als hätte dieser Dr. Ion Lazar eventuell ein Angebot bekommen, im Austausch gegen Asyl. Er kam ja aus dem Ostblock.«

»Was soll er denn zu bieten gehabt haben?«

»Informationen? Namen?« Zahir scrollte in atemberaubendem Tempo durch Bilder und Dokumente. Albin konnte kaum mit den Blicken folgen.

»Oh«, machte Zahir dann.

»Was denn?«

»Hier.«

Er stoppte das Blättern. Albin sah ein Dokument in kyrillischer Schrift mit französischen Anmerkungen und einem Foto, das einen sehr viel jüngeren Lazar zeigte.

»Der Mann«, erklärte Zahir, »war nicht nur promovierter forensischer Psychologe. Er war außerdem Offizier beim Militär und hat an einer Militärhochschule studiert. Beschäftigt war er aber nicht bei der Armee, sondern zuletzt angestellt beim Ministerium für innere Sicherheit. Er war Major bei der Securitate, dem rumänischen Geheimdienst.«

»Ach«, machte Albin und rutschte auf dem Stuhl herum. »Ach was?«

35

Lazar stand in seinem Büro, die Hände in den Hosentaschen vergraben, und betrachtete die gerahmten Diplome an der Wand. Erinnerungen an eine längst verblichene Zeit. Wie sagte man? Lass die Schatten der Vergangenheit hinter dir und strecke das Gesicht der Sonne entgegen.

Wobei: Allzu »schattig« war die Vergangenheit nicht gewesen, das konnte man nicht behaupten. Lazar hatte eine ziemlich gute Zeit gehabt, als die Welt noch in Ordnung gewesen war, damals im Rumänien vor dem großen Zusammenbruch des Ostblocks. Militär, Staat und Geheimdienst hatten Lazar ein angenehmes Leben ermöglicht und seine Ausbildung finanziert – die beste, die man seinerzeit bekommen konnte. Außerdem hatte ihm die Regierung während seiner Dienstzeit Forschungen ermöglicht, zum Beispiel, was die Sekte der Skopzen anging. Lazar hatten die Mechanismen fasziniert, die Menschen zu einem so tiefen Glauben brachten, dass sie sich bereitwillig selbst amputierten. Ja, er hatte sich sehr intensiv damit befasst – auch mit dem Massenselbstmord der Sekte von Jim Jones im Dschungel von Guyana, wo sich fast tausend Menschen das Leben genommen hatten.

Lazar war von dieser Hingabe begeistert gewesen und außerdem sicher, dass man daraus ein brauchbares Instrumentarium entwickeln konnte. Es war ja hinlänglich bekannt, dass man Menschen mit der klassischen Gehirnwäsche unter Einwirkung von Medikamenten und Drogen umprogrammieren oder mit Gewalt und Druck dazu bringen konnte, so zu funktionieren, wie es erforderlich war. Nach Lazars Meinung war das wenig elegant und nicht allzu nachhaltig. Erheblich wirksamer und eleganter wäre es doch, Menschen dazu zu bringen, dies freiwillig und mit Leidenschaft tun zu wollen. Das konnte man einerseits mit jahrelanger Indoktrination und staatlichem Druck erreichen, was ja in seinem Heimatland auch sehr erfolgreich funktioniert hatte.

Aber das andere Modell war nach Lazars Einschätzung sehr viel erfolgreicher und außerdem in kürzerer Zeit zu erreichen. Die Angehörigen von Sekten erlangten den Status der höchsten leidenschaftlichen Hingabe manchmal sogar innerhalb nur eines Jahres. Natürlich: Die meisten dieser Menschen waren ohnehin Suchende und viel empfänglicher für derartige Botschaften. Dennoch war Lazar der Auffassung, dass man mit seiner Methode sehr nachhaltige Erfolge erzielen könnte – zumindest, sobald sich aus seiner Forschung eine Methode entwickelt hatte.

Er hatte sie alle studiert, sämtliche Weltuntergangs- und Heilsversprechungssekten. Er hatte analysiert, wie Glauben funktionierte, und an vom Geheimdienst inhaftierten Studienobjekten geforscht. Tja, und dann, als er der Sache langsam näher kam, war alles zusammengebrochen, und er hatte fliehen müssen – zusammen mit Florin. Ein entfernter Cousin, der als Banater Schwabe nach dem Zweiten Weltkrieg mit seiner Familie nach Frankreich geflohen war, bot Lazar Unterschlupf an und half ihm beim Beantragen von politischem Asyl – Lazars Französisch war faktisch nicht vorhanden gewesen. Seinem Antrag wurde stattgegeben, im Austausch für diverse Informationen, nachdem die französische Regierung begriffen hatte, um wen es sich bei ihm handelte.

Der Geheimdienst interessierte sich für ihn, auch die Justiz. Diese Leute versuchten sogar, Lazar unter Druck zu setzen, und drohten damit, ihn wegen den Taten seiner Vergangenheit vor den Richter zu zerren. Kompletter Schwachsinn, denn sie hatten keine wirkliche Ahnung von dem, was er in Rumänien getan hatte. Und abgesehen davon war Druck gar nicht nötig, denn er hatte bereitwillig – im Gegenzug für politisches Asyl – alles erzählt, was man von ihm wissen wollte, und jeden Namen genannt, den er kannte.

Schließlich bekam er Asyl. Dann eine dauerhafte Aufenthaltserlaubnis. Mittlerweile hatte er sogar die französische Staatsbürgerschaft angenommen.

Er hatte zunächst als Psychotherapeut gearbeitet und eine kleine Praxis eröffnet. Einige Jahre lang hatte er relativ unauffällig gelebt – so lange, bis sich seiner Meinung nach das Auge der Behörden von ihm abgewandt hatte, anderen Zielen zu, die eher im Umfeld von Islamisten zu suchen waren. Schließlich hatte sich die Möglichkeit ergeben, das Château du Soleil zu erwerben.

Lazar war von der Geschichte des Hauses fasziniert gewesen – oder vielmehr von der Geschichte seiner Besitzer, die Mitglieder der Sonnentemplersekte gewesen waren und sich selbst das Leben genommen hatten.

Lazar war nicht mittellos nach Frankreich gekommen. Er hatte mitgenommen, was er in die Finger bekommen konnte – und das war in dem damals vollkommen leerstehenden militärischen Areal in Temeswar jede Menge gewesen. Ja, Lazar hatte nicht nur sein Erspartes und Bargeld aus den Securitate-Tresoren mitgenommen, sondern auch noch ein paar andere Dinge auf den Transporter geladen, mit dem er nach Frankreich gekommen war.

Das Anwesen hatte er jedoch für wenig Geld bekommen können. Einerseits interessierte sich niemand für Immobilien in einer gottverlassenen Gegend wie der rund um La Roque-sur-Pernes. Andererseits wollte auch niemand ein Haus kaufen, in dem verrückte Sektierer gehaust hatten, die sich dann auch noch umgebracht haben.

Schließlich hatte Lazar das Gebäude von den Erben erworben, um dort die Idee einer psychosomatischen Privatklinik umzusetzen. Bis er nach Frankreich gekommen war, hatte er keine Ahnung gehabt, wie viel Geld man damit verdienen konnte – im Kommunismus und Sozialismus hatte es keine Privatkliniken gegeben. Und als Lazar in verschiedenen Privatkliniken hospitiert hatte, um das französische Gesundheitssystem kennenzulernen, hatte er festgestellt: Diese Einrichtungen waren eine echte Goldgrube, das musste man schon sagen.

Nachdem dann seine Diplome offiziell anerkannt worden waren, legte er los und steckte sich für die Zukunft sehr hohe Ziele. Es dauerte Jahre, das Anwesen mit der Unterstützung von Florin herzurichten, und verschlang viel Geld, wozu Lazar ein paar Dinge aus alten rumänischen Militärbeständen hatte versilbern und dazu ein kleines Netzwerk aufbauen müssen: Panzerfäuste und Kalaschnikows wurde man schließlich nicht gerade auf dem Flohmarkt los. Währenddessen hatte sich Lazar in die

Geschichte und die Konzeption der Sonnentempler, der Geschichte der Templer insgesamt und der Neutempler vertieft, die ihn rundherum faszinierten – mit den Jahren so intensiv, dass er daraus seine eigene Theorie entwickelt hatte, seine persönliche Lehre und Weltsicht.

Die Idee von weisen Großmeistern als gesellschaftliche, geistige Führer hielt Lazar für sehr attraktiv – und zwingend erforderlich. Denn der Westen, das hatte er schnell begriffen, war nicht das, was man sich im Osten von ihm erhofft und versprochen hatte. Gewiss, der Westen war ein Land der unbegrenzten Möglichkeiten. Doch je mehr dieser Möglichkeiten man ergreifen wollte, desto mehr grenzte man sich ein. Es war merkwürdig. Merkwürdig und äußerst enttäuschend.

Umso enttäuschender, weil das, was als Europa funktionieren sollte, eben nicht funktionierte. Lazar hatte sich so etwas wie den Osten zu seinen besten Zeiten versprochen – alle Länder waren faktisch eins, behielten jedoch ihre jeweilige Identität. Aber auch das klappte nicht. Aus lauter Dummheit klappte das nicht. Ja, da war sich Lazar sicher. Dummheit.

Europa und der Westen waren großartige Versprechen, die nicht gehalten werden konnten. Niemand konnte daran etwas ändern. Zu vielfältige Stellschrauben und Parameter, die ineinandergriffen. Alles war viel zu komplex und unüberschaubar geworden, die Politik und die Gesellschaft waren hybrid und im permanenten Wandel.

Dabei waren die Chancen unermesslich. Man kam sich regelrecht vor wie ein Pawlow'scher Hund, dem man ein Filet Mignon vor die Nase hielt, der die Köstlichkeit aber niemals erreichen konnte und sich deswegen dauerhaft in Bewegung hielt, um dem Stück Fleisch hinterherzulaufen.

Aber Hunde mussten fressen. Das wusste jeder. Früher oder später, aber es war unausweichlich, denn sie waren, was sie waren: Carnivoren. Fleischfresser. Und es bedurfte nach Lazars Meinung eines Neustarts.

Nur konnte man nicht einfach so die Resettaste drücken. Nein, es war vielmehr ein Flächenbrand nötig, wie im Osten nach dem Fall des Eisernen Vorhangs, um Europa zu erneuern – unter spiritueller Führung, unter geistigem Geleitschutz, um künftigen Fehlentwicklungen vorzubeugen.

Geleitschutz hatte der Templerorden stets gegeben – Reisenden in alten Zeiten, und war die Welt heute nicht wieder voller Reisender? Menschen, die sprichwörtlich unterwegs waren, so wie Lazar selbst vor vielen Jahren, als er floh? Oder unterwegs, weil sie innerlich nach neuen Ufern suchten? Und diese Veränderung brachte doch stets mit sich, dass man Altes hinter sich ließ. Ein altes Leben, eine alte Welt.

Ja. Das war die einzige Möglichkeit, etwas zu verändern. Ein Umsturz. Tabula rasa. Und danach würde sich etwas verändern, so wie es hinter dem Eisernen Vorhang geschehen war. Gar keine Frage. Ein Systemwandel.

Und der stand kurz bevor, dachte Lazar, warf einen Blick auf die Uhr und verließ dann das Büro.

Es war Zeit, über genau dieses Thema mit den anderen zu sprechen. Und sich vorzubereiten. Auf das, was diese kleine Wäschefrau Stéphanie Kaufmann beinahe verhindert hätte. Denn sie hatte im Gewölbekeller des Châteaus nach einem bestimmten Bleichmittel gesucht – weiß der Teufel, wozu sie das brauchte. Sie sollte ja nur die Wäsche abholen und später dann sauber zurückbringen, so wie immer. Jedenfalls war sie dieses Mal in Bereichen des Châteaus gewesen, in denen sie nichts zu suchen hatte. Sie war dort auf etwas gestoßen, das sie niemals hätte sehen dürfen – und Florin, der ihr nachstellte, hatte es mitbekommen und umgehend Bericht erstattet.

Lazar war außer sich gewesen. Wie hatte die junge Frau in diesen Keller gelangen können? Er sollte doch stets abgeschlossen sein?

Florin hatte Lazar an die Freilandversuche erinnert, sozusagen die technischen Testläufe, und dazu war Material aus dem Keller verwendet worden. Ein paar Kühe waren auf den Feldern verendet und einige Vögel von den Bäumen gefallen, weswegen man sich im Ort Sorgen gemacht hatte. Aber diese Sorgen waren vom Tod der jungen Frau überschattet worden und in den Hintergrund getreten.

Die Testläufe hatten genau an dem Tag stattgefunden, an dem Stéphanie auf der Suche nach dem Bleichmittel in den Keller gelangt war. Was sie dort gesehen hatte – na ja, Lazar war sich nicht wirklich sicher, ob sie damit tatsächlich etwas anfangen konnte. Schließlich waren alle Aufschriften in kyrillischer Schrift, und es erschloss sich einem Laien nicht auf den ersten Blick, was sich in den Behältern und Kisten befand. Auch nicht auf den zweiten. Aber möglicherweise auf den dritten – oder wenn man darüber nachdachte, warum sich derlei Material in olivgrünen Behältern mit Warnaufklebern im Keller einer psychosomatischen Klinik befand – und vielleicht hätte sich Stéphanie eine der Aufschriften gemerkt oder sie mit dem Handy fotografiert, was nicht nachprüfbar war, ohne ihrer habhaft zu werden und ihr das Gerät zu entreißen.

Lazar hatte daher den Entschluss gefasst, komplett auf Nummer sicher zu gehen, und zwar sofort. Er durfte nicht so lange warten, bis Stéphanie am Ende der Woche mit der sauberen Wäsche zurückgekommen wäre. In der Zwischenzeit hätte sie auf dumme Ideen kommen und ihr Wissen weitergeben können: dass sie komische Dinge im Kellergewölbe vom Château gesehen hatte.

Nein, das war viel zu gefährlich. Weswegen er Florin beauftragt hatte, die Sache gleich zu erledigen.

Der Rest, dachte Lazar und knirschte auf den Zähnen, war Geschichte. Und beinahe genauso schiefgegangen wie die Sache mit der offenen Tür im Keller.

Er verließ das Büro, um in den Rittersaal zu gehen – im gefiel diese Bezeichnung. Und er dachte sich: Dieses Mal würde nichts schiefgehen. Dieses Mal würde alles perfekt laufen wie ein Schweizer Uhrwerk. Oder besser: So akkurat wie der Zeitzünder einer Bombe, die schon in Kürze explodieren und das Feuer der Erneuerung über den Kontinent treiben würde. Ach nein, dachte Lazar und lief die Treppenstufen hinab. Das stimmte nicht.

Eine simple Bombe war weitaus nicht so wirksam wie das, was in Lazars Keller lagerte und auf seinen Einsatz wartete.

Schon morgen.

36

Albin parkte den SUV unmittelbar vor dem Eingang von André Arnouxs Weinhandlung. Sie befand sich in einem alten Bauernhaus, das Arnoux vor vielen Jahren wieder auf Vordermann gebracht hatte. Im Sommer war die Fassade mit wildem Wein bewachsen. Drum herum lagen ausgedehnte Weinfelder, deren Rebstöcke heute jedoch kahl waren. Im Sommer waren sie dicht bewachsen mit dicken roten Trauben, die einen vorzüglichen Rotwein ergaben. Die Felder gehörten einem Nachbarn, wenngleich Arnoux auch dessen Wein vertrieb.

Albin hatte ihn vor einigen Jahren kennengelernt. Jemand war auf offener Straße mit einer Weinflasche erschlagen worden, die aus Arnouxs Sortiment stammte und ansonsten von keinem anderen Lieferanten in der Gegend vertrieben wurde.

Während der Ermittlungen hatten er und Arnoux sich bei einer spontanen Weinprobe locker angefreundet, und wenn Albin seinen Wein nicht im Supermarkt besorgte, dann kaufte er ihn immer bei Arnoux. Wie es die aktuelle Jahreszeit erforderte, musste Albin seine Weinvorräte für die Feiertage ohnehin aufstocken – und konnte bei Arnoux das Angenehme mit dem Nützlichen verbinden und ihn gleichzeitig zu dem Leichenfund an den Bories befragen.

Albin stellte den Motor aus. Er nahm das Handy und

ging, in Gedanken versunken, um das Auto herum und öffnete die Heckklappe, um Tyson herauszuheben. Aber da war gar kein Hund drin – verdammte Routine! An seiner Stelle türmten sich diverse Einkaufstüten im Laderaum, in dem sich jede Menge Legokartons befanden – mindestens im Gegenwert von einem Einfamilienhaus. Trotzdem war noch ausreichend Platz vorhanden, um ein paar Kisten Wein dazuzustellen. Zum Glück.

Albin warf die Klappe wieder zu, verriegelte den Wagen mit der Fernbedienung und ging auf den Eingang zu. Die Tür öffnete schwergängig und gab ein altmodisches Läuten von sich, um anzuzeigen, dass jemand den Laden betreten hatte.

Der Verkaufsraum war verlassen. Albin sah sich etwas um. Es gab einen Tresen mit einer ebenfalls altmodischen Registrierkasse sowie zahllose Regale mit Weinflaschen. In der Mitte standen zwei Fässer, die zu Tischen umfunktioniert worden waren. Es war kühl und roch nach Zigarettenrauch – ein Aschenbecher stand neben der Kasse, darin befanden sich einige frisch ausgedrückte Kippen. Im nächsten Moment hörte Albin bereits Schritte herannahen. Einen Augenblick später stand André Arnoux vor ihm, begrüßte Albin mit einem kräftigen Händedruck und sagte: »Du hast keine Ahnung, was mir passiert ist.«

»Doch«, entgegnete Albin, »habe ich.«

Arnoux lupfte eine Braue.

»Die Leiche an der Borie«, sagte Albin. »Du hast dort einen Selbstmörder gefunden. Ich bin polizeilicher Berater – da bekommt man so manches mit.«

»Ha!«, machte Arnoux und schlug mit der flachen Hand auf den Tresen. »Kannst es wohl nicht bleibenlassen?«

»Nein«, sagte Albin mit einem Lächeln, »kann ich nicht und will ich nicht.«

Arnoux griff neben die Kasse, holte eine Schachtel Gitanes hervor, bot Albin eine an, gab ihm Feuer und zog für sich selbst ebenfalls eine heraus.

»Das waren noch selige Zeiten«, sagte Albin und paffte, »in denen man bei der Arbeit noch rauchen durfte.«

Arnoux lachte. »Soll mal einer kommen und versuchen, es mir zu verbieten.«

Albin nickte. Er fragte: »Ist dir irgendetwas eingefallen in Bezug auf diesen Leichenfund, das du der Polizei noch nicht erzählt hast?«

Arnoux dachte kurz nach, schüttelte den Kopf und sagte: »Nein, habe denen alles erzählt. Ich fahre dort entlang, um meine Lieferung abzugeben. Sehe etwas aus den Augenwinkeln, das mir unnatürlich vorkommt. Stoppe, denke erst, der Kerl dort ist besoffen. Rufe aus dem Seitenfenster. Keine Reaktion. Also steige ich aus, gehe hin – und sehe die Schweinerei. Werde ich mein Leben lang nicht vergessen. Fast hätte ich mich übergeben müssen. Hat mir außerdem den gesamten Zeitplan auseinandergehauen.«

»Kann ich mir vorstellen.«

»Was denken sich solche Typen? Was geht in denen vor? Bringen erst eine junge Frau um – und dann sich selbst, die Weicheier, weil sie ihr eigenes Elend nicht mehr aushalten.«

Albin zuckte die Schultern.

»Und dann«, sagte Arnoux und paffte, »ziehen sie noch Unbeteiligte wie mich da mit rein. Den Scheiß werde ich mein Lebtag nicht mehr los. Weißt du, wie der Typ ausgesehen hat?«

Albin wusste, wie jemand aussah, der sich stranguliert hatte. Er nickte. »Ich weiß, wie das aussieht.«

»Aber«, sagte Arnoux, »deswegen bist du sicher nicht hergekommen. Brauchst du etwas für die Feiertage? Ich habe einen exzellenten Bordeaux für dich. St. Emillion. Nicht zu schwer, nicht zu leicht, nicht zu teuer, aber auch nicht zu billig. Guter Jahrgang, willst du mal probieren?«

Albin schmunzelte und machte eine abwehrende Geste. »Danke. Ich muss noch fahren.«

»Aber ein Glas, meine Güte, Albin, also bitte …«

»Nein. Stell dir vor, ich werde angehalten. Dann habe ich eine Rotweinfahne. Und das als polizeilicher Berater.«

»Na und? Wir sind in Frankreich.«

Albin grinste, zog an der Zigarette und fragte: »Irgendeine Ahnung, wie der Kerl dorthin gekommen sein könnte? Da war kein Fahrrad, kein Auto, gar nichts. Er lebte im Château du Soleil. Das liegt einige Kilometer entfernt. Das Wetter war schlecht. Er müsste durch die Nacht marschiert sein. Nicht ausgeschlossen, dass er das getan hat. Schließlich musste er sich nicht mehr darum sorgen, ob er eine Erkältung bekommt. Aber dennoch.«

Arnoux schüttelte den Kopf. »Ich habe nichts gesehen, gar nichts.«

»Auch keine andere Person?«

»Alles war menschenleer. Aber ich sage dir was.«

»Ja?«

»Diese Leute dort im Château … Da wundert mich überhaupt nichts.« Arnoux machte mit dem Zeigefinger eine Spiralgeste an der Schläfe, um zu zeigen, dass er der Auffassung war, dass diese Leute dort spinnen würden.

Albin sog den Rauch ein und stieß ihn durch die Nase wieder aus. »Wie meinst du das?«

»Warst du mal dort?«

»War ich. Habe mit dem Chef gesprochen, Dr. Lazar.«

»Ist dir was aufgefallen?«

»An Lazar?«

»Generell, meine ich.«

»Generell ist es ein sehr ruhiger Ort mit Menschen, die ihren inneren Ausgleich auf eine andere Art und Weise suchen als wir«, sagte Albin.

Wenngleich er zugeben musste: Seit es genauere Informationen über den Killer und seinen Sektenhintergrund gab und dass Dr. Lazar früher als forensischer Psychologe für den rumänischen Geheimdienst gearbeitet hatte, war Albin sich nicht mehr sicher, ob im Château alles mit rechten Dingen zuging. Psychologen bei der Securitate waren vermutlich ebenso wenig Wohltäter der Menschheit gewesen wie psychologisch geschulte Mitarbeiter bei der Gestapo oder beim KGB. Dazu dieser Florin mit seinem merkwürdigen Sektenhintergrund – er und Lazar gaben in der Tat ein auffälliges Duo ab. Okay, ihre Flucht war lange her. Aber der französische Geheimdienst hatte nicht grundlos einen versiegelten Deckel auf die Akte Lazars gepackt.

Hinzu kam der Mord an Stéphanie mit den außergewöhnlichen Begleitumständen – und die Tatsache, dass das Château einmal den Mitgliedern einer Sekte gehört hatte, die auf eine ungewöhnliche Art und Weise ums Leben gekommen waren. Nein, dachte Albin, da gab es zu viele Auffälligkeiten. Sein Gespür hatte sich bereits beim ersten Gespräch mit Lazar gemeldet und an die Gehirnrinde gefunkt, dass da irgendetwas nicht stimmte mit ihm und dem Haus insgesamt.

Arnoux blickte Albin mit einem abschätzigen Lächeln an. Als würde er nicht wirklich ernst nehmen, was Albin eben gesagt hatte. Er fragte: »Albin, was die dort machen, das hast du nicht gesehen?«

»Nein. Habe ich was verpasst?«

»Ich bringe ja nur den Wein hin«, sagte er. »Fahre mit dem Auto vor, liefere die Kisten ab, fahre wieder weg, schicke eine Rechnung, die immer überpünktlich bezahlt wird. Da bekomme ich nicht viel mit. Niemand bekommt viel mit – es sei denn … man ist drinnen, weißt du?«

Albin zuckte die Achseln, rauchte, ließ Arnoux weiterreden.

»Im Sommer also sehe ich sie dort im Kreis auf einer großen Wiese hinter dem Anwesen stehen. Alle im Kreis. Machen irgendwelche komischen Dinge und reden zum Himmel.«

»Das machen Katholiken auch.«

Arnoux lachte auf. Dann nickte er und sagte: »Klar. Aber sie tragen keine weißen Kutten mit roten Kreuzen.«

Albin beugte sich vor und drückte die Zigarette im Aschenbecher aus. »Kutten mit roten Kreuzen?«, fragte er.

»Ja«, bestätigte Arnoux. »Wie Kreuzritter, nur ohne Rüstungen.«

»Hast du das öfter gesehen?«

»Draußen nur das eine Mal. Drinnen war ich zweimal, den Wein reintragen, musste einer kleinen Frau helfen, die mit der Sackkarre nicht klarkam.«

»Und da trugen sie drinnen auch diese Gewänder?«

»Nein. Da waren diese Bilder an den Wänden.«

Albin schürzte die Lippen, Dachte an seinen Besuch im Haus. Er sagte: »Ich habe keine gesehen.«

»Überall in den Fluren. Warst du nicht auf den Fluren? Und im Foyer?«

»Doch?«

»Dann musst du doch die Bilder gesehen haben. Diese Ritterbilder. In Kutten mit roten Kreuzen.«

»Nein«, erwiderte Albin und ging in Gedanken noch einmal durch das Château, das Treppenhaus, das Foyer. Alle Wände waren kahl gewesen. Aber jetzt fiel ihm ein, dass er Schattierungen an den Wänden gesehen hatte. Und hier und da ein Nagel in der Wand.

»Tja, ich weiß nicht«, sagte Arnoux. »Dann müssen sie die wohl abgehängt haben.«

»Möglich«, sagte Albin. Und fragte sich, warum man Kreuzritterbilder abhängte. Vielleicht, weil man zum Beispiel wusste oder ahnte, dass die Polizei kommen und sich darüber wundern könnte. Er fragte sich außerdem, warum man solche Bilder überhaupt aufhängte und Kutten mit roten Kreuzen trug. Mit Tatzenkreuzen, wie die Tempelritter sie verwendet hatten. Waren nicht die Vorbesitzer des Châteaus Neutempler gewesen und diese Neutempler eine irre gefährliche Psychosekte, die ihre Mitglieder in den Massenselbstmord getrieben hatte? Es wurde immer verrückter.

»Jedenfalls«, sagte Albin, »danke für die Informationen. Und von deinem empfohlenen Wein nehme ich vier Kisten.«

»Oh, là, là, du erwartest aber einige Gäste.«

»Ein paar«, sagte Albin, während Arnoux sich daranmachte, die Kisten zu holen.

»Eine Frage noch«, sagte Albin.

»Ja?« Arnoux drehte sich herum.

»Lieferst du in den nächsten Tagen noch etwas ins Château?«

»Ja, sie bekommen noch eine Lieferung. Morgen.«

Albin nickte. »Aha«, sagte er.

Arnoux wandte sich wieder zum Gehen.

»Ach, noch was«, sagte Albin.

»Ja?«, fragte Arnoux erneut.

»Ist vielleicht ein komischer Vorschlag, aber – warum machst du morgen nicht frei und lässt jemand anderes die Lieferung fahren?«

Arnoux lachte. »Wen denn, zum Teufel? Ich habe keine Angestellten.«

Albin grinste. Zuckte mit den Achseln. Er sagte: »Wie gesagt – komischer Vorschlag. Ach und … Ist dein Lieferwagen Automatik oder Schaltgetriebe? Mit Automatikautos komme ich nämlich nicht klar.«

37

Castel kam aus der Dusche und rubbelte sich die Haare trocken. Sie trug einen Bademantel und betrachtete Jean dabei, wie er in der Küche Pasta zum Abendessen zubereitete. Mila, die kleine schwarze Mopsdame, saß auf dem Boden neben ihm und beobachtete jeden seiner Handgriffe – wohl in der Hoffnung, dass etwas für sie abfallen würde.

Castel ging in die Küche, umarmte Jean von hinten und musste sich auf die Zehenspitzen stellen, um seinen Nacken zu küssen.

»Italienisch?«, fragte sie.

»Mhm«, machte er.

»Ich dachte, du bist im Moment auf dem Spanientrip?«

Er grinste. »Andalusien war nur ein Vorschlag. Es könnte auch Rom sein. Oder Mailand. Egal. Ich dachte nur, wir könnten dem Weihnachtsirrsinn entfliehen – aber natürlich verstehe ich, dass dein Job dich im Moment sehr bindet.«

»Vielleicht tut er das ja nicht mehr?«

Jean hielt mit dem Rühren der Soße inne. »Wie meinst du das?«

Castel löste sich von ihm, lehnte sich an den Kühlschrank und sagte: »So, wie es aussieht, wissen wir, wer der Täter ist, und haben dazu ein schriftliches Geständnis. Das bedeutet erheblich weniger Ermittlungsarbeit. Und das bedeutet vielleicht auch, dass ich mir ein paar Tage freinehmen kann. Also: Falls es nicht schon zu knapp ist, um etwas zu buchen – dann wären drei oder vier Tage Spanien vielleicht drin?«

»Ernsthaft?«, fragte Jean.

Castel nickte. »Ich denke schon. Ich will es noch nicht versprechen, denn ich müsste das noch klären.«

»Wir bekommen sicher kurzfristig einen Flug und ein Hotel. Da sehe ich gar keine Schwierigkeiten. Meinst du das ernst?«

»Natürlich.« Castel lächelte. »Ich würde es ganz toll finden, wenn es klappt. Ein paar Tage Ruhe. Dem Trubel entfliehen. Barcelona soll zwar von Touristen überlaufen, aber dennoch sehr schön sein.«

Wobei, dachte Castel, so viel weihnachtlichen Trubel hatte sie ja gar nicht. Da gab es nur ihren Freund und sie. Ihre Eltern besuchte sie jedes Jahr im Altenheim in Marseille. Das war's. Dennoch war die Aussicht auf etwas weihnachtliches Shopping in der katalanischen Metropole verlockend – allein, um den Kopf freizubekommen und etwas Zeit mit Jean zu verbringen.

Castel wollte Jean gerade fragen, ob sie nicht nach dem Essen einfach in den Angeboten stöbern sollten, als das Handy klingelte. Jean schmunzelte mitleidig. Castel verdrehte die Augen, denn sie wusste: Wenn das Handy sich meldete, dann war es in der Regel die Arbeit.

Sie setzte sich in Bewegung, ging zum Wohnzimmertisch – und registrierte zu allem Überfluss, dass es nicht nur die Arbeit war, sondern Albin Leclerc höchstpersönlich.

»Albin«, sagte sie seufzend, setzte sich aufs Sofa und

schlug die Beine unter. Wenn er anrief, dann war es meistens nicht mit wenigen Sätzen getan.

»Castel«, sagte Albin. »Ich rufe Sie nur ungerne nach Feierabend an. Sie haben sich Ihre Freizeit wirklich verdient. Aber manchmal geht es nicht anders.«

»Mhm«, machte sie und dachte: *Als ob dir das jemals etwas ausgemacht hätte, Albin Leclerc.*

»Castel. Ich habe recherchiert. Mit diesem Château, diesem Dr. Lazar und seiner rechten Hand Florin stimmt etwas nicht.«

»Nun, das wissen wir ja. Florin hat eine Frau ermordet und war außerdem …«

»Bei den Skopzen«, sagte Albin. »Schon mal gehört?«

»Lazar hat etwas erzählt, aber …«

Albin erklärte es ihr noch einmal.

Castel schnappte nach Luft. »Das ist wirklich unfassbar, Albin! Mein Gott!« Sie sah, wie Jean fragend zu ihr blickte, aber winkte ab.

»Es gibt nichts, was es nicht gibt, Castel«, sagte Albin.

»Das erklärt so einiges«, sagte sie. »Die Verstümmelungen …«

»Genau wie in der Sekte. Er wollte sie als Braut und nach den Sitten seiner Glaubensgemeinschaft in eine solche verwandeln. Was er auch getan hat. Und hinzu kommt, was ich über Lazar herausgefunden habe.«

»Und das wäre?«

Albin erzählte ihr auch das. Von Lazars Hintergrund bei der Securitate, die Flucht nach Frankreich, die verschlossene Akte und damit verbunden die Spekulation, dass er vermutlich politisches Asyl im Austausch gegen Geheimdienstinformationen aus Rumänien erhalten hatte, und dass er mit seinem Gehilfen Florin, dem Mörder, nach Frankreich eingereist war.

Castel hörte sich alles an. Sie wollte lieber nicht wissen, woher Albin diese Informationen hatte. Abgesehen davon: Sie hatte keine Ahnung, in welchem Zusammenhang sie mit dem Mord an Stéphanie Kaufmann stehen sollten.

»Das weiß ich nicht«, erwiderte Albin auf ihre Nachfrage. »Aber mein Gefühl sagt mir, dass da irgendetwas nicht stimmt.«

»Was denn?«

»Ich wiederhole: Das weiß ich nicht.«

»Albin: Wir haben einen Mörder, der sich selbst getötet hat. Wir haben sein schriftliches Geständnis zu dem Mord an Stéphanie. Wir wissen, wo er sie kennengelernt hat und wie. Und jetzt, da Sie das mit dieser Sekte herausgefunden haben, wird die Sache mit den Genitalverstümmelungen erst richtig schlüssig. Alles ist ziemlich rund.«

»Trotzdem.«

Castel atmete tief durch. Jean sah wieder zu ihr herüber, um sich zu vergewissern, dass alles okay war. Sie winkte erneut ab, rollte aber mit den Augen, dass Jean grinsen musste, bevor er sich wieder seiner Pastasoße widmete.

»Albin – ich weiß wirklich nicht, worauf Sie hinauswollen«, sagte Castel.

Wenngleich sie eine Ahnung hatte. Das Château und dieser Lazar, der Mord und die Begleitumstände: Das kam ihr selbst inzwischen sehr merkwürdig vor. Es war schwer zu sagen, warum. Vielleicht lag es an den bizarren Begleitumständen oder daran, dass es noch einzelne offene Fragen gab. Oder einfach daran, dass ihr dieser Dr. Ion Lazar überhaupt nicht gefallen hatte … Aber durfte sie nur deswegen darauf schließen, dass der Mordfall Stéphanie Kaufmann noch andere Hintergründe haben könnte? Und falls ja: Welche, um Gottes willen, sollten das denn sein?

Albin fuhr fort: »Castel. Stellen Sie sich nicht dumm und reiten den Bürokrateneesel. Ich weiß selbst, dass auf dem Papier alles gut aussieht. Aber wie ist der Mörder in der Selbstmordnacht zu den Bories gekommen?«

Darüber hatte Castel natürlich auch schon nachgedacht. Da war etwas merkwürdig. »Er muss zu Fuß gegangen sein«, sagte sie.

»Bei Regen und mehrere Kilometer?«

»Es scheint so.«

»Hat er das auch getan, als er Stéphanie Kaufmann umbrachte? Alles zu Fuß?«

»Wir nehmen an, dass er ein Fahrzeug benutzt hat, um die Leiche zu transportieren. Es ist sehr unwahrscheinlich, dass er das zu Fuß getan und die Tote getragen hat. Allerdings besitzt er kein Auto. Es ist keines auf ihn zugelassen. Er muss also ein anderes benutzt haben.«

»Warum hat er das Fahrzeug dann nicht wieder benutzt, um zu den Bories zu fahren?«

»Vielleicht stand es nicht zur Verfügung.«

»Wem steht ein Auto nicht zur Verfügung?«

»Dem, der kein eigenes hat.«

»Also ein Dienstwagen? Ein geliehener?«

»Sie meinen, einen Mietwagen?«

»Nein, denn das hättet ihr längst herausgefunden, wenn es einen gegeben hätte.«

Castel fragte sich, ob sich jemand bereits danach erkundigt hatte, glaubte es aber eher nicht. Sie machte sich kurz einen Vorwurf, sich noch nicht intensiver um die Autofrage gekümmert zu haben, zumal sie sich ja schon selbst Gedanken darüber gemacht hatte.

Albin fuhr fort: »Ihr habt alles nach Spuren abgesucht. Und ihr habt sicher welche gefunden. Ihr solltet sie mit Fahrzeugen abgleichen, die zum Château gehören. Ich kann mir nicht vorstellen, dass Florin sich bei Europcar oder Sixt eigens für den Mord eines ausleiht und ansonsten zu Fuß unterwegs ist.«

»Klingt eher weniger schlüssig.«

»Hatte er überhaupt einen Führerschein?«

»Weiß ich im Moment nicht, Albin, aber …«

»Ich denke, er hat entweder auf ein Fahrzeug zugegriffen, zu dem er im Château Zugang hatte. Aber warum hat er das dann nicht getan, um in der Selbstmordnacht damit zu den Bories zu fahren?«

Castel keuchte genervt. »Worauf wollen Sie eigentlich hinaus?«

»Kann ich nicht sagen. Es ist ein Stochern im Nebel. Sie haben recht damit, dass auf dem Papier alles rund wirkt, Castel. Aber ich frage mich, welche Triebachse sitzt in der Mitte und bringt das Rad zum Rotieren?«

»Nun, es ist das älteste Motiv der Welt, nicht? Liebe und Rachsucht. Er hat Stéphanie gezielt getötet, um sie zu besitzen, was ihm ansonsten nicht möglich war.«

»Castel. Dieser Florin war ein durchgeknallter religiöser Spinner, der sich selbst gegeißelt hat. Dr. Ion Lazar ist ein promovierter forensischer Psychologe, der für den rumänischen Geheimdienst gearbeitet hat – und ich möchte lieber nicht wissen, womit er da befasst war. Er ist zusammen mit Florin aus Temeswar in Rumänien gekommen. Und der erzählt Ihnen, dass er keinen Schimmer hatte, was für ein religiöser Fanatiker in seinem Château wohnt? Jemand mit den Kenntnissen von Lazar, der zudem so dicht auf dicht mit ihm zusammenwohnte und ihn seit Jahrzehnten – seit *Jahrzehnten*, Castel! – kannte …«

»Schon gut.«

»… von dem lassen Sie sich erzählen …«

»Albin, es reicht! Ich weiß selbst sehr genau, dass da irgendetwas merkwürdig ist! Aber wir müssen uns doch an das halten, was wir haben! Das wissen Sie doch ganz genau!«

»Gott sei Dank.«

»Gott sei Dank – was?«

»Gott sei Dank haben Ihnen die Bürokraten doch noch nicht das Gehirn gewaschen.«

»Also wirklich.«

Castel fing erneut einen Blick von Jean auf. Inzwischen musste er verstanden haben, mit wem sie da telefonierte.

Albin sagte: »Da ist noch etwas.«

»Sie werden mich mit weiteren Details gewiss nicht verschonen, das ist mir schon klar.«

Daraufhin erzählte Albin, wem das Château früher gehört hatte. Castel erinnerte sich an die Vorfälle in den Neunzigern, die vielen Morde und Selbstmorde, die mit den Neutemplern zu tun hatten – einer irren Weltuntergangssekte. Aber ihr erschloss sich nicht, wie das im Zusammenhang mit dem Mord an Stéphanie Kaufmann stehen sollte.

Albin erzählte: »Man hat mir berichtet, dass im Château Bilder mit Kreuzrittern an den Wänden hingen.«

»Ich habe keine gesehen.«

»Eben. Ich auch nicht. Die sind abgehängt worden.«

»Warum sollte man das tun?«

»Vertuschung.«

»Aber vielleicht waren da nie Bilder?«

»Fahren Sie nochmals hin und schauen sich die Wände an, Castel. Da gibt es Schatten – als ob lange Bilder an den Wänden gehangen hätten, die man dann aber abgenommen hat. Da sind Nägel in den Wänden. Die Polizei kommt – und man hängt die Kreuzritterbilder ab, hm?«

»Na und?«

»Weil man etwas vertuschen will.«

»Wer hat Ihnen das überhaupt erzählt mit den Bildern?«

»Verlässliche Quelle. Es wurden auch Kutten mit Tatzenkreuzen gesehen.«

»Albin – bitte. Und selbst wenn das so ist. In welchem Zusammenhang steht das mit dem Mord und dem Selbstmord?«

»Sekten, Rumänen, Banater, Morde, Selbstmorde, Geheimdienste, Psychologen, religiöser Wahn, Weltuntergang ... Das ist alles etwas viel auf einmal, finden Sie nicht?«

»Und wie hängt das alles zusammen?«

»Keine Ahnung.«

»Hängt es überhaupt zusammen?«

»Weiß ich nicht.«

»Albin, meine Güte, und warum erzählen Sie es mir dann?«

»Um Sie auf dem Laufenden zu halten, Castel. Sie sind nicht auf den Kopf gefallen. Außerdem ist das mein Job als polizeilicher Berater.«

Castel wollte gerade Einspruch einlegen, als Jean das Essen auftrug und ihr mit einer Geste bedeutete, dass sie zu Tisch kommen sollte.

»Ich muss Schluss machen«, sagte sie. »Das Essen ist fertig. Und ich kapiere immer noch nicht, was mir das alles sagen soll, Albin.«

»Das ist meistens so, wenn wir vor einem Puzzle sitzen. Wir wissen, dass es am Ende ein bestimmtes Bild ergeben soll. Aber was ist, wenn wir das falsche Bild im Kopf haben?«

Castel stand auf. »Der Vergleich hinkt. Bei einem Puzzle sieht man das Motiv und damit das Ergebnis meistens schon auf dem Karton.«

»Aber in diesem Fall haben Sie keinen Karton, Castel, sondern nur eine Tüte mit Teilen, und Sie denken, dass es wohl dieses oder jenes Bild ergeben könnte. Oder Sie haben durchaus einen Karton, aber es sind vielleicht nicht die richtigen Teile drin. Und dann ist die Frage: Wer hat die in den Karton gepackt und warum?«

»Das klingt reichlich kryptisch«, meinte Castel und ging zum Esstisch.

»Weiß ich«, sagte Albin. »Aber mal sehen.«

»Was wollen Sie mal sehen?«

»Nichts.«

»Sie machen keine Dummheiten, richtig?«

»Niemals.«

»Albin, Sie …«

»Ihr Essen steht auf dem Tisch, Castel. Bon appétit!«

Und damit beendete er das Gespräch.

Castel knurrte genervt und setzte sich, während Jean ihr den Teller auffüllte.

Er fragte: »Leclerc?«

»Live und in Farbe, ja.«

»Er kann wohl sehr nervig sein?«

Castel legte das Handy auf den Tisch und nickte. »Ja«, sagte sie – und dachte: Das konnte er.

Aber oft lag er auch richtig mit seinen Vermutungen und seiner Intuition.

Und in diesem Fall, das musste Castel zugeben, erschien es ihr selbst etwas merkwürdig, und ihre Intuition sagte ihr, dass mehr dahinterstecken mochte.

Aber was?

38

Albin hatte in der Nacht schlecht geschlafen und war früh aufgewacht. Er fühlte sich wie erschlagen und hatte verrückte Träume gehabt, an die er sich im Detail nicht mehr erinnern konnte. Aber er wusste, womit die Träume und die Unruhe zu tun hatten: mit etwas, das in ihm steckte und einen Durchmesser von acht Millimetern hatte.

Jetzt saß er im überheizten Wartezimmer von Dr. Benoit und wartete darauf, aufgerufen zu werden. Seine Hände waren feucht, sein Magen steinhart. Er fühlte sich, als sei er als Nächster an der Reihe, aufs Schafott zu steigen.

Er knetete seine Knöchel und atmete tief ein, tief aus und dachte ein weiteres Mal daran, dass er schon in verdammt brenzligen Situationen gesteckt hatte. Aber das alles waren Situationen gewesen, die er unter Kontrolle gehabt hatte. Man konnte etwas *tun*.

Jetzt allerdings hatte er nicht das Gefühl, irgendetwas tun zu können, außer hier zu sitzen und permanent diesem Gedankenmantra zu folgen, das ihn irre machte. Wie in einer Gebetsmühle wiederholte es sich in seinem Schädel, schon die ganze Nacht durch: »Es wird alles in Ordnung sein. Und wenn nicht? Dann wird es in Ordnung kommen. Und wenn nicht? Dann musst du da durch, andere haben es auch geschafft. Und wenn nicht? Beruhig dich, es ist schon nichts Schlimmes. Und wenn doch? Nein, es wird alles in Ordnung sein. Und wenn nicht? …« Es war einfach grauenvoll. Nicht zum Aushalten. Albin hatte es zwar sehr gut geschafft, seine Gedankenspiralen und seine Furcht mit den Ermittlungen zu überdecken. Aber jetzt entkam er dem nicht mehr. Jetzt holte ihn alles ein. So fühlte es sich an, wenn man an der Schwelle zum Nervenzusammenbruch stand. Dabei war alles, was er wollte, Gewissheit.

»Monsieur Leclerc?«

Die Sprechstundenhilfe rief ihn mit einem Lächeln auf. Albin schoss aus dem Stuhl wie ein Pilot, der den Schleudersitz betätigt hatte. Er folgte ihr ins Besprechungszimmer des Arztes, wo dieser bereits hinter seinem Schreibtisch auf ihn wartete. Sein Gesichtsausdruck war neutral – ebenso der Tonfall, als er »Guten Morgen« sagte.

Albin versuchte sofort, in Benoits Begrüßung Hinweise auf den Ernst der Lage zu erkennen, doch es gelang ihm nicht. Gefühlte hunderttausend Befragungen von Zeugen und Verdächtigen – alles nutzlos.

Benoit wartete, bis Albin sich setzte, nahm dann ebenfalls Platz, legte die Finger auf einer aufgeschlagenen Akte ab und sagte: »Es ist eine Nierenzyste.«

Albin atmete auf.

»Eine Nierenzyste ist gutartig, kann aber auch bösartig sein.«

Albin atmete scharf ein.

»Das heißt«, ergänzte Benoit, »sie kann bösartig *werden*. In diesem Fall hat das MRT meine Vermutung bestätigt, dass es eine gutartige Zyste ist.«

Albin atmete zitternd aus.

Benoit lächelte knapp und schlug den Deckel wieder zu.

»Ansonsten waren alle Ergebnisse gut. Die Nierenwerte waren in Ordnung, der Urin ebenfalls. Das MRT hat tief in Sie hineingeschaut, das kann mein Ultraschall nicht. Aber man kann auf den Aufnahmen harmlose Zysten von problematischen sehr gut unterscheiden. Wir müssen nichts punktieren. Alles gut, Monsieur Leclerc. Aber …«

Albin merkte auf. Knetete die Hände.

»… aber wir müssen es im Blick behalten und regelmäßig überprüfen. Eine Nierenzyste kann irgendwann Probleme machen und bösartiges Gewebe entwickeln. Das muss nicht sein, ich meine: Sie rauchen seit Jahren wie ein Schlot, sie könnten auch ein Bronchialkarzinom entwickeln oder einen Schlaganfall oder einen Herzinfarkt erleiden. Davor muss ich sie ja nicht warnen. Das wissen Sie. Damit will ich sagen: Es gibt immer ein Risiko. Und so ist es auch bei der Zyste. Wir machen in einem halben Jahr wieder einen Ultraschall, schauen, wie sich das weiterentwickelt. Es kann auch sein, dass sie in den nächsten zehn Jahren kein Stück wächst. Aber wie gesagt: Wir sollten es im Auge behalten.«

»Muss ich etwas machen? Etwas einnehmen?«

»Nein. Alles gut.«

»Wie hoch sind die Chancen, dass es bösartig wird?«

Benoit sagte: »Bei einer Schachtel Zigaretten am Tag sind die Chancen, eine ganz andere bösartige Krankheit zu bekommen, deutlich höher. Vermutlich haben Sie noch viel mehr Zysten im Körper, die hat fast jeder Mensch. Die meisten findet man eher zufällig – so wie Ihre. Es ist ein mit Flüssigkeit gefüllter Hohlraum. Machen Sie sich keine Gedanken – aber wie gesagt …«

»… wir müssen es im Blick behalten«, ergänzte Albin.

Benoit nickte, stand auf, lächelte erneut professionell, verabschiedete Albin und wünschte ihm frohe Weihnachten.

Ja, dachte Albin, als er wieder auf der Straße stand. Frohe Weihnachten. Was für eine verdammt gute Botschaft.

»Hast du gehört, Tyson?«, dachte Albin, wenngleich Tyson nicht bei ihm war. Veronique hatte ihn mit ins Geschäft genommen.

Super, Chef! Ich wusste, dass es harmlos ist!, erwiderte Tyson.

»Jetzt kann Weihnachten kommen!«

Du hast immer noch kein Geschenk für Veronique!

»Ich bin nahe dran. Jetzt erst recht.«

Was heißt das?

»Geht dich nichts an. Siehst du dann ja.«

Aber …

»Nichts – aber! Und für dich habe ich auch noch nichts.«

Ein Besuch bei der Mopsdame Mila wäre nett.

»Ha!«, dachte Albin grinsend und marschierte mit federnden Schritten zum Auto.

Der Morgen war kristallklar, die Luft frisch, aber nicht kalt. Es war heute deutlich über zwölf Grad, obwohl es in den kommenden Tagen wiederum an den Gefrierpunkt gehen sollte. Vermutlich würden empfindliche Menschen reihenweise umfallen und Migräne bekommen bei dem Auf und Ab des Wetters der vergangenen Tage. Seinem Kopf jedenfalls ging es wieder bestens. Er fühlte sich, als könne er Bäume ausreißen.

Und was steht jetzt auf dem Plan, Chef?, fragte Tyson.

»Geht dich gar nichts an. Bewach lieber den Blumenladen. Weihnachten stehlen die Leute gerne.«

Bitte?

»Ist so. Glaub mir. Ich bin Polizist.«

Aber: Blumen?

»Alles, was nicht niet- und nagelfest ist«, erwiderte Albin, zog schwungvoll den Schlüssel aus der Jackentasche und überlegte, ob er noch schnell eine rauchen sollte, dachte aber an Benoits Worte und ließ die Schachtel stecken. »Außerdem«, ergänzte er und öffnete den Wagen mit der Fernbedienung, »weißt du sowieso, was jetzt ansteht.«

Ich fürchte, ja.

»Ha!«, Albin setzte sich ans Steuer. »Ich könnte Bäume ausreißen!«

Lass es besser. Hinterher verrenkst du dir den Rücken, und dann ist das Geschrei groß.

»Naseweiser Mops!«

Ich weiß.

Albin ließ den Motor an.

Chef?

»Tyson?«

Du willst das nicht wirklich tun, oder?

»Sieht so aus, nicht?« Albin setzte den Blinker und fuhr aus der Parklücke heraus.

Und falls dich jemand erkennt?

»Wird schon niemand«, sagte Albin und stieg aufs Gas. Aus dem Laderaum hörte er leises Scheppern von Glas, das aneinanderschlug.

Verdammt, er sollte doch etwas behutsamer fahren. In der Rolle des vermeintlichen Schwagers vom – ebenfalls vermeintlich – spontan erkrankten Weinlieferanten André Arnoux würde er ansonsten doch noch von den Leuten im Château du Soleil enttarnt werden.

39

Der Lieferwagen mit dem Aufdruck von »Vins Arnoux« fuhr vorsichtig durch die Serpentinen und fand anschließend fast automatisch den Weg zum Château du Soleil. Albin hielt das Lenkrad fest umschlossen. Er hatte keine Ahnung, wonach er genau suchen sollte, aber er war sich sicher, dass ihm etwas auffallen würde. Irgendetwas. Mit dem Laden stimmte etwas überhaupt nicht.

Er bog auf die Zufahrt zum Anwesen, und als es in Sichtweite kam, sah er es mit anderen Augen als zuvor. Nicht, dass sich etwas verändert hätte. Doch seine Perspektive hatte sich verändert, und nachdem er anfangs von dem Haus beeindruckt gewesen war, erschien es ihm nun bedrohlich und einschüchternd, wie es sich aus den kahlen Wäldern herausschälte, um in der klaren Luft konturscharf zu erscheinen. Wie in einer Geschichte von Stephen King.

Der Lieferwagen rumpelte durch ein kleines Schlagloch und rollte schließlich auf den großen Parkplatz, auf dem dieses Mal noch mehr Autos standen als bei Albins letztem Besuch. Gemessen an dem Aufkommen an Fahrzeugen musste das Haus wirklich randvoll sein mit Menschen, die an einem Freitag eine Woche vor Heiligabend nichts Besseres zu tun hatten, als sich in einem Wochenendseminar zu entspannen. Ihm kam ein Gedanke.

Er trat das Kupplungspedal durch und ließ den Wagen

rollen, bis er fast zum Stillstand kam. Gleichzeitig nahm er sein Handy hervor, schaltete auf die Kamera, zoomte heran und fotografierte die Reihen der parkenden Autos. Schließlich ließ er das Gas wieder kommen und versuchte, sich auf dem Areal zu orientieren. Arnoux hatte ihm erklärt, wo der Lieferanteneingang war. Albin steuerte leicht nach rechts zum Seitenflügel des Châteaus. Dort entdeckte er drei große Müllcontainer.

Arnoux hatte ihm gesagt, den Wagen neben den Müllcontainern zu parken, von wo aus man hinter das Haupthaus zum Eingang der Küche gelangte. Wobei es eine wirkliche Küche, in der gekocht wurde, gar nicht gab, hatte Arnoux Albin erklärt. Es gab einen täglichen Lieferdienst, und dann wurde alles nur noch warm gemacht oder gehalten, auf Tellern dekorativ angerichtet und einzeln serviert. Das Château, hatte Arnoux gesagt, leistete sich nämlich einen vorzüglichen Caterer, was angesichts der gutbetuchten Klientel kein Wunder war.

Albin hielt auf die Mülltonnen zu. Sie standen in dem schmalen Bereich zwischen Haupthaus und Seitengebäude. Albin wendete den Wagen und fuhr dann – ganz professionell – rückwärts in die Nische und drückte dreimal die Hupe: laut Arnoux das übliche Signal, dass der Weinmann da war. Wobei er gesagt hatte, die Lieferung werde erwartet und dass man ihn meistens schon erkenne, weil man aus der Küche den Motor hörte, wenn er rückwärts zum Anliefern in die Nische steuerte.

Albin überprüfte die Fotos, die er eben gemacht hatte, und vergrößerte die Ansicht. Die Nummernschilder waren leicht verschwommen, aber zu erkennen. Ob er die Bilder brauchen würde, wusste er nicht. Aber schaden konnten sie kaum. Er steckte das Telefon ein, stellte den Motor aus, öffnete die Tür und stieg aus. Dann sah er sich um.

Hinter dem Château befand sich eine große Terrasse, die allerdings leer war. Nirgends standen Stühle oder Tische. Zu einer anderen Jahreszeit hätte man von hier aus fraglos einen hübschen Ausblick. Ein kleiner Park erstreckte sich hangabwärts und wurde an den Rändern von einer Hecke begrenzt, an die sich unmittelbar der Wald anschloss. Von dort aus zogen sich weitere Hecken durch den Park und bildeten ein angedeutetes Labyrinth, in dessen Zentrum sich ein kleiner Brunnen befand. Außerdem sah Albin eine Tür, die zur Küche zu gehören schien. Zumindest war von dort her Geklapper zu hören. Daneben gab es eine weitere, sehr schlichte Tür aus grobem Holz, die etwas tiefer lag und zu der drei Treppenstufen hinabführten, auf denen ein breites Brett lag – eine provisorische Rampe.

Die Küchentür öffnete sich, und Albin hielt die Luft an. Er hoffte, dass niemand herauskommen würde, der ihn bei seinem letzten Besuch im Château schon gesehen hatte. Er nahm zwar nicht an, dass Dr. Lazar selbst oder seine kleine, dunkelhaarige Assistentin den Job übernehmen würden, den Weinmann zu empfangen, aber man konnte ja nie wissen. Doch es war nach seiner Einschätzung ein überschaubares Risiko. Und er hatte Glück: Die Frau, die ins Freie trat, hatte er noch nie gesehen. Sie war groß, mittleren Alters und stämmig. Sie trug weiße Küchenkleidung, einen leichten Schweißfilm auf der Stirn und musterte Albin, der einen Zettel in der Hand hielt – den Lieferauftrag, den Arnoux ihm mitgegeben hatte – gründlich.

»Arnoux ist nicht da?«, fragte die Frau, ohne Albin zu grüßen.

Albin lächelte. »Der Gute hat sich eine fürchterliche Erkältung zugezogen und hat mich gebeten, die Lieferung zu übernehmen. Er ist mein Schwager – was tut man nicht alles für die Familie?«

»Mhm«, machte die Frau und nickte, während sie Albin den Lieferzettel aus der Hand nahm.

»Männergrippe, was?«

»Ja, die hat ihn übel erwischt. Gerade vor Weihnachten kann das niemand brauchen. Seine Auftragsbücher sind voll.«

»Mhm.« Die Frau nickte noch mal. »Meiner hat sich auch eine gefangen. Jammert von morgens bis abends herum, wie schlecht es ihm geht.« Sie lachte bellend auf. »Als ob ich mich krankmelden könnte, um ihn zu bemuttern.«

»Das kann niemand erwarten«, erwiderte Albin. Er deutete in Richtung Parkplatz. »Außerdem sieht man ja, dass Sie alle Hände voll zu tun haben.«

»Kann man wohl sagen. Jede Menge Leute sind heute angereist.«

»Ein großes Wochenendseminar?«

Die Frau zuckte mit den Schultern. »Keine Ahnung. Geht mich nichts an. Große Versammlung jedenfalls und jede Menge Mäuler zu stopfen. Vielleicht irgendeine Konferenz. Wir haben aber alle dann das Wochenende frei. Zum Glück.«

»Was?«, fragte Albin. »Am Wochenende haben die keinen Hunger?«

»Keine Ahnung. Soll mir auch egal sein. Ich habe jedenfalls freibekommen. Alle anderen auch. Die Küche ist übers Wochenende geschlossen. Es wird etwas vorbereitet für die Gäste. Sie müssen sich dann selbst bedienen – oder fasten.

Gehört vielleicht zum Programm der Besinnung, das Fasten. Nichts für mich.« Sie lachte wieder bellend auf. »Wir machen hier noch eine Viertelstunde. Sie kommen gerade rechtzeitig. Danach sind wir weg. Alle anderen haben auch frei. Das ganze Haus. Deswegen sollte der Weinkeller ja noch mal aufgefüllt werden, damit die Herrschaften nicht verdursten. Sie wissen, wo es langgeht?«

»Nein«, sagte Albin und wunderte sich. Die komplette Belegschaft erhielt ein freies Wochenende, obwohl das Haus randvoll mit Gästen war, die heute erst angereist waren? Das war bemerkenswert.

»Hier, die Tür nebenan. Es geht durch die Waschküche. Ich zeige es Ihnen.«

Albin nickte. Diesen Eingang musste also Stéphanie Kaufmann ebenfalls immer genommen haben.

Die Frau setzte sich in Bewegung, ging über die provisorische Rampe, zog einen Schlüsselbund hervor und öffnete die Tür, die mit einem simplen Vorhängeschloss gesichert war. Sie duckte sich leicht, schaltete beim Eintreten das Licht an und ging voran.

Albin sah einen großen Gewölbekeller, dessen Wände aus bloßem Bruchstein bestanden. Unter der Decke waren zwei Neonröhren angebracht, die kaltes Licht hinabwarfen. Es roch muffig und feucht, leicht chemisch nach Wasch- und Putzmitteln.

In dem Keller standen diverse Kartons, in denen irgendetwas lagerte. Albin konnte nicht sagen oder erkennen, worum es sich handelte. Weiter gab es dort zwei kleinere Waschmaschinen und einige Wäschebehälter auf Rollen, wie man sie in größeren Hotels benutzte, die allerdings leer waren. An einigen Wänden standen schlichte Kellerregale. Manche davon waren randvoll mit Paletten voller Konservendosen, als erwarte man in Kürze den nächsten Atomkrieg und wolle sich mit Nahrung darauf vorbereiten, einige Monate im Bunker zu verbringen. In anderen lagerte Werkzeug. Außerdem standen Möbel herum – sie sahen aus wie solche, die man bei gutem Wetter auf die Terrasse stellen würde: Klappstühle und Tische aus schlichtem Holz sowie Polster für die Sitzflächen.

Die Frau ging voran durch den ersten Raum und betrat dann einen weiteren, dessen Tür halb offen stand. Rechts sah Albin eine weitere Tür, die massiv wirkte und mit einem schweren Schloss gesichert war. Geradeaus führte eine Treppe nach oben. Dort musste man ins Haupthaus gelangen.

»Den Wein bitte hierhin«, sagte die Frau, knipste das Licht an und hielt die Tür offen.

Albin nickte, warf einen Blick in den Raum, der nicht besonders groß war. Dort standen Getränkekisten, die zu Türmchen gestapelt waren. Dazu mehrere Stapel mit Weinkartons. Außerdem sah er eine Sackkarre dort stehen, machte einen Schritt voran und schnappte sie sich. Die Frau drehte sich um und ging wieder nach draußen. Albin folgte ihr.

»Schlimme Sache«, sagte er im Gehen, als er die Wäschewagen passierte, »mit diesem Mädchen, das in der Gegend getötet wurde. Im Radio und in der Zeitung berichten sie von nichts anderem.«

»Grauenvoll«, erwiderte die Frau und verließ das Gewölbe, um nach draußen zu treten. »So eine liebe junge Frau. Kam regelmäßig zu uns, die Wäsche abholen. Immer freundlich. Aber dieser Kerl …«

Vor der Küchentür blieb sie stehen und drehte sich zu Albin um, der die Sackkarre vor sich herschob.

Sie sagte: »Dass mit dem was nicht stimmt, habe ich immer schon gewusst. Der war nicht ganz dicht. Konnte einem regelrecht Angst einjagen.«

»Warum?«

Die Frau zuckte die massigen Schultern. »Manche jagen einem eben Angst ein. Wie sie gucken. Wie sie sprechen. Florin hieß er. Immer, wenn die Wäschefrau kam, lungerte er hier herum. Man hätte sich ja denken können, dass er ihr nachstellt. Aber hinterher ist man immer klüger, was?«

»Meistens«, sagte Albin und öffnete den Kofferraum.

Die Frau trat an den Wagen heran, musterte die Weinkartons, glich sie mit der Aufstellung auf der Lieferliste ab, nickte dann und faltete den Zettel zusammen, um ihn in der Tasche ihres fleckigen Kittels verschwinden zu lassen.

Sie schnaufte. »Ist beileibe nicht der Einzige, der nicht ganz …« Sie tippte sich mit dem Zeigefinger an die Schläfe. »Sie wissen schon.«

»Einige komische Vögel hier?«, fragte Albin und begann damit, die Kartons auf die Sackkarre zu laden.

Die Frau rollte zur Antwort mit den Augen. »Ich sag's Ihnen«, erwiderte sie. »Einige stolzieren durch die Gegend, als wären sie Jesus selbst begegnet. Na ja. Liegt wohl an dem ganzen Psychokram, den sie hier machen. Nichts für mich. Aber ist mir gleich. Sie bezahlen gut. Der Job ist sicher. Was will man mehr?«

Bevor Albin eine Frage anschließen konnte, drehte sie sich um und ging zur Küche. »Sagen Sie Bescheid, wenn Sie fertig sind. Einfach kurz anklopfen.« Damit verschwand sie wieder hinter der Tür.

Albin konnte nur einen kurzen Blick in die Küche werfen, in der er zwei weitere Personen in weißen Sachen gesehen hatte, die schwer beschäftigt zu sein schienen. Also entlud er den Wagen, schob dann die Sackkarre vor sich her und brachte den Wein in den Raum mit den anderen Getränken. Er sah sich etwas genauer um, konnte aber nichts Ungewöhnliches oder Auffälliges feststellen.

Dann ging er zu dem verschlossenen Kellerraum. Die Tür musste nachträglich eingebaut worden sein. Alle anderen Türen bestanden aus schlichtem Holz und wirkten, als seien sie mindestens hundert Jahre alt. Diese hier war aber neu und massiv, was auch für die Türzargen galt. Es war ein ganz neuer Rahmen eingezogen worden. Albin ruckte am Türgriff. Die Tür gab nicht nach. Er inspizierte das Schloss. Es sah ebenfalls neu aus, schwer zu knacken, aber nicht unmöglich. Dann wandte er sich um und ging zur Treppe, die nach oben führen sollte, ins Haupthaus. Wie es aussah, mündete sie in einen Flur.

Anschließend verließ Albin das Gewölbe, zog die Außentür zu und überprüfte das Vorhängeschloss. Ein ganz gewöhnliches. Es wäre kein Problem, es mit einem Dietrich zu knacken. Schließlich warf er den Kofferraum zu, klopfte an die Küchentür und öffnete sie, als niemand reagierte. Ein verdammt leckerer Geruch schlug ihm entgegen – außerdem eine feuchtwarme Hitze. Die Frau von eben war schwer beschäftigt und mit den anderen beiden Angestellten damit befasst, die Spülmaschinen auszuräumen. Alle waren in Eile. Klar, sie hatte eben gesagt, dass alle in einer Viertelstunde Feierabend machen würden. Sie merkte kurz auf, als Albin an der Tür war.

»Fertig!«, rief er. »Schöne Weihnachten!«

Die Frau erwiderte den Wunsch nicht, machte nur eine grüßende Handbewegung und widmete sich sofort wieder ihrer Arbeit.

Albin schloss die Tür. Er setzte sich wieder hinters Steuer, ließ den Motor an und fuhr zurück. Der Platz vor dem Château war nach wie vor voller Autos, aber menschenleer. Eine Versammlung, dachte er. Eine Konferenz. Alle Angestellten hatten frei … überaus seltsam.

Er fuhr vom Hof, steuerte durch den Wald und erreichte schließlich die Hauptstraße. Er stoppte an der Einmündung, zog das Handy aus der Innentasche seiner Jacke und öffnete Google Maps. Darauf war seine Position als blauer Punkt markiert. Er schaltete die App auf Satellitenansicht, weil er dann die Landschaft und die Topographie besser beurteilen konnte. Er vergrößerte den Ausschnitt, sah das Château von oben, die Ortsgrenze von La Roque. Er vergrößerte die Ansicht weiter, wischte mit dem Finger auf dem Display herum und dachte: Was für eine unfassbare Technik! Fabelhaft.

Albin legte das Smartphone auf den Schoß und entschied sich dafür, nach rechts abzubiegen. Er folgte der Straße etwa zwei Kilometer, bog dann in einen Wirtschaftspfad ein, dem er einen weiteren Kilometer bis zum Ende folgte. Hinter einigen am Fahrbahnrand lagernden Baumstämmen stellte er das Auto ab, stieg mit dem Smartphone in der Hand aus und checkte seine Position erneut auf dem Display. Er blickte auf und erkannte in nicht allzu weiter Ferne das an einem Hang gelegene Château zwischen den kahlen Baumkronen.

Dann setzte er sich in Bewegung, marschierte durch das Laub und erreichte schließlich eine mannshohe Hecke.

Es musste sich um die Hecke handeln, die den Park des Anwesens einfasste. Er zwängte sich hindurch und stieß auf einen Zaun aus Maschendraht. Aber es war kein Problem, diesen zu überwinden. Er war alt und das Material ermüdet, weswegen Albin ihn bis zur Hüfte hinabdrücken konnte, um dann darüber hinwegzusteigen.

Er steckte das Smartphone wieder ein und ging voran Richtung Château, folgte einem der Wege durch den kleinen Irrgarten, bis er den Brunnen im Zentrum erreichte. Er versicherte sich, dass niemand auf der Terrasse oder an den Fenstern war.

Dann lief er los, folgte einem weiteren Gang zwischen den Hecken bis zum Rand der Terrasse, wandte sich nach links – und stand einen Moment später wieder dort, wo er vor etwa einer Viertelstunde gestanden hatte, nämlich direkt vor der Kellertür.

Er sah, dass das Vorhängeschloss noch immer offen war. Die Köchin war zu sehr in Eile gewesen, um es zu bemerken.

Ein Glück, dachte Albin und betrat das Gewölbe. Das Licht ließ er aus und nutzte die Taschenlampen-App seines Handys.

Und jetzt, dachte er und tastete die Wände mit dem Strahl der Lampe ab, sehe ich mich hier noch mal ganz genau um.

40

Der Tag war gekommen, dachte Lazar.

Der Tag der Tage.

Die Großmeister und Ritter, die Chevaliers, und die Erzengel waren aus allen Teilen des Landes gekommen, um sich zu denen zu gesellen, die bereits hier waren. Das Château war nun gefüllt mit Männern und Frauen, die zum Kreuzzug aufbrechen würden, und er, Dr. Ion Lazar, würde sie darauf einschwören. Er hatte allen Angestellten freigegeben, damit nichts die Rituale stören konnte.

Keiner, dachte Lazar, würde ihn jetzt noch aufhalten.

Niemand.

Er trug eine weiße Kutte mit dem Aufdruck des roten Tatzenkreuzes der Templer. Es war mehr ein symbolisches Zeichen, denn er sah die Verbindung nicht in direkter Nachfolge jener Templerorden, die es bereits gegeben hatte oder anderswo gab. Er war nicht mit ihnen vernetzt. Nein, seine Gruppe, seine Armee war einzigartig und die Überzeugung und Religion, der sie folgte, eine Mischung aus dem Besten aller Strömungen. Lazar hatte einen vollkommen neuen Weg geformt – und rund fünfzig Menschen würden ihm und den anderen Auserwählten bedingungslos folgen. Dennoch hatte die Bewegung ein Symbol benötigt. Und da war das Tatzenkreuz einfach naheliegend gewesen.

Die fünf Großmeister standen neben ihm an dem runden Tisch im Tempelsaal, der dem Tisch der Tafelrunde von Artus nachempfunden war – zumindest so gestaltet, wie man sich einen solchen Tisch in Camelot vorstellen würde: aus feinstem Wurzelholz gefertigt und mit Intarsien versehen, die Symbole und Zeichen der Bruderschaft darstellten und im Zentrum den Tempelberg von Jerusalem. Fünf Schwerter lagen auf dem Tisch – jedes mit dem Griff zu den Großmeistern ausgerichtet, während Lazar seines in der Hand hielt, die Spitze zur Decke gerichtet. Bis auf die anderen Großmeister war der Saal leer. Sie würden gleich von hier aus gemeinsam zum großen Saal gehen, wo der Rest der Armee auf sie wartete.

»Ihr«, sagte Lazar, »seid die Erzengel. Ihr werdet mit flammendem Schwert ausziehen und die Saat säen. Ihr werdet aufsteigen zu den großen Meistern der Vergangenheit und mit ihnen richten und neu gestalten.«

Die anderen schwiegen, blickten Lazar an. Alle trugen wie er weiße Kutten mit dem roten Tatzenkreuz. Im früheren Leben waren sie bedeutungsvolle Personen gewesen. Da war Marcel Degand, ein kleiner dunkelhaariger Mann mit Bart, der eine Privatbank geführt hatte, bis er sich aus der Teilhaberschaft kaufen ließ, um all sein Streben und Vermögen dem Orden und seinem persönlichen Aufstieg zum Großmeister zu widmen. Neben ihm stand Charlotte Sautel, die Professorin für Philosophie in Paris gewesen war, aber erst in dem Orden ihre wahre Bestimmung fand und fortan ihr Leben und Vermögen diesem widmete. Lazar direkt gegenüber stand Denis Riquier, ein schlanker Mann mit ernstem Blick und schütterem Haar. Er war Geschäftsführer einer großen Textilfirma gewesen und hatte auf der Suche nach den wahren Werten Lazars Orden entdeckt. Gleiches galt für Thierry Rigaud neben ihm – ein dunkelhäutiger Mann mittleren Alters, der drei Nobelhotels auf den französischen Karibikinseln geleitet hatte. Und schließlich, rechts neben Lazar, der frühere Staatssekretär im Innenministerium Francis Lion, der für Lazar einer der wichtigsten Großmeister war, weil er mit seinen politischen Verbindungen für wichtige Informationen sorgte und wusste, welche Strippen man ziehen musste, um Dinge zu erreichen und um andere Dinge im Geheimen zu belassen. Abgesehen davon war er sehr wohlhabend und unbedingt willens gewesen, sein Geld für den persönlichen Aufstieg in der Bruderschaft erfolgreich einzusetzen.

All diese Menschen aus der gehobenen Gesellschaft – sie waren wie Wachs in Lazars Händen. Er hatte sie geformt, und auch nach all den Jahren, das musste Lazar zugeben, war es immer noch ein großartiges Gefühl, über eine solche Macht zu verfügen. Denn die übrigen Ritter, die auf die Großmeister warteten, waren nicht minder bedeutende und wohlhabende Personen. Und ja, man konnte durchaus sagen, dass diese Gefolgschaft Lazars Ego beflügelt hatte. Hatte er in den Anfangsjahren manchmal noch Zweifel an seiner eigenen Überzeugung und seiner Idee von dem Orden gehabt, so waren diese verflogen, je mehr Menschen ihm folgten und an ihn glaubten. Ihr Glaube stärkte Lazars eigenen Glauben – und nun war er unerschütterlich.

Der Gong einer Standuhr schlug. Das bedeutete, dass die Handvoll von Angestellten nun das Gebäude verlassen würde. Sie hatten sich in der Küche um die Vorbereitungen für das Festmahl gekümmert und alles zubereitet, was der Caterer angeliefert hatte. Das Mahl würde den großen

Transit der Ritterschaft einleiten, während die Erzengel ausziehen würden, um ihre Pflicht zu erfüllen.

Lazar hatte keinen Zweifel daran, dass die Handvoll Küchenpersonal innerhalb kürzester Zeit verschwinden würde – die Leute wollten fraglos rasch ins lange Wochenende. Und schon hörte er von draußen, wie ein Motor gestartet wurde.

»Es ist Zeit«, sagte er und wandte sich zur Tür.

Die Großmeister ergriffen ihre Schwerter, um sie wie Lazar mit der Spitze Richtung Decke zu tragen. Sie reihten sich hinter ihm ein.

Schließlich setzten sich alle in einer Prozession in Bewegung, um zum großen Saal zu ziehen, wo die Gefolgschaft sie zum letzten Ritual in Empfang nehmen würde.

41

Albin inspizierte das Gewölbe, das nach seiner Einschätzung etwa zehn Meter lang und fünf Meter breit war. Das Licht vom Handy reichte nicht aus, um den kompletten Raum zu erleuchten. Aber es war besser als nichts.

Es roch nach einer Mischung aus Keller und Waschmitteln, die Luft war feucht. Albin bewegte sich in das Gewölbe hinein und ließ den Lichtstrahl die Wände und Regale abtasten, auch den Fußboden. Er hatte es gerade bis zur Mitte geschafft, als er ein Geräusch hörte. Stimmen von draußen, Schritte – und dann das metallische Knirschen eines Schlüssels, der die Tür von außen verriegelte. Die Köchin … Verdammt, jetzt war er hier drinnen eingeschlossen!

Er verhielt sich mucksmäuschenstill, verharrte ein paar Minuten in der Bewegung, die Taschenlampen-App hatte er ausgeschaltet. Seine Sinne passten sich an die Umgebung an. Auch in der Dunkelheit konnte er dunkelgraue Schatten erkennen – ein wenig Licht fiel durch den Türschlitz von draußen und weiteres Licht aus Richtung der Treppe, über die man ins obere Stockwerk gelangen würde. Er hörte sich selbst atmen. Seinen eigenen Herzschlag. Das Rascheln seiner Kleidung. Und … war da nicht ein gedämpftes Murmeln von oben zu hören? Stimmen? Schließlich leise das Geräusch von Motoren. Autos verließen den Hof – sicherlich die Angestellten, die jetzt Schluss machten.

Albin verharrte eine weitere Minute, bis er keine Geräusche mehr von draußen vernahm. Dann stellte er die Taschenlampe wieder ein.

Die Regale und Wäschewagen gaben nichts her – was hatte er auch erwartet? Er betrat den Weinkeller, suchte hier alles ab. Ihm fiel nichts auf, das er nicht zuvor schon gesehen hatte. Dann ging er quer durch das Gewölbe hin zu der neuen, massiven Tür. Albin ruckte am Griff. Natürlich tat sich nichts. Also nahm er seinen Schlüsselbund aus der Jacke, an dem sich ein kleines Multifunktionswerkzeug befand: ein Dietrich.

Als Polizist durfte man natürlich keine Türen einfach so öffnen. Man musste einen Schlüsseldienst kommen lassen und alle möglichen Papiere ausfüllen und Anträge stellen. Aber manchmal musste es eben doch sein und außerdem schnell gehen, weswegen Albin den Dietrich immer bei sich trug. Seit vielen Jahren schon. Etienne Gaspard, der Einbrecherkönig, hatte Albin in die Feinheiten des Knackens von Schlössern eingeweiht. Einerseits, weil er ein Angeber war, andererseits hatte er sich wohl Hafterleichterung versprochen.

So hatte Albin alles Wichtige über die unterschiedlichen Schlosstypen erfahren und wie man sie am besten anging. Eine Weile hatte Albin es sich zum Zeitvertreib gemacht, Schlösser zu knacken. Er hatte immer welche in der Schreibtischschublade liegen, und wenn er nachdenken musste oder lange telefonieren, klemmte er sich den Hörer zwischen Schulter und Ohr, holte ein Schloss heraus und setzte den Dietrich an – so, wie andere Leute beim Telefonieren die Schreibtischunterlage vollkritzelten. In seinen besten Zeiten brauchte er für ein Schloss zwei Minuten. Der Dietrich war ihm häufig zupassgekommen – das letzte Mal war gar nicht lange her, erst ein paar Monate.

Albin steckte das Smartphone in die Brusttasche seiner Daunenjacke, so dass die Lampe das Licht auf das Schloss warf. Er bückte sich etwas, inspizierte es und setzte schließlich den Dietrich an. Er stocherte eine Weile in der Schlossöffnung herum, spürte Widerstände in der Mechanik, begriff Schritt für Schritt den Aufbau des Schlosses. Er setzte erneut an, dieses Mal gezielter – und dann sprang das Schloss auf. Etwa vier Minuten, schätzte er. Gar nicht schlecht.

Albin hatte keine Ahnung, was ihn in dem Raum erwarten würde. Und tatsächlich sah er dort nichts sonderlich Spektakuläres. Ein vollgestellter Kellerraum wie jeder andere auch. Hier schienen Gegenstände aus dem Château zu lagern, die man nicht mehr brauchte, sowie verschiedene Kanister, die wahrscheinlich Putzmittel oder Farben enthielten – was für den Betrieb und die Unterhaltung eines solchen Hauses eben nötig war. In der Mitte befand sich eine hölzerne Klappe im Boden, die wohl noch ein Stockwerk tiefer führen würde. Erneut glitt er mit der Handylampe über die Regale, sah am Boden fünf Feuerlöscher stehen, daneben einen Wäschekorb mit …

Albin sah genauer hin.

Bückte sich, griff mit der Hand hinein. Gasmasken? Vielleicht solche, die man sich als Atemschutz über das Gesicht zog, wenn man etwas lackierte? Nein, dachte er, das sah verdammt noch mal aus wie waschechte Gasmasken.

Feuerlöscher und Gasmasken. Was, zum Teufel, sollte das bedeuten?, fragte sich Albin.

Er richtete sich wieder auf, sah sich nochmals die Regale und die Kanister an. Es waren große Kunststoffgefäße, die mindestens zehn Liter fassten – von was auch immer. Darauf befanden sich symbolische Warnaufdrucke. Aber Albin hatte keinen Schimmer, wofür und was sich genau in den Kanistern befand, denn sie waren mit ziemlich alt aussehenden kyrillischen Schriftzeichen bedruckt. Zur Sicherheit machte er ein paar Fotos mit dem Handy.

Albins Instinkt sagte ihm, dass hier in der Tat etwas ganz gewaltig nicht in Ordnung war. Er drehte sich um, betrachtete die Luke im Boden. Er ging dorthin und anschließend in die Hocke. Er umfasste einen rostigen Griff und zog die Luke nach oben. Sie öffnete sich mit einem schrillen Quietschen. Er sah eine kleine Holztreppe, die nach unten führte. Nur drei Stufen. Die Öffnung unter der Luke war flach, allenfalls eineinhalb Meter hoch. Schwer zu sagen, wofür der Raum früher gebraucht worden war, vielleicht zum Lagern von Kohlen. Jetzt allerdings war dort nichts dergleichen verstaut. Vielmehr schlug Albin ein ölig-metallischer Geruch entgegen. Er sah einige Holzkisten, die olivgrün gestrichen und wie die Kanister mit kyrillischer Schrift bedruckt waren.

Albin ging die drei Stufen hinab und duckte sich. Vor ihm befand sich eine ganze Reihe von Kisten. Etwa zehn mochten hier verstaut sein. Sein Unbehagen wuchs mit jedem Atemzug. Er beugte sich vor, öffnete die Schnappverschlüsse von einem der Behälter, klappte ihn auf und sah dickes Wachspapier. Er hob es an – und hatte keinen Zweifel an dem, was sich darunter befand.

Es handelte sich um Schnellfeuergewehre, der typischen Silhouette nach zu urteilen vom Typ Kalaschnikow und damit aus russischer oder ehemals sowjetischer Produktion.

»Verdammt«, flüsterte Albin atemlos.

Schnell machte er weitere Fotos, schließlich verriegelte er die Kiste wieder. Dann stieg er die Stufen hinauf, schloss die Bodenklappe vorsichtig und so leise wie möglich – und erstarrte in der Bewegung, als er von oben her sehr merkwürdige Geräusche hörte. Es klang, als scharrten hundert Füße auf einmal über den Boden, dann ertönten Gesänge, murmelnde Gebete, ekstatische Rufe.

Zum Teufel, was war da in dem Raum los, der sich direkt über ihm befinden musste?

Albin verließ den Keller. Er verzichtete darauf, mit dem Dietrich wieder abzuschließen, und bewegte sich durch das Gewölbe zur Treppe, die in das obere Stockwerk führte.

Und ging hinauf.

42

Die Tür am Ende der Treppe, die in einen Flur mündete, war zum Glück nicht verschlossen. Albin öffnete sie leise und schlich über den Flur, folgte den Geräuschen und Stimmen. Sie wurden mit jedem Schritt deutlicher. Er blickte sich immer wieder um, versicherte sich, dass er allein war. Falls jemand kommen würde, wäre er geliefert.

Schließlich sah er eine Flügeltür. Sie war verschlossen. Dahinter schien sich ein Saal zu befinden, in dem eine Versammlung stattfand. Und im Gegensatz zu vorher war es jetzt relativ still geworden.

Albin trat näher an die Tür heran. Sie war alt, etwas verzogen. Licht fiel durch einen Schlitz. Er trat noch näher heran, schob den Kopf nach vorne. Der Schlitz war etwa so breit wie sein kleiner Finger. Er konnte hindurchschauen. Was er dann auch tat.

Hinter der Flügeltür befand sich ein großer Saal. Er war mit rotem Teppich ausgelegt. In der Mitte standen zwei lange Tafeln, die mit Tellern und Gläsern bestückt waren. Aber niemand saß am Tisch. Alle standen hinter ihren Stühlen, sicherlich an die fünfzig Personen. Albin traute seinen Augen kaum: Alle trugen weiße Kutten mit roten Kreuzen auf der Brust. Sie wirkten wie die Überwürfe, die Kreuzritter über ihren Rüstungen anhatten. Vor der Tafel standen sechs Personen mit Schwertern in der Hand. Einer von ihnen war Dr. Ion Lazar, kein Zweifel.

Er trat nun vor. Lazar fing an zu reden, sprach weihevoll, aber kräftig. Alle im Raum schienen an seinen Lippen zu hängen, als sei er gerade von einem Berg herabgestiegen und würde die Zehn Gebote verkünden.

»Die Pauperes commilitones Christi templique Salomonici«, sagte Lazar mit vor Ergriffenheit bebender Stimme, »die arme Ritterschaft Christi und des salomonischen Tempels, sind zum Zwecke neu geschaffen worden, um den Interessen aller Völker Europas zu dienen und gemeinsam gegen den europäischen Dschihad zu kämpfen. Wir alle wissen, dass dieser Dschihad seit vielen Jahrhunderten andauert, mal stärker, mal weniger ausgeprägt, doch stets vorhanden ist. Die Templer haben zu allen Zeiten die Gläubigen vor dem Islam geschützt und sind gegen ihn zu Felde gezogen – als ein Orden, der die Ideale des adligen Rittertums mit denen des Mönchtums vereinte, zweier Stände, die bis dahin streng getrennt waren. Und genauso werden wir gegen den Dschihad kämpfen – als Ritter und als geistige Führer – jedoch unter anderen Vorzeichen. Wir kämpfen dieses Mal nicht gegen den Islam. Wir kämpfen für den Schutz aller Menschen. Doch dazu müssen wir ein Weltenfeuer entfachen, den Heiligen Krieg neu entzünden und die alten Fronten aufeinanderschleudern, um sie ein für alle Mal zu vernichten und aufzulösen. Wir werden einen Flächenbrand entfachen, aus dem ein neues Europa entstehen kann, das frei sein wird von allem Machtstreben, das allen Schutz bietet, die ihn benötigen – doch dazu muss das Alte ausradiert werden.«

Meine Güte, dachte Albin. Was redete der für ein wirres

Zeug? Und es protestierte niemand. Im Gegenteil. Gerade hoben alle die Hände, die rechte zur Faust geballt. »So sei es«, riefen sie mit einer Stimme.

Lazar fuhr fort.

»Wie ihr wisst, ist die Volksgemeinschaft der Banater aus dem Kampf gegen den Islam und das Osmanische Reich entstanden. Die Siedler waren gekommen, um ein Bollwerk gegen die Türken zu errichten. Das Ziel hat sie zusammengeschweißt – und dieses neue Volk der Banater existiert weiter, bis heute, und verbreitet sich überall in Europa, nachdem ihm der ursprüngliche Raum genommen wurde. Das zeigt, dass ein Zusammenrücken in Europa möglich ist, sobald sich die Notwendigkeit ergibt. Und es zeigt, dass ein aus vielen Völkern neu entstandenes Volk die Kraft zum Überdauern hat. Ihr habt gesehen, wie schnell der Funke in der arabischen Welt übersprang, wie kraftvoll und mächtig der Islamische Staat in kürzester Zeit geworden ist, dass es einiger Großmächte bedurfte, um ihn zu bekämpfen. So wird es auch in Europa geschehen, wenn wir ihm neue Hoffnung und einen neuen Geist schenken.

Wir folgen einem göttlichen Auftrag. Gott hat uns als Ritter auserwählt, doch da wir zu wenige im Kampf gegen alle sind, werden wir das Zünglein an der Waage bilden, werden die Lunte an der Bombe entzünden, die das reinigende Feuer entfachen wird, aus dem wir als geistige Führer wie Phönix aus der Asche emporsteigen werden. Wir nutzen die großen Armeen dieser Welt als unsere eigene. Die Endzeit, meine Freunde, ist gekommen. Das Armageddon ist da. Wir werden gegen den Terror zu Felde ziehen, den Terror von links, den Terror von rechts, den Terror des Islam sowie den christlichen und jüdischen Terror.

Wir werden ihn in noch größerem Terror ersticken, Feuer mit Feuer bekämpfen, auf den glühenden Trümmern wandeln und neues Leben säen! Wir betreten die höhere Sphäre unserer Großmeister Moses und Jesus und Josua, die aufgestiegen sind zum Sirius. Wir werden die sterblichen Hüllen zurücklassen, die Transformation und den Transit vollziehen und mit den Weisen zurückkehren, wie es in der Vorsehung bestimmt ist, um die neue Menschheit zu formen!«

Ach du Scheiße, dachte Albin.

Du liebe Zeit.

Die waren komplett durchgeknallt.

Und zwar völlig.

Allerdings waren Durchgeknallte mit einer Ideologie, einem Ziel, einem charismatischen Führer und jeder Menge Waffen stets eine außerordentlich ernstzunehmende Angelegenheit. Das, da war sich Albin sicher, lag hier nicht anders. Nach Lazars Worten war vollkommen klar, dass die Kuttenträger Terroranschläge planten, um ihre irren Ziele zu verfolgen. Und wenn Lazar von Dschihad redete und davon, die Fronten aufeinanderzuschleudern und einen Flächenbrand zu entfachen, konnte das nur bedeuten, dass sie die Anschläge dem jeweils anderen in die Schuhe schieben würden – zum Beispiel Anschläge gegen Moscheen irgendwelchen christlichen oder rechten Gruppierungen, oder sie würden für Anschläge gegen christliche Gruppen Islamisten verantwortlich machen.

Da Lazar genau jetzt zuschlagen wollte, Weihnachten ein christliches Fest und die ganze Zeit von Europa die Rede war, blieb eigentlich nur die letzte Variante übrig: Sie planten einen Anschlag, für den sie dann islamistische

Terroristen verantwortlich machen würden. Und dann, dachte Albin, würden sich die Neotempler rund um Lazar vermutlich alle die Kugel geben – in der Annahme, anschließend auf dem Sirius herumzuwandeln.

Lazars Armee hatte ganz offensichtlich brandgefährliche Pläne, und er selbst war vom Größenwahn gepackt. Was auch immer er und seine Gruppe vorhatten, fest stand: Der Mann und seine Ritter mussten aufgehalten werden, und zwar so schnell und effektiv wie möglich, bevor irgendjemand zu Schaden kam.

»Möge es beginnen! Ihr werdet Augenzeugen sein und uns leiten!«, rief Lazar.

Und damit setzten sich die Schwertträger unter seiner Führung in Bewegung.

Verdammt, sie kamen direkt auf die Flügeltür zu, hinter der Albin sich versteckte.

43

Albin lief los, den Flur zurück in die Richtung, aus der er gekommen war. Er bog nach links ab und hastete durch die Kellertür die Treppe hinab, denn er nahm nicht an, dass sie dorthin gehen würden, um zum Beispiel etwas von dem Wein zu holen, den er eben angeliefert hatte. Nein, die hatten etwas anderes vor.

Am Ende der Treppe blieb er stehen, lauschte. Er hörte Schritte auf dem Flur, die sich näherten. Er musste unbedingt Castel anrufen, dachte er. Sobald es möglich wäre, müsste er Alarm schlagen und …

Jetzt hörte er, wie die Tür sich öffnete. Verflucht, die kamen doch in den Keller! Albin überlegte hastig, wo er sich hier am besten verstecken könnte. Quer durchs Gewölbe zum Ausgang hin konnte er nicht mehr laufen.

Ihm fiel nur eine brauchbare Möglichkeit ein.

Mit drei großen Schritten gelangte er in den Raum mit den Kanistern und den Feuerlöschern, zog die Tür rasch wieder zu. Er bewegte sich in die Mitte des Kellers, hob die Bodenklappe an, ging die drei Stufen hinab. Dann schloss er die Klappe so leise wie möglich über sich und kauerte sich auf den Boden. Sein Herz raste.

Mit dem Pulsschlag wurde es kein Stück besser, als sich die Schritte näherten. Die Tür zu dem Kellerraum wurde geöffnet, und er hörte Stimmen nun direkt über sich. Licht fiel durch die Schlitze im Holz. Es gab ein dumpfes Geräusch, als sich jemand genau auf die Bodenklappe stellte. Sie bog sich leicht durch, Staub rieselte herab.

Jetzt war Albin gefangen wie eine Ratte.

Er erkannte Lazars Stimme. »Warum war die Tür schon wieder offen?«

»Ich weiß nicht«, sagte eine andere Stimme.

Albin hörte Ratschen, Metall auf Stein. Schwere Gegenstände wurden aus dem Regal genommen und abgestellt.

»Verdammt!«, bellte Lazar. »Ich begreife es einfach nicht. Warum war die Tür geöffnet? War jemand hier drin, um etwas zu holen? Wozu und wer?«

»Ich weiß es nicht, Großmeister«, sagte eine dritte Stimme.

»Irgendwer muss doch …« Lazar keuchte. Er klang gestresst. Außer sich.

»Vielleicht das Küchenpersonal?«

»Die haben keinen Schlüssel«, knurrte Lazar. »Genau vier Personen haben einen Schlüssel! Und ich habe angewiesen, dass die Tür stets abgeschlossen ist, nachdem dieses Wäschereimädchen hier hereinmarschiert ist und gesehen hat, was sie nicht sehen durfte! Wegen ihr ist fast alles aus dem Ruder gelaufen, verdammt, und deswegen, weil Florin sich wie ein Trottel benommen und mit der Leiche verrückte Dinge angestellt hat, statt zu tun, was ich ihm aufgetragen habe!«

Albin hörte zu. Einige Zahnräder in seinem Kopf rasteten ein. Der Staub kitzelte ihm in der Nase.

Lazar schimpfte weiter. »Und das alles nur, weil diese Tür offen stand. Weil ihr, meine Erzengel, genau ihr, die verdammte Tür offen gelassen habt, als ihr zum Testlauf im

Wald bei La Roque aufgebrochen seid. Deswegen konnte das Mädchen hier herein – und musste aus dem Weg geschafft werden, damit sie nicht redet. Es lag an euch, und wir können von Glück sagen, dass die Untersuchungen an den toten Kühen und den toten Vögeln nicht sehr genau ausfielen.«

»Die Vögel sind einfach vom Himmel gefallen«, sagte eine tiefe Männerstimme. »Die Kühe waren ein Kollateralschaden. Der Wind …«

»Das spielt jetzt keine Rolle mehr«, sagte Lazar.

»Und Florin?«, fragte eine weibliche Stimme.

Wieder Lazars Stimme, angestrengt, als ob er etwas hochhob: »Er wurde auserwählt, als Erster die Transgression anzutreten und unser Wegbereiter in der höheren Sphäre zu sein. Er hätte niemals einem Polizeiverhör standgehalten und Dinge ausgeplaudert, die den heiligen Plan gefährdet hätten. Er hat einen Bekennerbrief geschrieben, und die Polizei hat sich damit zufrieden gezeigt.«

Deswegen, dachte Albin. Meine Güte, deswegen war Stéphanie Kaufmann umgebracht worden? Weil sie in diesem Raum zufällig gesehen hatte, was Albin ebenfalls gesehen hatte? Deswegen war dieser Florin auf sie angesetzt worden, um sie umzubringen? Auf Lazars Geheiß? Damit sie nicht erzählen konnte, was sie hier gefunden hat? Und dieser Florin – mit dem ging es dann durch – und sein Selbstmord war fingiert, um auch ihn aus dem Verkehr zu ziehen. Von Versuchen im Wald war die Rede … im Wald von La Roque, wo die auf unerklärliche Weise verendeten Tiere gefunden worden waren?

Albins Gedanken kreisten rasend schnell. Das Blut rauschte in seinen Ohren. Er bemühte sich, so flach wie möglich zu atmen. Wieder gab es dumpfe Erschütterungen über ihm, als die Leute auf der Bodenluke herumtrampelten. Wieder rieselte Staub herab, mitten in Albins Gesicht, und kitzelte noch viel kräftiger als zuvor in seiner Nase.

»Es ist mir unerklärlich«, sagte die Frauenstimme, »wie das mit der Tür geschehen konnte. Ich weiß nicht, wer hier unten war. Vielleicht war es Madeleine, deine Assistentin, Großmeister. Madeleine hat doch einen Schlüssel, oder?«

»Hat sie. Aber was sollte sie hier wollen? Spielt jetzt ohnehin keine Rolle mehr«, sagte Lazar und klang wieder ruhiger. »Was geschehen wird, wird so oder so geschehen, und zwar jetzt.«

Wieder wurde über Albin herumgeräumt. Der Staub in der Nase machte ihn fast wahnsinnig. Um Himmels willen, dachte Albin, bloß nicht niesen. Bloß nicht! Er kniff sich die Nase zu, die Augen ebenfalls, hielt erneut die Luft an.

Dann entfernten sich die Leute von der Bodenluke. Sie schienen irgendwelche Dinge aus dem Raum zu schleppen.

Albin wollte der Kopf platzen. Er dachte an alles Mögliche, um sich vom Niesen abzuhalten. Schlagartig wurde es wieder dunkel um ihn herum – kein Licht fiel mehr durch die Ritzen. Die Tür wurde geschlossen. Die Geräusche wurden leiser, entfernten sich. Schließlich wagte er wieder zu atmen. Es ging. Der Niesreiz ließ nach. Er gab sich noch einige Sekunden, nahm dann die Finger von der Nase und lauschte. Jetzt hörte er gar nichts mehr. Eine weitere Minute später beschloss er, dass er dieses Grab verlassen musste, um sich zu vergewissern, dass er nicht länger in Gefahr war.

Albin drückte die Luke vorsichtig an. Das metallische Geräusch der Scharniere erschien ihm überlaut. Er linste durch den Spalt, sah aber nichts als Dunkelheit. Also presste er die Luke ganz nach oben. Als er wieder stand, nahm er das Handy und stellte die Taschenlampen-App ein. Sofort fiel ihm auf, dass einige der Kanister fehlten. Ebenfalls die Feuerlöscher und die Kiste mit den Masken.

Er bewegte sich zur Tür. Hoffentlich hatten Lazar und seine Irren sie nicht abgeschlossen. Albin hatte nichts dergleichen gehört, aber sicher konnte er nicht sein. Also probierte er, sie zu öffnen – und es gelang. Er schaute um die Ecke ins Gewölbe, wo er nichts sah außer einem Lichtschein, der von der nach oben zum Flur führenden Treppe fiel. Dann merkte er auf, als er meinte, die Geräusche von startenden Motoren zu hören. Autos fuhren vom Hof. Daraus schloss er, dass Lazar und seine Leute aufbrachen – aber wohin aufbrachen? Um was zu tun?

Nichts Gutes, so viel war klar.

Dann vernahm er wiederum Stimmengemurmel und das Scharren von Füßen aus dem Saal über sich. Die Leute dort schienen immer noch da zu sein. Was bedeutete, dass er sich nach wie vor mucksmäuschenstill verhalten musste, da er jederzeit entdeckt werden konnte.

Albin stellte die Taschenlampe aus. Er blieb in der offenen Tür stehen, ließ die Treppe zum Flur nicht aus den Augen. Sobald sich dort etwas bewegen würde, müsste er sich wieder verstecken. Aber es gab noch etwas, das er unbedingt tun musste.

Er rief Castels Nummer aus dem Telefonspeicher auf, wählte sie an und ließ es einige Male klingeln. Warum, zum Teufel, ging sie nicht dran? Er wollte gerade den Anruf beenden, um Therouxs Nummer zu wählen, da nahm sie das Gespräch schließlich doch entgegen.

»Castel«, flüsterte er. »Alarmstufe Rot.«

»Was? Wie? Albin? Wo stecken Sie, und warum flüstern Sie? Was …«

»Ich bin im Château du Soleil. Ich kann nicht lauter reden. Sperren Sie die Ohren auf.«

Und dann gab er ihr eine Zusammenfassung. Er erzählte von den Neotemplern, von der Versammlung und von dem, was er über Lazar erfahren hatte. Er ergänzte es, indem er von den merkwürdigen Kanistern, den Feuerlöschern und den Gasmasken sowie den Kisten mit den Waffen erzählte.

»Stéphanie Kaufmann muss zufällig gesehen haben, was ich auch gesehen habe, Castel. Deswegen musste sie sterben. Weil man Angst hatte, dass sie es erzählt und Lazar und seine Verrückten auffliegen.«

»Aber ihr Mörder hat ein Geständnis abgelegt.«

»Vergessen Sie das, Castel. Ich habe es in Lazars eigenen Worten gehört, dass er diesen Florin beauftragt hat, Stéphanie aus dem Weg zu räumen. Und dann habe er Dinge mit der Leiche angestellt, die nicht auf dem Programm standen. Weswegen er ebenfalls aus dem Weg geräumt werden musste. Sein Selbstmord war fingiert. Aber das ist jetzt nicht so wichtig. Wichtiger ist, was diese Leute planen und dass sie den Keller voller Sturmgewehre haben. Erinnern Sie sich an die toten Tiere im Wald bei La Roque?«

»Ich – ich habe gerade keine Ahnung, ich …«

»Castel, diese Templer haben im Wald irgendwelche Versuche gemacht, wodurch die Tiere verendet sind. Ich habe ein verflucht schlechtes Gefühl.«

»Sie …«

»Reden Sie mir nicht dauernd dazwischen!«

»Tue ich doch gar nicht! Albin, Sie müssen …«

»Nein, *Sie* müssen, Castel. Sie müssen eins und eins zusammenzählen! Denken Sie an Waco, Texas, und die apokalyptische Sekte, die bis an die Zähne bewaffnet waren und sich eine Schlacht mit der Polizei geliefert haben, um sich am Ende alle umzubringen. Denken Sie an Jim Jones und den Massenselbstmord seiner Anhänger im Dschungel von Guyana und an die Sonnentempler der Neunziger in Frankreich und ihre Morde und Selbstmorde und …«

»Albin! Das sind zu viele verrückte Informationen auf einmal. Beim besten Willen, Sie glauben nicht im Ernst, dass …«

»Castel! Hören Sie mir zu! Ich glaube nicht, ich bin mir sicher, dass gerade sechs Irre in Ritterkutten, die sich für die Reiter der Apokalypse halten, irgendwohin aufgebrochen sind, und ich glaube, dass sich im Château vier bis fünf Dutzend nicht minder Verrückte aufhalten, die auf ein paar Kisten voller Waffen sitzen! Ich schicke Ihnen jetzt gleich ein paar Fotos aufs Handy, die Ihnen die Waffen zeigen werden sowie diese Kanister mit den kyrillischen Aufdrucken. Sie müssen herausfinden, was das ist und was die Leute mit den Feuerlöschern vorhaben! Sie bekommen außerdem Bilder von einigen Autos, die hier parken. Ich habe keine Ahnung, mit welchen davon Lazar und seine Leute aufgebrochen sind, aber geben Sie nach allen eine Fahndung heraus samt der Warnung, dass sie wahrscheinlich bewaffnet sind. Auf den Bildern sollten sie die Kennzeichen erkennen können. Senden Sie mir eine Nachricht, wenn Sie wissen, was in den Kanistern ist – und schicken Sie mir außerdem die Kavallerie hierher ins Château. Die sollen aber bloß nicht mit großem Alarm anrücken und die Leute in Panik versetzen. Die sollen leise sein. Hier stehen fünfzig oder mehr gegen einen. Und der eine bin leider ich.«

»Albin! Sie machen nichts Dummes!«

»Niemals.« Damit beendete er das Gespräch und schnitt Castel den nächsten Satz ab.

Er stellte das Telefon auf lautlos und sendete die angekündigten Fotos. Schließlich überlegte er, was er nun tun sollte. Bis Verstärkung anrückte, könnte es noch eine Viertelstunde dauern, vielleicht sogar länger. In dieser Zeit konnte viel passieren.

Zum Beispiel könnte sich eine weitere Gruppe der Templer in Bewegung setzen, um in den Keller zu kommen und sich ein paar Gewehre zu schnappen. Und dabei Albin entdecken.

Albin drehte sich um. Er schaltete die App an. Jetzt sah er eindeutig, dass die Kanister mit den kyrillischen Aufdrucken aus den Regalen fehlten, während andere mit Putz- und Bleichmittel noch dastanden. Er blickte zur offen stehenden Luke und den Stauraum, der eben sein Versteck gewesen war. Er ging die drei Stufen herab, öffnete die Waffenkiste, in die er vorhin schon einen Blick geworfen hatte.

Die Gewehre waren allesamt mit Magazinen ausgestattet. Albin nahm eine Kalaschnikow heraus. Das Gewehr war nicht zu schwer, aber auch nicht sehr leicht und wirkte gut ausbalanciert, das musste man sagen. Er betrachtete die Waffe, bewegte einen Hebel, worauf das Magazin aus der Arretierung glitt. Albin nahm es und steckte es sich in die Seitentasche. Er legte das Gewehr zurück und nahm ein weiteres heraus. Der identische Typ, doch in diesem ließ er das Magazin stecken. Er suchte den Hebel zum Entsichern und bewegte ihn. Dann hakte er den Zeigefinger in einen weiteren Hebel an der Seite, um die Waffe durchzuladen und schussbereit zu machen.

Bevor ihr zu mir kommt, dachte Albin, komme ich zu euch.

44

Castel stand mitten auf dem Weihnachtsmarkt in Aix-en-Provence auf dem Cours Mirabeau. Dort reihte sich Holzbude an Holzbude. Gerade wurden die Lichterketten eingeschaltet, die wie feine Spinnweben die kahlen Pappeln schmückten.

Sie starrte das Telefon an und versuchte zu verarbeiten, was Albin ihr gerade erzählt hatte. Ihr Handy pingte einige Male. Bilder gingen ein. Sie schaute sie an. Ihr Mund stand offen, und sie hörte sich selbst »Oh Gott!« sagen.

Castel hatte eigentlich ins Reisebüro gehen, ein paar Süßigkeiten kaufen und Jean dann aus dem Museum abholen wollen, denn sie hatte sich den Nachmittag freigenommen und gedacht, sie könnte ihn mit ein paar Angeboten für Barcelona oder Cádiz überraschen, aber …

Aber jetzt?

Sie versuchte, ihre Gedanken zu sortieren. Menschen drängten an ihr vorbei. Überall roch es nach Gebratenem. An einem Stand, wo es Thüringer Bratwurst aus Deutschland gab, drängten sich die Kunden in Trauben. Stimmen, Musik, Geräusche vom Verkehr, alles addierte sich zu einem Summen in Castels Kopf, die immer wieder von Passanten angestoßen wurde. Bald würde es hier noch voller werden – mit Einbruch der Dunkelheit.

Schließlich schnappte sie nach Luft, blinzelte – und war

wieder voll da. Es hatte keinen Sinn, über das nachzugrübeln, was Leclerc am Telefon berichtet hatte. Würde Leclerc dummes Zeug erzählen oder übertreiben? Nein.

Es gab keinen Zweifel, dass es stimmen musste. Er hatte in der Vergangenheit stets richtiggelegen und war auch dieses Mal seiner Intuition gefolgt, vom geraden Weg der Ermittlungen abgewichen und auf etwas ganz und gar Außergewöhnliches gestoßen. Etwas außergewöhnlich Gefährliches.

Castel musste in den Handlungsmodus schalten. Und tat es.

Sie trat einige Schritte hinter die schier endlose Reihe von Holzhütten des Weihnachtsmarktes und rief bei der Polizei in Carpentras an. Sie gab alle Informationen von Albin durch, sendete die Bilder und rief ins Telefon: »Hört auf mit euren Fragen! Ich weiß es auch nicht! Ja, es basiert nur auf der Aussage eines Mannes! Aber wir gehen mal davon aus, dass Leclerc recht hat, okay? Um den Rest kümmern wir uns später. Macht einfach! Schickt ein Kommando zum Château du Soleil! Es ist Gefahr im Verzug – da könnt ihr auf Durchsuchungsbefehle verzichten! Gebt Fahndungen nach den Autos heraus! Ja, nach allen – wir wissen im Moment nicht, welche davon fehlen. Und treibt jemanden auf, der die Aufdrucke auf den Kanistern lesen kann!«

Dann rief sie bei Staatsanwalt Luc Bonnieux an, gab ihm ebenfalls eine Zusammenfassung und schickte die Bilder von Leclerc.

»Was, zum Teufel …«, hörte sie ihn sagen. »Ich sitze hier am Schreibtisch und kümmere mich darum, dass der Mordfall Stéphanie Kaufmann abgeschlossen werden kann – und dann kommen Sie mir mit so etwas?«

»Ja.«

»Was, zur Hölle, treibt Leclerc im Château? Wie kommt dieser Verrückte zu den ganzen Vermutungen? Und wo sind die Belege, dass …«

»Er hat alles mitangehört. Außerdem hat er eine Kiste voller russischer Schnellfeuergewehre fotografiert, und da sind weitere Kisten zu erkennen. Außerdem hat dieser Dr. Lazar eine zweifelhafte Vergangenheit. Insgesamt sind das ausreichend …«

Bonnieux war außer sich. Seine Stimme überschlug sich. »Verdammt! Leclerc behauptet, dass wir es mit einer bis an die Zähne bewaffneten apokalyptischen Sekte zu tun haben, die Anschläge plant – und wo sind die Beweise? Wie kommt er dazu, sich ins Château einzuschleichen und Hausfriedensbruch zu begehen und …«

Ein Telefonat ging ein. Das Hauptquartier in Carpentras. »Moment bitte«, sagte Castel und drückte den schimpfenden Staatsanwalt mitten im Satz in die Warteschleife, um das andere Gespräch anzunehmen. Es war Zahir.

Er sagte: »Ich wusste mir nicht schneller zu helfen. Ich habe meinen Schwager angerufen. Er stammt aus Tripolis. Er hat in Kiew Agrartechnologie studiert. Er sagt, dass die Aufschriften Russisch sind und dass es rumänische Stempel auf den Etiketten gibt sowie Warnsymbole. Er sagt, es handelt sich um Gas. Chlorgas und Sarin. Das sind Kampfstoffe.«

Castels Augen weiteten sich. Sie fühlte sich wie schockgefroren. »Giftgas?«

»Sarin und Chlorgas wurden im Ersten Weltkrieg eingesetzt und später immer wieder von vielen Despoten. Beides ist tödlich und verursacht außerdem schwerste Verletzungen. Die Aum-Sekte hat bei einem Anschlag in der Tokioter U-Bahn Sarin freigesetzt, und …«

Sekte.

Das Wort gellte in Castels Ohren. Castel drückte Zahir weg und holte Bonnieux zurück in die Leitung, der immer noch über Leclerc schimpfte und dazwischen Castels Namen rief.

»Sie drücken mich weg?«, fauchte er. »Sie drücken mich einfach so weg, um …«

Sie sagte: »Es ist Giftgas.«

»Was?« Wieder überschlug sich Bonnieuxs Stimme.

»Die Etiketten auf den Kanistern besagen, dass sich Sarin und Chlorgas darin befinden.«

»Gott! Und damit sind diese Leute aufgebrochen?«

»Ja«, erwiderte Castel. »Genau.«

Bonnieux schwieg eine Weile. Dann sagte er: »Sie setzen alle Hebel in Bewegung. Ich ebenfalls.« Dann beendete er das Gespräch.

Castel schwitzte und fror gleichzeitig. Ihre Hand zitterte, als sie Therouxs Nummer wählte. Er hatte heute Nachmittag ebenfalls frei und wollte in Avignon Weihnachtsgeschenke kaufen. Sie erreichte ihn in einem Spielzeuggeschäft und erzählte ihm, was los war.

»Ich … ähm …«, stammelte er. »Ernsthaft?«

»Ernsthaft.«

»Woher soll das Zeug kommen? Und die Waffen? Und was soll das alles …«

»Theroux, ich weiß es nicht. Das Gas und die Waffen könnten aus russischen Beständen stammen. Lazar war bei der rumänischen Armee. Er hatte womöglich Zugang oder alte Kontakte, Netzwerke. Keine Ahnung. Leclerc hat Gasmasken fotografiert. Er hat gehört, wie sie von Anschlägen sprachen und einem apokalyptischen Weltende.«

»Die wollen das in Feuerlöscher füllen und setzen sich Gasmasken auf – und dann?«

An die Feuerlöscher hatte Castel noch gar nicht gedacht. Vor ihrem geistigen Auge erschien das Bild von in Kreuzritterkutten Gewandeten, die Gasmasken trugen, um ihre Feuerlöscher wie Rohrbomben zu platzieren und anschließend hochgehen zu lassen. Oder sie wie Flammenwerfer einzusetzen und aus den Schläuchen Giftgas zu sprühen.

Sie sagte: »Alain, ich weiß nicht, was sie planen. Aber du solltest so schnell wie möglich ins Büro und alles stehen und liegen lassen. Ich werde jetzt umgehend zu den Kollegen in Aix gehen und Alarm schlagen.«

»Und Albin?«

»Ist noch im Château.«

»Und was treibt er dort?«

Castel war übel.

»Ich hoffe«, sagte sie mit bebender Stimme, »nichts Dummes.«

45

Lazar saß auf dem Beifahrersitz und lud in jede der beiden Pistolen eine Kugel. In den zwei anderen Autos befanden sich ebenfalls welche. Sie waren für den Fall der Fälle, damit sich die Erzengel zur Wehr setzen konnten, falls jemand sie angreifen würde, um sie von ihrer Mission abzuhalten.

Lazar und der ehemalige Privatbankier Marcel Degand bildeten ein Team. Charlotte Sautel und Denis Riquier das zweite, Thierry Rigaud und Francis Lion das dritte. Noch fuhren sie im Konvoi. Gleich würden sie sich teilen und jedes Team in eine andere Richtung steuern, dem Ziel entgegen. In jedem Kofferraum lagen jeweils zwei umfunktionierte Feuerlöscher. Man konnte sie mit Schlaufen an der Schulter tragen. Ein Mitglied der Gemeinschaft, das lange Jahre in einem Chemieunternehmen gearbeitet hatte, hatte sie jeweils mit Chlorgas befüllt. Neben den Feuerlöschern befanden sich die Behälter mit weiterem Chlorgas und dem Sarin. Sie waren nicht zum Nachfüllen gedacht, sondern zum vollständigen Entleeren im zweiten Durchgang der Mission.

Bei seiner Flucht mit Florin hatte Lazar einen Transporter als Fahrzeug gewählt. Die Kaserne war bereits verlassen worden. Ein wahrer Selbstbedienungsladen. Er hatte aufgeladen, was er in die Finger bekam, ohne genau zu wissen, was er damit im Westen anstellen würde. Nahe der Grenze zu Österreich hatten er und Florin gestoppt. Sie waren in den Wald gegangen und hatten mit Klappspaten mehrere Löcher im Boden ausgehoben, sie mit Militärplanen ausgekleidet und dann die Waffenkisten sowie die Kanister mit dem Kampfgas hineingesetzt, sie mit Planen bedeckt und wieder vergraben. Nach dem Fall der Mauer, der Erweiterung der Europäischen Union und der Nato nach Osten sowie der Öffnung der Grenzen waren Lazar und Florin zurückgekehrt. Sie hatten alles wieder ausgegraben, in einen Miet-Lkw geladen, der mit Möbeln vollgestellt war, und die Waffen und das Kampfgas in der Ladung versteckt. Hätte sie jemand angehalten, hätten sie auf dem Rückweg gesagt, dass sie den Haushalt der verstorbenen Großmutter aus Temeswar aufgelöst hätten. Teile der Waffen hatte er verkauft, um damit den Umbau des Châteaus zu ermöglichen. Den größeren Teil hatte er behalten, um ihn später zu veräußern.

Doch dann hatte sich der Plan geformt, den er nun umsetzen würde. Und dabei spielten die Bestände im Keller des Anwesens eine entscheidende Rolle. Die im Château verbleibenden Waffen würden seine Anhänger einsetzen, um sich zu wehren, falls etwas schieflief und zum Beispiel die vorgefertigten Bekennerschreiben und Videos des Islamischen Staates angezweifelt würden. In diesem Fall würde sich das Château in eine Festung verwandeln.

Der Plan besagte, dass die Gruppe im Château abwarten würde, bis die Erzengel ihren Kreuzzug beendet hatten, die Bekennerschreiben publiziert und somit die Lunten an den Pulverfässern Frankreichs und dem Rest der Welt entzündet waren. Erst dann würden sie die Transformation antreten, sie alle zusammen. Bis man die sterblichen Hüllen finden würde, wären so viele Tage vergangen, dass das Armageddon nicht mehr aufzuhalten wäre – selbst wenn man nach Tagen oder Wochen den »Neuen Sonnenorden der armen Tempelritter« mit den Anschlägen in Verbindung bringen würde. Bis dahin wären sie alle längst zu den legendären Großmeistern auf den Sirius gereist – und würden von dort nach der großen Säuberung Europas zurückkehren.

Der Flächenbrand, der in etwa einer Stunde ausgelöst werden würde, wäre mindestens so groß wie die Anschläge vom elften September. Größer als alles, was Frankreich und ganz Europa bisher erlebt hatten. Es würde nicht nur Hunderte Tote geben, sondern dazu noch Tausende Verletzte, legte man einmal die Zahlen zugrunde, die Chlorgasangriffe in Syrien und im Irak zur Folge gehabt hatten. Das dort eingesetzte Material stammte damals aus russischer Fabrikation, genau wie das Gas, das Lazar nun zur Verfügung stand. Chlorgas und Sarin waren außerdem im Ersten Weltkrieg auf den Schlachtfeldern Frankreichs eingesetzt worden – somit stand der Nation ein symbolisches und zugleich traumatisches Ereignis bevor.

Eine Vergiftung mit Chlorgas griff den gesamten Organismus an. Es verursachte Flüssigkeitsansammlungen in der Lunge. Augen, Haut, Kreislauf – der komplette Körper wurde betroffen. Sarin gehörte zu den giftigsten Kampfstoffen. Es war geruchs- und geschmacklos und unsichtbar. Es konnte auch über die Haut aufgenommen werden, weswegen Gasmasken zum Schutz nicht ausreichten. Schon ein Milligramm auf der Haut konnte binnen kürzester Zeit zum Tod führen, zu Atemlähmung und Herzstillstand.

Weil es so schwierig einzusetzen war, befand es sich nicht in den zu Gaswerfern umgebauten Feuerlöschern, sondern blieb in den Kanistern.

Der Konvoi erreichte nun die Kreuzung. Hier teilten sich die Wege. Lazar und Degand fuhren in Richtung Westen, Charlotte Sautel und Denis Riquier nach Süden, Thierry Rigaud und Francis Lion nach Osten.

Lazar warf noch einmal einen Blick in den Rückspiegel auf das Château, sein Lebenswerk. Vielleicht würde er später hierher zurückkehren, um den großen Transit zu steuern. Vielleicht würde er auch nicht wieder zurückkehren und im Dschihad fallen.

Das alles lag nun in der Hand einer höheren Macht, nicht mehr in den Händen eines einzelnen Menschen.

46

Albins Hände schwitzten. Er hielt das Gewehr so fest, dass die Knöchel weiß hervortraten, und pirschte durch das Gewölbe. Dann erreichte er die Treppe und bewegte sich die Stufen hinauf zum Flur.

Alles war menschenleer. Dennoch hörte er gedämpfte Geräusche aus dem Saal. Sein Herz schlug schnell, als er sich erneut vor der Tür postierte und wieder durch die Ritze sah.

Er hatte zwei Möglichkeiten: hier stehen bleiben und darauf warten, dass die Kavallerie eintraf oder möglicherweise weitere Sektenmitglieder sich anschickten, den Raum zu verlassen – oder er konnte reingehen.

Er fragte sich, was er erreichen wollte. Die Schäfchen beisammenhalten, damit keines entkam. Er wollte aber außerdem wissen, wohin Lazar und die anderen aufgebrochen waren und was sie planten. Zudem war nicht auszuschließen, dass die Leute im Saal etwas Verrücktes anstellen würden, zum Beispiel einen Massenselbstmord begehen oder weiß der Teufel was. Doch würden sich die selbsternannten Templer von einem Pensionär mit einem Schnellfeuergewehr beeindrucken lassen, wenn sie doch schon den Entschluss gefasst hatten, die Erde zu verlassen?

Na ja, dachte Albin, es war vielleicht eine Sache, aus eigenen Stücken einen Becher mit Gift zu trinken. Eine andere Sache war es, wenn man sich mit der Möglichkeit konfrontiert sah, dass einem ein 7,65-Millimeter-Kaliber mit einer Geschwindigkeit von siebenhundert Metern pro Sekunde ins Knie geschossen wurde, was sämtliche Knochen, Knorpel und Sehnen pulverisierte. Niemand mochte Schmerzen. Nicht mal Leute, die gen Himmel fahren wollten, überlegte er.

Außerdem war nicht auszuschließen, dass dieser Raum über einen weiteren Ausgang verfügte, der als Fluchtweg dienen konnte. Dann würde er hier herumstehen und warten, während die Bagage da drinnen den Abflug machte.

Abwarten oder handeln?

Handeln würde in dem Fall bedeuten: um die fünfzig zu allem entschlossene Irre gegen einen Endsechziger mit Schnellfeuergewehr – und niemand garantierte Albin, dass die Kuttenträger dort drinnen unbewaffnet waren, wo sie doch den ganzen Keller voller Gewehre hatten.

Albin glaubte nicht, dass er noch viel Zeit hatte, und er wollte die verbleibende nicht verschleudern, schon gar nicht mit Zaudern. Also entschied er sich fürs Handeln.

Er öffnete die Tür mit einem Ruck und stand eine Sekunde später im Saal. An die fünfzig Menschen befanden sich hier. Männer und Frauen – alle trugen weiße Gewänder mit roten Tatzenkreuzen. Sie saßen rund um die in Hufform aufgebaute Festtafel, auf der sich Getränke befanden, Flaschen, Gläser, Silbertabletts mit Kanapees. Sie alle starrten Albin an, der das Schnellfeuergewehr in Anschlag nahm – und im ersten Moment nicht wusste, was er sagen sollte.

Was er zuvor nicht hatte sehen können, war eine Leinwand an der rechten Wand im Saal, auf die ein Beamer ein

Bild warf. Der Beamer war an ein Laptop angeschlossen. Auf der Leinwand sah man eine geographische Karte mit Straßen, Städtenamen und roten Punkten. Zu erkennen waren außerdem drei Bild-in-Bild-Segmente, die beschriftet waren, aber bislang nur ein graues Bild zeigten. Deswegen hatte Lazar also zum Abschluss seiner Ansprache gesagt, dass die Leute im Château Augenzeugen seien und die Erzengel leiten würden.

Vor dem Laptop erkannte Albin die dunkelhaarige Frau mit der Brille, die ihn vor einigen Tagen im Château in Empfang genommen hatte. Er erinnerte sich an den Namen, mit dem sie sich vorgestellt hatte: Madeleine. Ihr Mund stand offen. Im nächsten Moment packte sie das Laptop mit beiden Händen. Albin nahm das Gewehr in Anschlag und zielte auf sie.

»Polizei! Finger weg!«, rief er.

Woraufhin Madeleine tatsächlich gehorchte. Albin hatte also recht gehabt mit der Annahme, dass die instinktive Angst vor Schmerz und eine auf einen gerichtete Waffe niemals ihre Wirkung verfehlten.

»Polizei!«, rief Albin nochmals. »Weg von dem Laptop!«

Madeleine bewegte sich keinen Zentimeter. Also schwenkte Albin das Gewehr etwas nach links und feuerte einen Schuss ab. Hinter Madeleine zersplitterte die Holzverkleidung an der Wand. Sie schrie auf. Viele andere im Saal ebenfalls. Sie duckten sich. Madeleine lief rasch zur Seite, hielt die Hände über den Kopf, wie um sich zu ergeben.

»Keiner rührt sich!«, rief Albin. »Alle bleiben artig sitzen und legen die Hände auf den Tisch, damit ich sie sehen kann.«

»Sie können uns nichts tun«, sagte ein Mann am Kopfende der Tafel, während viele andere Albins Aufforderung nachkamen. »Sie können uns nichts tun«, wiederholte der Mann. Er war mittelalt, hatte schütteres blondes Haar und den Tonfall eines Menschen, der es gewohnt war, vor anderen zu sprechen. Vielleicht ein Lehrer oder Universitätsdozent. Er stand auf, hob die Hände, allerdings in einer beschwörenden Geste, und funkelte Albin an. »Was geschehen wird, ist nicht mehr aufzuhalten. Unsere Körper sind nur Hüllen, und unsere Seelen werden aufsteigen zu den Großmeistern. Sie können die Gefäße unserer Körper zerschlagen, aber das ändert gar nichts. Ihre Welt, so wie Sie sie kennen, ist Geschichte. Wenn Sie morgen aufwachen, dann …«

»Keine Sorge!«, rief Albin. »Ich werde hier niemanden erschießen. Aber haben Sie eine Ahnung, welche teuflischen Schmerzen ein zerschossener Ellenbogen oder eine zersplitterte Hüfte Ihrem *Gefäß* macht, bis Sie zu den Großmeistern aufsteigen?«

Damit zielte Albin auf den Mann, der stoisch dastand, etwas erschüttert wirkte, aber sich kein Stück bewegte.

»Sie können uns nicht aufhalten!«, rief Madeleine nun auch. »Es ist zu spät! Viel zu spät! Eine neue Welt wird entstehen, und Sie sollten besser mit uns sein statt gegen uns, denn wir werden die neue Welt auf den rechten Pfad führen!«

Albin schwenkte das Gewehr in die Runde. Jeder sollte einmal in den Lauf hineinschauen und sich vorstellen, wie es sich anfühlt, wenn sich eine Kugel in den Körper grub.

»Aufhalten?«, fragte Albin. »Ich kann euch ziemlich gut aufhalten. Ganz bestimmt. Ihr habt Chemiewaffen im Keller. Gewehre. Ich habe alles gesehen. Aber sobald einer von euch aufsteht und den Raum verlassen will, zerschieße ich ihm das Knie.«

Keiner bewegte sich. Alle schwiegen. Albin nickte in Richtung der Leinwand.

»Was ist das?«, fragte er.

Niemand sagte etwas. Albin hatte das auch nicht erwartet. Aber er zog seine Schlüsse. Eine Landkarte des Vaucluse. Drei rote Punkte. Außerdem drei Bildfenster. Das sprach für drei unterschiedliche Positionen und möglicherweise drei Webcams. Vielleicht gaben die Punkte die Positionen von Lazar und den Leuten an, mit denen er aufgebrochen war. Allerdings konnte Albin nichts auf der Karte lesen. Seine Augen waren zu mies – verdammt, er brauchte wirklich eine Brille!

Er wollte gerade erneut die Stimme erheben, als er meinte, die Geräusche von sich nähernden Autos zu hören. Leise. Gedämpft. Und wie es schien, war er damit nicht allein. Alle im Raum merkten auf, wirkten verwirrt. Madeleine starrte Albin an, als wolle sie ihn mit ihren Blicken töten. Der Mann in der Mitte der Tafel stand immer noch, schaute nach links, nach rechts, wollte sich dann in Bewegung setzen. Albin richtete das Gewehr wieder auf ihn.

»Stopp«, befahl er.

Der Mann sah zu Albin. »Ihr Gewehr«, erwiderte er, »hat dreißig Schuss Munition. Wir sind mehr, als Sie Kugeln haben. Sie können uns nicht aufhalten, wenn wir uns alle auf sie stürzen.«

Der Mann hatte zweifellos recht, überlegte Albin. »Nur zu«, sagte er, und dachte: dämlicher Spruch! Warum forderst du die Leute noch auf!

Der Kerl erhob die Stimme erneut. »Brüder! Schwestern! Gemeinsam sind wir eins! Wir dürfen uns nicht aufhalten lassen von …«

Es klang, als ob irgendwo Türen geöffnet wurden. Kies unter Reifen knirschte. Waren das Schritte? Albin musste sich bemerkbar machen.

»… einem Sterblichen wie diesem Polizisten! Die Aufgabe ist größer als alles andere! Treten wir ihm geschlossenen entgegen!«

Albin schwenkte das Gewehr erneut etwas nach rechts und gab einen Schuss ab. Das Knallen war ohrenbetäubend. Die Kugel stanzte ein Loch in die Wand hinter dem Mann, der zusammenzuckte und kreidebleich wurde. Alles war wieder still – bis auf das metallische Klingen der auf dem Boden tanzenden Patronenhülse. Jetzt, dachte Albin, sollte die Kavallerie wissen, wo er sich befand.

Tatsächlich dauerte es keine zehn Sekunden, bis Albin hinter sich lautes Rufen hörte, gebellte Anweisungen – und links und rechts drangen Polizisten in Uniformen der Gendarmerie und der Police nationale mit gezogenen Waffen an ihm vorbei.

Albin erkannte Herbault und Griffon, Varis und Moreau, die in Zivil, aber ebenfalls bewaffnet, mit dem Pulk an Polizisten einrückten. Sie trugen signalrote Armbinden, auf die »Police« gedruckt war.

Während die uniformierten Polizisten die Templer in Schach hielten und damit begannen, Einzelnen von ihnen Handschellen anzulegen, Befehle zu rufen oder in Funkgeräte zu sprechen, fragte Griffon: »Leclerc, was zum Teufel ist das hier?«

Albin nahm sein Gewehr runter.

Er fragte: »Hat Castel euch die Bilder geschickt?«

»Hat sie.«

»Geht in den Keller. Stellt die Waffen und das Chemiezeug sicher.«

»Vier Kollegen sind bereits dort.«

»Gut«, sagte Albin. Er sprach laut. Die Verhafteten fluchten und schimpften. Einige versuchten tatsächlich zu fliehen, wurden aber aufgehalten und zu Boden geworfen, wo man ihnen die Hände mit Kabelbindermanschetten auf dem Rücken fesselte.

»Diese Leute«, fuhr Albin fort, »sind auf einem Himmelfahrtskommando. Eine Handvoll rund um Dr. Ion Lazar ist unterwegs und plant einen Anschlag. Oder mehrere.« Albin deutete mit dem Gewehr auf die Leinwand. »Schätze, die wollten das hier live verfolgen.«

»Gott«, brummte Griffon.

Herbault und Varis waren bereits unterwegs, um das Laptop sicherzustellen. Sie starrten abwechselnd auf die Leinwand und das Computerdisplay.

»Das sind GPS-Signale«, rief Varis. »Drei Fahrzeuge sind unterwegs auf der Straße.«

»Was steht über diesen leeren drei Fenstern?«, fragte Albin. »Sieht aus wie Fenster für Bilder von Webcams«, sagte Herbault.

»Was steht da?«, wiederholte Albin.

Herbault las es, drehte sich um, starrte auf die Leinwand, starrte wieder auf den Computer. Blickte dann zu Albin und den anderen.

»Scheiße«, sagte er. »Die Weihnachtsmärkte.«

Albins Blut wollte gefrieren. »Wo?«, fragte er.

»Avignon, Aix-en-Provence, Carpentras«, antwortete Herbault.

Eine Sekunde später zückten er und Griffon fast zeitgleich die Handys, um die Neuigkeiten durchzugeben.

Albin zitterte. Er blickte wieder auf die Leinwand, betrachtete die drei roten Punkte. Einer bewegte sich auf Avignon zu. Der andere bewegte sich in Richtung Aix, würde aber deutlich länger brauchen, um das Ziel zu erreichen. Der dritte Punkt überlagerte sich bereits mit der Markierung von Carpentras auf der Landkarte. Kein Wunder, Carpentras war das Ziel, das vom Château aus am nächsten lag. Und fast die gesamte Polizei aus Carpentras, dachte Albin, war gerade hier im Château du Soleil damit befasst, die Templer zu verhaften und die Waffen sicherzustellen – und nicht vor Ort.

Albin bewegte sich einen Schritt nach hinten. Es interessierte niemanden.

Carpentras, dachte Albin.

47

Les Noëls Insolites, die »Ungewöhnlichen Weihnachten«, wurden in Carpentras seit mehr als zehn Jahren bis über Silvester hinweg gefeiert. Um die achtzigtausend Gäste zählte das Tourismusbüro jedes Mal. – *Les Noëls Insolites* war ein Festival für die Sinne, die Augen und Ohren, eigentlich eher ein Straßentheaterfestival zur Weihnachtszeit.

Es gab rund zweihundertfünfzig Darbietungen von zahlreichen Gruppen in der Innenstadt. Das Spektrum reichte von kleinen Walking Acts bis hin zu spektakulären Umzügen mit meterhohen Figuren, Drachen, Pyrotechnik, fliegenden Darstellern und mit Lasertechnik illuminierten Fassaden oder abendlichen Feuertänzen vor der Kirche. Für Kinder gab es außerdem eine Schlittschuhbahn mit abendlicher Disco und eine kleine Winterwunderwelt aus Kunstschnee, an der Albin vorbeigekommen war, als er den Psychologen Foucher getroffen hatte.

Zudem erstrahlte die Stadt zu Weihnachten in einem bunten Lichterglanz. In den Platanen hingen Lichterketten. Sie waren auch über die Straßen gespannt, in denen es Stände mit adventlichen Angeboten gab. Überall standen Lichtobjekte herum – manche mit weihnachtlichen Motiven, andere stellten im Geiste der *Noëls Insolites* eher abstrakte Wesen oder Fabeltiere dar. Fast jeden Abend gab es Musik in der Stadt, und im Zentrum des Spektakels ruhte der große Weihnachtsbaum vor dem Rathaus. Ja, ungewöhnliche Weihnachten – das traf es in Carpentras ganz gut und machte das Fest der Feste zu etwas, das inspirierte und mit Phantasie, Feiern und Feuerwerk den magischen Geist der Weihnacht einzigartig herausstellte.

Carpentras, dachte Albin erneut. Der Weihnachtsmarkt. Hunderte, womöglich Tausende von Menschen. War nicht für heute sogar der große Umzug geplant? Er dachte an Veronique. Clara. Manon. Tyson. Wollte Clara nicht unbedingt dorthin wegen ihres Faibles für Drachen? Wo doch der Umzug von einem Drachen angeführt werden sollte? Exakt. Veronique hatte davon gesprochen. Von Leon, dem Drachen, der so hieß wie ihr Enkel.

Ein metallischer Geschmack breitete sich auf seiner Zunge aus. Albin bewegte sich weiter rückwärts. Dann stand er auf dem Flur. Er klemmte sich das Gewehr unter den Arm – und lief los in Richtung Parkplatz.

48

Das Gebäude der Police municipale in Aix-en-Provence lag am Cours des Minimes und war nicht weit vom Weihnachtsmarkt auf dem Cours Mirabeau entfernt. Drinnen herrschte helle Aufregung, nachdem Castel eben hereingestürmt war und Alarm geschlagen hatte. Telefone klingelten, Polizisten liefen hin und her, einige Uniformierte drängten sich an Castel vorbei und zogen im Gehen ihre Jacken an.

Castel selbst stand auf dem Flur, ging auf und ab und presste sich das Telefon ans Ohr. Sie sprach mit Herbault, der ihr gerade eine Zusammenfassung vom Einsatz am Château du Soleil gab.

»Ja«, bestätigte sie mit lauter Stimme, »es sind Fahndungen nach den Fahrzeugen herausgegeben worden. Der Weihnachtsmarkt ist sowieso mit Straßensperren abgesichert, alle Einsatzkräfte sind gewarnt worden. Ob sie evakuieren werden, weiß ich nicht. Es muss eine Panik vermieden werden.«

Und dasselbe, da war sich Castel sicher, ging gerade in Avignon vor sich. Auch in Carpentras, wenngleich der größte Teil der örtlichen Polizei momentan am Château war. Aber Herbault versicherte, dass sie sofort aufbrechen würden und alle Sicherheitskräfte auf dem Weihnachtsmarkt in Carpentras alarmiert waren.

»Und Leclerc?«, fragte sie und wich erneut einer Gruppe Polizisten aus.

»Ist weg«, sagte Herbault.

»Wie – ist weg?«

»Er ist verschwunden. Wir wissen nicht, wohin.«

»Verdammt.«

»Er hatte ein Sturmgewehr dabei.«

»Er hatte *was* dabei???«

»Er sagte, er habe die Waffe aus dem Keller, um damit die Verrückten hier im Château in Schach zu halten.«

Castel zischte durch die zusammengepressten Zähne. Sie beendete das Gespräch mit Herbault und versuchte, Leclerc zu erreichen. Doch er ging nicht dran.

»Mist«, fauchte sie – während sie überlegte, dass sie hier doch nichts ausrichten könnte. Bis nach Carpentras würde sie mindestens eine Stunde benötigen, aber … Aber besser in Carpentras als hier in Aix, wo sie allen nur im Weg stand.

Also steckte sie das Handy ein und lief zum Auto, das vor der Tür parkte.

49

Theroux raste mit Vollgas in Richtung Carpentras und ließ Avignon hinter sich. Eben noch hatte er mit den Kollegen dort gesprochen und gehört, dass Alarmstufe Rot herrschte und alle verfügbaren Kräfte auf die Straße geschickt worden waren, um nach den gesuchten Fahrzeugen zu fahnden und den Weihnachtsmarkt zu sichern. Sogar die Armee war verständigt worden. Drei Autos waren unterwegs, besetzt mit Terroristen – da Leclerc die Fahrzeuge am Château fotografiert hatte, hatten die Kollegen per Ausschlusskriterium blitzschnell feststellen können, welche am Château fehlten und folglich auf dem Weg zu den Anschlagszielen waren. Es handelte sich um einen schwarzen BMW X5, einen silbernen Renault Mégane Grandtour sowie eine weiße C-Klasse von Mercedes, T-Modell.

Einige Kollegen aus Carpentras konnten sogar im Château live verfolgen, wo sich die Autos gerade befanden – da hatten sich diese durchgedrehten Templer ganz schön ins eigene Fleisch geschnitten, dachte Theroux. Sie hatten mitansehen wollen, wie ihre Brüder die Anschläge vollzogen und sozusagen eine Einsatzzentrale im Château aufgebaut – nur, dass sich die Technik jetzt gegen sie wandte und der Polizei in die Hände spielte. Ein ziemliches Glück.

Theroux hielt eine Standleitung zu Griffon, der im Château vor der Leinwand saß und dessen Stimme am Handy über die Gegensprechanlage in Therouxs Ford sagte: »Eines der Fahrzeuge kommt direkt auf dich zu.«

»Was?«

Therouxs Stimme überschlug sich. Er fuhr mit mehr als hundert Stundenkilometern auf der zweispurigen D942 in Richtung Carpentras, den Blinker dauerhaft auf links gestellt, und drängte alle anderen Fahrzeuge zur Seite.

»Auf der D942, Fahrtrichtung Avignon. Zwei Streifenwagen sind an ihnen dran. Welcher es ist, kann ich nicht sagen. Der X5, der Mégane oder der Mercedes.«

»Fuck!«, rief Theroux und drängte einen Kleinlaster auf die rechte Seite, um daran vorbeizusausen. »Wie soll ich die erkennen? Es ist dunkel, ich ... Ich habe keine Waffe, ich komme direkt aus dem Spielzeuggeschäft, Mann!«

»Wie ist dein Standort jetzt gerade?«

Theroux keuchte. Auf der rechten Seite lag der Lac du Monteux. Er erkannte den Rutschenturm und den leuchtenden Schriftzug vom »Wave Island« – einem riesigen Aquapark, den er bei gutem Wetter gerne mit seinen Kindern besuchte. Außerdem fuhr er an einem Schild vorbei, das auf den Kreisverkehr hinwies – geradeaus in Richtung Carpentras, rechts nach Monteux Centre.

»Ungefähr auf der Höhe von Wave Island – kennst du das?«, rief Theroux.

»Kenne ich«, erwiderte Griffon. »Sie sind kurz vor dem Kreisverkehr.«

»Was?«, rief Theroux wieder und starrte hektisch nach vorne. Seine Hände waren schweißnass und umklammerten das Lenkrad so fest, dass die Knöchel weiß hervortraten. »Das ist genau vor mir!«

»Genau vor dir«, bestätigte Griffon. »Theroux«, sagte

er, »mach keinen Scheiß. Die Terroristen sind bewaffnet. Aus Avignon sind ebenfalls Streifenwagen unterwegs. Sie werden sie mit einer Straßensperre auf der Gegenfahrbahn stoppen.«

»Ich …« Theroux stammelte. »Ich kann sowieso nicht auf die Gegenfahrbahn! Die Fahrstreifen sind hier mit einer Mauer getrennt!«

Schon sah er, dass er das Tempo reduzieren musste, denn der Kreisverkehr bei Beauchamp lag direkt vor ihm.

Er rief: »Aber die können jederzeit abfahren! Wenn sie das Blaulicht hinter sich sehen, dann … Scheiße, in fünf Minuten wären die bei IKEA – hast du eine Ahnung, was bei IKEA los ist? Kannst … Kannst du dir vorstellen, was die dort anrichten könnten?«

»Die Kollegen wollen sie vorher stoppen. Die Streifenwagen sind etwa zwei Kilometer hinter ihnen. Die kommen nicht bis zum IKEA.«

Theroux drosselte das Tempo. Er fuhr in den Kreisverkehr ein. Er war dreispurig, in der Mitte mit Kies bestreut und mit kleinen Bäumchen bepflanzt. Rechts kam die Abfahrt nach Monteux, dann die, die weiter in Richtung Carpentras führte. Theroux starrte nach vorne. Versuchte, die Autos im Kreisel zu erkennen.

»Ich bin im Kreisel!«, rief er.

»Die sind auch im Kreisel.«

»Fuck!«, rief Theroux erneut.

Er schlug mit der Hand aufs Lenkrad. Schließlich sah er im Licht der untergehenden Sonne einen silbernen Renault Mégane Grandtour, der aus Richtung Carpentras gerade in den Kreisverkehr einfuhr.

»Sichtkontakt mit einem silbernen Mégane«, sagte er.

»Das müssen Sie sein. Häng dich dran!«, rief Griffon und gab das Kennzeichen durch.

Theroux sagte nichts. Der Wagen kam immer näher, war kurz davor, in den Kreisel einzufädeln. Therouxs Blick auf Nummernschilder war routiniert. Mit einem Blick erkannte er, dass es sich um den gesuchten Wagen handelte.

Nun gab es drei Möglichkeiten, dachte Theroux. Ich hänge mich mit den Streifenwagen an die Burschen dran – und die Streifen sind kurz hinter denen, müssten in zwei Minuten hier sein. Oder ich steige aufs Gas und blockiere die Zufahrt. Aber die Kerle könnten dann schießen und auf dem Grünstreifen einfach an mir vorbeifahren. Oder, dachte Theroux, oder ... Er schluckte. Dachte an den Unfall im Sommer, als er und Castel einem SUV hintendrauf gefahren waren. Die gebrochenen Rippen. Das Krankenhaus. Egal, er hatte es überlebt.

»Theroux!«, hörte er Griffons Stimme. »Häng dich hintendran! Bestätige das! Theroux!«

Theroux stieg voll aufs Gas und zurrte den Sicherheitsgurt mit der freien Hand so fest wie möglich. Oder, dachte er, ich zeige den Schweinehunden, aus welchem Holz Alain Theroux geschnitzt ist. Verdammt, er hatte die Chance und die Pflicht, ein Massaker zu verhindern.

Der Grandtour kam näher. Noch näher. Therouxs Motor heulte auf. Der Tacho zeigte Tempo sechzig. Theroux sah im anderen Auto ein erschrecktes Gesicht, das ihn durch das Seitenfenster ansah. Er biss die Zähne zusammen. Nahm die Füße von den Pedalen, zog die Beine an, ließ das Lenkrad los, um jeden Stoß auf die Extremitäten zu vermeiden. Hielt sich am Sitz fest. Presste sich an den Sitz und die Kopfstütze.

Dann rammte die Front seines Fords mit einem lauten Knall die Fahrerseite des Mégane.

Der Aufschlag war brutal, wirbelte Theroux nach vorne, mit dem Gesicht in den Airbag. Glas splitterte. Blech knackte, Kunststoff riss.

Theroux ruckte erneut herum, flog zurück in den Sitz. Er war benommen. Es stank. Ventile tickten. Autos hupten. Über den Airbag hinweg sah er den Mégane, der von der Fahrbahn gekickt worden war wie eine Billardkugel. Er wickelte sich gerade mit der Front um ein Vorfahrtsschild, kippte dann eine leichte Böschung hinab und fiel auf die Seite. Das Licht der Scheinwerfer schnitt durch die Luft.

Theroux fühlte sich, als sei er von einem Panzer überrollt worden. Seine Brust schmerzte. Vielleicht waren einige Rippen angeknackst. Aber er war voller Adrenalin, hörte immer noch die Stimme von Griffon auf der Gegensprechanlage. Er schnallte sich ab und rief: »Habe sie gestoppt! Sie sind gestoppt, im Kreisel! Abgedrängt, gerammt!«

Er drückte die Tür auf, trat nach draußen, wurde fast von einem Lkw erwischt, der voll in die Eisen ging und hupte. Theroux stand auf der Fahrbahn. Sein Auto war vorne nur noch ein Wrack, fauchte und spuckte. Der Mégane lag etwa fünfzehn Meter entfernt auf einem Kiesbett zwischen einigen Pinien.

Theroux stoppte die Autos im Kreisverkehr. Er hörte Sirenen, sah Blaulicht. Viel Blaulicht – aus der Richtung, aus der eben der Mégane gekommen war. Theroux wirbelte herum, winkte in Richtung der Streifenwagen, die mit quietschenden Bremsen zum Stehen kamen. Uniformierte sprangen heraus, zogen die Waffen. Theroux deutete auf den Mégane Die Kollegen nahmen die Waffen in den Anschlag. Einer holte ein Megaphon. Sie gingen in Deckung.

Theroux zuckte zusammen, als ein lautes Zischen aus dem Grandtour kam. Eine Dampfwolke stieg auf. Eine Sekunde später war das Zischen vorbei. Der Dampf verflog. Das war …

Es stank nach Chlor.

»Gas!«, rief Theroux und hielt sich schützend die Armbeuge vor das Gesicht. Er rannte zu den Autos, die sich im Kreisverkehr stauten. Die Fahrer hatten Fenster heruntergekurbelt.

»Weg!« rief Theroux. »Alle raus aus den Autos! Polizei! Gas!«

Wenige Augenblicke später sprangen die Insassen der Autos und des Lastwagens heraus. Auch die Polizisten entfernten sich, pressten sich schützend Jacken vor die Gesichter. Aber wie es schien, war das Schlimmste vorbei.

An dem Mégane regte sich nichts mehr. Theroux, der inmitten der Autos und flüchtender Menschen im Kreisverkehr stand, starrte zu dem Wrack hinüber. Durch die Scheiben waren zwei Menschen zu erkennen, die leblos in den Sicherheitsgurten hingen.

Er nahm den Arm herunter. Nichts war mehr zu riechen. Er sah, wie die uniformierten Kollegen ebenfalls einen Test machten. Auch sie schienen überzeugt zu sein, dass die akute Gefahr vorüber war. Denn die Terroristen, dachte Theroux, hatten Feuerlöscher mit Chlorgas dabei. Sie waren auf einem Himmelfahrtskommando – und als sie begriffen, dass ihr Spiel zu Ende war, hatten sie kurz auf den Feuerlöscher gedrückt und sich dabei selbst getötet.

Theroux blickte sich um. Blaulicht überall. Warnblinkanlagen. Herumrennende Menschen. Bewaffnete Polizisten. Die Atmosphäre glich einem Katastrophenfilm. Etwas Warmes rann ihm durchs Gesicht. Er sah, dass die Jacke in der Ellenbeuge mit Blut verschmiert war. Rasch fasste er sich ins Gesicht, atmete hektisch durch die Nase und durch den Mund ein, prüfte, ob etwas schmerzte.

Die Atemwege schienen okay zu sein. Seine Augenbraue tat weh. Blut war an den Fingern. Also offenbar nur eine Platzwunde. Gott sei Dank, dachte Theroux, während er spürte, dass seine Beine nachgeben wollten. Er hielt sich am Kotflügel eines Fiat fest, der mitten auf dem Kreisverkehr stand, die Türen geöffnet. Weiße Flecken tanzten vor seinen Augen. Ihm wurde schlecht. Im nächsten Moment war der Schwindelanfall vorbei und Theroux wieder bei Bewusstsein. Zwei weitere Terroristengruppen, dachte er, waren noch unterwegs. Die Gefahr war noch lange nicht gebannt.

50

Dr. Ion Lazar und Marcel Degand stellten den Wagen unter den kahlen Platanen auf dem Parkplatz an der Avenue Jean Jaurès ab. Sie hatten Glück, eine freie Haltebucht zu finden. Sie stiegen aus, steckten die Pistolen ein, gingen um den X5 herum und öffneten links und rechts die Hintertüren. Jeder nahm einen der präparierten Feuerlöscher heraus und verstaute ihn in einem Rucksack, damit sie nicht auffielen. Sie zogen die weißen Kutten mit den roten Kreuzen aus und stopften sie ebenfalls in die Rucksäcke. Niemand sollte später die auffälligen Überwürfe beschreiben können, die unweigerlich Hinweise auf die Templer geben würden. Schließlich sollten für die Anschläge ja andere verantwortlich gemacht werden.

Sie warfen die Türen zu. Degand verriegelte den Wagen. Lazar nahm die kleine Webcam aus der Jacke und klippte sie an eine Außentasche. Degand tat das ebenfalls, würde sie aber, wie Lazar, erst einschalten, wenn es so weit war. Dann zogen beide schwarze Sturmhauben über die Köpfe und rollten sie hoch, so dass sie zunächst wie unauffällige Strickmützen aussahen. Sie nickten sich zu und gingen über den Parkplatz, kamen am Tourismusbüro vorbei und mischten sich unter die Leute, die am Place Aristide Briand vorbeidrängten.

Lazar sah zwei Streifenwagen, die dort parkten. Vier Polizisten standen daneben. Sie trugen Uniformen und darüber gelbe Signalwesten, redeten miteinander und hatten die Augen überall und nirgends. Lazar hatte damit gerechnet, dass es Sicherheitskräfte geben würde. Es gab sie auf allen Weihnachtsmärkten. Ebenso Straßensperren, die Anschläge mit Transportern oder Lastwagen verhindern sollten. Und hier und heute in Carpentras, das war ihm klar, würde natürlich auch Polizei auf der Straße unterwegs sein, um den Verkehr zu regeln. Es war eine Parade angesagt, an der mehrere Straßentheatergruppen teilnehmen würden. Sie sollte durch die Innenstadt führen, und dazu mussten natürlich Straßen kurzfristig abgesperrt werden. Leon, der blaue Drache, würde das Spektakel anführen – er war das Maskottchen der *Noëls Insolites*, der ungewöhnlichen Weihnachten. Und diese Weihnachten, das war sicher, würden äußerst ungewöhnlich werden. Unvergesslich.

Lazar und Degand ignorierten die Polizisten und liefen mit der Menge weiter. Sie strebten alle einem Ziel entgegen: dem Platz vor dem 1750 erbauten Hôtel-Dieu, dem ehrwürdigen ehemaligen Krankenhaus der Stadt, wo die Parade starten sollte. Dort war die öffentliche Bücherei untergebracht, »L'Inguimbertine«, benannt nach ihrem Patron und Gründer, dem früheren Bischof der Stadt. Der Name war in großen, schwarz-rot-goldenen Lettern auf einer flachen Mauer angebracht.

Lazar streckte sich etwas und konnte erkennen, dass der Platz bereits mit mehreren hundert Menschen gefüllt war. Außerdem konnte er den blauen Drachen sehen – eine Figur, unter deren Hülle Akteure steckten oder eine Maschinerie. Obenauf saß ein Mann im Sattel und trug die Kleidung eines Piloten aus dem Ersten Weltkrieg.

Viele weitere phantasievolle Figuren waren zu sehen. Schauspieler auf Einrädern. Verkleidete Elfen, die aufgeregt herumliefen und Glitzerstaub in die Luft warfen. Es gab zwei Wagen mit absonderlichen Aufbauten, die an Zeppeline erinnerten und mit Scheinwerfern bestückt waren, in deren Licht der Flitter glänzte. Lazar sah außerdem fast drei Meter hohe Figuren aus Stroh, die an Strippen und Drähten befestigt waren und über Räder bewegt wurden, so dass es aussah, als würden diese Giganten von selbst marschieren, wobei sie natürlich auf Schiebewagen verankert waren. Außerdem lag Musik in der Luft, weihnachtliche Jazzmusik aus Amerika. »Santa Baby«, sang die Stimme.

Lazar und Degand drangen weiter vorwärts und erreichten den Platz. Lazar sah Männer, Frauen, Kinder, Familien. Es spielte keine Rolle, dachte er. In allen Kriegen waren Zivilisten gefallen, und das würde in diesem Krieg nicht anders sein. Dem Krieg, der in wenigen Minuten begann. Sie würden Märtyrer sein.

51

Castel fuhr mit fast hundertachtzig Stundenkilometern auf der A7 in Richtung Avignon, nachdem sie die A8 eben verlassen hatte. Sie hatte eine Standleitung zu Herbault und Griffon aufgebaut und hörte auf der Gegensprechanlage, dass eines der Autos kurz vor Avignon gestoppt worden war. Sie stöhnte auf, als die Kollegen erzählten, dass Theroux den Wagen in einer waghalsigen Aktion gestoppt hatte.

»Alain ist verrückt«, sagte sie.

»Vollkommen«, bestätigte Herbault mit sonorer Stimme. »Aber er hat seine Chance genutzt.«

Das stimmte, dachte Castel. Und zwar wie Bruce Willis.

Herbault sagte: »Das Fahrzeug wird isoliert, alles weiträumig abgesperrt. Die Feuerwehr rückt an. Sie haben ein Kommando, das sich mit Gasunfällen auskennt. Die Armee schickt Kampfmittelexperten. Es hat den Anschein, als sei die Gefahr gebannt. Aber man weiß nie: Diese Gasbehälter könnten explodieren oder Lecks haben.«

»Und die anderen Fahrzeuge?«

»Der eine Wagen ist bei L'Isle-sur-la-Sorgue. Wir nehmen an, er will in Cavaillon auf die A7 in Richtung Aix fahren. Spätestens an der Auffahrt fangen wir ihn ab. Aber es sind bereits kurz hinter L'Isle Straßensperren aufgebaut. Wir leiten den Verkehr um. Die Sperren sorgen einerseits dafür, dass keine weiteren Autos auf die Straße auffahren und jeder Verkehr hinter und vor dem Zielfahrzeug blockiert wird. Außerdem kleben ihm Streifenwagen der Gendarmerie am Hintern. Zwischen L'Isle und Velorgues wollen sie zugreifen, sobald das Fahrzeug isoliert ist. Ein Scharfschützenteam aus Avignon ist dort bereits in Stellung.«

Castel konnte sich die Szenerie bildhaft vorstellen. Autos, die die Straße vor dem Wagen blockierten. Dann stellten sich die verfolgenden Autos der Gendarmerie quer. Es ging nicht vor, es ging nicht zurück. Und nach dem, was am Kreisverkehr vorgefallen war, ging Castel nicht davon aus, dass die Kollegen zimperlich sein würden. Wenn die Terroristen Glück hatten, fuhren sie in der Sperre nur über ausgerollte Nagelketten, die ihre Reifen zum Platzen brachten. Wenn sie Pech hatten, würde sofort das Feuer auf sie eröffnet – mit präzisen Kopfschüssen, um zu verhindern, dass die Gasbehälter beschädigt würden. Dieses Szenario hielt Castel für das wahrscheinlichste.

»Und Carpentras?«, fragte sie.

»Das ist das Problem«, sagte Herbault.

Castel fröstelte.

Herbault erklärte: »Carpentras hatte die kürzeste Entfernung vom Château aus. Dort hat das Zielfahrzeug bereits geparkt. Wir schicken alle Kräfte, die aus La Roque auf dem Rückweg sind, dorthin. Alle Sicherheitskräfte auf dem Weihnachtsmarkt sind alarmiert, aber …«

»Aber was?«

»Wir glauben, dass die Angreifer bereits in der Stadt unterwegs sind.«

»Gott.«

»Der ist im Augenblick tatsächlich der richtige Ansprechpartner für uns, Castel. Wir sollten beten. In der Stadt beginnt in wenigen Minuten eine große Parade. Es sind zu wenige Kräfte vor Ort, um die Evakuierung von Hunderten von Menschen vorzunehmen. Trotzdem wollen sie es versuchen – hoffen wir, dass keine Panik ausbricht.«

Castel stellte sich das Szenario vor: Terroristen mit Giftgas auf der Parade zwischen Kindern, Eltern, Großeltern.

»Gott«, sagte Castel erneut. »Und Leclerc?«

»Nichts gehört von ihm. Geht nicht ans Telefon. Wir wissen nicht, wo er ist und was er plant.«

»Ich kann mir vorstellen, wo er ist«, murmelte Castel und atmete tief durch.

»Ich habe nicht verstanden.«

»Wenn er weiß, dass jemand seine Stadt bedroht, dann ist er dort, in Carpentras«, sagte Castel lauter und trat das Gaspedal nun bis zum Anschlag durch.

»Mist«, sagte Herbault. »Und er hat ein Sturmgewehr.«

»Ja«, sagte Castel. »Er weiß, was die Leute planen. Er weiß, wer sie sind und wie sie aussehen.«

»Na großartig.«

»Ihr müsst durchgeben, dass Leclerc in Carpentras ist, hört ihr? Gebt es sofort an die Kollegen. Dass er bewaffnet ist. Nicht, dass … Nicht, dass irgendwer auf ihn schießt!«

»Okay«, sagte Herbault.

»Sofort!«

»Ja.«

Herbault wechselte die Leitung, und Castel dachte: Ich fürchte, außer Gott ist Leclerc im Moment unsere einzige Hoffnung.

52

Lazar sah sich auf dem Platz vor dem Hôtel-Dieu um. Er wollte sich gerade am Rucksack zu schaffen machen und Degand mit einem Nicken bedeuten, dasselbe zu tun – die Gasmaske aus der Fronttasche holen, aufsetzen, den Schlauch vom Feuerlöscher herausziehen und »Allah ist groß!« rufen. Aber da war etwas, das ihn in der Bewegung innehalten ließ.

Lazar erkannte weitere Polizisten und private Sicherheitskräfte. Mehr, als er angenommen hatte. Die alleinige Anzahl war es aber nicht, was ihn beunruhigte. Alle wirkten sehr aufgeregt. Manche telefonierten. Er sah zwei Polizisten auf der gegenüberliegenden Straßenseite, die mit Megaphonen aus einem Polizeitransporter herüberkamen. Er sah außerdem ein mit Mikrophonen ausgestattetes Sprecherpult, an dem ein verrückt aussehender Dompteur mit Weihnachtsmannmütze stand. Daneben befanden sich ein Polizist und ein Mann in der Uniform des kommunalen Ordnungsdienstes. Sie redeten aufgeregt mit dem Dompteur, der sehr besorgt zu sein schien. Lazar blickte nach links, nach rechts, dann zu Degand. Degand blickte ebenfalls besorgt. Hier stimmte irgendetwas nicht.

Lazar wollte gerade zum Telefon greifen, als sein Handy bereits klingelte.

Charlotte Sautel war dran. Sie befand sich mit Denis

Riquier auf dem Weg nach Aix-en-Provence zum dortigen Weihnachtsmarkt. Ihre Stimme beängstigte Lazar.

»Ion«, stammelte sie. »Ich glaube, wir werden von der Polizei verfolgt. Wir haben versucht, Thierry und Francis zu erreichen.« Thierry Rigaud und Francis Lion, die in Avignon sein sollten. »Wir haben keinen Kontakt mehr zu ihnen. Wir haben auch keinen Kontakt mehr zum Château. Ich habe angerufen, aber jemand anders ging dran. Die Stimme kannte ich nicht … Wir …« Charlotte rief: »Denis! Denis!«

Verflucht, dachte Lazar, was war da los? Kein Kontakt zu den anderen? Keinen zum Château? Polizei? Und warum schrie sie Denis' Namen?

Lazar hörte quietschende Bremsen. Einen lauten Knall. Charlottes Stimme: »Sie haben … eine Straßensperre. Die Polizei, es ist die …«

Wieder knallte etwas. Dann nochmals. Charlotte stöhnte auf. Dann herrschte Totenstille.

»Charlotte? Charlotte!«

Lazar starrte das Handy an. Dann Degand. Er blickte zu den Polizisten, die an den Megaphonen hantierten. Zum Rednerpult, das gerade betreten wurde. Zu der Masse an Menschen.

»Jetzt. Sofort. Wir dürfen keine Sekunde verlieren«, sagte Lazar und griff an den Rucksack. Degand tat es ihm nach.

Im nächsten Moment geschahen mehrere Dinge fast gleichzeitig.

Eine Salve von Schüssen wurde in die Luft gefeuert. Menschen schrien. Kreischten. Liefen fort. Die Masse stob wie eine große Tierherde auseinander. Stolperte übereinander. Die Titanenfiguren fielen in sich zusammen.

Die Polizisten zogen ihre Waffen. Suchten Deckung. Lazar sah sich hektisch um, Degand ebenfalls. Mit einem Schlag standen sie fast allein auf dem Platz. Sie wichen zurück. Lazar wollte in der Masse untertauchen. Degand zog seine Pistole.

Nicht, wollte Lazar sagen. Nicht, um Himmels willen, nicht die Pistole!

Eine weitere Salve krachte. Und dann sah er den Mann. Er stand mit einem Schnellfeuergewehr am Rednerpult und schoss in die Luft, schreckte die Menschen auf. Die Polizisten an seiner Seite hockten auf dem Boden, zielten auf ihn. Er schien es zu ignorieren.

Lazar erkannte den Mann. Er wusste, wer das war.

»Ion Lazar!«, rief Albin Leclerc ins Mikrophon. »Ich sehe dich!«

Degand riss die Pistole hoch, um auf Leclerc zu zielen. Im nächsten Moment stürzten sich zwei Polizisten auf ihn. Er feuerte dennoch. Die Schüsse gingen ins Leere.

Weg, dachte Lazar. Ich muss weg. Sofort. Hier kann ich nichts mehr ausrichten. Aber mit dem Sarin im Kofferraum im Einkaufszentrum Auchan jede Menge.

»Ich sehe dich!«, hörte er erneut.

Und lief los, tauchte in der Menge unter, die kreischend davondrängte.

53

Die ausgeworfenen Patronenhülsen tanzten um Albins Schuhe. Sein Gehör war dumpf. Er schaute auf die davonlaufenden und schreienden Menschen, fokussierte dann auf Lazar, der mit seinem Rucksack in der Masse verschwand, die vom Platz fortdrängte.

Erst einige Sekunden später nahm er die Polizisten wahr, die auf ihn zielten.

»Leclerc?!«

Albin blickte nach rechts, wo ein Uniformierter stand und seine Pistole auf ihn richtete.

»Leclerc? Sie sind doch Leclerc?«

Albin erkannte den Mann.

»Das bin ich«, sagte Albin und nahm das Gewehr runter, streckte sich etwas und suchte nach Lazar. Er hörte, wie der Polizist rief, dass der Mann mit dem Gewehr Albin Leclerc war, woraufhin nicht mehr auf ihn gezielt wurde. Man hatte ihn als Clubmitglied identifiziert.

»Sind Sie verrückt?!«, blaffte der Polizist. »Wir haben gehört, dass Sie hier sind! Aber Sie haben eine Massenpanik ausgelöst, verdammt!«

Ja, dachte Albin, das hatte er. Das musste man ihm nicht noch extra erklären. Es war seiner Meinung nach der einzige Weg gewesen, um die Menschen von den Angreifern zu trennen und die Sicherheitskräfte auf Lazar und seinen

Sektenbruder aufmerksam zu machen. Das kleinere Übel sozusagen.

Albin ignorierte den Uniformierten. Auch die anderen Sicherheitskräfte. Er starrte auf die flüchtenden Menschen. Versuchte, Lazar zu erkennen, konnte ihn aber nicht mehr ausmachen. Dann lief er einfach los und kümmerte sich nicht um die Kollegen, die seinen Namen riefen und versuchten, ihn festzuhalten. Sollten sie ihm doch folgen. Ja, am besten sollten sie das. Je mehr ihm auf den Fersen waren, umso besser – denn dann waren sie auch Lazar hinterher.

Albin lief den Platz entlang, drängte sich zwischen Hütten, Menschen und den umgestürzten Figuren der Straßentheatergruppen hindurch. Er sprang über den zu Boden gefallenen Kopf des blauen Drachen – und stoppte erst an der Kreuzung, um sich zu orientieren. Menschen starrten ihn und sein Gewehr an, liefen schreiend davon.

»Albin?«

Eine Stimme machte ihn aufmerksam. Er sah nach rechts. Sein Herz gefror. An einer Mauer direkt neben ihm hockten Veronique und Manon auf dem Boden, zwischen ihnen die weinende Clara. Alle starrten hoch zu Albin. Er kniete sich sofort zu ihnen, stellte die Kalaschnikow neben sich auf den Schaft.

»Alles okay?«, fragte er Clara und blickte auch Manon und Veronique an.

»Um Himmels willen, Albin!« Veronique schluchzte. Clara drängte sich zu Albin, um ihn zu umarmen. »Albin! Was geschieht hier?«

Albin hielt Clara fest, die in seine Halsbeuge schluchzte. »Lauft fort«, sagte er. »Lauft in die entgegengesetzte Richtung, weg von hier. Nicht zu den Parkplätzen. Lauft in irgendein Geschäft.«

»Papa!«, rief Manon. »Papa, was tust du hier? Was machst du mit dem Gewehr?«

Albin wollte antworten. Veronique rief dazwischen: »Was geschieht hier?!«

»Terroristen. Völlig Verrückte. Ihr müsst weg hier!«

»Du musst mit uns kommen! Albin …« Veronique starrte ungläubig auf das Gewehr. »Hast du … hast du eben geschossen?«

»Ja. Ich muss den Mann aufhalten, der einen Anschlag verüben will.«

»Albin …«

»Ich muss hinterher. Er hat Giftgas, Veronique.«

»Albin, oh Gott … Giftgas?«

Albin nickte. »Er wollte euch töten. Euch und die vielen anderen Menschen. Jetzt flieht er – und muss aufgehalten werden, bevor er doch noch zuschlagen kann.«

»Opa! Opa, ich habe Angst«, schluchzte Clara.

»Manon«, sagte er. »Nimm Clara.«

Was Manon dann auch tat. Sie musste einige Kraft aufbringen, um ihre Tochter von Albins Hals zu lösen. Sie redete beruhigend auf sie ein.

»Albin.« Veronique sah ihn durchdringend an. »Komm mit uns. Du darfst dich nicht in Gefahr bringen.«

»Ich bin der Einzige hier, der weiß, wie der Mann aussieht. Ich muss ihm hinterher.«

»Aber Albin, bitte …«

»Er will viele Menschen töten. Er hätte auch euch umgebracht eben auf dem Platz, Veronique.«

»Du hast all die Menschen und uns gerettet! Das reicht!«

Albin schüttelte energisch den Kopf. »Es ist noch nicht vorbei.«

»Albin!«

»Jetzt lauft weg! In die andere Richtung. Lauft zurück zum Platz – und von dort aus weiter.«

Veronique nickte zögernd. Albin stand auf, half auch Manon und Veronique hoch, die beide Clara an die Hand nahmen und Albin aus weit aufgerissenen Augen anstarrten, als er das Gewehr wieder in Anschlag nahm.

»Ich muss los, Veronique«, sagte er. »Ich muss ihn aufhalten. Es ist das, was ich tue. Das bin ich.«

Veronique nickte. »Dann lauf«, flüsterte sie schniefend und nickte weiter, wie um sich selbst zu versichern, dass sie auch meinte, was sie sagte. »Schnapp dir das Schwein.«

Albin zog sie an sich, gab ihr einen Kuss auf die Wange. »Ich liebe dich«, hörte er ihre Stimme im Ohr.

Dann spurtete er los, über die Kreuzung hinweg, drehte sich über die Schulter um und sah, wie Veronique und Manon mit Clara in die entgegengesetzte Richtung liefen. Gut so. Dann blickte er wieder nach vorn und rannte auf den Parkplatz unter den Platanen zu.

Drei Möglichkeiten, dachte er. Lazar und seine Erzengel waren mit Autos unterwegs. Ein Auto musste man irgendwo abstellen. Lazar würde es möglichst nahe an seinem Zielort geparkt haben, um nach dem Anschlag verschwinden zu können und weiteres Unheil anzurichten oder zu entkommen. Man konnte hinter dem Hôtel-Dieu parken oder den Wagen in einer Seitenstraße abstellen. Aber es wäre nicht verlässlich gewesen, dort einen Parkplatz zu finden. Blieb als dritte Möglichkeit das Areal unter den Platanen an der Avenue Jean Jaurès – der öffentliche Parkplatz. Der war sogar am unauffälligsten, weil man kaum annehmen würde, dass ein Terrorist sein Auto parken würde wie andere Menschen auch. Leider war das Areal recht groß und verfügte über diverse Zu- und Ausfahrten.

Albin lief dorthin. Die kalte Luft stach in seinen Atemwegen. Er begegnete einer Reihe von Flüchtenden und rief ihnen zu, dass er von der Polizei sei und sie umkehren und in die andere Richtung laufen sollten. Die meisten folgten seinen Anweisungen. Andere wiederum liefen über die Straße in die Innenstadt. Auch gut, dachte Albin. Hauptsache, fort von Lazar – falls Albin denn richtiglag und Lazar fliehen wollte und nicht, wie Albin in einer Schrecksekunde einfiel, in die Innenstadt entkommen war, um dort Unheil anzurichten.

Der Parkplatz war einige hundert Meter lang und recht schmal. Er verfügte über fünf Reihen, in denen Fahrzeuge abgestellt werden konnten, und über drei Fahrstreifen. Überall standen Platanen, die dem *Parking des Platanes* seinen Namen verliehen. Fast alle Haltebuchten waren besetzt.

Albin lief über die mittlere Fahrspur, blickte nach links und nach rechts. Er sah mit einem Blick über die Schulter, wie ihm drei oder vier Polizisten in einigem Abstand folgten und nahm wahr, dass sie ihm etwas zuriefen. Was genau, konnte er nicht verstehen. Es ging im Kreischen von Menschen sowie im Geheul von Polizeisirenen unter.

Albin bewegte sich im Laufschritt weiter voran, hielt Ausschau nach Lazar, sah ihn aber nirgends. Dann erregte ein laut aufheulendes Motorengeräusch seine Aufmerksamkeit. Eine Sekunde später sah Albin das Fahrzeug, zu dem es gehörte.

Verdammt, dachte Albin. Der Wagen raste mit Vollgas auf ihn zu.

54

Lazar fletschte die Zähne und stemmte den rechten Fuß auf das Gaspedal. Er rammte es bis zum Bodenblech durch. Der BMW beschleunigte wie ein startendes Flugzeug und presste Lazar in den Sitz. Wenn der Wagen auch über das Head-up-Display eines Kampfjets verfügen würde, dann hätte das Fadenkreuz einen großen, fast weißhaarigen Mann auf dem mittleren Fahrstreifen erfasst und würde rot aufleuchten, und es würde »Fire!« aus den Lautsprechern ertönen.

Der verfluchte Albin Leclerc, dachte Lazar. Wie, um Himmels willen, hatte der Ex-Flic ihn hier in Carpentras aufgespürt? Was war am Château los? Wie war die Polizei darauf gekommen, was Lazar und seine Erzengel planten? Wie hatten sie die anderen Fahrzeuge stoppen können?

In jedem Fall schien dieser Leclerc damit zu tun zu haben, sonst wäre er nicht in letzter Sekunde aufgetaucht und hätte herumgeballert – zudem mit einer Kalaschnikow. Woher hatte er die? Stammte die womöglich aus Lazars Beständen? Die Polizei verfügte sicher nicht über sowjetische Schnellfeuergewehre, und im Kleiderschrank hatte man so eines sicherlich auch nicht herumstehen.

Egal, dachte Lazar und klammerte die Finger ums Lenkrad. Leclerc war nicht mal mehr zwanzig Meter entfernt. Er machte keine Anstalten, zur Seite zu springen.

Wie ein geblendetes Reh stoppte er mitten auf der Fahrbahn und starrte Lazar an. Konnte nicht glauben, was er sah. Die Tachonadel peitschte nach oben. Glaub es ruhig, du Bastard, dachte Lazar. Glaub es ruhig: Gleich klatschst du vor meine Kühlerhaube wie eine Mücke im Sommer, und dein Schädel zerplatzt wie eine reife Melone, bevor ich deine Knochen unter meinen Rädern zermalme.

Und anschließend, dachte Lazar, geht es weiter zum Supermarktzentrum. Er würde die Sarinkanister einfach reinschleudern. Es war ihm egal, ob er selbst dabei sterben und die Transformation damit augenblicklich vollziehen würde. Es war gleichgültig, denn der große Plan schien sowieso durchkreuzt worden zu sein. Also spielte es auch keine Rolle mehr, auf welche Art und Weise er seine irdische Hülle verlassen würde.

Noch zehn Meter.

Frohe Weihnachten, Albin Leclerc!

55

Der schwarze BMW X5 mit dem mächtigen Kühlergrill raste auf Albin zu. Der Motor brüllte.

Albin konnte nach links oder rechts ausweichen. Aber er tat es nicht. Noch nicht. Stattdessen nahm er das Gewehr in Anschlag, presste den Kolben zwischen Schulter und Wange und zog den Abzug durch.

Das AK47 fühlte sich wie ein lebendiges Wesen an. Die Schüsse knallten ohrenbetäubend laut. Das Gewehr spie Hülsen zur Seite aus und Kugeln nach vorne. Sie durchschlugen den Motorraum, stanzten Löcher in die Windschutzscheibe, ließen die Scheinwerfer zersplittern.

Der BMW zog mit einem Ruck zur Seite. Er krachte wenige Meter vor Albin in zwei parkende Autos. Das Heck bockte nach oben. Der Motor erstarb jaulend. Der Kühler fauchte und zischte.

Albin ging einige Schritte zurück, brachte mehr Abstand zwischen sich und den dampfenden Wagen, richtete nach wie vor das Gewehr auf den BMW. Hinter sich hörte er die Polizisten, die nun endlich zu ihm aufgeschlossen hatten. Aus den Augenwinkeln sah er, dass sie ebenfalls auf den dunklen SUV zielten. Sie sagten etwas zu Albin. Aber er verstand sie nicht. Es klang, als ob er sich Watte in die Ohren gesteckt hatte – das Resultat der Kaskade von Schüssen, die er abgefeuert hatte.

Dann öffnete sich die Fahrertür des BMW. Heraus kam Ion Lazar, der brüllte wie ein wildgewordener Stier. Er blutete an der Schulter und an der Stirn und schien ein Bein nachzuziehen. In der linken Hand hielt er den Feuerlöscher. In der rechten den dazugehörenden Schlauch, den er auf Albin und die Polizisten richtete, die Lazar etwas zuriefen.

»Weg damit!«

»Hände hoch!«

»Auf den Boden!«

Aber Lazar tat weder das eine noch das andere.

»Albin Leclerc! Sie verdammter …«

Albins Ohren wurden wieder besser. Er richtete den Lauf auf Lazar und sagte: »Es ist aus, Lazar. Weg mit dem Feuerlöscher.«

Er hoffte, dass die Polizisten nicht schießen würden. Sie könnten den Feuerlöscher treffen – und dann gute Nacht, Freunde.

»Sie! Haben! Alles! Zerstört!« Lazar spuckte die Worte regelrecht aus. »Die Welt! Wäre! Nicht mehr dieselbe gewesen! Fortschritt! Erneuerung! Für den Untergang Europas! Sind Sie! Verantwortlich! Ihre! Schuld!«

Albin sagte: »Schluss damit, Lazar. Sie reden dummes Zeug. Legen Sie den Feuerlöscher zu Boden. Dann sprechen wir in Ruhe über alles.«

Lazar tat nichts dergleichen. Aus seinem Gesicht sprach der pure Wahnsinn. Er stand inzwischen in einer Pfütze aus Blut. Er rief: »Die Zeit! Der Transformation!«

Dann steckte er sich den Schlauch in den Mund.

»Lazar! Nicht!«, rief Albin.

Lazar riss die Augen weit auf. Sie fielen ihm fast aus den

Höhlen. Im nächsten Moment drückte er den Hebel. Es zischte. Sein Kopf verschwand in einer hellen Wolke, die wie Trockeneisnebel aussah und rasch zu Boden sank.

Genau wie Lazar.

Er fiel in sich zusammen wie eine Marionette, an der man die Fäden abgeschnitten hatte. Das Zischen erstarb. Dennoch breitete sich schlagartig ein intensiver Geruch nach Chlor aus.

»Weg hier!«, riefen die Polizisten neben Albin und hielten sich die Hände schützend vors Gesicht.

Albin ließ die Waffe fallen, zog sich den Schal vor den Mund und lief fort. Am Rande des Parkplatzes kam er zum Stehen, atmete tief ein und aus, prüfte seine Atemwege, spürte der kalten Luft in seinen Bronchien nach. Fühlte sich alles in Ordnung an, abgesehen von dem scharfen Geruch nach Hallenbad, der sich auf seiner Nasenschleimhaut ausgebreitet hatte. Glück gehabt, dachte Albin. Lazar hatte nur einmal kurz den Auslöser gedrückt, weswegen nur wenig Gas entwichen war, zumal in einem guten Abstand. Aber ausreichend Gas, um sich selbst damit zum Sirius zu schicken.

Albin blickte auf, sah sich um. Alles war inzwischen voller Polizei und Rettungswagen. Eine Kakophonie aus Rufen, Sirenen, Motoren. Menschen liefen überall herum – in Uniform und Zivil. Seine kleine Stadt war eine Stadt im Ausnahmezustand. Wie im Krieg.

Er hörte eine Stimme neben sich.

»Albin?!«

Ein Klopfen auf seine Schulter. Ein Ruckeln an seinem Oberarm. Alain Theroux stand da, zupfte an Albin herum. Er war außer sich.

»Alles klar, Albin?«

Albin nickte.

»Kannst du atmen?«

»Ja.«

»Brennen in den Augen?« Theroux stand direkt vor Albin, musterte ihn panisch, klopfte ihm auf die Brust. »Irgendein Stechen hier?«

»Also!« Albin stieß Theroux von sich. »Theroux! Bist du mein Arzt, oder was?«

»Ich will nur …«

»Mit mir ist alles in Ordnung, verflucht!«

»Du hast ihn aufgehalten!«

»Scheint so.«

»Gott, diese Verrückten … Um Himmels willen … Sie hätten beinahe die vielen Menschen getötet …«

»Ja.« Albin nickte.

Er dachte an Clara, Manon und Veronique. Er musste nach ihnen sehen, drehte sich um und lief los.

56

Clara saß vor dem Weihnachtsbaum und las Leon aus einem Bilderbuch vor. Leon war fünf Jahre alt, schien im Moment aber mehr am Schmuck der Nordmanntanne interessiert zu sein, die Albin gestern beim Weihnachtsbaumverkäufer auf dem Parkplatz vom Intermarché erstanden hatte. Für einen exzellenten Preis, das musste man sagen, und der Baum war ein wahres Prachtstück. Kaum zu glauben, dass man so kurz vor Weihnachten noch ein derartiges Exemplar bekommen konnte.

Der Händler hatte Albin erklärt, dass der Baum aus einer Nachlieferung stammte. Glück gehabt.

Jedenfalls war dieser Prachtbaum voller bunter Kugeln. Unmöglich, sie alle zu zählen. Leon war vor allem von einer goldenen fasziniert. Vielleicht, weil er sich selbst darin spiegelte und seine Grimassen noch lustiger aussahen, wenn sie verzerrt wurden.

Neben ihm lag die kleine Yvette in ihrem Maxi-Cosi und schlief. Der Schnuller in ihrem Mund bewegte sich kaum. Das Mädchen war sechs Monate alt und bekam nichts um sich herum mit – absolut beneidenswert, über einen solchen Schlaf zu verfügen.

Zwischen den Kindern lag Tyson unterm Weihnachtsbaum, blickte mal zu dem einen, dann wieder zu dem anderen und schien sich durchaus wohlzufühlen – trotz der

Lautstärke und dem Stimmengwirr im Wohnzimmer, das von der Musik einer CD untermalt wurde: »Swingende Weihnachten«, zum Glück ohne »Last Christmas«. Gerade sang Dean Martin »Let it snow«. Aber darauf würde man wohl auch in diesem Jahr wieder warten müssen: Es schneite sehr selten in der Provence, wenngleich die lang angekündigte Kaltfront endlich über das Land zog und es nachts sogar Minusgrade geben sollte.

Leon war das Kind von Veroniques jüngster Tochter Charlotte, Yvette die Tochter von Veroniques anderer Tochter Nicole. Sie lebten in Bordeaux und Narbonne, saßen mit ihrer Mutter und Manon am immer noch randvoll gedeckten Tisch und lachten laut. Ihre beiden Männer, Serge und Claude, lachten mit und gossen sich noch etwas Wein ein.

Charlotte und Nicole hätten Zwillinge sein können, aber es lagen vier Jahre zwischen ihnen. Sie sahen ihrer Mutter sehr ähnlich, und Albin konnte sich gut vorstellen, was für ein heißer Feger Veronique mit Mitte dreißig gewesen sein musste. Na ja, mit fast Mitte sechzig war sie ja immer noch ein ziemlicher Hingucker. Manon saß dazwischen und lachte mit. Vier bildhübsche Frauen an meinem Esstisch, dachte Albin, was bin ich für ein verdammter Glückspilz.

Doch für einen kurzen Moment verspürte Albin einen Stich im Herzen, weil Manon keinen Mann an ihrer Seite hatte. Hoffentlich, dachte Albin, würde sich das bald ändern und ihr Leben wieder in geraden Bahnen verlaufen. Nicht, dass sie zwingend einen Kerl brauchte, um über die Runden zu kommen. Aber jeder Vater wünschte sich nunmal eine Art Stellvertreter an der Seite seiner Tochter, der sich vernünftig um sie kümmerte. So war das eben. Die Gene. Da konnte man nichts dran machen.

Albin stand in der Küche, betrachtete die Festtafel, während er eine Flasche Champagner entkorkte, und fing einen strahlenden und fragenden Blick von Veronique auf. Sie war glücklich, keine Frage, das war nicht zu übersehen. Eine große Familie am Tisch, ihre Familie. Ein Patchwork, ja, aber genau das war ihr Ding: Kinder und Enkelkinder, alle beieinanderzuhaben.

Und ehrlich gesagt: Es *war* ja auch schön. Ganz wunderbar, und zwar für den Moment. Kein Mensch würde es ertragen können, jeden Tag ein solches Spektakel um die Ohren zu haben. Außerdem machte es den Moment umso wertvoller, weil er rar war. Ein perfekter Moment, dachte Albin, köpfte direkt noch eine zweite Flasche Champagner und goss sieben Gläser ein, die er bereits auf einem Silbertablett bereitgestellt hatte. Veronique sah ihn immer noch fragend an. Ein Blick, der wissen wollte: Champagner? Jetzt? *Vor* der Nachspeise?

Albin lächelte nur knapp, balancierte dann das volle Tablett zum Esstisch. Ihm schlug das Herz bis zum Hals, und seine Hände waren feucht. Er reichte jedem ein Glas, das vorletzte dann Veronique, die ihn anstrahlte und endlich fragte: »Champagner? Jetzt?«

»Ja«, erwiderte Albin, nahm sich das letzte Glas und bestätigte: »Champagner. Jetzt.«

Er blieb neben Veronique stehen, streckte die freie Hand aus, um die Stereoanlage leiser zu drehen, räusperte sich dann, hob sein Glas und sagte: »Auf die Familie.«

Alle grinsten, hoben ebenfalls die Gläser, wiederholten Albins Trinkspruch und stießen miteinander an.

Veronique sah Albin immer noch fragend und mit leicht gerunzelter Stirn an. Sie wusste ganz genau, dass Albin etwas im Schilde führte. Sie kannte ihn so gut. Er war ein komplett offenes Buch für sie. Transparent wie ein Schluck Wasser im Kristallglas.

»Ein paar Worte«, sagte Albin und leckte sich über die Lippen. Er schwitzte, zitterte sogar leicht. »Ich bin kein großer Redner. Eigentlich habe ich auch nicht viel zu sagen. Das heißt: eigentlich schon. Ich weiß, dass ich eine Plage sein kann. Ein verrückter alter Kauz, der sich immer wieder einmischt und Dinge anstellt, von denen er besser die Finger lassen sollte. Doch so bin ich halt. Ich war nie anders. Ich wünschte«, sagte Albin mit einem Blick zu Manon, »ich wäre anders gewesen und hätte mir viel mehr Zeit für meine Familie genommen. Ich wünschte, ich könnte ruhig dasitzen wie andere Großväter und mir ein Hobby zulegen, wie Briefmarken sammeln – oder Golf spielen lernen. Mich auf ein Fahrrad schwingen und dreimal die Woche den Ventoux hinauffahren. Kann ich aber nicht. Es ist wie mit dieser Geschichte vom Frosch und dem Skorpion: Der Skorpion will über den Fluss und fragt den Frosch, ob er ihm hilft, und der Frosch sagt: ›Von wegen, du stichst mich tot, wenn ich dich übers Wasser trage‹, und der Skorpion sagt: ›Aber nein, dann ertrinke ich doch, ich verspreche, ich mache nichts‹ – und der Frosch schwimmt mit dem Skorpion über den Fluss, und in der Mitte sticht der Skorpion dann zu, und der Frosch sagt: ›Bist du verrückt, nun sterben wir doch beide, warum tust du das?‹, worauf der Skorpion sagt: ›Was soll ich machen? Ich bin halt ein Skorpion und tue, was ein Skorpion eben tut.‹ Tja, bei mir ist es auch ein bisschen so.«

Veronique lachte, nickte und griff Albins Hand, um sie zu drücken.

»Aber«, sagte sie, »ich würde dich niemals auf dem Rücken tragen. Du bist viel zu schwer.« Alle lachten. »Und stechen würdest du mich auch nicht.«

»Niemals«, sagte Albin. »Dennoch trägst du mich. Oder besser: erträgst mich. Und ich dachte mir, jetzt, wo die ganze Familie zusammen ist, da …«

Albin nippte am Champagnerglas und sah hinüber zu Tyson, der unterm Weihnachtsbaum die Ohren spitzte. Sein Kopf neigte sich schräg.

Habe ich etwas nicht mitbekommen?, fragte er. *Was wird das? Hast du etwa ein Geheimnis vor mir?*

»Jetzt warte es halt ab«, erwiderte Albin in Gedanken, räusperte sich und schob die schweißnasse Hand in die Hosentasche.

»Ich dachte«, sagte er und wendete sich zu Veronique, »also, irgendwie sind wir doch nicht mehr in dem Alter, in dem es angemessen ist, eine quasi wilde Ehe zu führen, und …« Albin zog ein Kästchen aus der Hosentasche. Es war klein und sah edel aus. Er ließ es aufschnappen. Darin befand sich ein Goldring, der in der Mitte mit einem dezenten Diamanten verziert war. Er hatte ihn vor zwei Tagen beim Juwelier abgeholt, nachdem er sich seit einigen Wochen bereits mit der Idee getragen hatte. Schließlich hatte er einen ihrer Ringe aus dem Badezimmer als Vorlage mitgehen lassen, von dem er wusste, das er ihr in jedem Fall passte, und dann diesen hier anfertigen lassen, der jetzt im Licht funkelte.

Veronique atmete scharf ein, die anderen ebenfalls. Sie traute ihren Augen kaum.

»Albin?«, rief sie und fasste sich ans Herz, blickte auf den Ring, dann zu Albin, blickte zu den Kindern, wieder zum Ring, zurück zu Albin. »Albin?«, wiederholte sie atemlos.

Er schluckte und sagte: »Du weißt, ich bin nicht gut in diesen Dingen. Als ich in deinen Blumenladen kam, um dich um ein Rendezvous zu bitten, da habe ich mich gefühlt wie ein Teenager.«

»Es war die schlechteste Bitte um ein Rendezvous aller Zeiten«, erwiderte Veronique und lachte.

»Also«, fuhr Albin fort, »um es auf den Punkt zu bringen: Ich dachte, wir sollten aus deiner und meiner Familie *eine* Familie machen. Ich möchte dich bitten, meine Frau zu werden und – dass wir heiraten. Dachte ich.«

Albin sah Veroniques feuchte Augen. Ihr Lächeln. In diesem Moment wusste er, dass er das absolut Richtige tat. Nicht, dass ihm das nicht schon vorher klar gewesen wäre. Aber gerade fühlte er es sehr intensiv. Und mit einem Blick in die Runde und zu Manon versicherte er sich, dass alle Kinder es ebenso sahen. Manons Augen glänzten. Sie lächelte breit und nickte ihrem Vater zu. Und grinste nicht sogar Tyson ein wenig?

»Das eine«, sagte Veronique sanft und hielt Albin die Hand hin, den Ringfinger etwas abgespreizt, »geht wohl schlecht ohne das andere, hm?«

»Ja«, sagte Albin, schluckte erneut und stammelte, »meine Frau werden, heiraten. Beides, also, war meine Idee. Gleichzeitig sozusagen.«

Er nahm den Ring aus dem Kästchen, steckte ihn auf ihren Finger. Er saß perfekt. Sie bewunderte ihn, streckte dann die Hände aus, um Albin zu sich herabzuziehen und zu küssen.

»Akzeptiert, Albin Leclerc, gute Idee«, sagte sie.

Anschließend wurde die nächste Flasche Champagner getrunken, dann eine weitere. Die dreizehn Köstlichkeiten wurden kredenzt, und es war bereits kurz vor Mitternacht, als Albin schließlich aufstand und sagte, dass er mit Tyson eine Runde um den Block gehen würde. Außerdem musste er dringend eine rauchen.

Tyson wusste sofort, was nun auf dem Programm stand, und schoss wie eine Silvesterrakete auf den Flur. Albin griff seine Jacke und zog sie an, band sich den Schal um und nahm seine Zigaretten. Tysons Leine ließ er – wie immer – weg. Schließlich öffnete er die Tür und ging mit dem Mops nach draußen.

Die Nacht war eiskalt und klar. Atem dampfte vor Albins Mund, bevor er sich eine Zigarette anzündete, den Kopf in den Nacken legte, tief inhalierte, zum Mond hinaufblickte und den Rauch wieder ausstieß.

Schließlich setzte er sich in Bewegung. Tyson lief voran. Er kannte den Weg. Seine Pfoten machten leise klickende Geräusche.

Einige Minuten gingen sie schweigend durch die stillen Straßen der Stadt, bis die Häuser weniger wurden und der Weg durch die kahlen Weinfelder führte. Die Rebstöcke waren mit glitzerndem Frost überzogen. Das war auch auf der Straße der Fall. Albin konnte es nicht lassen und probierte, auf der Straße zu schlittern. Immerhin klappte es ein wenig. Es war glatt, aber nicht zu glatt.

Tyson blieb an einer Kurve stehen und blickte sich um, sah dem Chef dabei zu, wie er mit zwischen die Lippen gekniffener Kippe wie ein kleiner Junge einige Schritte Anlauf nahm, um ein paar Meter über den Asphalt zu gleiten.

Brich dir nicht die Beine, sagte er.

»Sei nicht so streng«, erwiderte Albin und nahm die Zigarette wieder zwischen die Finger. Sie war bereits bis zum Filterrand runtergeraucht.

Ich meine ja nur.

»Ich weiß«, erwiderte Albin, schloss zu Tyson auf und drückte die Kippe an einem Stein aus, nahm den Hundekotbeutel aus der Jackentasche und steckte sie hinein. Seitdem er in der Zeitung gelesen hatte, wie viel Unheil diese Filter in der Umwelt anrichteten, warf er sie nicht mehr einfach so in den Rinnstein.

Er steckte den Beutel zurück, sog die kalte Luft in die Lungen und warf einen Blick zum Mont Ventoux, dessen kahler, grauer Rücken im Mondlicht reflektierte. Er blickte über die Dächer seiner Stadt, die in dieser Nacht strahlte. Der Schein ihrer Lichter erhellte den Himmel und färbte ihn orange, bis er sich im Schwarz verlor, das bis zu den Sternen reichte.

Bist du zufrieden?, fragte Tyson.

»Verdammt zufrieden«, sagte Albin. »Ich tue das Richtige. Veronique ist eine gute Frau.«

Du hast das hinter meinem Rücken abgezogen.

»Du hast keine Ahnung, was ich so alles hinter deinem Rücken abziehe, Tyson. Außerdem war es nicht geplant, ihr einen Antrag zu machen.«

Das wirkte auf mich aber anders.

»Es war eher spontan. Ich war unentschieden. Es kam mir etwas albern vor, das ausgerechnet an Weihnachten zu machen und vor der Familie. Dann wieder fand ich es genau richtig.«

Den Ausschlag gab …

»… der geplante Anschlag. Als ich Veronique mit Manon und Clara in der Stadt sah, wusste ich, dass ich Veronique auf keinen Fall verlieren will. Wie sie sich um die beiden gekümmert hat … Sie hat mehr verdient, als nur meine Lebensgefährtin zu sein. Und mir wurde klar, dass ich ebenfalls mehr wollte.«

Und die Sache mit deiner Wucherung im Bauch …

»… tat ihr Übriges dazu. Es kann von heute auf morgen vorbei sein.« Albin schnippte mit den Fingern. »Einfach so. Zack – und du fällst um. Das war's dann. Es kann eine Kugel sein, die dich erwischt, oder dich trifft der Schlag, du wirst schwer krank. Das gilt nicht nur für mich. Auch für sie. Ist besser, wenn man dann nicht allein ist. Aber was sage ich das einem Hund.«

Ich weiß genau, was du meinst.

Albin zog eine weitere Zigarette aus der Packung und steckte sie an. »Ach, übrigens, beim Thema allein sein …«

Tyson blickte auf.

»Castel und ihr Freund fahren ein paar Tage nach Barcelona. Über Weihnachten hat nicht geklappt. Sie fahren über Silvester.«

Und?

»Mila.«

Was? Die kleine schwarze ukrainische Mopsdame?

Albin nickte. »Sie kommt drei Tage zu Besuch.«

Tyson fiepste und drehte sich einmal um sich selbst.

Ernsthaft?

»Ernsthaft.«

Das ist ja phantastisch!

»Ich warne dich, mein Freund. Ich werde auf dich achtgeben wie ein Schießhund!«

Ich schwöre, dass ich …

»Trotzdem. Sie hat erst Theroux gefragt, aber der hat abgelehnt wegen seiner Frau.«

Wieso?

»Sie ist tatsächlich wieder schwanger.«

Ach.

Albin nickte und paffte. »Er hat es letzte Woche erfahren, nachdem er wie Bruce Willis vom Einsatz zurückkam. Er war fix und fertig. Erst rammt er diese Terroristen. Dann erfährt er, dass er wieder Vater wird. Hat sich offenbar gelohnt, dass er die Vasektomie rückgängig gemacht hat.«

Autsch.

»Vasektomie ist ein gutes Stichwort. Kommst du Mila zu nahe, fahre ich mit dir zum Tierarzt und rede mit ihm über …«

Ich schwöre alles!

Albin grinste, stieß den Rauch durch die Nasenlöcher aus. Ihm flog etwas in die Augen. Er blinzelte, wischte mit den Fingern über die Lider. Da war etwas in der Luft. Feine Styroporkrümel, oder …

Chef!, rief Tyson und reckte den Kopf in die Luft. *Es schneit!*

Und tatsächlich. Als sich Albins Blick wieder klärte, sah er es. Kleine Schneeflocken tanzten in der Luft. Erst wenige, dann immer mehr. Sie fielen auf Albins Haar, und die Dächer der Stadt färbten sich ebenso schnell weiß wie die Straße. Die Kirchenglocken läuteten und hallten durch die Nacht.

Null Uhr. Die mitternächtlichen Weihnachtsmessen begannen. Auch die Glocken aus den umliegenden Orten waren zu hören. Leise, aber vernehmbar.

Albin paffte und schlug den Kragen hoch. »Komm, Tyson«, sagte er. »Wir sollten verschwinden, bevor wir noch einschneien.«

Dann setzten sie sich in Bewegung.

Sie hinterließen ihre Spuren im frischen Schnee auf der Straße – Fußstapfen in Schuhgröße 45 und Pfotenspuren, die erheblich kleiner waren …

Und es geht weiter
mit der spannenden Serie von
Pierre Lagrange

LESEPROBE

aus dem siebten Fall
für Albin Leclerc

»VERHÄNGNISVOLLE PROVENCE«

Michel Noliot schwitzte wie ein Tier, als er das Messer nahm und zustach. Die Klinge fuhr mitten ins Herz und glitt wie durch Butter in das Fleisch zwischen den Rippen. Einmal quieken, dann zuckten die Beine und das Auge brach. So schnell ging es. Aus und vorbei.

Trotzdem eine Heidenarbeit bei diesen irrwitzigen Temperaturen. Die Sonne stand hoch und glühte an den Hängen der Nesque-Schlucht. Zwischen den Pinien, deren Wurzeln sich wie verdorrte Finger um die grauen Felsen krallten, dem groben Buschwerk und den wilden Kräuterbüschen wehte kein Wind. Bis auf das Gluckern des Flusses ungefähr fünfzig Meter tiefer und Noliots Ächzen war es still.

Verdammt, er war nicht mehr der Jüngste, weiß Gott nicht, und auch nicht schlank. Die paar strähnigen Haare klebten an seinen Wangen, wo sie eine Allianz mit dem struppigen Bart eingingen. Schließlich zog er das Messer aus dem kleinen Körper, nahm ein Tuch und wischte das Blut ab, bevor er die Baseballkappe mit Tarnmuster abnahm, mit der flachen Hand über den klatschnassen Schädel fuhr und die Finger am Saum seiner olivgrünen Cargohose abwischte.

Ein Königreich für einen Schluck Wasser, dachte Noliot. Er bleckte die von Rotwein und Zigaretten verfärbten

Stummelzähne und leckte sich über die trockenen Lippen. Aber die Feldflasche hatte er im Rucksack, der einige Meter entfernt von hier bei seinen anderen Sachen lag. Na egal, dachte Noliot, denn er würde jetzt ja sowieso dorthin gehen, denn die Beute musste erstmal ausbluten, bevor er weitermachen konnte.

Es war ein kapitaler Frischling, und ehrlich gesagt hatte Noliot verfluchtes Glück gehabt, ihn zu erwischen. Er war in der Hoffnung durch die Schlucht geschlichen, vielleicht ein paar Hasen zu schießen. Mit einem Wildschwein hatte er nicht gerechnet. Der gar nicht so kleine neugierige Bursche musste sich von der Rotte entfernt haben, um die Gegend zu erkunden – und hatte das Pech gehabt, Noliot vor die Füße zu laufen, der schnell reagieren und einen sauberen Schuss platzieren konnte.

Der Pfeil lag neben der Blutlache, die die Steine dunkel färbte. Noliot hatte ihn eben herausgezogen, bevor er den finalen Stich gesetzt hatte. Die Spitze war rasiermesserscharf und nach wie vor intakt, nirgends durch einen Knochen oder Steine beschädigt worden, sodass der Pfeil nochmals verwendet werden konnte. Was gut war, denn diese Pfeile waren sehr teuer und Noliot kein reicher Mann. Er hauste in einem alten Bruchsteinhaus mit windschiefem Dach umgeben von Schrott, den er in der Gegend sammelte, auf die Ladefläche des rostigen Pickups lud und für ein paar Euro verkaufte, wenn er einen Abnehmer fand.

Das Essen schoss er sich gelegentlich selbst, was natürlich illegal war. Deswegen verwendete er einen Compoundbogen mit Rollen und einer komplizierten Sehnenstruktur, der sich kinderleicht spannen ließ und absolut geräuschlos war. Er konnte ja schlecht mit der Schrotflinte herumballern. Das würde sofort auffallen. Zudem war die Schlucht im Sommer voller Touristen, die durch den Fluss wanderten, und Einheimischer, die sich an seinen Ufern sonnten.

Die Schlucht verlief zwischen dem Mont Ventoux und dem Vaucluse-Hochplateau. Rundherum gab es zwischen Méthamis, Villes-sur-Auzon, Monieux und Sault eine Panoramastraße mit einigen Haltepunkten, von denen aus man spektakuläre Ausblicke ins Tal hatte. Viel befahren war die schmale und an Serpentinen reiche Route allerdings nicht, meistens nur von Touristen, Radlern oder Motorradfahrern, weil man mit Lastwagen sowieso nicht durch die engen Tunnel passte und es in der Gegend auch nichts zu beliefern gab. Am Anfang waren die Gorges de la Nesque kaum als Schlucht wahrzunehmen, und auf dem Weg dorthin konnte man sich kaum vorstellen, dass das Rinnsal entlang der D5 wenige Kilometer weiter einen atemberaubenden, bis zu vierhundert Meter tiefen Canyon in den Fels gefressen hatte. Wenn man irgendwo bei Méthamis stoppte, sah man nur den türkisfarbenen Fluss, hellen Kalksandstein und dichten, sattgrünen Wald. Je tiefer man jedoch in die Schlucht eindrang, desto schroffer, höher, karger und einsamer wurde sie. Doch selbst hier würde man einen Schuss noch in einigen Kilometern Entfernung hören können, wenn er zwischen den Felswänden hallte. Also lieber den Bogen nehmen, der auf kurze Distanz sogar besser als ein Gewehr war.

Noliot fasste sich ins Kreuz, stöhnte, weil die Kletterei ihm wegen seines Bandscheibenvorfalls zu schaffen machte, und steckte das Messer zurück in die Scheide. Er blickte auf den Frischling und atmete bei dem Gedanken daran scharf ein, das sicherlich zwanzig Kilo schwere Exemplar bergauf bis zum Auto schleppen zu müssen, wo der Pickup versteckt im Schatten von Pinien am Rande eines Wirtschaftsweges geparkt war. Der Gedanke an eine gut gefüllte Gefriertruhe wiederum ließ Noliot mit einem Lächeln ausatmen.

Er rollte den Kopf im Nacken, fuhr sich nochmals mit der Hand über den feuchten Schädel und blinzelte in die Sonne. Am Himmel drehten schon zwei Krähen die Runde, die das Blut wittern mussten. Mit dem Blick folgte er ihrem Flug – und stockte, als er am anderen Ufer und hoch oben auf einem Felsplateau am Rand der Schlucht etwas aufblitzen sah.

Mussten wohl die Reflexionen in der Scheibe einer Windschutzscheibe sein. Hielt da jemand an einem Aussichtspunkt einige hundert Metern von seinem Standort entfernt? Nein, soweit Noliot die Geographie im Kopf hatte, gab es dort drüben keinen. Mist, dachte Noliot, waren das dann womöglich Gendarmen, Wildhüter oder Förster? Ganz schlecht, wenn die ihn sehen würden.

Rasch hockte er sich hinter einen duftenden Rosmarinbusch, fasste in die Seitentasche seiner Cargohose und zog das kleine Fernglas heraus. Er nahm es hoch, richtete es auf die betreffende Stelle und fokussierte mit dem kleinen Rädchen zwischen den Okularen. Nein, dachte er, das waren weder Waldhüter, Förster oder Gendarmen, und das Auto, in dessen Windschutzscheibe sich das Licht der Sonne brach, war ein ziviles. Silberfarben, ein SUV. Da war auch ein kleiner Hund zu sehen. War das ein Mops? Er hüpfte im Wagen wie von der Tarantel gestochen auf und ab und schien sich von innen regelrecht gegen das Fenster zu werfen. Außerdem sah Noliot zwei Personen.

Vor dem Wagen und mit dem Rücken zur Schlucht stand ein Mann, der im Verhältnis zu dem anderen direkt vor ihm sehr groß wirkte und älteren Semesters zu sein schien, denn er hatte fast schlohweiße Haare. Noliot stockte kurz, als er am Arm des Mannes eine signalrote Armbinde erkannte. Er wusste, das solche manchmal von der Polizei im Einsatz getragen wurden. Aber das viel größere Problem war etwas ganz anderes. Denn der etwas kleinere Mann hielt dem größeren ein Schrotgewehr vor das Gesicht.

Die beiden schienen sich ruhig miteinander zu unterhalten, aber der Ernst der Lage war vollkommen klar.

Noliot schluckte trocken. Er musste sich entscheiden. Tatenlos zusehen. Weglaufen. Einschreiten. Letzteres war von hier aus kaum möglich. Den Standort der beiden würde er niemals erreichen und sich außerdem aus dem Kopf schlagen können, einen Pfeil abzuschießen, was die blödeste aller Möglichkeiten war. Überhaupt: Sich da einmischen? Nie im Leben. Trotzdem konnte er die Situation nicht ignorieren. Nein, er musste Hilfe holen, unbedingt. Allerdings hatte er sein Handy nicht hier. Es war im Rucksack, etwa dreißig Meter entfernt.

Noliot nahm das Fernglas wieder runter und lief los. Er zwängte sich durch das Gestrüpp, stolperte über Felsen und fiel fast hin, rappelte sich wieder auf und erreichte schließlich die Stelle, wo er den Bogen und seine anderen Sachen abgelegt hatte. Hektisch öffnete er den Rucksack, durchwühlte ihn nach dem Handy und fand es – ein uraltes Gerät von Nokia, das seinen Dienst noch nie versagt hatte. Allerdings zeigte es nur einen Balken für den Empfang an, kein Wunder hier in der Schlucht, und die Batterie war fast leer.

Noliot wählte gerade den Notruf, als ein Schuss krachte,

dessen Echo durch den Canyon hallte. Er zuckte heftig zusammen, riss die Augen auf und blickte sich um. Am anderen Ende der Leitung hörte er die zerhackte Stimme in der Polizeizentrale.

»... endarmerie ... Was ... ehm ... elfen ...«

»Noliot hier! Ich bin in der Nesque-Schlucht! Hier geschieht ein Mord!«

»... was ... icht ... erstehen ... erholen?«

»Mord! In der Nesque-Schlucht!«

»... ich ... at ... ucht? ... o ... in ... Sie?«

Das hatte keinen Zweck. Noliot drückte das Gespräch weg. Er nahm das Fernglas wieder hoch – aber von hier aus war es unmöglich, zu sehen, was da los war. Jede Menge Bäume und ein großer Felsen versperrten die Sicht.

Also lief Noliot los, das Handy immer noch in der Hand, zurück zum vorherigen Standort, wo er fast im Blut des Wildschweins ausrutsche. Durch das Fernglas suchte er das Terrain ab. Doch er sah nichts. Gar nichts. Nur Landschaft. Kein Lichtreflex mehr, kein Auto, kein Hund, keine Männer. Null. Allesamt verschwunden.

Verflucht, dachte Noliot, wie war das möglich? Hatte er sich das nur eingebildet? Nein, hatte er nicht. Und der Schuss war mehr als deutlich zu vernehmen gewesen. Innerhalb von nur wenigen Minuten, die er das Fernglas nicht zur Hand gehabt hatte, waren die Männer und das Auto fort, und ...

Und es lag vielleicht eine Leiche im Nesque-Tal.

Der Kerl mit der Schrotflinte hatte abgedrückt. Der Körper des großen weißhaarigen Mannes mit der Polizeiarmbinde war in die Schlucht gestürzt, sein Mörder mit dem silbernen SUV geflohen.

Noliot kaute auf der Unterlippe. Er starrte das Handy in seiner Hand an. Es kam kein Rückruf von der Polizei, und die Zentrale hatte wohl sowieso kein Wort verstanden. Er schob das Handy in die Seitentasche der Cargohose, suchte mit dem Fernglas noch einmal das Terrain ab. Doch ihm fiel nichts weiter auf. Er überlegte, ob er ins Tal hinab steigen sollte, um an dem Abhang des anderen Ufers nach dem Toten zu suchen. Doch Noliot entschied sich dagegen. Besser, er mischte sich nicht ein und hielt die Klappe. Alles andere würde ihn nur in Schwierigkeiten bringen. Die Polizei würde ihn zu Hause aufsuchen, und er müsste erklären, was er in der Schlucht an dieser Stelle gesucht habe. Dann würde man womöglich ein zerlegtes Wildschwein in seiner Gefriertruhe finden sowie im Haus einige andere Sachen, die Noliot nicht vollständig legal erhalten hatte.

Nein, dem Risiko sollte er sich besser nicht aussetzen. Und wenn die Polizei einen ihrer Leute vermisste, dann würden sie schon nach ihm suchen.

Außerdem: Wer sagte denn, dass da drüben wirklich etwas Schlimmes passiert war? Vielleicht waren die beiden ja zusammen ins Auto gestiegen und wegfahren, und der Schuss … Ja, der ging vielleicht bloß in die Luft. War ein Warnschuss. Falls überhaupt. Eventuell waren die beiden nur hergekommen, um ein Gewehr zu testen, und Noliot hatte sich geirrt, die Perspektive ihm einen Streich gespielt und der andere hatte gar nicht auf den älteren Mann gezielt, sondern es hatte nur so ausgesehen als ob.

Ja. Vermutlich war es so gewesen, dachte Noliot. Er hatte sich das nur eingeredet, ganz bestimmt, und er sollte deswegen besser nicht alle Welt verrückt machen und sich gleichzeitig Probleme an den Hals laden. Nein, er sollte sich besser um seine eigenen Angelegenheiten kümmern.

Abgesehen davon hatte er sowieso ganz andere Sorgen, nämlich dieses Wildschwein zum Auto schleppen, ohne einen Herzkasper oder Kreislaufkollaps zu bekommen. Aber es half ja nichts, dachte Noliot. Er packte das tote Tier am Hinterlauf – und machte sich an die Arbeit.